南昌大學國學研究院主辦

正學

第九輯

程水金　主編

南昌大學國學研究院主辦

圖書在版編目（CIP）數據

正學. 第九輯／程水金主編. -- 南昌：江西人民
出版社，2024.9
ISBN 978-7-210-15099-2

Ⅰ. ①正… Ⅱ. ①程… Ⅲ. ①國學 - 文集 Ⅳ.
①Z126 - 53

中國國家版本館 CIP 數據核字（2023）第 237395 號

正學（第九輯）
ZHENGXUE（DI - JIU JI）

程水金　主編

責 任 編 輯：李陶生

 江西人民出版社　出版发行

地　　　　址：	江西省南昌市三經路 47 號附 1 號（郵編:330006）
網　　　　址：	www. jxpph. com
電 子 信 箱：	jxpph@ tom. com　　web@ jxpph. com
編輯部電話：	0791-86812172
發行部電話：	0791-86898815
承 印 廠：	南昌市紅星印刷有限公司
經 銷：	各地新華書店
開 本：	787 毫米 ×1092 毫米　1/16
印 張：	14. 75
字 數：	325 千字
版 次：	2024 年 9 月第 1 版
印 次：	2024 年 9 月第 1 次印刷
書 號：	ISBN 978-7-210-15099-2
定 價：	86. 00 元

贛版權登字-01-2024-604

目　録

正學

經學探微

婚禮廟見考——毛奇齡對《家禮》的檢討

小島毅　（洪春音譯）

前言

家族史研究者在提出儒教的非人道特質時，經常引用《河南程氏遺書》卷 22 下，第 19 條的問答：

> 問：或有孤孀貧窮無託者，可再嫁否？曰：只是後世怕寒餓死，故有是説；然餓死事極小，失節事極大。

朱熹《近思録》《小學》皆載程氏此説。因此，朱子學在作爲維護統治體制的教育與學問，而擁有權威的時代，程頤的意見，如同社會規範般發揮著作用，甚至被擴大解釋爲：即使尚未舉辦婚禮，若未婚夫死亡，終生不嫁乃女性所期望的理想狀態。不過，這樣的想法，在當時便受到批判，明代的歸有光、韓洽及清代的毛奇齡、汪中、焦循等人皆對此展開辯論。[1] 然而，由於社會褒揚節婦、烈婦，親族爲了一己的名聲，有意無意之間向當事人施壓的，想必不少。程頤的意見被解讀成"若玷汙了操守即毋寧死"，因此，其説反而被一些同情不幸女性的人所抨擊。[2]

程頤不僅針對女性，對於男性的再婚亦加以批判。云："凡人爲夫婦時，豈有一人先死，一人再娶，一人再嫁之約？只約終身夫婦也。"（《河南程氏遺書》卷 22 下，第 35 條）主張普通男人會再

---

〔1〕　文原題爲《婚禮廟見考——毛奇齡による"家禮"批判》，載於柳田節子先生古稀記念論集編集委員會編：《中國の伝統社會と家庭》，東京：汲古書院，1993 年，第 311—328 頁。

〔2〕　魯迅的《祝福》即爲其中的代表。作爲《祝福》主角的寡婦，因婆婆的强迫而改嫁。但是，她飽受恐懼的威脅，因爲她聽説再嫁二夫的女性，死後身體會被閻羅王裂解爲二。參丸尾常喜《祝福與救贖——魯迅的"鬼"》（《文學》55—8，1987 年）。關於宋代女性的再婚問題，柳立言《淺談宋代婦女的守節與再嫁》（《新史學》2—4，1991 年）批判以往的研究手法，而聚焦於人妻的角色變化及財産問題等。關於清代的再婚問題，參滋賀秀三：《中國家族法的原理》（創文社，1967 年）、Susan Mann：*Widows in the Kinship, Class, and Community Structures of Qing Dynasty China*（Journal of Asian Studies 46，No. 1，1987）等。本文試圖探討在以往的研究中未論及的問題，即圍繞女性再婚與禮制的關係，進行探討相關問題。

婚,是基於照顧雙親、處理家事等等的不得已[1]若將此條與上文所錄問答併而讀之,便可知程頤的"再婚批判",並非單單要求女性守貞,其思考乃是基於夫婦之約,無論對男性或對女性而言,本皆以一生一次爲限。再婚,不是爲了當事人精神上、肉體上的必要;只有家族立場上的必要性是被認可的。於是,在採取婚後居住夫家形式的社會,爲了家族的需要,不得不再度婚配的是男方。

在儒教的思考法則裏,婚姻並不是兩性間的個別結合,而是家族的結合。當然,此處所説的家,和日本的"家"(イエ),於構造、功能上相異。家族結合之時,作爲媒介的女性,所占的地位如何? 本文擬自清初以婚姻禮儀爲中心的具體性討論,切入此一課題。

一、毛奇齡的疑問

本文於《前言》中,列舉了主張"不必連對未婚夫都要守節"的人物;其中的毛奇齡(1623—1716),著有《昏禮辨正》。[2]此作以其所理解的經學爲基礎,重新規定始於行媒、納采,終於廟見、婿見的婚姻禮儀過程。

毛奇齡以"朱子學批判"聞名,《昏禮辨正》亦其中一環,因爲此作批判了被視爲朱熹所撰著的《文公家禮》。[3]他特別視爲問題的是,新娘至家廟祭拜夫家祖先的時期。《昏禮辨正·序》首段云:

> 幼時,觀鄰人娶婦。婦至不謁廟,不拜舅姑。牽婦入于房,合巹而就枕席焉。歸而疑之曰:此非野合乎? 若然,則娶與奔何擇焉? 以問塾師,塾師曰:"孺子焉知禮? 禮不云乎,不成婦者不廟見。夫不先成婦而謂可以見舅姑、入祖廟,未之前聞。"予曰:"婦必寢而後成乎?"塾師不能答。……

所謂"幼時"是他幾歲之時? 現無法斷定。是不是他爲了科舉——雖因明朝滅亡,終未能參加科

---

[1]　此條原文如後:"又問:再娶皆不合禮否? 曰:大夫以上無再娶禮。凡人爲夫婦時,豈有一人先死,一人再娶,一人再嫁之約? 只約終身夫婦也。但自大夫以下,有不得已再娶者,蓋緣奉公姑或主内事爾。如大夫以上至諸侯天子,自有嬪妃可以供祀禮,所以不許再娶。"質問者以男性的再婚爲問題,程頤的答覆以此爲主。朱熹亦有類似的主張(《朱子語類》卷89,第8條)。

[2]　收於《毛西河全集》。在吳省蘭所輯的《藝海珠塵》中亦獨立成篇(收於《叢書集成初編》)。又與《喪禮吾説篇》及《辨定祭禮通俗譜》匯整爲《家禮辨説》(收於《明辨齋叢書》)。《四庫全書》列爲存目。北村良和:《毛奇齡的禮説——面向近世的宋學式反叛》(《待兼山論叢》11,1978 年),第 1 章即整理了廟見的相關討論。

[3]　關於《文公家禮》是否真爲朱熹所作,截至目前仍眾説紛紜。惟因毛奇齡視之爲真,故本文亦將之當成朱熹著作來處理。又,樋口勝:《關於〈文公家禮〉之成立的一個考察》(《東洋思想與宗教》4,1987 年)乃試就《家禮》與《朱子語類》兩書,作內容上的對照;並考證了與本文主題相關的廟見。Patricia Ebrey: *Confucianism and Family Rituals in Imperial China: A Social History of Writing about Rites* (Princeton University Press,1991),其後半部是介紹明清時代《家禮》的普及,在此還介紹幾位學者對"三日廟見"的批判(頁 193、198、211 等)。作者指出朱熹及毛奇齡都對"謁見祖先的儀式本身是不可或缺的"有所認知(頁 206)。

舉考試——在家塾就讀的善感的青春時期之事？無論如何，是其故鄉浙江省蕭山縣還和平地安於明朝統治時的事。在鄰家青年的新娘嫁過來那天，年少的毛奇齡目睹了婚禮儀式，發覺其順序與他平日所學的聖人之教有些不同。但是，塾師不能夠就其根本性疑問加以解答。不久，已在作官的二哥錫齡歸省於家，他趕緊提出此問。二哥面有憂色地説：“斯禮之不明，于今五百年矣。”從十七世紀半往前溯，五百年前正是指朱熹活躍的時期。

毛奇齡藉著二哥在此時所説的一番話，長而連續地展開他的“朱熹批判”；據毛氏自己的整理，其論點有五：

（1）將《儀禮》的“三月”改爲“三日”。

（2）將《儀禮》的“廟見”解釋爲“見廟”。

（3）“子婦”即媳，却當成是“夫婦”即妻。

（4）《禮記》所言爲死没之舅姑，却當成是健在之舅姑。

（5）將“未廟見則不成婦”改爲“未成婦則不廟見”。

毛奇齡認爲，這些錯誤來自程頤（1033—1107）：

> 伊川程氏有“三日廟見”之語，而朱元晦作《家禮》，即承其誤[1]而著爲禮文曰：“三日廟見，主人以婦見於祠堂”。且曰：“入門不見舅姑，三日而始廟見者，以未成婦也。”（見於《朱子語類》卷89，亦見於《家禮》注）

據毛奇齡（及其二哥）的解釋：朱熹以“婦”爲“夫婦”之“婦”，亦即將之理解爲妻；因此，以爲初夜之前“未成婦”。但是，毛奇齡認爲經書中的“婦”是“子婦”之“婦”，亦即“媳”。因爲，與其把“婦”當作妻，不如讓“婦”以媳的身分入轎；故在與丈夫初夜之前，向舅姑問安是妥當的。“去除這個問安而有肉體關係”和“偷偷地隱瞞父母”，在本質上是相同的；此乃毛奇齡自年少時期以來的一貫立場。

上文所述毛奇齡的批判，是如何產生的呢？爲了清楚呈現，以下擬回歸經文，考求《家禮》所載規範的意義。

二、“廟見”之解釋史

“廟見”一語，見於《儀禮·士昏禮》及《禮記·曾子問》。《士昏禮》在載録納采至親迎的“六禮”[2]、過初夜的方式和拜見舅姑、饗宴之後，規定了作爲婚禮最後儀式的廟見。經文始於“若舅

---

[1] 據後文可知程頤所持實爲“三月廟見”之説。

[2] 六禮：納采（求婚）、問名（詢問女性的本名）、納吉（於家廟中占卜婚姻之吉凶）、納徵（贈送聘禮。即“結納”）、告期（告知婚禮之期）、親迎（新郎親自迎接新娘），皆以男方爲主體。

姑既没,則婦入三月乃奠菜",誠如賈公彥疏所云,乃是"論述舅姑皆去世的狀況下,三個月後,參拜於家廟的儀式"[1]若舅姑在世,則新娘能在初夜翌晨行拜見禮。若已死而受祭於廟,則在三個月後的廟見上,初次對舅姑之靈,以媳婦的身分完成義務。廟見之所以會在上輶後三個月舉行,據賈公彥説,乃因"三月一時天氣變,婦道可以成之"。

另一方面,《曾子問》中有孔子與曾子的問答:

孔子曰:"……三月而廟見,稱來婦也。擇日而祭於禰,成婦之義也。"曾子問曰:"女未廟見而死,則如之何?"孔子曰:"不遷於祖,不祔於皇姑,婿不杖、不菲、不次,歸葬於女氏之黨,示未成婦也。"

據此,則新娘在完成廟見後,才被認定是"婦";在夫家中能得到死後之去處。換言之,由於"未廟見則不成婦",經學上,廟見是爲了使女性成爲夫家一員的最後儀式。

程頤曾匯整關於婚禮儀式次序的記録(《河南程氏文集·婚禮》,卷10),最末題爲《奠菜》,全文爲:

三月預祭祀,事舅姑。復三月,然後奠菜。祝稱婦之姓,曰:"某氏來婦敢奠菜於舅某子、姑某氏。"

此文乃併合《士昏禮》與《曾子問》而成。與程頤同時代的司馬光(1019—1086),於其《司馬氏書儀·婚儀下》(卷4)中,以"婦見舅姑"與"婿見婦之父母",完成一系列的婚禮儀式,而無廟見之規定。在《政和五禮新儀》(成於1113)中,宗室和品官的婚禮有廟見之目,但庶人無之(卷176—179)。關於皇后,雖未明言廟見,但有參詣景靈宮以祭祀皇室祖先的規定(卷170);此規定在實質上,相當於廟見。

《朱子語類》卷89論"昏"的部分,多方比較了司馬光的《書儀》與程頤的《婚禮》。《家禮》婚禮部分之構成,亦是基於對此二者的認識[2]關於廟見的時期,《朱子語類》卷89,第15條説:

伊川云:"婿迎婦既至,即揖入内,次日見舅姑,三月而廟見。"是古禮。《司馬禮》却説:"婦入門即拜影堂(祭祖之房)。"這又不是[3]古人初未成婦,次日方見舅姑。蓋先得於夫,

---

[1]　《儀禮疏》的解釋、翻譯,據蜂屋邦夫編:《儀禮·士昏疏》(汲古書院,1986年)。
[2]　參第4頁注3所舉樋口氏論文。
[3]　《春秋左氏傳·隱公八年》於鄭公子忽的婚禮,記某人責以"先配而後祖"。孔穎達疏解杜預之注,云,對告廟之前,先結婚姻的非難。朱熹認爲,司馬光爲了批判《左傳》的"先配後祖"而在《書儀》中主張"當日廟見"——其實是"婦見舅姑"(《朱子語類》卷89,第13條)。朱熹似將此句解釋爲廟見之前先行同床之意,故主張《春秋左氏傳》不足憑,應據《士昏禮》之説(卷85,第22條的旨趣同此)。亦即,朱熹不介意"先配後祖"。

方可見舅姑；到兩三月得舅姑意了，舅姑方令見祖廟。某思量，今亦不能三月之久，亦須第二日見舅姑，第三日廟見，乃安。

《家禮》所謂的"第三日廟見"，與此主張一致。那麼，古禮爲何規定三個月後廟見？朱熹又爲何認爲就宋代而言，古禮規定的時間太長呢？關於前者，《朱子語類》卷89，第11條、4條及卷85，第22條云：

> （陳淳）曰："何必待三月？"（朱熹）曰："未知得婦人性行如何。三月之久，則婦儀亦熟，方成婦矣。然今也不能到三月，只做個節次如此。"
>
> （葉賀孫）問："必待三月，如何？"（朱熹）曰："今若既歸來，直待三月，又似太久。古人直是至此方見可以爲婦，及不可爲婦，此後方反馬。馬是婦初歸時所乘車，至此方送還母家。"
>
> （某人）問："既爲婦，必當廟見，必三月之久，何邪？"（朱熹）曰："三月而後事定。三月以前，恐更有可去等事，至三月不可去，則爲婦定矣，故必待三月而後廟見。"

新婦在前三個月，可說是以見習的身分接受試煉。若被認爲適合，便初祭舅姑之靈，正式成爲夫家的一員。但是，在宋代已經普遍施行的宗法制與經書作者（周公與孔子）及鄭玄、賈公彥所設定的宗法制不同。因此，朱熹認爲廟見的規定不能不改變。《朱子語類》卷89，第4條説：

> 《昏禮》廟見舅姑之亡者而不及祖，蓋古者宗子法行，非宗子之家不可別立祖廟，故但有禰廟[1]今只共廟，如何只見禰而不見祖？此當以義起，亦見祖可也。

朱熹爲何主張第三日廟見？確切的理由無法得知。但是，據第13條所述，可推測爲：從當時似有結婚日即廟見之事看來，爲了矯正這個過於匆促的禮儀，選擇了翌日會見舅姑，第三日廟見的方式。

當時，家族的理想狀態或社會習俗，都不符合經書的理念。程頤與朱熹爲了因應這個新現實，修正了古禮，並欲普及之。其次，他們是如何掌握宋代家族實態的呢？他們想引導宋代家族至什麼樣的方向呢？以下擬加以考察。

三、家廟與朱子學

在周代，天子、諸侯、大夫、士各依其身分，建立符合規定數目的家廟以祭祖。至少，宋儒信此

---

[1] 若依朱熹的解釋，則在宗子法中，家族的家廟系代代由嫡子（宗子）一系管理，祭祖時，全族聚於家廟，共同執行。嫡子之外的家系，只能有禰廟，蓋《士昏禮》乃以士爲對象。朱熹的判斷是：若以周代制度爲準，則宋代一般的官僚相當於士。

爲真。此制迄唐猶存。但宋儒之時,廟制已廢。朱熹於《語類》卷90,第47條説:

> 唐大臣皆立廟於京師。本朝惟文潞公法唐杜佑制,立一廟在西京。雖如韓司馬家,亦不曾立廟。杜佑廟,祖宗時尚在長安。

一廟,即僅建祭父母之廟,與周代禮制中的"官師"(中士以下之士)身分相當。但在宋代,竟只是特例;故即使是大臣輩出而被視爲名族的家庭亦無廟。他們在家中祭祖,來代替廟。《語類》同卷,第113條説:

> (陳文蔚)問:"天子七廟,諸侯五廟,大夫三廟,士二廟,官師一廟。若只是一廟,只祭得父母,更不及祖矣,無乃不盡人情?"(朱熹)曰:"位卑則流澤淺,其理自然如此。"文蔚曰:"今雖士庶人家亦祭三代,如此,却是違禮。"曰:"雖祭三代,却無廟,亦不可謂之僭。古之所謂廟者,其體面甚大,皆是門、堂、寢、室,勝如所居之宮,非如今人但以室爲之。"

在朱熹的時代,祭至曾祖父母三代的習俗普遍存在。對此,他不加以批判。確實,在禮制上,一般的士應該只能祭父母之廟。但由於並不是廟,僅是在家户中設置牌位,所以不會特別地成爲問題。事實上,祭祀三代是司馬光的説法,迄於程頤,甚至主張祭祀四代。《語類》卷90,第112條説:

> (胡安之)問:"士庶當祭幾代?"(朱熹)曰:"古時一代即有一廟,其禮甚多。今於禮制大段虧缺,而士庶皆無廟。但《溫公禮》祭三代,伊川祭自高祖,始疑其過。要之,既無廟,又於禮煞缺,祭四代亦無害。"

程頤更進而主張士須祭祀始祖[1]此禮,本來僅能用於天子與諸侯。他之所以想加以擴張,是因爲宋代士大夫家族和傳統名門家族,構造殊異[2]程頤及朱熹志在確立新的宗法制。由於士大夫階層藉科舉官僚制度的基礎,在政治、文化上握有實權;故程、朱欲依據適合的禮之理念,對此階層重新加以編制。

　　既無廟,依字義,理當不能行廟見。據本文第2節引用的朱熹之説,知司馬光主張在影堂廟見。然則,就司馬光而言,影堂相當於古代的廟。《家禮》中,則提倡以祠堂代替廟。廟是各世代各有獨立的建築,祠堂與廟不同,乃是採一室中數代祖先牌位並立以祭的方式。若如此,則宋代普

---

〔1〕　《河南程氏遺書・祭禮》(卷10)述冬至祭始祖之事。《朱子語類》卷90亦收録眾多朱熹與弟子以此一問題爲核心的問答。

〔2〕　關於伴隨唐宋變革而來的家族變貌,參 Patricia Ebrey: *Conceptions of the Family in the Sung Dynasty*, *Journal of Asian Studies*, 43, No. 2, 1984。關於唐代家廟,參甘懷真:《唐代家廟禮制研究》,台灣商務印書館,1991年。

通士大夫家族,即使是無法有唐代大臣那般的財力或廣大建地,亦有實踐的可能。毋寧説:如同引文中朱熹所説的,在"室"中祭祖是當時已普及的習俗;將此習俗採入的,就是這個祠堂。

討論至此,《家禮》中廟見之"廟"究何所指,已然明瞭。此"廟"並非從前的廟,亦即並非經書或其注釋者所想的那種僅祭拜舅姑的建築;而是並置數代祖先牌位的祠堂。[1]若如此,朱熹所思考的理由顯然非關舅姑生死,所有的婚禮,廟見是必要的禮儀。與其説《儀禮》及《禮記》是在設定舅姑已死的情況下規定廟見,毋寧説在舅姑還活著的情況下,就新婚夫婦而言,禰廟本身是不存在的。然而,即使舅姑都還健在,舅姑的父母那一世代,應已名登鬼録。祠堂,被置於《家禮》之首,被視爲禮儀上所不可或缺的設施。到祠堂參拜,意謂著新娘正式成爲家族的一分子。爲合乎時宜,在婚後第三天施行;使新婦地位的確立,較古禮爲早。自此以後,即使女方遇到不幸,其靈位亦不歸娘家,而由夫家供奉。

然則,與第一節所介紹的毛奇齡五點批判相關的朱熹的思考理路,於焉明朗。而毛奇齡究竟以什麽作爲問題來批判朱熹的呢? 以下擬就此進行分析。[2]

四、毛奇齡所謂的"婦"

毛奇齡(文章中爲其二哥錫齡)對《家禮》的批判,集中在婚後第三日始見祖先一事。在引用"斯禮之不明,于今五百年矣"(見本文第一節)之後,接著述及:"禮無不謁廟者,娶則告迎,入則謁至。"然後引《春秋左氏傳》"先配而後祖"等説,此乃因:"婦至之夕,必入(廟)而告謁,謂之謁廟,亦謂之朝廟……不謁祖者不成婦",然而《家禮》却説:"不成婦則不謁祖。"故毛氏評論説:"是明與其書而倒讀之也。"

其後,轉而討論"婦"之語義。認爲自納采起,便開始稱"婦",並非廟見始"成婦"。又以爲廟見與謁廟不同:謁廟在婚禮當日,會見舅姑之後即完成(據此,則非"先配後祖")。所謂廟見,如經書所言,行於舅姑已死的場合;故可在婚後三個月才舉行。新娘若在廟見前死亡,則歸葬娘家。因此,毛奇齡(其二哥)以《家禮》爲誤,舉出五點加以指摘(見本文第一節)。

---

[1] 關於"影堂",司馬光説:"仁宗時嘗有詔:聽太子少保以上皆立家廟。而有司終不爲之定制度,惟文潞公立廟於西京,佗人皆莫之立,故今但以影堂言之。"(《書儀·祭》,卷10)《家禮》稱之爲祠堂,其理由即劉垓孫所云:"今文公先生乃曰祠堂者,蓋以伊川先生謂祭時不可用影,故改影堂曰祠堂云。"(《性理大全》所收《家禮》注)。亦即,爲使"不用肖像而用牌位"明確化,而有此改稱。參拙稿:《儒教的偶像觀——以祭禮爲核心論述》(《中國——社會與文化》7,1992年)。

[2] 即使是明太祖制定的《大明集禮》,亦僅允許品官,亦即仕於朝廷的官僚建廟,在野者不被認可(卷6)。丘濬認爲《大明會典》中,之所以無士、庶人的廟見之禮,乃是因爲先參拜祠堂即可(《家禮儀節》卷3)。但是,在嘉靖15年(1536)夏言上奏的契機下,甚至認可庶人仿效品官家廟以建廟祭始祖之事。關於此,井上徹:《宗族之形成及其構造——以明清時代的珠江三角洲爲對象》(《史林》72—5,1989年)曾言及,將此視爲宗祠設立的劃時代事件。關於以世宗及夏言爲中心所進行的禮制改訂,參拙稿:《論嘉靖的禮制改革》(《東洋文化研究所紀要》117,1992年)。又,《家禮儀節》中,廟見與婦見舅姑,皆移至乘輿來歸當日。明末的管志道認爲明制改在婚禮翌日廟見,比起《家禮》,更爲簡便(《從先維俗議》卷3)。

　　首先,毛奇齡將其二哥數十年前的這一番話改採書寫記録。接著,他表示自己的見解,認爲朱熹因偏重《儀禮》致誤。比起《周禮》或《儀禮》,《春秋》是更宜作禮學依據的文獻;毛奇齡的面目躍然於此處。於是,順著婚禮過程作各別討論之際,於"婦至"之結尾處,再度批判《家禮》對廟見的解釋:

　　　　當夕薦寢,急急匹配,不見舅姑,并不告祖廟,此皆南宋儒人誤遵《士禮》所至。而且成昏之後,又誤以盥饋之見稱爲廟見。[1]

　　盡管毛奇齡如此熱情,他對《家禮》的批判,終究受到社會的漠視。之後,他仍續守著《家禮》作爲家族制度規範的效力。應該與其他各種各樣言論一樣,被理解成毛奇齡特有的奇談怪説。[2]

　　毛奇齡在其《辨定祭禮通俗譜·主祭之人》(卷2)中,批判程頤、朱熹的祠堂制。簡言之,其主張是:對旁系的人來説,只是伯父而不是父親的人,其牌位,不應被安置在嫡系底下,和嫡系一起受祭。如上一節所述,祠堂中放置的牌位甚至包括四代前的祖先。在此處的祭祀,參加的有宗子(現任家長)的叔父或堂兄弟、父親的堂兄弟等,甚至各牌位的直系晚輩以外的親族亦在其内。但主張"凡祭必以子"的毛奇齡以此爲怪,[3]認爲只要像從前的家廟那般,一代一廟,各只參加其直系尊輩的祭祀即可。所謂的四代合祭,是依宋代實際情況而有的合理化,但另一方面,却又從中衍生出這樣的不便。

　　依各自不同的身分定其廟數的制度,被認爲存在於周代。那麼,毛奇齡是想讓這樣的制度復活嗎?答案是否定的。據《辨定祭禮通俗譜·祭所》(卷1),可知"祠堂"雖被改稱爲"家堂",其實質則幾乎未變。郡縣制與"三代封建之世"不同,在此制度下,官位非終身之物;不可能讓同一人物的官位若升遷就建廟,若免官就毀廟的態勢形成。爲此,家廟廢了——毛奇齡是有這樣的認識的。[4]從而,即使是毛奇齡之説,在謁廟、廟見的場所,應也並置著新郎的數代直系尊輩的牌位。

　　若依經文及其注疏之字義來解釋,作爲婚姻儀式的一環,新娘没有必要向早於舅姑的世代之靈問安。但是,《家禮》將婚後第三日的廟見看成是必要的禮儀,而毛奇齡則要求婚禮當天行謁廟。在此意義之下,朱熹與毛奇齡之間的距離,比鄭玄與朱熹之間更近。換言之,志在復興漢代經學的毛奇齡,仍停留在宋代以降的經説框架内。因爲毛奇齡所處的社會,在本質上與朱熹的時代

〔1〕 "盥饋"語出《士昏禮》。據《曾子問·孔疏》,若舅姑健在,則能夠在婚禮翌朝盥饋,故無廟見;舅姑若已逝世,則無盥饋,而代之以三月廟見。
〔2〕 《四庫全書總目提要》謂《昏禮辨正》"穿鑿者多,未足以據爲定論"(卷25)。又,雖屬題外話——毛奇齡以懼内知名(尤侗:《聞毛大可得子戲賀詩》,參注1所引湯淺氏論文)。主張"婦"非妻而爲媳的毛氏,在現實生活中亦爲妻所凌壓。
〔3〕 此乃基於宗法二型:大宗和小宗的相異。毛奇齡所批判的現狀,未必是朱熹所思考者。又,依毛奇齡説,朱熹於"宗子"一語的用法亦有誤。事詳《大小宗通繹》。
〔4〕 此點與朱熹説完全相同。參《朱子語類》卷90,第107條等。

並無不同。縱然是對祠堂的存在百般挑剔的毛奇齡,在現實上亦無法主張回歸古代的家廟制度。因爲,當時實際的家族理想狀態,乃襲自宋代。像這樣的家的框架裏,從其他家(族)嫁過來的女性,與其被視爲妻,不如被視爲媳。在父系家族的繼承中,各代家長的配偶亦被合祭於祠堂。偕同新郎一起加入祠堂的新娘,於婚後第三日抑或婚禮當日拜見祖先的儀式,之所以會被認爲是婚禮的必要項目,不也是基於這個原因嗎?[1]

結語

非難再婚女性的風潮,對遭遇不幸而成爲寡婦的女性而言,無疑是制約生存方式的一個枷鎖。但若試著去思考產生此一想法的土壤,就算將這個罪過轉嫁在程頤與朱熹身上,還是不能解決這個問題。此問題,必須從代代傳續的家族立場作考察,而不能局限於在世的個人。

已婚的女性爲"婦",亦即以"媳"的身份屬於夫家。不僅生前住在夫家,對她們來說,具有重大意義的死後祭祀,也是以夫家成員的身份受祭於男系子孫。如此,若是嫁二夫的情況,則其祭祀會如何? 既然兩位丈夫各自的祠堂皆不能沒有配偶,她的牌位難道要分置兩家,而受祭於兩家? 因此,對以祖先祭祀爲核心的家族制度而言,女性的再婚的確是令人困惱之事。

程頤那種像是禁止女性再婚的言論,也必須從這樣的背景來理解。其意圖,不是讓寡婦在貧窮中死亡;其目標,是再建適合新時代的宗法制。爲此,女性死後在何處受祭的問題,就必須明確化。丈夫成爲祠堂中的牌位,等待著妻的到來。既然如此,就無需討論獨活的妻子理應保全"節操"之事。若未嫁二夫,即便餓死,其靈位,也會被收容在有義務納其靈位的場所。一個家族只要有那樣的能力與誠意,就能祭祀其靈,則其靈已不致飢餓。程頤或朱熹想要說的,也許是這樣的道理。

當然,程朱沒有理由忽視在世寡婦的生活。不使"鰥寡孤獨"挨餓,本就是儒教的理想政治。各宗族對其成員的家族施予照料,就是朱子學所說的宗法制。爲此,而有義田、義莊的設置。義田、義莊在現實上不克發揮功能之例,應所在多有。但是,若因此而貶低宋代之程頤、朱熹所懷抱的理想,則不過是一種結果主義罷了。他們在宋代所思考的事,與此後(譬如在清朝)將之運用於實際卻產生的弊害,是必須分開來考慮的。

近年來,以"性"爲核心問題的歷史考察日趨興盛。然而,却過度地以女性解放爲志,一味地強調過去女性受虐的那個面向,於其"後進性""封建性"的論辯,亦僅止於近代贊美故事的補強。對我們現代人而言,重要的是,正確地去辨明"乍看之下,被當作歧視女性的現象,在當時的思想、社會背景中,實際上帶著什麼意義"。要批判成"爲了與其他宗族聯合,女性被當作物品來交換",

---

[1] 關於清代儒教的結婚觀,參 Susan Mann: *Grooming a Daughter for Marriage:Brides and Wives in the Mid - Ch'ing Period*, in R. Watson and P. Ebrey eds. Marrage and Inequality in Chinese Society, University of California Press, 1991。在清代,即使是庶人,亦被儒教式的理念、習俗所浸透。

是容易的。然而,沿著當時的思考方式,去解明其意義所在,不也正是思想史或社會史被賦予的使命嗎?

　　(作者簡介:小島毅,1962年生,東京大學文學部大學院人文社會系研究科教授。譯者簡介:洪春音,東海大學中文研究所博士。)

諸子學衡

正學

《莊子·齊物論》釋讀

程水金

摘　要:本文在明句讀、通故訓的基礎上對《莊子·齊物論》一文進行了詳盡的釋義,由此對章旨内涵進行了詳細闡釋,並對全文進行了翻譯。

關鍵詞:《莊子》　《齊物論》　釋讀

齊物論

物自是物,論自是論。物論之起,起於天籟。何爲天籟?具有百骸九竅的形體及其正常認知能力因而時時發出各種不同言論的自然人。因此,既有認知與言論,自有是非與爭議,於是人與人"相拂以辭,相鎮以聲"(《徐無鬼》),爭端蜂起矣。然根究其實,物亦自是物,論亦自是論,何可齊之?唯"喪我"而已。"喪我"者,"無己"也。

[一]

南郭子綦隱几而坐,仰天而噓,荅焉似喪其耦。[一]顏成子游立侍乎前,曰:"何居乎? 形固可使如槁木,而心固可使如死灰乎? 今之隱几者,非昔之隱几者也。"[二]

子綦曰:"偃,不亦善乎,而問之也! 今者吾喪我,汝知之乎? 女聞人籟而未聞地籟,女聞地籟而未聞天籟夫!"[三]

子游曰:"敢問其方?"[四]

子綦曰:"夫大塊噫氣,其名爲風。是唯無作,作則萬竅怒呺,而獨不聞之翏翏乎?[五]山林之畏佳,大木百圍之竅穴,似鼻,似口,似耳,似枅,似圈,似臼,似洼者,似污者;[六]激者,謞者,叱者,吸者,叫者,譹者,宎者,咬者,[七]前者唱于而隨者唱喁,泠風則小和,飄風則大和,厲風濟則衆竅爲虚。而獨不見之調調、之刀刀乎?"[八]

子游曰:"地籟則衆竅是已,人籟則比竹是已,敢問天籟?"[九]

子綦曰:"夫吹,萬不同,而使其自己也;咸其自取,怒者其誰邪?"[一〇]

【釋義】

[一]**南郭子綦隱几而坐**　南郭子綦,音其,成《疏》:"楚昭王之庶弟,楚莊王之司馬,字子綦。以居處爲號,故號南郭。"隱,憑也,依也。几,几案也。**仰天而噓**　噓,《釋文》:"吐氣曰噓。"**苔焉似喪其耦**　苔,通合。《史記·貨殖列傳》"蘗麴鹽豉千苔",《漢書·貨殖傳》作"蘗麴鹽豉千合"。《左傳》宣公二年"既合而來奔",杜預注:"合,猶苔也。"其證也。焉,然也。喪,失也。耦,二者相對爲耦,《左傳》襄公二十九年"射者三耦",杜預注:"二人爲耦。"俞樾《平議》:"'喪其耦',即下文所謂'吾喪我'也。"行甫按:"苔焉似喪其耦",精神與形體相合爲一,生命呈現靜止狀態,既無感官知覺,亦無心理活動。

[二]**顏成子游立侍乎前**　顏成子游,子綦弟子,姓顏成,名偃,字子游。侍,《説文繫傳》:"承其不及也。"**曰何居乎**　居,靜止不動。《素問·平人氣象論》"死心脈來,前曲後居",王冰注:"居,不動也。"《氣穴論》"遊鍼之居",張志聰《集注》:"居,止也,謂鍼所止之處也。"其義也。行甫按:此"居"字乃就人之生命氣象言,王引之《經傳釋詞》據鄭玄《禮記注》以爲語助,恐非。**形固可使如槁木**　固,乃也。槁木,枯樹也。**而心固可使如死灰乎**　死灰,燒盡的灰燼。**今之隱几者非昔之隱几者也**　之,猶所也,所猶時也。説見吳昌瑩《經詞衍釋》。

[三]**子綦曰偃**　偃,子游之名也。偃爲倒伏,游乃傾斜之貌,名與字相應也。**不亦善乎**　亦,特詞也。**而問之也**　而,爾也。之,猶是也。行甫按:二句倒裝,猶"而問之也,不亦善乎"。**今者吾喪我**　者,猶"也"也。吾,《説文》:"我自稱也。"我,《説文》:"施身自謂也。"行甫按:"吾"與"我",散文則通,對文有異。"吾"之我,我其人也;"我"之我,我其身也。"吾喪我",猶我之人忘却了我之身。**汝知之乎**　知,知解也。**女聞人籟而未聞地籟**　聞,知也。籟,簫管也。人籟,據下文即排簫。地籟,據下文即眾竅。**女聞地籟而未聞天籟夫**　天籟,喻指有語言之人也。釋德清《内篇注》:"以三籟發端者,蓋籟者猶言機也。地籟,萬籟齊鳴,乃一氣之機,殊音眾響,而了無是非。人籟,比竹雖是人爲,曲屈而無機心,故不必説。若天籟,乃人人説話,本出於天機之妙。"行甫按:和尚之言"若天籟,乃人人説話",乃如撥雲見日,發千古之矇聵;然既破郭象"夫天籟者,豈別有一物"之"自然説",却又言"人人説話,本出於天機之妙",則重回郭氏之舊路矣!學者不可不知也。

[四]**子游曰敢問其方**　敢,冒昧也。《儀禮·士虞禮》"敢用絜牲",鄭玄注:"敢,昧冒之辭。"方,別也。《國語·楚語下》"民神雜糅,不可方物",韋昭注:"方,猶別也。"《禮記·内則》"四十始仕,方物出謀發慮",俞樾《群經平議》:"方物者,辨別其事也。方物與辨物義同。"

[五]**子綦曰夫大塊噫氣其名爲風**　夫,彼也。大塊,地也。噫,《説文》:"飽出息也。"行甫按:"噫",今所謂"打飽嗝",比擬地面的大氣流動,此乃擬人手法,亦是莊子的滑稽與幽默之處。**是唯無作**　是,此也。唯,猶有也,有猶或也。作,起也。**作則萬竅怒呺**　怒,疾發也。行甫按:猶"怒而飛"之"怒"也。呺,呼號也,號叫也。**而獨不聞之翏翏乎**　而,爾也。獨,何也。之,其也。翏翏,音留,郭注:"長風之聲。"

[六]**山林之畏佳**　林,通陵,《禮記·月令》"山林不收",《吕氏春秋·季春紀》《淮南子·時

則》作"山陵"，是其證也。之，其也。畏佳，讀崔崔，司馬彪云："山高下槃回之形也。"**大木百圍之竅穴** 竅，孔竅也。穴，洞穴也。**似鼻** 如鼻也。**似口** 如口也。**似耳** 如耳也。**似枅** 枅，鍾泰《發微》："即《徐無鬼篇》'鈃鍾'之鈃，酒器也，似鍾而長頸……讀如刑，與訓構櫨音雞者非一字也。"**似圈** 圈，音棬，杯圈也。《孟子·告子》"以杞柳爲栀棬"，屈木以爲之。**似臼** 臼，舂缽也。**似洼者** 洼，《說文》："深池也。"者，也。**似汚者** 汚，《說文》："小池爲汚。"

[七]**激者** 激，成《疏》："如水湍激聲也。"**謞者** 謞，《釋文》："簡文云:若箭去之聲。"**叱者** 叱，司馬彪云："若叱咄聲。"**吸者** 吸，司馬彪云："若噓吸聲也。"**叫者** 叫，司馬彪云："若叫呼聲也。"**譹者** 譹，司馬彪云："若嚎哭聲。"**宎者** 宎，音杳，錢穆《纂箋》："方東樹曰:'宎'同'窔'，《玉篇》:'戶樞聲。'"**咬者** 咬，王叔岷《校詮》："《玉篇》:'咬，鳥聲也。'《文選·彌正平〈鸚鵡賦〉》李善注引《韻略》曰:'咬咬，鳥鳴也。'"

[八]**前者唱于而隨者唱喁** 于、喁，李頤云："聲之相和也。"行甫按:"于"之聲大，"喁"之聲小。**泠風則小和** 泠風，小風。**飄風則大和** 飄風，疾風。**厲風濟則眾竅爲虛** 厲，烈也。濟，止也。則，乃也。**而獨不見之調調之刁刁乎** 而，爾也。獨，何也。之，猶其也。調調、刁刁，郭注:"動搖貌。"王叔岷《校詮》："調借爲卣。《說文》:'卣，草木實垂卣卣然。讀若調。'段玉裁注:'調調謂長者，刁刁謂短者。'"

[九]**子游曰地籟則眾竅是已人籟則比竹是已** 比竹，簫也，編列竹管，長短不齊，故有是稱也。《說文》："簫，參差管樂，象鳳之翼。從竹，肅聲。"**敢問天籟** 敢，冒昧也。天籟，以人擬物也。

[一〇]**子綦曰夫吹** 夫，彼也。吹，風吹眾竅也。**萬不同** 萬，猶言極多也。**而使其自己也** 而，猶"猶"也。其，大木之竅穴。自己，由己也。司馬彪注本作"自已"，云"已，止也"。行甫按:司馬之說非也。既言"厲風濟則眾竅爲虛"，則風止而後竅止也，非其"自止"明矣。劉武《內篇補正》："子綦因子游之問，再將地籟之義補足，此以後方言天籟。"亦證"自已"之非也。**咸其自取** 咸，皆也。其，乃也。取，爲也。《孟子·離婁下》："孔子曰:'其義則丘竊取之矣。'"俞樾《平議》："取者，爲也。"**怒者其誰邪** 怒者，外在的發動者。行甫按:此"怒"與上"怒呺"之"怒"意同。其，爲也，乃也。

此乃本篇第一章第一節，言南郭子綦由"喪我"引出"天籟"。然先言"人籟"與"地籟"者，以資比較也。爲人所吹的"人籟"與爲風所吹的"地籟"，皆由外力所發動。而"人人說話"的"天籟"，雖無時不刻都在發出各種不同的言論，卻只是"出於天機之妙"而沒有異於其自身之外的發動者。

【譯文】

南郭子綦依憑著几案坐在那兒，仰面朝天，輕輕地吐著氣息，身體與心神冥然相合爲一，生命呈現出完全的靜止狀態，既沒有任何感官知覺，也沒有絲毫心理活動。他的弟子顏成子游在座前

17

侍候著,隨時準備爲他提供必要的照料,見南郭子綦如此狀態,十分詫異地說:"怎麼能静止得這樣一動也不動啊? 形體竟然可以讓它變得如同枯死的樹木,而心靈竟然也可以讓它變得如同燒完的灰燼嗎? 今日這憑几打坐的人,與前日那憑几打坐的人,可是完全不一樣的呀!"

南郭子綦說:"顔成偃呀,你提出的這個問題,還真是特别有意義啊! 今天呀,的確是我這個人把我這個身給徹底忘掉了! 你能看得明白這其中的道理嗎? 怎麼說呢,你可能聽説過'人籟',却没有聽説過'地籟'吧,你也可能聽説過'地籟',却没有聽説過'天籟'吧!"

顔成子游說:"恕我冒昧,請問:它們之間有什麼不同嗎?"

子綦說:"那塊然大地,吃飽喝足了,打了一通飽嗝,放出一股胃氣,它的名字就叫做風。這風要麼不颳起來,一旦颳起來便激起各種竅穴發出種種叫聲。你不會没有聽過那急飇飇的風聲吧? 在那高大崔嵬的山陵崗阜上,生著一片上百人才能合抱的參天大樹,渾身上下長滿各種奇形怪狀的大小孔洞:有的像鼻子、嘴巴和耳朵;有的像酒盅、茶杯和舂臼;有的像淺水洼,有的像深水池。那發出的聲音也是千奇百怪:有的像湍激的暴洪,有的像飛馳的號箭;有的像鄙夫的叱罵,有的像渦流的倒吸;有的像高聲尖叫,有的像大聲嚎啕;有的像門樞的笨重摩擦,有的像飛鳥的宛轉啼鳴;前面的聲音激揚而高唱;後面的聲音淺和而低吟。冷風輕柔,則孔竅發聲細小;狂風迅疾,則洞穴出聲洪大。待到猛烈的風暴過去之後,各種洞穴孔竅也就寂然無聲而空虛如故。這時,你只看不到那下垂的枝葉仍然還在輕微地摇擺和飄動嗎?"

子游若有所悟地說:"'地籟'是那山林中生長的各種竅穴;'人籟'是那參差排列如鳳翅的簫管。那麼請問:'天籟'又是什麼呢?"

南郭子綦說:"無論是'人籟'還是'地籟',那些由風吹動的殊音衆響,雖然林林總總,形形色色,千奇百怪,但它們都是隨著吹動它們的風本身所發出來的聲音;而'天籟'所發出的聲音,却是他們自己造成的,哪有什麼在他們自身之外的發動者呢?"

　　大知閑閑,小知間間;大言炎炎,小言詹詹。[一]**其寐也魂交,其覺也形開,與接爲構,日以心鬭:**[二]**縵者,窖者,密者。**[三]**小恐惴惴,大恐縵縵。**[四]**其發若機栝,其司是非之謂也;其留如詛盟,其守勝之謂也;**[五]**其殺若秋冬,以言其日消也;其溺之所爲之,不可使復之也;**[六]**其厭也如緘,以言其老洫也;**[七]**近死之心,莫使復陽也。**[八]**喜怒哀樂,慮歎變慹,姚佚啟態;**[九]**樂出虛,蒸成菌。日夜相代乎前,而莫知其所萌。**[一〇]**已乎,已乎! 旦暮得此其所由以生乎!**[一一]

　　非彼無我,非我無所取。[一二]**是亦近矣,而不知其所爲使。若有真宰,而特不得其眹,可行己信,而不見其形,有情而無形。**[一三]

【釋義】

[一]**大知閑閑**　知,智也。閑閑,簡文云:"廣博之貌。"成《疏》:"寬裕也。"**小知間間**　間間,《釋文》:"有所間别也。"**大言炎炎**　炎炎,成《疏》:"猛烈也。"**小言詹詹**　詹,《説文》:"詹,多言

18

也。"詹詹,成《疏》:"詞費也。"

[二]**其寐也魂交** 其,猶於也。寐,睡覺。魂交,司馬云:"精神交錯。"成《疏》:"其夢寐也,魂神妄緣而交接。"**其覺也形開** 其,於也。覺,醒來。形開,司馬云:"目開意悟也。"成《疏》:"其覺悟也,則形質開朗而取染也。"**與接爲構** 與,相與也。接,《説文》:"交也。"構,冓也。《説文》:"冓,交積材也。"王叔岷《校詮》:"爲構猶與接也,複語也。爲、與同義。"**日以心鬬** 日,日日也。以,猶與也。鬬,《説文》:"遇也。"朱駿聲《通訓定聲》:"鬬,相接之意。"行甫按:前二句與後二句皆爲互文見義,故後二句共同述説前二句也。

[三]**縵者** 縵,猶雜也。《周禮·磬師》"教縵樂燕樂之鐘磬",鄭玄注:"縵,謂雜聲之和樂者也。"《大戴禮·文王官人》"僞色縵然亂以煩",王聘珍《解詁》:"縵,讀如縵樂,言其雜也。"**窖者** 窖,成《疏》:"深也,今穴地藏穀是也。"**密者** 密,難分也。《太玄·玄衝》:"密,不可間。"《國語·魯語下》"以魯之密邇於齊",韋昭注:"密,比也。"行甫按:"縵"言雜,"窖"言深,"密"言繁,皆狀人心日夜所生之幻覺與印象也。

[四]**小恐惴惴** 惴惴,《説文》:"惴,憂懼也。《詩》曰'惴惴其慄'。"段玉裁注:"《釋訓》《毛傳》皆曰'惴惴,懼也',許意懼不足以盡之,故增憂字。"**大恐縵縵** 縵縵,王先謙《集解》:"宣云:迷漫失精。"

[五]**其發若機栝** 其,猶有也,或也。發,發言也。《漢書·王貢兩龔鮑傳》"慎勿有所發",王念孫《讀書雜志》:"發,謂發言也。"若,如也。機栝,《釋文》:"機,弩牙;栝,箭栝。"**其司是非之謂也** 其,乃也。司,同伺。《漢書·燕靈王劉建傳》"以爲物而司之",顏師古注:"司者,察視之。"是非,非也,偏義複詞。**其留如詛盟** 其,猶有也,或也。留,守也。《管子·正世》"不慕古,不留今",尹知章注:"留,謂守常不變。"詛盟,殺牲歃血相約而發誓也。《周禮·詛祝》"詛祝掌盟詛",鄭玄注:"盟詛主要誓。大事曰盟,小事曰詛。"《司盟》"盟萬民之犯命者,詛其不信者",鄭玄注:"盟、詛者,欲相與共惡之也。"**其守勝之謂也** 守,《玉篇》:"護也。"勝,克敵也,陣腳也。《禮記·聘義》"天下有事,則用之於戰勝",鄭玄注:"勝,克敵也。或爲陳。"行甫按:鄭云"或爲陳"者,"陳"通陣。是"戰勝"或爲"戰陣"也。此"守勝"亦猶"守陣"也。

[六]**其殺若秋冬** 其,猶有也,或也。殺,肅殺,冷酷。**以言其日消也** 以,乃也。消,削減,侵刻。《釋名·釋言語》:"削也,言減削也。"《資治通鑑·漢紀六十》"消息數通",胡三省注:"消者,浸微侵減也。"成《疏》:"夫素秋搖落,玄冬肅殺,物景貿遷,驟如交臂。愚惑之類,豈能知邪!人之衰老,其狀例然。"行甫按:"其殺"與下文"其溺"及"其厭",皆爲性格描寫,非狀自然衰老之態。"愚惑"與"衰老",亦無相關性,成説恐非也。**其溺之所爲之** 其,猶有也,或也。溺,沉迷也。之,猶於也。所爲之,所從事之事也;之,猶"者"也。**不可使復之也** 復,返還也。

[七]**其厭也如緘** 其,有也,或也。厭,閉塞也。《禮記·大學》"見君子而後厭然",《釋文》:"厭然,閉藏貌也。"緘,捆綁也,縶束也。**以言其老洫也** 洫,深也。《大雅·文王有聲》"築城伊淢",《釋文》:"淢,字又作洫。《韓詩》云:'洫,深也。'"江南古藏本"洫"作"溢",《周頌·維天之

命》“假以溢我”，毛《傳》：“溢，慎也。”《左傳》襄公二十七年引作“何以恤我”，《説文》引作“誐以謐我”，則“恤”“謐”“溢”“洫”，古聲近字通，皆有“慎”“静”“謐”“密”之意。

[八]**近死之心**　近，臨近也，將及之辭。**莫使復陽也**　復陽，《釋文》：“陽謂生也。”

[九]**喜**　高興歡喜。**怒**　憤怒憎惡。**哀**　悲痛哀傷。**樂**　快樂愉悦。**慮**　思慮憂患。**歎**　嗟嘆憾恨。**變**　猶豫反覆。**熱**　音哲，固執難移。**姚**　輕浮躁動。**佚**　肆意妄爲。**啟**　乖張跋扈。**態**　忸怩作態。成《疏》：“眾生心識，轉變無窮，略而言之，有此十二。”

[一〇]**樂出虛**　樂，音樂。虛，簫管。**蒸成菌**　蒸，蒸氣。菌，芝蕈。陸長庚《南華副墨》：“如樂之出虛，乍作乍止；如蒸之成菌，倏生倏死。”**日夜相代乎前**　日夜，日日夜夜。相代，互相交替。乎，於也。前，目前。**而莫知其所萌**　所，猶所以也；所以，猶何以也。萌，發生也。

[一一]**已乎已乎**　已，止也。已乎已乎，猶言罷了罷了。**旦暮得此其所由以生乎**　此，指上述諸種情緒。其，之也。所，何也。《論語·爲政》“視其所以，觀其所由，察其所安”，諸“所”字皆“何”義也。由，自也，從也，指來處。以，因也，使也，指原因。

[一二]**非彼無我**　彼，指“大知閒閒”以下各種精神現象。我，我之身也。**非我無所取**　取，猶爲也。行甫按：此“取”即“咸其自取”之“取”。言“彼”皆由“我之身”造作而成也。

[一三]**是亦近矣**　是，此也，代“非彼無我，非我無所取”。亦，猶唯也，唯猶雖也。説見楊樹達《詞詮》。近，《説文》：“附也。”**而不知其所爲使**　而，轉折連詞。其，“彼”與“我”之依附關係。所，猶何也。爲，是也。使，指使也，使“我”與“彼”有此依附關係也。**若有真宰**　若，似也。宰，宰臣。《説文》：“宰，辠人在屋下執事者。”《左傳》襄公十年“王叔之宰”，杜預注：“宰，家臣。”行甫按：“真宰”與下文“真君”相對爲文，則執掌依附於“我”之種種精神現象者，猶管理內部事務之“家臣”耳。**而特不得其眹**　而，乃也。特，獨也。眹，通“朕”，《説文》：“朕，舟縫也。”行甫按：“朕”義本爲縫隙，因“真宰”爲“家臣”，在“我”之內，無由（縫隙）可以窺視，故曰“不得其眹”。由此足見莊子之表達才能。**可行己信**　可，猶堪也。可、堪一聲之轉，説見黃生《字詁義府》。行，猶形也。《列子·湯問》“太形王屋二山”，張湛注：“形當作行。”《老子》“餘食贅行”，焦竑《老子翼》：“行當作形，古字通也。”朱駿聲《説文通訓定聲》：“形，叚借又爲行。”信，實也，允也。《爾雅·釋詁上》“允、信也”，郝懿行《義疏》：“信，實也。”行甫按：“可行己信”與“不見其形”相照應，“行”讀爲“形”，無所可疑矣。**而不見其形**　形，形貌、形體。**有情而無形**　情，實也。行甫按：“情”字與“信”字相關聯。

此乃本篇第一章第二節，言“天籟”的自然屬性之一：人有複雜的精神現象，這些精神現象與自身之我一體共存。但那些精神現象既不知從何而來，也不知爲誰所控制。因此，“天籟”的機發者在人的自身之內而不在之外。

【譯文】

智大才贍者，臨事游刃而有餘；才智低淺者，爲人拘拘於枝節。能説會道者，滔滔不絕，氣熖灼人;拙於言辭者,出言瑣碎,喋喋不休。因而人的才智有高下,言辭亦有優劣。還有晚間睡覺吧,則魂牽夢繞,形成許多幻覺;白晝醒來呢,感官開啟,與外物相交接,收視返聽,又形成許多印象。因此,晚間的夢幻與白晝的印象,彼此相遇相結,日日糾纏於心,要把這些樊然淆亂的印象與幻覺分辨清楚,也實在不太容易。它們紛然雜陳,漫無頭緒;或者深藏不露,稍現即逝;或者盤根錯節,繁密難分。至於驚恐與憂懼,也是人人都有的。輕則惴惴不安,重則失魂落魄。要是某人與某人之間,或者這一幫人與另一幫人發生了爭執,那才是好一番熱鬧:或者首發難端的一方,揪住對方的不是,便猛然相攻,如同亂箭齊發,決不留情;或者被攻擊的一方,壓住陣腳,拚命為自己辯護,仿佛歃血盟誓似的,眾口一詞,務必取勝。而且人的脾氣與性格也是各有不同:有些人冷酷肅殺,如同秋霜冬雪殘刻無情,以致他的親近者日見其少。有些人性情執拗,做起事來沉迷而專注,哪怕用九牛二虎之力,也難以讓他回頭。有些人守口如瓶,心機決不外露,這又是怎樣的老於世故、深不可測呀!至於那行將就木的衰朽之心,死氣沉沉,思緩慮拙,怎麼也不能激起絲絲活力了。而人們的心理情緒也極不穩定,時而高興,時而憤怒,時而悲傷,時而歡樂,時而焦慮,時而嘆息,時而猶豫,時而固執,時而輕浮躁進,時而搖蕩恣睢,時而乖張跋扈,時而忸怩作態。其翻雲覆雨,反覆無常,來去靡蹤,就如同樂音飛出於簫管,大氣蒸發成菌芝,乍作而乍止,旋生而旋滅。總而言之,這些是非不同的言論與腔調,無可名狀的幻覺與印象,千差萬別的性情與癖好,千姿百態的心理與情緒,白天在你的眼前晃來晃去,夜間在你的腦海此起彼伏,却又實在鬧不清它們是從哪裡冒出來的。鬧不清,弄不明,就算了吧;算了也就算了吧,沒必要為它們勞心傷神了。總有一天會有人弄清楚它們從何而來吧!

可是,沒有那些精神現象,就沒有我這個身體的存在;沒有我這個身體的存在,也不可能造出那些精神現象。因此,我的身體與它們是彼此倚附,相互依存的,只是不知道他們到底由誰來指使。仿佛在我的身體裡有一個真正的家臣,他無時無刻都在幫助我管理著我身體中的這些內部事務,只不過我找不到縫隙鑽進我的身體去一探究竟。然而,這些精神活動也就足以體現出他的真實存在了,但就是看不見他的影子。不過,看見看不見並不重要,總之,他的確存在,也的確沒形沒影。

　　百骸、九竅、六藏,賅而存焉,吾誰與為親?汝皆説之乎?其有私焉?^[一]如是皆有為臣妾乎?其臣妾不足以相治乎?其遞相為君臣乎?其有真君存焉?^[二]如求得其情與不得,無益損乎其真。^[三]

　　一受其成形,不忘以待盡。與物相刃相靡,其行盡如馳,而莫之能止,不亦悲乎!^[四]終身役役而不見其成功,苶然疲役而不知其所歸,可不哀邪!^[五]人謂之不死,奚益!其形化,其心與之然,可不謂大哀乎?^[六]人之生也,固若是芒乎?其我獨芒,而人亦有不芒者乎?^[七]

　　夫隨其成心而師之,誰獨且無師乎?奚必知代而心自取者有之?愚者與有焉。^[八]未成乎心而有是非,是今日適越而昔至也。是以無有為有。^[九]無有為有,雖有神禹,且不能知,吾獨

且奈何哉！[一〇]

【釋義】

[一]**百骸**　成《疏》：“百骨節也。”**九竅**　成《疏》：“眼耳鼻舌口及下二漏也。”**六藏**　藏，通臟。《釋文》：“案心肺肝脾腎，謂之五藏。大小腸、膀胱、三焦，謂之六府。此云六藏，未見所出。”**賅而存焉**　賅，備也。焉，於是也。存，有也。成《疏》：“體骨在外，藏腑在内，竅通内外。備此在事以成一身，故言存。”**吾誰與爲親**　吾，我人也。親，親近也。**汝皆説之乎**　説，通悦。之，指百骸、九竅、六藏。**其有私焉**　其，猶寧也。私，偏愛也。

[二]**如是皆有爲臣妾乎**　如是，如此也。行甫按：“如是”，猶言就這樣。有，猶以也。臣妾，奴僕，男爲臣，女爲妾。**其臣妾不足以相治乎**　其，若也，而也。以，猶而也。治，統理也。**其遞相爲君臣乎**　其，猶寧也，豈也。遞，輪流交替也。相，互也。君臣，主僕也。**其有真君存焉**　其，將也。真君，真正的君主。行甫按：“吾”，我之人，乃是相對於他人或客體對象的主體人格。故以統理我之主體人格者爲“真君”，以管理我之精神現象者爲“真宰”，其分辨甚爲明晰。學者多以西人“真我”“假我”説之，猶治絲而益棼也。

[三]**如求得其情與不得**　如，當也，當如是也。説見王引之《經傳釋詞》。求，尋找也。情，實也。**無益損乎其真**　益，增也。損，減也。乎，於也。真，誠也，實也。

[四]**一受其成形**　一，一旦也。吳昌瑩《經詞衍釋》：“迅速不待久不待再之詞也。”受，得也。《廣雅·釋詁三》：“受，得也。”其，猶之也。成形，所成之形也。**不忘以待盡**　忘，通亡，失也。以，而也。待盡，待終也。**與物相刃相靡**　物，外物也。刃，以刀切削也。靡，音磨，以石研磨也。**其行盡如馳**　其，猶且也。盡，王叔岷《校詮》：“盡借爲進。《史記·范雎列傳》‘使臣得盡謀如伍子胥’，《御覽》四八六引盡作進。”馳，《説文》：“大驅也。”**而莫之能止**　止，阻止也。**不亦悲乎**　亦，特也。悲，悲哀也。

[五]**終身役役而不見其成功**　役，勞役，苦役也。役役，役於役也。其，猶有也。**茶然疲役而不知其所歸**　茶然，簡文云：“疲病困之狀。”疲役，疲困於勞役。所，猶何也。歸，歸宿也。**可不哀邪**　可，堪也，能也。哀，悲哀也。

[六]**人謂之不死**　謂，稱也。**奚益**　奚，何也。益，助也。《戰國策·秦策二》“於是出私金以益公賞”，高誘注：“益，助也。”**其形化**　化，變也。**其心與之然**　然，如也。行甫按：此“然”，猶今語“同樣”也。**可不謂大哀乎**　可，能也，堪也。

[七]**人之生也**　之，猶此也。生，生存，生命，猶言一輩子。**固若是芒乎**　固，故也，必也。芒，蒙昧也。《釋文》：“昧也。”成《疏》：“闇昧也。”《管子·七臣七主》“芒主目伸五色”，尹知章注：“芒，謂芒然不曉識之貌。”**其我獨芒**　其，殆也。獨，特也。**而人亦有不芒者乎**　亦，猶且也，且猶尚也。

[八]**夫隨其成心而師之**　夫，且也。其，此也，代指上文人生之“芒”。成心，所成之心也。錢

正

学

嗎？而且，人的形軀逐漸老邁而衰亡，人的心力也隨之枯竭而變得思緩慮拙，這能不說是最大的悲哀嗎？人這一輩子，本來就應該是這樣渾渾噩噩，應該是如此糊裡糊塗的嗎？難道僅僅是我這個塊然肉身昏昧糊塗，而別人還有沒有不像這樣昏昧糊塗，能夠明白人生究竟是怎麼回事的呢？

而且，人不僅有受陰陽之氣而已然形成的這個肉身，也有由於他的生存環境及其接受教育的水平所形成的固有偏見。這也是人生的一大昏聵蒙昧之處，絕大多數人是不明就裡的。如果遵從這種固有偏見作爲判斷標準，那麼所有人的心目中都會有這樣一個標準可以遵從。何以確定僅僅只是那些能夠明白在眼前不斷翻騰起伏的各種精神現象是由於自身心造這個事實的人，才具有這種固有的偏見呢？那些感覺比較遲鈍，心智不太健全的人，也同樣具有這種固有的偏見。如果事先沒有這種固有的個人偏見，却出現了形形色色的是非判斷，這就像今天才動身去越國而昨天就已經到達了一樣荒謬！這就是把虛無不實當作實際存在。這種無中生有，憑空捏造的把戲，即使是具有神一樣創造能力的大禹，也不能未卜先知，而我這個智能凡庸之輩偏偏又能把它怎麼樣呢！

夫言非吹也，言者有言，其所言者特未定也。[一]果有言邪？其未嘗有言邪？其以爲異於鷇音，亦有辯乎，其無辯乎？[二]

道惡乎隱而有眞僞？言惡乎隱而有是非？[三]道惡乎往而不存？言惡乎存而不可？道隱於小成，言隱於榮華。[四]

故有儒墨之是非，以是其所非而非其所是。[五]欲是其所非而非其所是，則莫若以明。[六]

【釋義】

[一]**夫言非吹也** 夫，猶且也。言，言論，判斷。吹，人籟與地籟所出之聲。**言者有言** 言，言說的行爲。者，猶"也"也。言，言說的內容。行甫按：人的言論與風吹眾竅，最大的不同之處，在於人的言論有內容有主張。**其所言者特未定也** 特，獨也。未定，沒有確定。行甫按：言不及義，語不及質，皆爲"未定"。

[二]**果有言邪** 果，實也。有言，有內容，有意義也。**其未嘗有言邪** 未嘗，不曾。**其以爲異於鷇音** 其，若也。異，差異也。鷇，音寇，司馬云："鳥子欲出者也。"**亦有辯乎** 亦，尚也。辯，通辨，區別。**其無辯乎** 其，猶抑也。行甫按：鷇音無是非、無意義，人言有內容、有主張，是爲"有辯"；言不及義，語不及質，則人言與鷇音沒有分別，是爲"無辯"；然鷇音與人言同樣沒有外在的機發者，是亦爲"無辯"。故莊子言之如此也。

[三]**道惡乎隱而有眞僞** 道，道理，理論。行甫按："道"字在莊書中所用多門，不可執一而論。惡乎，何以也。隱，遮蔽，隱藏也。眞僞，虛實也。**言惡乎隱而有是非** 言，語言，言論。隱，隱匿，隱晦也。行甫按：此"言"更側重於語言，與"夫言非吹"之"言"側重於內容，涵義稍有區別，亦不可執一而論。是以此"隱"亦有隱晦、暗昧之意。

[四]**道惡乎往而不存** 往，之也，去也。行甫按："往"與上下文之"隱"字爲互文，"往"亦

24

"隱"也。存,《廣雅·釋詁下》:"察也。"**言惡乎存而不可** 可,相值,相適也。**道隱於小成** 小成,猶言淺嘗輒止。行甫按:"小成",語義雙關,既指察存探究之淺嘗輒止,亦指胸襟見識相對狹小。**言隱於榮華** 榮華,枝葉也。行甫按:"榮華",亦語義雙關,既指辭藻虛浮華麗,炫人耳目却無實際内容;亦指細枝末節,繁辭苛瑣而不能揭示本質與大體。

[五]**故有儒墨之是非** 故,因此。儒,以孔子爲代表。墨,以墨翟爲代表。**以是其所非而非其所是** 以,用也,因也。是,肯定。非,否定。

[六]**欲是其所非而非其所是** 欲,將也。**則莫若以明** 莫若,不如也。以,通已。明,觀照也,認知也,辨察也。《説文》:"明,照也。"《吕氏春秋·恃君覽》"不可不明也",高誘注:"明,知。"《管子·宙合》:"見察謂之明。"行甫按:"莫若以明",蘇州王鍾陵謂當讀"莫若已明",得莊生之旨矣。

此乃本篇第一章第四節,謂人言與殼音,其區別不在有無外在的機發者,而在於其内容與主張。雖然"成心"乃是非根源,但"成心"未發,却無所謂是非。因此,是非之起,一起於認知的真僞,一起於語言的浮華。這是"成心"發動之後助紂爲虐造成是非之爭的兩大黑手:認知與客觀事物是否符合乃有真僞,語言不能準確揭示事物的本質是爲浮華。由此可見,是非的總根源却是發動"成心"的認知活動,如果放棄了主體認知,是非便無從産生,故曰"莫若以明"。

【譯文】

而且人的言論與風吹眾竅發出的聲音也是大爲不同的,所發表的言論呢,總是要説出某些内容與主張,提出某些看法與觀點。當然,毋須諱言,還有某些言論,不過是一大堆語言與詞藻的陳詞濫調而已。這樣一來,他所發表的言論,究竟有没有意義,有没有價值,也就完全不能確定了。他的言論果真是有意義、有價值的呢,還是不曾説出什麼有意義、有價值的東西呢?與那剛剛破殼而出的雛鳥叫聲有没有什麼區別呢?如果他的言論有實實在在的内容和主張,當然與那破殼初生的鳥叫是有著本質區別的;如果他説一些毫無意義的陳詞濫調,或者是一堆誰也聽不懂的言語組合,雖然他的發表言論與雛鳥的破殼而鳴一樣,並非有一個外在的發動者,但也與不知所云的鳥叫没有任何本質的區別。

大道爲什麼隱蔽不彰而有真僞呢?言論爲什麼隱晦不明而有是非呢?大道到哪裡去隱藏起來了而没有辦法考察探究它呢?言語爲什麼無論怎樣簡練揣摩却總是詞不達意呢?大道隱藏於探求的淺嘗輒止,也隱藏於見識的狹隘卑瑣。言論隱藏於認知的浮光掠影,難以洞見事物的本質,也隱藏於言語的華辭麗藻,無病呻吟,徒有絢人耳目的漂亮詞句而無實在的内容與價值。正是由於認知的淺嘗輒止,識見的卑瑣狹隘,詞藻的浮華絢麗,言語的空洞膚淺,所以才有儒墨兩大學派的互相攻擊與相互否定。從而凡是對方所反對與否定的,自己便大加贊成與肯定;凡是對方所贊成與肯定的,自己便大加反對與否定。與其像這樣翻來覆去地反對來反對去,没完没了地肯定來肯定去,不如乾脆放棄主體的觀照與認知,從根本上杜絕這種反覆無聊的是是非非。

　　物無非彼,物無非是。自彼則不見,自知則知之。[一]故曰彼出於是,是亦因彼;彼是方生之說也。[二]雖然,方生方死,方死方生;方可方不可,方不可方可;[三]因是因非,因非因是。是以聖人不由,而照之於天,亦因是也。[四]是亦彼也,彼亦是也。彼亦一是非,此亦一是非。[五]果且有彼是乎哉?果且無彼是乎哉?[六]彼是莫得其偶,謂之道樞。樞始得其環中,以應無窮。[七]是亦一無窮,非亦一無窮也。故曰莫若以明。[八]

【釋義】

[一]**物無非彼**　物,我身之外的萬事萬物。彼,指示代詞,猶今所謂那個、那邊。**物無非是**　是,此也,猶言這個、這邊。**自彼則不見**　自,從也,由也。則,即也。不見,蔽於彼而不見此也。**自知則知之**　自知,當爲"自是",嚴靈峰云:"上句'自彼則不見',則下句作'自是則知之';'彼'與'是'對,'見'與'知'對,文法井然"(引自陳鼓應《今注今譯》)。之,是也。行甫按:"自是則知之",謂自是即知是也。

[二]**故曰彼出於是**　出,生也。彼由此而立名。**是亦因彼**　因,憑也。此亦憑彼而立名。**彼是方生之說也**　方,猶並也。說,《說文》:"一曰談說。"《廣雅·釋詁二》:"論也。"生,起也。

[三]**雖然**　雖,通惟,猶以也,因也。**方生方死**　死,滅也。同時而起者,必同時而滅也。**方死方生**　同時而滅者,必是同時而起者。行甫按:此二句就對立面之相互依賴性而言也。**方可方不可**　可,相適,相值也。可與不可相並也,有所可即有所不可也。**方不可方可**　不可與可相並,有所不可即有所可也。行甫按:此二句就事物之各有適應性而言。《秋水》篇云:"梁麗可以沖城,而不可以窒穴""騏驥驊騮,一日而馳千里,捕鼠不如狸狌",是其例也。

[四]**因是因非**　因,憑也,據也。據此而非彼,據彼而非此也。**因非因是**　據其是而是之,據其非而非之。**是以聖人不由**　由,從也。**而照之於天**　而,猶乃也。照,觀照也。之,物也。於,猶以也。天,事物之自然本性。行甫按:"照之於天",即承認彼與此具有"方生方死"之相互依賴性以及物有"方可方不可"之適應性也。**亦因是也**　因,憑也,據也。是,此也,指代"彼是方生之說"也。

[五]**是亦彼也**　是,此也。亦,特也,不過也。**彼亦是也**　行甫按:二句謂彼與此的分別,並不在物本身,不過是觀照的立場不同所給予的不同稱謂而已,其實它們所指稱的是同一個對象。**彼亦一是非**　一,猶皆也,乃也。**此亦一是非**　行甫按:此二句與上二句相對立論,既然彼與此是由於立場與稱謂所作的分別,那麼同一對象由於觀察立場不同也就同樣有是與非,有彼與此。因而彼與此的稱謂以及是與非的判斷,便集於某個對象之一身了。

[六]**果且有彼是乎哉**　果且,果將也。行甫按:"有彼是乎哉",答案當是否定的,因爲物本身並無彼與此的分別。**果且無彼是乎哉**　行甫按:"無彼是乎哉",答案當是肯定的,因爲人的觀照

立場有彼與此的分別。

[七]**彼是莫得其偶** 彼是,彼與此也。得,取也。《吕氏春秋·順説》"臣弗得也",高誘注:"得,猶取也。"偶,二者相對也。行甫按:"彼是莫得其偶",不要對事物採取彼與此相對立的態度。**謂之道樞** 道,超越的精神境界。樞,中樞也。道樞,以道爲中樞也。**樞始得其環中** 始,猶終也。得,處也。其,猶於也。環,承樞之曰也。行甫按:"樞始得其環中",便於運轉調利而無所拘滯也。**以應無窮** 應,當也,應對也。無窮,無盡也。行甫按:不糾結於彼與此的對待,也不糾纏於是與非的分辯,這就是一種超脫與高遠的心靈境界,有了這種高遠超邁的心靈境界也就不會計較於彼與此,是與非了。

[八]**是亦一無窮** 亦,特也。**非亦一無窮也** 行甫按:只要有認知的立場,是與非便永遠是無窮無盡的。**故曰莫若以明** 以明,已明也。

此乃本篇第一章第五節,言物本無彼此與是非,之所以有彼此與是非,乃由人的認知立場所造成。因而是非與彼此,也是同時並生的。知乎此,則以超然物外的心態,可以應對無窮之是非,可以免除是非帶來的無窮困擾與煩惱。當然,放棄認知立場,也就徹底根除了是非,故再曰"莫若以明"。

【譯文】

我身之外的萬事萬物,無不是"那",也無不是"這"。從"那"邊的立場與視角,便看不見"這"邊;從"這"邊的視角與立場,才可以知道"這"邊。所以説"那"邊的立場與稱謂,是相對於"這"邊而產生的,"這"邊也是憑著"那"邊而相對立名的。這就是"那"與"這"同時共生的説法。由這個説法,自然便可以得到這樣的推論:同時共生的,必定將是同時共滅的;同時共滅的,必定曾是同時共生的。這就是説,相對而立的東西,必然具有彼此之間的依賴性。相適與不相適,也是同體共存的;有相適的地方,同時便也有不相適的地方。這就是説,事物各有不同的性能與用途,因而具有各自不同的適應性。根據它們的適應性,否定它們的不適應性;相反,根據它們的不適應性,否定它們的適應性:這都是錯誤的。因此,聖人不會走上這種錯誤的道路,不分青紅皂白地要麼肯定一切,要麼否定一切;而是抱著實事求是的態度,客觀公正地看待事物的本性。這就是由於他懂得了這個"彼是方生之説"的道理。"此"也就是"彼","那"也就是"這"。"彼"與"此"的區別,"那"與"這"的分辨,並不是事物本身自帶的徵兆,不過是由於觀照的立場不同,人爲地加給它們的不同稱謂而已,其實它們所指稱的就是同一個事物或同一個對象。同理,既然"彼"與"此"是由於立場與稱謂所作的分別,那麼同一事物或同一對象由於觀察立場不同,也就同樣有"是"有"非",有"彼"與"此"。因此,"彼"與"此"的稱謂,以及"是"與"非"的判斷,便同時集中在某個事物或某個對象自身了。這樣一來,"那"個本身也有一大堆"是"與"非","這"個本身也有一大堆"是"與"非"。果真一定有"彼"與"此"的分別嗎?從事物本身來説是沒有的。果真一定沒有"彼"與

"此"的分别嗎？從觀察立場與人爲稱謂來説是有的。不把"彼"與"此"看作絶對静止的對立,這就是具有"道"的心胸與境界的關鍵之所在,就像門户的樞紐一樣,只要把這個樞紐放進臼槽之中,它便可以隨心所欲地運轉無窮了。因此,有了這種高遠與超邁的"道"的心胸與境界,也就可以應對與化解無窮的"是"與"非"了。然而,只要有觀察立場,"是"也就無窮無盡,"非"也同樣無窮無盡。所以説,不如放棄主體的觀照與認知,就是這個道理。

以指喻指之非指,不若以非指喻指之非指也；以馬喻馬之非馬,不若以非馬喻馬之非馬也。[一]

天地一指也,萬物一馬也。[二]

可乎可,不可乎不可。[三]道行之而成,物謂之而然。[四]惡乎然？然於然。惡乎不然？不然於不然。[五]物固有所然,物固有所可。無物不然,無物不可。[六]故爲是舉莛與楹,厲與西施,恢恑憰怪,道通爲一。[七]其分也,成也；其成也,毀也。[八]凡物無成與毀,復通爲一。[九]唯達者知通爲一,爲是不用而寓諸庸。[一〇]庸也者,用也；用也者,通也；通也者,得也。適得而幾矣。因是已。[一一]已而不知其然,謂之道。[一二]

勞神明爲一而不知其同也,謂之朝三。何謂朝三？狙公賦芧,曰："朝三而暮四。"眾狙皆怒。曰："然則朝四而暮三。"眾狙皆説。[一三]名實未虧而喜怒爲用,亦因是也。[一四]是以聖人和之以是非而休乎天鈞,是之謂兩行。[一五]

【釋義】

[一]**以指喻指之非指**　以,用也。指,《説文》："手指也。"喻,説明,解釋。之,與也。《左傳》文公十一年："皇父之二子死焉。"《孟子·萬章上》："得之不得曰有命。""之"皆爲"與",是其例也。**不若以非指喻指之非指也**　若,如也。二句意謂:與其用手指來解釋説明手指與不是手指的差異性,不如用不是手指的東西來解釋説明手指的特徵性。行甫按:學者多以"自己的手指"與"别人的手指"爲説,難道"别人的手指"豈不同樣是"手指"嗎？莊生之旨,必非如是也。**以馬喻馬之非馬**　馬,馬獸也。**不若以非馬喻馬之非馬也**　指與馬,既是指現實實存的手指與馬獸,也是指觀念形態的手指與馬獸的虛擬概念。行甫按:現代形式邏輯表明,在一定論域中,對於任何一個事物,如果不能用一個正概念"A"去表示它,就能用相應的負概念"非 A"去表示它。此即莊生之旨,學者率皆牽扯名家的"白馬非馬"爲説,治絲而益棼也。

[二]**天地一指也**　天地,萬物也。一指,同是指。**萬物一馬也**　萬物,天地也。一馬,同是馬。行甫按:二者互文見義,就實際存在的"物"而言,天地萬物皆爲"物",因而各有其體,亦各有其用；則"手指"與"馬獸",各有不同的形體,各有不同的用途。就觀念存在的虛擬概念而言,名稱與指號皆不是事物本身所具有,而是方便於人們認知與識别的標記,因而"指"與"馬",無非是手指與馬獸的語言符號。"一指""一馬",天地萬物皆是不同的物,"一馬""一指",天地萬物皆有識

別標記。

[三]**可乎可** 乎,於也。可,相適應。**不可乎不可** 不可,不相適應。

[四]**道行之而成** 道,道路也。行,行走,踩踏也。而,乃也。魯迅《故鄉》:"地上本没有路,走的人多了,也便成了路。"其意也。行甫按:此預爲下句設比也。**物謂之而然** 謂,稱呼。然,如此也。物因人之稱謂而有如此之名號。行甫按:此二句乃言"天地一指也,萬物一馬也"之理,當緊隨其後,文有訛倒耳。

[五]**惡乎然** 惡乎,何以也。然,如此也。**然於然** 於,乃也。**惡乎不然** 不然,不如此也。**不然於不然** 於,猶乃也。行甫按:"可乎可,不可乎不可"二句當在此文之下,且與此文法句式相對,當作:"惡乎可,可乎可;惡乎不可,不可乎不可。"説見王先謙《集解》。行甫又按:自"道行之而成,物謂之而然"至此,言事物的稱謂與名號,都是人爲約定俗成的結果,某個特定的名稱也就賦予了某種特定形態的事物,因而没有必要隨意改變與置換。

[六]**物固有所然** 所,所以也。固,同故,本來。然,形態也。固有所然,固有的形態與稱謂。**物固有所可** 固有的性能與適應範圍。**無物不然** 每一種物皆有其形態及其稱謂。**無物不可** 每一種物皆有其適用範圍。

[七]**故爲是舉莛與楹** 故,所以。爲是,因此。行甫按:"故"字承上文言,"爲是"啟下文。舉,稱名擬實也。《墨子·經上》:"舉,擬實也。"《經説上》:"舉,告以文名,舉彼實也。"行甫按:此"舉",猶言稱其名而舉其實也。莛,音庭,小草也。《説文》:"莛,莖也。"或曰"筳"字之訛,小竹枝也。楹,木柱也。**厲與西施** 厲,通癘,《説文》:"癘,惡疾也。"西施,《釋文》:"勾踐所獻吴王美女也。"俞樾《平議》:"古書言莛者,謂其小也。莛、楹以大小言。厲、西施以好醜言。"**恢恑憰怪** 成《疏》:"恢者,寬大之名。恑(音詭)者,奇變之偁。憰(音決),矯詐之心。怪者,妖異之物。"行甫按:四字乃極言物各有殊種萬類,亦各有其約定之異名殊稱,不一而足。**道通爲一** 道,理也。通,同也。行甫按:"道通爲一",道理相通,只有一個,即"物固有所然,物固有所可"也。明乎此理,亦即"悟道";於是則心靈超邁通達,也就不再糾纏於"可"與"不可"、"然"與"不然"了。

[八]**其分也** 其,猶若也。分,分割破斷也。**成也** 成,就也。郭注:"夫物,或此以爲散而彼以爲成。"**其成也** 其,若也。**毁也** 毁,破毁也。成《疏》:"於此爲成,於彼爲毁。"行甫按:《孟子·告子上》"戕賊杞柳而以爲桮棬",即此"分"與"成","成"與"毁"之意。

[九]**凡物無成與毁** 凡,皆也,不一之詞。無,何也。《論語·子路》"予無樂乎爲君,惟其言而莫予違也",吴昌瑩《經詞衍釋》:"言鄧何樂乎爲君也。"行甫按:"凡物何成與毁",凡物無論其成與毁也。**復通爲一** 復,反也,仍也。劉淇《助字辨略》卷五:"《左傳》文公七年:復爲兄弟如初,此復字,猶還也,仍也。"通,同也。行甫按:"舉莛與楹"以至"道通爲一",言自然天成,非人爲加工之物。此"分也,成也"以至"復通爲一",乃言人爲加工之物也。人爲加工之物,仍然通同於一個道理,即"物固有所然,物固有所可。無物不然,無物不可"之理。

[一〇]**唯達者知通爲一** 唯,獨也。達,通也。達者,"悟道"者,心靈超邁通達,明於物理者。

爲是不用而寓諸庸　爲是，因此。用，行也，取也。《説文》：“用，可施行也。”《素問·調經論》“用形哉”，張志聰注引張兆璜曰：“用，取也。”行甫按：此“用”即“喜怒爲用”之“用”也。“不用”，不取好惡，不行分辨也。寓，居也。諸，之於也。庸，用也，常也。行甫按：“庸”兼“用”與“常”二義。“不用而寓諸庸”，謂不取好惡分辨，居其物於尋常之用也，即“然於然”，“可乎可”也。

　　[一一]**庸也者用也**　用，利用也。“庸”即是“用”，猶言“庸”便是倫常日用也。**用也者通也**　通，通達也。“用”即是“通”，猶言“用”便是“通達”物理而“用”其所“用”也。**通也者得也**　得，獲得也。“通”即是“得”，猶言“通達”物理便是悟“得”其“道”，亦即進入了超邁高遠的境界。章太炎曰：“庸、用、通、得，皆以疊韻爲訓。得借爲中，《地官》師氏‘中失’，故書中爲得，是其例。”**適得而幾矣**　適，之也，到也。而，乃也。幾，近也。行甫按：“適得而幾矣”，謂到了“得”道的境界，也就近於“逍遥”了。**因是已**　因，憑也，據也。是，此也，指代“物固有所然，物固有所可；無物不然，無物不可”之理也。已，猶“也”也。

　　[一二]**已而不知其然**　已，猶竟也，終也。行甫按：“已”猶今語所謂“事後”也。雖然“爲是不用而寓諸庸”，但並非刻意而爲之，乃不經意的無心之舉，事先無須思考，事後亦用不著反省，故曰“已而不知其然”也。**謂之道**　道，徹底的超然物外，進入自由自在的逍遥境界。

　　[一三]**勞神明爲一而不知其同也**　神明，心力，神智。行甫按：“勞神明爲一”，費其心力而計較之，而盤算之，乃與“已而不知其然”之無心之舉相反，因而與“道”的超脱境界相去不可以道里計也。更爲可悲的是，勞心傷神而計較盤算，而“不知其同”，在“物”本身却是沒有任何差別的，不過是愚蠢的徒勞而已。**謂之朝三**　謂之，譬如也；之，猶如也。王叔岷《校詮》：“謂猶譬也。”朝三，鍾泰《發微》：“舉二字以賅下文，文之省也。”**何謂朝三**　謂，叫做。**狙公賦芧**　狙公，豢養獼猴的老者。賦，頒發也。芧，音敍，似栗而小，又稱橡子。**曰朝三而暮四眾狙皆怒**　司馬云：“朝三升而暮四升。”**曰然則朝四而暮三**　然，如此也。則，即也。**眾狙皆説**　説，通悦。

　　[一四]**名實未虧而喜怒爲用**　名，名稱，概念也。實，物實，本質也。虧，損也，減也。用，行也，取也。行甫按：“喜怒爲用”，以主觀好惡作爲行動的取捨標準。**亦因是也**　亦，也詞也。因，憑也，據也。是，此也。行甫按：“勞神明爲一而不知其同”以至“名實未虧而喜怒爲用”，與上文“已而不知其然，謂之道”，乃文連而意不連，此遥接本節開頭“以指喻指之非指”“以馬喻馬之非馬”之意，謂眾狙陷溺於“馬與非馬”以及“指與非指”的差異性，而不明“天地一指”“萬物一馬”之理，故而一則“勞神明爲一而不知其同”，愚蠢而徒勞也；一則“名實未虧而喜怒爲用”，以好惡爲取捨也。則“因是”之“是”，乃遥指“天地一指，萬物一馬”之理也。

　　[一五]**是以聖人和之以是非而休乎天鈞**　是以，因此也。和，協也，諧也。之，助語詞。以，猶於也。而，且也；休，止也。乎，於也。鈞，製作陶器之轉盤，運轉無窮也。行甫按：“休乎天鈞”，將“是”與“非”置之於天然之陶鈞之上任其旋轉，則“是”與“非”的界線便逐漸模糊，最終無所分別。**是之謂兩行**　兩行，“是”與“非”並行無礙。行甫按：“是之謂兩行”，乃承“天鈞”之喻，謂置於“天鈞”之“是”與“非”，在視覺上界線模糊，但它們在事實上却仍然是存在的。

此乃本篇第一章第六節，言天地萬物，雖然有"指"與"馬"的不同，但那不過是便於辨別與區分所給予事物的不同稱謂與名號，其實就事物本身而言，它們並沒有本質的差異，無非是"物"而已。而所謂"物"，即各有其性，亦各有其用，這就是"道通爲一"。所以根本不必以主體的情感好惡爲依據，更不能憑著自己的想當然，是此而非彼。這既是以"道"觀"物"的立場，也是"道"的超越境界。

【譯文】

與其用手指來説明與解釋手指與不是手指的區別，不如用不是手指的東西來説明和解釋手指與不是手指的區別。與其以馬獸來説明和解釋馬獸與不是馬獸的差異，不如用不是馬獸的東西來説明與解釋馬獸與不是馬獸的差異。由於有了"手指"與"馬獸"這些立名與稱謂之後，就有了辨別事物的記號與標識，可以作區同別異乃至相互比較的使用。

但是，這些"指"的名號與"馬"的稱謂，只是人們共同賦予這類事物的外在標記，就天地萬物本身來説，它們都是"物"。"指"是天地萬物中的一"物"，"馬"也是天地萬物中的一"物"，就其爲"物"而言，它們並沒有本質的不同。

正如世上本來沒有路，走的人多了，也就成了路。天地萬物本身也不是一開始便有各自的稱謂與名號的，這些稱謂與名號，也是由於人們這麼約定俗成地叫出來的。某物爲什麼要叫這個名稱呢？因爲人們公認把這個特定的名稱賦予了這個具有特定形態的事物。反之亦然，某物爲什麼不叫另外的名稱呢？也是因爲人們不約而同地不把另外的名稱加給這個具有如此形態的事物，因而也就不能隨意改變與置換它們相應的名號與稱謂了。而且，某種形態的事物也各有不盡相同的價值與用途，怎樣才能體現事物的特定價值與用途呢？那也只能是在能夠充分發揮其性能與作用的場合。與此相反，某物爲什麼沒有某種價值與用途呢？那是因爲人們錯誤地把它用在了與它的性能與作用不相適應的場合。每個事物都有它固有的形態與稱謂；也有它固有的性能作用及其相應的適用範圍。沒有哪一個事物不具有特定的形態與公認的名稱，也沒有哪一個事物沒有它固有的性能及其適用範圍。所以我們可以説，一根小竹棒與一根大木柱，一個醜八怪與一個美西施，一切一切奇形怪狀而名稱詭異的事事物物，都有它們各自的性能及其相應的用途。概括起來説，物各有其性，物各有其用，這就是一個簡單到不能再簡單的大道理。明白了這個大道理，也就進入超邁通達的心靈境界，也就不再糾結於事物的大與小，人物的美與醜，性能的適用與不適用了。從這個意義上説，那些人工造就的事物，也是一樣的。當一物被分割與截斷了，它便成就了另一物；反之，成就了一物，也就破滅與毀壞了另一物。普天之下，大凡爲人工所造作出來的任何東西，無論是成一物還是毀一物，仍然是各有其性，各有其用。即使是爲了成就另一物而自身被破被毀，那也同樣是它的性能與用途。只有那些境界高遠，心靈通達的人才能夠明白這個道理。因此，也就用不著糾纏一事一物的個別差異，也用不著糾結一事一物的成就與毀滅了，只要把它們用在通常所用的地方就夠了。所謂倫常日用，就是物盡其用；物盡其用，也就是通達無所拘滯；通達無所拘滯，自然便心情快樂。到了通達無礙心情快樂的地步，當然便離"道"的超邁高遠的心靈境界不遠了。也就是因爲他明白了物盡其用這個道理而已。不過，像這樣處理日常事務，事先並沒有去用心盤算該如何如何，事後也不用費心思去反省不該如何如何，這才真正叫做超然物外的"道"的境界。

如果勞神費力地花大心思去計較與盤算把不同的事物歸置在一起却不知道它們本身就沒有什麼本質的區別，這種愚蠢的行爲可以用"朝三"的故事來形容。什麼叫"朝三"的故事呢？話說有一位豢養獼猴的老頭給他的猴兒們分發橡子，對它們説："早上給你們三個橡子，晚上再給你們四個橡子！"群猴們聽了之後吹鬍子瞪眼睛，没有哪一個是高興的。老頭馬上改口説："既然你們不高興，那就早上給你們四個橡子，晚上再給你們三個橡子吧！"群猴們聽了之後個個手舞足蹈，高興得要命。但事實上無論是三個加四個，還是四個加三個，它們的份數和總數都是一樣的，可是這些愚蠢的猴子却完全不明白，相反憑著自己的想當然或高興或憤怒因而感情用事。這其實是誇大並糾結於事物名號稱謂及其性能功用的差異性，而不明白歸根到底它們作爲物的本質却是相同的。所以聖人並不糾纏於彼與此、是與非的截然對立，而是心平氣和地把是與非懸置起來，是者任其所是，非者任其所非；就仿佛把是與非同時放置在一個製作陶器的天然大轉盤上一樣，當這個天然大轉盤旋轉起來之後，那是與非的界線也就逐漸模糊不清了。然而它們只不過是在人們的視覺中消失了而已，事實上那對峙的是非兩極仍舊在那轉盤上相互對峙著且同時相對轉動，這就叫做是非"兩行"。

古之人，其知有所至矣。惡乎至？有以爲未始有物者，至矣，盡矣，不可以加矣。[一]其次以爲有物矣，而未始有封也。其次以爲有封焉，而未始有是非也。[二]是非之彰也，道之所以虧也。道之所以虧，愛之所以成。[三]果且有成與虧乎哉？果且無成與虧乎哉？[四]有成與虧，故昭氏之鼓琴也；無成與虧，故昭氏之不鼓琴也。[五]昭文之鼓琴也，師曠之枝策也，惠子之據梧也，三子之知幾乎，皆其盛者也，故載之末年。[六]唯其好之，以異於彼，其好之也，欲以明之。[七]彼非所明而明之，故以堅白之昧終。而其子又以文之綸終，終身無成。[八]若是而可謂成乎？雖我亦成也。若是而不可謂成乎？物與我無成也。[九]是故滑疑之耀，聖人之所圖也。爲是不用而寓諸庸，此之謂以明。[一○]

【釋義】

[一]**古之人其知有所至矣**　知，認知，識見。至，到達。**惡乎至**　惡乎，猶何所也。**有以爲未始有物者**　有，或也。未始，未嘗也。未始有物，最初不曾有物也。者，猶"也"也。**至矣**　至，極也。成《疏》："造極之名也。"**盡矣**　盡，終也，竟。**不可以加矣**　加，猶損減也。

[二]**其次以爲有物矣**　其次，從無物到有物之次第也。**而未始有封也**　封，邊界也。**其次以爲有封焉**　其次，從無邊界到有邊界之次第也。焉，於是也。**而未始有是非也**　有是非，有價值判

斷也。

[三]**是非之彰也**　之，若也。彰，顯也。**道之所以虧也**　道，無是無非的超邁高遠境界。所以，因而。虧，侵蝕，毀損也。**道之所以虧**　之，猶其也。所以，因而也。**愛之所以成**　愛，偏私也，偏好也。之，猶乃也。所以，因而。成，形成也。

[四]**果且有成與虧乎哉**　果且，果若也。成，愛之成也。虧，道之虧也。行甫按：此問的答案是"無成與虧"，理由在下文。**果且無成與虧乎哉**　行甫按：此問的答案是"有成與虧"，理由亦在下文。

[五]**有成與虧故昭氏之鼓琴也**　故，若也。行甫按：此"若"之"故"乃示例之詞。昭氏，俞樾、馬敍倫皆以爲鄭國樂師文。鼓琴，以琴瑟演奏音樂。**無成與虧故昭氏之不鼓琴也**　行甫按：此以鼓琴喻認知活動，只要有認知活動，便一定有傾向性，一有傾向性便陷入主觀好惡，當然便有是非之爭，故曰"道之所以虧"也。

[六]**昭文之鼓琴也**　昭文，即昭氏。之，猶其也。**師曠之枝策也**　師曠，晉平公樂師。枝策，陳懋仁《庶物異名疏》："枝策，擊樂器也。"（王叔岷《校詮》）**惠子之據梧也**　惠子，惠施也。據梧，撫琴也。《德充符》述莊子斥惠子"今子外乎子之神，勞乎子之形，倚樹而吟，據槁梧而瞑"，《天運》亦云"倚於槁梧而吟"，劉師培以爲"梧"非鼓琴瑟。今之學者多從其說。行甫按：此爲文學之借代法，以"梧"代琴瑟也。《後漢書·蔡邕傳》："吳人有燒桐以爨者，邕聞火烈之聲，知其良木，因請而裁爲琴，果有美音，而其尾猶焦，故時人名曰'焦尾琴'焉。""梧"即"桐"也，乃製琴良材。以"梧"而代稱琴瑟，何爲不可？此其一也。"倚樹而吟，據槁梧而瞑""倚於槁梧而吟"，皆言惠子可自鼓琴而自吟唱，其樂技高超也。此其二也。此文以"鼓琴""枝策""據梧"相比較，必是同類，墨子曰"異類不比"。此其三也。**三子之知幾乎**　知，通智，智巧技藝也。幾，近也，三者之技藝相近也。**皆其盛者也**　盛，隆也，滿也。《荀子·臣道》"明主尚賢使能而饗其盛"，楊倞注："盛，謂大業。"**故載之末年**　載，記載也。之，於也。末年，《釋文》："崔云：書之於今也。"行甫按："載之於末年"，猶言載之於當代史也。

[七]**唯其好之也**　唯，通惟，以也，因也。好，喜好也，偏愛也。**以異於彼**　異，出類也。《戰國策·趙策二》"異敏技藝之所試也"，鮑彪注："異，出類。"《釋名·釋天》："異者，異於常也。"彼，他人。**其好之也**　其，猶以也。**欲以明之**　欲，將也。明，曉喻也，辯說也。《禮記·樂記》"述者之謂明"，孔穎達《正義》："明者，辯說是非。"

[八]**彼非所明而明之**　彼，他人也。行甫按："彼"即"以異於彼"之"彼"，猶今所謂"同行"也。所，猶可也。**故以堅白之昧終**　以，猶如也，若也。堅白，名家論題之一。昧，晦澀難明。終，終老也。行甫按：名家"堅白"之論，苛察繳繞，晦澀難明，此舉之以爲例也。行甫又按：此言三子同行，相互辯難，然逾辯逾晦澀，逾辯逾難明，如同"堅白"之論，終老亦未能使人有所明也。**而其子又以文之綸終**　其子，昭文之子也。鍾泰《發微》："言昭文之子，以概後之人也。"綸，論也，知也。王引之《經義述聞》："古字多借綸爲論。《說文》'惀，欲知之貌，聲義亦與論同。'"俞樾《平

議》:"‘之眛’與‘之綸’必相對爲文。古字綸與論通,《淮南》與‘明’對言,綸亦‘明’也。‘以文之綸終’,謂以文之所知者終,即是以文之明終。"行甫按:此"綸"字當以王、俞二氏説爲勝,義兼"論""知""明"三義,與前文"三子之知幾矣"之"知"以及"彼非所明而明之"義合。郭《注》成《疏》解爲"緒",乃因"其子"爲説耳。**終身無成**　成,就也,定也。《説文》:"成,就也。"《國語·楚語上》"未有成",韋昭注:"成,猶定也。"

　　[九]**若是而可謂成乎**　若是,如此也。可謂成乎,行甫按:承上文之意,猶言"若無成而可謂成乎"。**雖我亦成也**　江南古藏本作"雖我無成亦可謂成矣"。行甫按:當以古藏本爲是,承上文之問而言"無成亦可謂成"也。**若是而不可謂成乎**　若是,如此也。無成即不可謂之成也。**物與我無成也**　物,人也。行甫按:言人人終身辯論而皆無所成也。何以言之? 謂逾辯而逾惑也。

　　[一〇]**是故滑疑之耀**　是故,因此也。滑,亂也。疑,惑也。耀,明也。《國語·周語上》"先王耀德不觀兵",《鄭語》"以淳耀敦大",韋昭注:"耀,明也。"**聖人之所圖也**　圖,通鄙,行甫按:圖與鄙,兩周金文皆作啚。《齊侯鎛》"與鄙之民人都啚",《敔殷》"啚於棼伯之所",後分化爲圖爲鄙,故二字可通用。**爲是不用而寓諸庸**　庸,常也,眾也,平凡也。《國語·齊語》"君之庸臣也",韋昭注:"庸,凡庸也。"《淮南子·原道》"此俗世庸民之所公見也",高誘注:"庸,眾也。"行甫按:"爲是不用而寓諸庸",與上文文同而意不同,此言不用因"好之"而"明之",應當混跡於黎甿,以眾人共同好惡爲好惡也。**此之謂以明**　以,通已,止也。

　　此乃本篇第一章第七節,言没有以"道"觀"物"的立場與超然"物"外的思想境界,反而以主觀好惡是己而非彼,則是非之爭勢必永無終局。因此,在這種明顯帶著觀察立場與主觀好惡的前提下辯來辯去,勢必越辯越糊塗,不如放棄這種私好之"明"。

【譯文】

　　古代的有識之士,他們的認知程度與見識水平都達到了某些層次了。他們達到了哪些層次呢? 有的認爲:世界在最初的時候空空蕩蕩什麼東西也没有,這是迄今爲止最爲高遠而超邁的境界了,已經到了盡頭而無法企及了,也不可能在它的前面再翻過一截了。依次而來的看法是:認爲世界已經從什麼東西都没有進入到有東西了,但這些東西之間還不存在任何界線,尚未出現彼與此的分際與區別。依次而來的看法則認爲事物的界線出現了,不僅有了彼與此的分界,也有了人與我的區別;雖然如此,但還没有出現與好惡相關的是與非的價值判斷。然而,一旦出現了是與非的價值判斷,那種無限高遠超邁而無物亦無我的"道"的境界也就因此蕩然無存了。所以"道"的境界蕩然無存,就是因爲人的偏私與好惡形成了。是不是偏私好惡的形成與"道"之境界的虧損這二者之間的確具有密切的因果關係呢? 是不是偏私好惡的形成與"道"之境界的虧損之二者並非具有什麼直接關聯呢? 不過,偏好的形成與"道"境的虧損之間的因果關係,從鄭國樂師昭文之琴瑟演奏的例子中便可以顯示出來。當然,鄭國樂師昭文如果不去演奏琴瑟,那麼偏好的形成與

"道"境的虧損之間,其因果關聯也就無從顯示出來了。可以說,昭文的琴瑟演奏,師曠的打擊音樂,惠施的自彈自唱,三位先生的音樂知識與演奏才能是不相上下的,都是處在他們音樂生涯的巔峰狀態,所以他們很榮幸地被載入了當代史冊。但是由於他們對於音樂各有天賦,也各有偏好,所以總想超越同行。也正是由於他們各有偏好,就希望其他同行能夠對他們的理論與技法有所理解與接受,於是便不停地向他們宣講與辯說。由於其他同行也一樣各有偏好,所以並不願意接受他人的宣講與辯說,這樣彼此便發生了爭論,你批評過來,我反駁過去,因而把問題弄得越來越複雜,越來越晦澀。就像名家討論"堅白石二"還是"堅白石三"一樣,越爭越糊塗,直到老死都得不到明確的結論。然而,老輩人爭論不休也就罷了,他們的後輩,如昭文的兒子又繼續接著爭論辯說了一輩子,終其一生也未能有所成就,也沒有得出一個定論。像他們這樣反覆爭論不休,便可以叫做有所成就嗎? 那麼,像我這樣一事無成的人,也可以叫做大有成就了。倘若如此反覆爭論,不能叫做有所成就的話,那麼所有人也與我一樣,都是一事無成,都在這麼反覆爭論。因此,那種帶著個人偏見與主觀好惡而使人越來越昏亂糊塗的所謂"明辯是非",終究是為聖人所鄙視的。因此,最好還是放棄個人主觀偏見與情感好惡而混跡於黎甿,以社會大眾共通的好惡為好惡。這就叫做"止明"。

　　今且有言於此,不知其與是類乎? 其與是不類乎?[一]類與不類,相與為類,則與彼無以異矣。[二]雖然,請嘗言之:[三]

　　有始也者,有未始有始也者,有未始有夫未始有始也者。[四]有有也者,有無也者,有未始有無也者,有未始有夫未始有無也者。[五]俄而有無矣,而未知有無之果孰有孰無也。[六]

　　今我則已有謂矣,而未知吾所謂之其果有謂乎,其果無謂乎?[七]天下莫大於秋豪之末,而大山為小;莫壽於殤子,而彭祖為夭。天地與我並生,而萬物與我為一。[八]

　　既已為一矣,且得有言乎?[九]既已謂之一矣,且得無言乎?[一〇]一與言為二,二與一為三。[一一]自此以往,巧曆不能得,而況其凡乎![一二]故自無適有以至於三,而況自有適有乎![一三]無適焉,因是已。[一四]

【釋義】

[一]**今且有言於此**　今,今也,故也,承上啟下之詞。且,姑且也。有,又也。**不知其與是類乎其與是不類乎**　其,將也。是,代指上述以喜怒好惡相爭之事。類,類似,同類。

[二]**類與不類**　猶言無論類與不類也。**相與為類**　相與,共同也。行甫按:類,亦以為好惡之言。不類,我以為類,你以為不類,則亦為好惡不定之言。故曰"相與為類"。**則與彼無以異矣**　彼,上述三子之徒。以,所也。異,差異。無以異,無所差別也。

[三]**雖然**　即使這樣。行甫按:即使無論是"類"還是"不類"也。**請嘗言之**　嘗,試也。言,即下文"有始"及"有有"之言。

穆《纂箋》：" '成心'與'成形'對文。各隨其成心而師之，所以爲芒，而是非横生也。"行甫按：錢説是也。"其"與"成心"爲同位語，則"成心"即是"芒"也。《秋水》篇曰："井黿不可以語於海者，拘於虚也；夏蟲不可以語於冰者，篤於時也；曲士不可以語於道者，束於教也"。則"成心"者，乃是由其人所處之空間與時間及其所受之教育而形成的一己之偏見，此乃人生之大"芒"；且亦不知此"成心"是由"吾"所起抑或由"我"所起，是乃"芒"之中又有其"芒"也。師，取法也，尊而從之也。**誰獨且無師乎** 獨且，王叔岷《校詮》："複語，義與尚同。"師，教師也。《周禮·地官》"師氏"，鄭玄注："師，教人以道者之稱也。"**奚必知代而心自取者有之** 代，即"日夜相代乎前"之"代"，各種心理情緒此起彼伏也。自取，即"咸其自取"之"自取"，此兩"自取"之"取"，亦即"非我無所取"之"取"，皆是"自己造成"之意。行甫按："知代而心自取者"，指具有上述各種精神活動及心理情緒之人。有之，有成心也。**愚者與有焉** 愚者，感官遲鈍因而心理情緒及精神活動相對貧乏之人。與，猶如也。有，有成心也。焉，猶"也"也。

[九]**未成乎心而有是非** 乎，於也。**是今日適越而昔至也** 是，猶乃也。適，往也。越，越國。昔，昨也。至，達也。**是以無有爲有** 是，乃也。

[一〇]**無有爲有** 承前省"以"字。**雖有神禹** 雖，即使也。有，爲也。神，《説文》："天神引出萬物者也。"禹，舜臣，平治水土，任土作貢，弼成五服，其創造力之大猶如"引出萬物"之神，故曰神禹。**且不能知** 且，尚且也。**吾獨且奈何哉** 獨且，猶尚也。奈何，如何也。

此乃本篇第一章第三節，言"天籟"的另一自然屬性：人的外在形體與內在成心並存。外在的形體彼此之間配合如此協調，亦不知爲誰所控制。而內在的成心卻無論其人之感官是否遲鈍，其心智是否健全，人人皆有，且與外在形體同生而同死。

【譯文】

成以百數的骨骼，支撐著軀殼；九大孔竅，連通於內外；五臟六腑，隱藏於軀殼之中。從裏到外，應有盡有，十分完備。然而，支撐軀殼的百骸，連通裏外的九竅，隱藏於軀殼的五臟六腑，我應當與哪一個更加親近呢？是不是應當有所偏愛呢？還是應當就這樣把它們都作爲臣妾奴僕來看待呢？但如果它們都是臣妾奴僕，它們哪裡有資格去統理對方呢？難道它們是互相輪流著當主僕嗎？是不是確實有一個真正的君主存在於它們中間呢？當然，無論是否能夠找到它們實際上誰是君主，總而言之，絲毫不會影響這個判斷的真實性。

自打得受陰陽之氣而完成了形體，這個應有盡有的生命體，自從娘胎出生以後直到生命的盡頭，便不會丟失任何部件。但是在人生的旅途上卻在不斷地被外部世界的風霜刀劍所刻削所消磨，而且奔向人生終點的速度也更像風馳電掣般地向前飛進，卻沒有任何力量可以阻止它，這不是非常悲哀的嗎？一輩子忙忙碌碌辛勤勞累卻沒有什麼拿得出手的成就，終身窮苦困頓疲於奔命卻不知道人生的歸宿將在何處，能不讓人哀傷嗎？有人自稱他不會死，有什麼用呢，能增加他的壽命

　　[四]**有始也者**　始，天地宇宙有一個開頭。**有未始有始也者**　未始有始，無始也，此否定有始。**有未始有夫未始有始也者**　夫，彼也，與未始有始爲同位語。有未始有夫云云，此否定前之無始。行甫按：此乃天地宇宙是否有一個開頭的無窮爭論。

　　[五]**有有也者**　有有，有言"有"者，有，有物也。言宇宙之初有物存在。**有無也者**　無，無物也。言宇宙之初無物存在。**有未始有無也者**　未始有無，無所謂有，亦無所謂無。在然疑之間，爲存疑之説。**有未始有夫未始有無也者**　夫，與"未始有無"爲同位語。未始有夫云云，此爲"存而不論"之説，猶言不可知也。行甫按：此爲宇宙之初有物還是無物的無窮爭論。

　　[六]**俄而有無矣**　俄而，傾然也。有無，猶言真假也。行甫按："俄而有無矣"，傾間追問，其所陷於無窮爭論之問題，究竟是不是問題；或是真問題還是假問題。**而未知有無之果孰有孰無也**　未知，不知也。有無，有無之論。之，猶者也，有無之，持有無之論者。果，究竟也。孰，誰也，何也。孰有孰無，猶言誰能肯定，誰能否定。行甫按：二句謂：傾間追問所論之問題本身，是不是問題，不知持論者如何作答。言争論毫無意義，不過意氣用事而已。

　　[七]**今我則已有謂矣**　今，現在。則，即也。已，通以，因也，由也。謂，判斷也，評價也。**而未知吾所謂之其果有謂乎**　而，轉折詞，與"則"相關爲用。之，猶乃也。其，猶將也，殆也。果，實也。有謂，有意義、有價值的内容，真判斷。**其果無謂乎**　其，將也，抑也。無謂，無價值，假判斷。

　　[八]**天下莫大於秋豪之末**　莫，無也。秋豪，成《疏》："秋時獸生豪毛，其末至微，故謂秋豪之末也。"末，末端。**而大山爲小**　而，則也，且也。大，同太；大山，泰山也。行甫按：此乃有關大、小的虛假判斷。**莫壽於殤子**　殤子，幼童而夭折者。**而彭祖爲夭**　彭祖，人以爲長壽者。夭，短命。行甫按：此乃有關時壽、夭的不實之説。**天地與我並生**　並生，同生也。**而萬物與我爲一**　爲一，爲一體也。行甫按：此乃出於想像的無根之談。行甫又按：此三句乃莊子影射惠施"萬物畢同畢異""大同而與小同異"之哲學理論，認爲皆是出於想像的不實之言，故以此爲例，以説明有關趣味的問題更是無須爭辯。

　　[九]**既已爲一矣**　既已，已經。爲一，成爲一體。行甫按：此單以"萬物與我爲一"爲例，析其相爭者各自所持之理由。**且得有言乎**　且，猶尚也，豈也。得，猶能夠也。有言，出言發話也。行甫按：既然"萬物與我爲一"，則已經爲物，豈得發言説話？見過牛或樹有説話的嗎？此爲質疑之理由也。

　　[一〇]**既已謂之一矣**　謂，稱也。之，猶其也。一，一體也。**且得無言乎**　無言，沒有説話。行甫按：既然已經説了"萬物與我爲一"這句話，能説沒有説話嗎？此乃反駁質疑之理由也。

　　[一一]**一與言爲二**　一，初言之"一"，即"萬物與我爲一"之最初命題。言，質疑其最初命題"爲一"之"言"，即"且得有言乎"的質疑之言。二，最初命題與質疑命題相加爲"二"。**二與一爲三**　一，反駁質疑理由的"謂之一"之"一"。則從最初命題到質疑命題再到反駁質疑之命題，其往返共有"三"也。

　　[一二]**自此以往**　從今以後，即從"三"以後，還會繼續發生不斷的質疑與反質疑。**巧曆不能**

得 巧曆,巧於曆算,善於天文推步。**而況其凡乎** 況,況且。凡,凡人,不善於天文曆算之一般人。

[一三]**故自無適有以至於三** 故,因此。自,從也。適,到也。自無適有,無中生有,由趣味好惡所生的是非之爭。**而況自有適有乎** 自有適有,由認知所生的是非之爭。

[一四]**無適焉** 適,之也,止也。**因是已** 因,由也。是,此也,指上文反覆申明的"成心"之"知"與分辨之"明"也。

此乃本篇第一章第八節,言憑主觀好惡與想當然以爭論是非,永遠没有客觀標準,不過是意氣之爭而已,因爲趣味無從爭辯。

【譯文】

因此,現在姑且再在這裏説幾句話,不知道這些話與上面所説的那些因喜怒好惡而爭論不休的情況是相類似的呢,還是不相類似的呢?無論相類似還是不相類似,歸根結蒂都是相似的,因而也就與那些情況没有什麼兩樣了。爲什麼這麼説呢?如果你認爲是相似的,當然就是相似的;如果你認爲不是相似的,那麼在相似與不相似的問題上,便已然發生了爭執。不過,即使是這樣,無論相似與不相似,還是讓我試著把話説完罷:

有人認爲天地宇宙有一個最早的開頭;有人認爲天地宇宙未曾有一個開頭;又有人認爲天地宇宙並没有那所謂未曾有的開頭。這是有關天地宇宙有始與無始的無窮論爭,只不過是各抒己見而已。有人認爲宇宙之初有事物存在;有人認爲宇宙之初没有事物存在。這是兩種截然相反的意見。有人認爲既不曾有物,也不曾無物。這是對有物還是無物持首鼠兩端的懷疑態度。還有人認爲根本就没有那所謂有物還是無物的事。這是對究竟有物還是無物,持不可知的虚無態度。總之,有關天地宇宙是有始還是無始,是有物還是無物,就有這許多不同的態度與説法。要是突然追問:你們爭論不休的這些有呀、無呀的問題,究竟是有還是無呢?不知道這些論有、論無的人究竟誰以爲有、誰以爲無!由此可見,這些有呀、無呀的爭論,都是毫無意義的虚假問題,其所以爭論不休,不過是意氣用事罷了!

現在我也來順著這些説法提出幾個相關判斷,但也不知道我所提出的這些命題與判斷,是實有其事呢,還是實無其事呢?説:"天下没有比秋天的毫毛末端更大的東西,而且泰山也是小得可憐的;没有人的生命能活過夭折幼童,而且號稱長壽的彭祖也是短命的;天地與我一起同生同長,而且萬物與我就是一體的。"

可是,當我説出這些話來之後,立即就發生了無窮的爭論。比如有關"萬物與我爲一"的爭論,其過程是這樣的:"既然你與萬物成爲一體了,你還能説話嗎?你見過石頭與樹木或豬狗與牛羊有能説話的嗎?"這是質疑那個"爲一"的最初命題。對質疑的回應與反駁,則説:"既然已經説出'萬物與我爲一'了,豈能認爲没有説話呢?"這樣一來,最初"爲一"的命題與質疑"爲一"的命題,加在一起就變成兩個命題了。再加上回應與反駁的另一個命題,就成爲三個命題了。依此類推,這種質疑與反駁,還會不斷地推演下去,以至於那些善於天文推步的演算家都不能計算清楚,更何況沒有算術才能的一般人呢? 因此,從一個無法質正的趣味命題都能引發三種不同的論爭來,更何況那些因受"成心"支配的認知活動所產生的是非之爭呢? 一定是無休無止,沒完沒了,沒有盡頭的,也是由於主觀偏見的認知活動所產生的無窮爭辯。

　　夫道未始有封,言未始有常,爲是而有畛也。[一]請言其畛:有左,有右,有倫,有義,有分,有辯,有競,有爭,此之謂八德。[二]六合之外,聖人存而不論;六合之內,聖人論而不議。[三]《春秋》經世先王之志,聖人議而不辯。[四]故分也者,有不分也;辯也者,有不辯也。[五]曰:何也?聖人懷之,眾人辯之以相示也。故曰辯也者,有不見也。[六]

　　夫大道不稱,大辯不言,大仁不仁,大廉不嗛,大勇不忮。[七]道昭而不道,言辯而不及,仁常而不成,廉清而不信,勇忮而不成。五者園而幾向方矣。[八]

　　故知止其所不知,至矣。[九]孰知不言之辯,不道之道?[一〇]若有能知,此之謂天府。[一一]注焉而不滿,酌焉而不竭,而不知其所由來,此之謂葆光。[一二]

【釋義】

[一]**夫道未始有封**　夫,且也。道,深刻的思想水平,高遠的心靈境界。封,封域,止境。行甫按:思想水平與心靈境界,既是無限提升的過程,也是沒有止境的精神領域。**言未始有常**　言,言論,言語。常,不變。語言的概括能力表達水平也是不斷變化的。行甫按:二句義可參見本章第四節"道隱於小成,言隱於榮華"之解説。**爲是而有畛也**　爲是,因此。而,乃也。畛,音枕,界域也。

[二]**請言其畛**　言,舉也。**有左有右**　左與右,相互對反。**有倫有義**　倫,選擇也。《後漢書‧崔駰傳》"游不倫黨",王念孫《讀書雜志》:"倫,擇也。游不倫黨,謂交不擇類也。《説文》:'掄,擇也。'《周官‧山虞》曰'邦工入山林而掄材',《少牢饋食禮》'雍人倫膚九',鄭注:'倫,擇也。'是倫與掄通。"義,傾斜也。王引之《經義述聞》:"《説文》:'俄,行頃也。'《小雅‧賓之初筵》'側弁之俄',鄭箋曰:'俄,傾貌。'《廣雅》曰:'俄,衺也。'古者俄、義同聲,故俄或通作義。《立政》'乃三宅無義民',義與俄同,衺也。"行甫按:"有倫有義",言有選擇,有傾向也。**有分有辯**　分,分別也。辯,通辨。《禮記‧曲禮上》"分爭辨訟",鄭玄注:"分、辨,皆別也。"行甫按:"有分有辯",有區分,有辨別也。**有競有爭**　郭象注:"並逐曰競,對辯曰爭。"**此之謂八德**　德,行爲表現。八德,認知與言論的八種不同層面的行爲表現。行甫按:左右,認知立場袒分左右。倫義,觀點表達有所選擇與傾向性。分辨,理論主張有是非與破立。競爭,論難態勢有相抗與爭勝。是"八德"可分爲四組,逐步升級。

[三]**六合之外**　六合,天地四方。六合之外,天地之外,非人間之世也。**聖人存而不論**　存,察也。論,選擇與討論也。《荀子‧王霸》"若夫論一相以兼率之",楊倞注:"論,謂討論選擇之

也。"王叔岷《校詮》:"論則失於空疏。"**六合之内** 天地之内,人世之間也。**聖人論而不議** 議,議論評價也。論而不議,論說事理,不加個人意見。王叔岷《校詮》:"議則流於偏執。"

[四]**《春秋》經世先王之志** 《春秋》,史書之名,孔子筆削於魯史。經世,國家與社會治理。志,記載。經世先王,即先王經世,猶"大木百圍"即"百圍大木"也。**聖人議而不辯** 辯,辯駁。議而不辯,只發表個人意見,不與他人往復辯說。

[五]**故分也者** 故,因此。分,可分也。**有不分也** 不分,不可分也。**辯也者** 辯,辯論,分辨。**有不辯也** 不辯,不可辯論,不可分辨也。行甫按:就事理言,有可分、須分者與可辨、須辨者;亦有不可分、不須分者與不可辨、不須辨者。"六合之外,聖人存而不論",是也。就才具言,有能分、善分者與能辯、善辯者;亦有不能分、不善分與不能辯、不善辯者。此即"大知閒閒,小智間間;大言炎炎,小言詹詹"之現象;其原因則在"道未始有封,言未始有常"也。

[六]**曰何也** 曰,設問以言事象也。何,怎麼樣。行甫按:單用一"何"字,問怎麼樣,非問爲什麼。爲什麼者,原因已明於上。怎麼樣者,現象乃言於下。**聖人懷之** 懷之,聖人見識遠大,境界開闊;故兼容並包,無所分辯也。**衆人辯之以相示也** 示,炫耀,矜誇也。**故曰辯也者** 辯,亦含辯論與辨別二義焉。**有不見也** 不見,有所遮蔽,見識未到。

[七]**夫大道不稱** 大道,最深刻的理論,最高遠的境界。不稱,無須稱說,亦難以稱說。**大辯不言** 大辯,最高境界的辯論。不言,不須言說,亦無以言說。**大仁不仁** 仁,親也,愛也。《說文》:"仁,親也。從人,從二。忎,古文仁,從千心。"大仁,至高無尚之仁。不仁,不親不愛也。**大廉不嗛** 廉,廉潔,清廉也。大廉,最高尚的廉潔。嗛,通謙,謙讓也。不嗛,不謙讓,不推辭。**大勇不忮** 勇,勇氣,勇敢也。忮,狠戾也。《說文》:"忮,很也。"段玉裁注:"很者,不聽從也。"

[八]**道昭而不道** 昭,明也。不道,非道也。"道"的心靈境界,非語言所能描述,即使勉強描述,也不是那"道"的境界。此亦"大道不稱"之意。**言辯而不及** 言辯,言語辯說也。及,逮也。語言概念只是對外部世界的虛擬,永遠也不能達到外部世界本身。此亦"大辯不言"之意。**仁常而不成** 常,通當,《韓非子·十過》"願聞古之明主得國失國何常以",《說苑·反質》"常"作"當",是其例也。當,得當也,相值也。成,江南古藏本作"周",郭注:"物無常愛,而常愛必不周。"是郭本亦爲"周"。行甫按:"仁當而不周",行仁而有具體之對象,則不可能周遍。此亦"大仁不仁"之意。**廉清而不信** 清,清徹也。廉清,廉潔透明也。信,誠實也。不信,猶欺詐也。**勇忮而不成** 勇忮,鬬勇之狠也。不成,不能成就大勇也。**五者圓而幾向方矣** 五者,指道、辯、仁、廉、勇也。圓,司馬云:"圓也。"王叔岷《校詮》:"《說文》:'刓,剸也。'段注:'剸,當作團,團,圜也。'刓,《齊物論》作圓。《說文》'圓,圜,全也。'"是圓若圓者,圓通周全也。五者圓,指大道、大辯、大仁、大廉、大勇也。幾,近也。方,方正之物。向方,轉向於方,指不稱、不言、不仁、不嗛、不忮也。若等而下之,涉於行跡,便流於表面,則爲"不道""不及""不周""不信""不成"矣。行甫按:商之伊尹流放其君太甲,公孫丑問:"賢者之爲人臣也,其君不賢,則固可放與?"孟子曰:"有伊尹之志則可,無伊尹之志則篡也。"(《孟子·盡心上》)孟子所謂"伊尹之志"者,即此"五者圓而幾向方"之關

鍵。如果沒有高遠的心靈境界與深刻的思想理論作支撐,則一切美好初衷皆可能變味與變質。亦如莊子超然物外的生存智慧,在阿Q那裡便變成"精神勝利法"。這"五者園而幾向方",乃莊子之"道"的一大玄機,讀者須當參透。

[九]**故知止其所不知**　故,因此。知,認知。其,猶於也。不知,不能知。《庚桑楚》"知止乎其所不能知",是其義也。行甫按:"知止其所不知",即"六合之外,聖人存而不論"也。**至矣**　至,極也,盡也。

[一○]**孰知不言之辯**　孰,誰。知,懂得,明白。不言之辯,不以語言之辯論。**不道之道**　不用稱説的大道。

[一一]**若有能知**　若,猶如也。**此之謂天府**　此,指"不言之辯,不道之道"也。天府,天然的府庫,喻苞舉宇內而含藏萬有之無限高遠的心靈境界。

[一二]**注焉而不滿**　注,灌注也。**酌焉而不竭**　酌,挹出也。**而不知其所由來**　所,何也。由,從也。行甫按:"不知其所由來",謂非從認知而來也。**此之謂葆光**　葆,音保,葆光,葆有生命的光輝。行甫按:從本篇開頭至此,皆可視爲南郭子綦所語於顏成子游"今者吾喪我"的理論依據。雖娓娓道來,却是層層推衍,邏輯綿密。

　　此乃本篇第一章第九節,言即使是以超越的境界觀察事物,也由於境界的提升是無限的,因而"以道觀物"也會有境界與層次的不同。而且隨著觀物境界的提升,相應的語言概括能力也有所變化。其間更會產生不少處在不同層次的爭議。故曰"六合之外,聖人存而不論;六合之內,聖人論而不議"。由此可見,其人所處的精神境界,決定著其人的問題意識。反之,觀其人所爭議的問題,即知其人所處的思想層次。如果明白了這一道理,參透了個中玄機,"辯"也就毫無意義了,所以"聖人懷之,眾人辯之以相示也"。因此,在不能認知之處戛然而止,不"辯"也不"言",心知其意而又保持沉默。這才是生命的天然府庫所儲存的無盡寶藏,可以永葆生命之光的活水源頭。

【譯文】
　　再説思想的深度與心靈的境界是沒有止境的;語言的概括能力與思想的表達水平,也不是一成而不變的,因而觀察事物與認知世界,就會有不同的方法,便會形成各種不同的差異,當然就有各種不同的是非爭論。讓我説説這些區別與差異吧:有的採取左邊的觀察立場,有的採取右邊的觀察立場。有的事先要選擇觀察對象,有的在觀察之前便預設了主觀傾向。有的就單一問題條分縷析,細致入微;有的就複雜對象區同別異,歸納分類。有的心平氣和地對等辯論,有的盛氣凌人地爭強好勝。這就叫做"八德",亦即是非之爭的產生過程及其表現形式。因此,對於天地四方之外非人世間的事情,聖人只是默默地觀察,不會憑想當然地作任何選擇發表任何意見。而對於天地四方之內人世間的事情,聖人便只是論説事理,並不加任何主觀判斷與評價。《春秋》這本書是有關先王治理國家的記載,聖人對這些歷史往事,雖然有所判斷與評價,但並不與人發生辯論與爭執。由此看來,天地内外,古往今來,各種事理,有可分、能分的;也有不可分、不能分的。有可以而且能夠加以分辨討論的,也有不可且不能加以分辨討論的。這怎麽説呢? 聖人識見遠大,胸襟開闊,含藏萬有,心知其意却保持沉默,無須分辯。而眾人却喋喋不休地争論辯説,不過是互相矜誇與彼此炫耀自己的一孔之見而已;其實他們的眼光與見識還没有達到那種高遠的境界,看問題並不通透,還存在著許多盲區。

所以説高遠的心靈境界用不著稱説也無從稱説;最深刻的辯論就是不須言辯也無從言辯;最普泛的仁愛近於無所仁愛;最高尚的廉潔並不意味著完全不受饋贈;最偉大的勇敢也不意味著好力鬪狠行凶。高遠的心靈境界一旦進入言説便與那"道"的境界相去甚遠了;巧妙的説辭也難以觸及外部世界的真相;普泛的仁愛如果落實到具體對象身上也就不可能是普泛的仁愛了;高尚的廉潔如果真的一塵不染也就近乎欺詐了;偉大的勇敢如果用之於鬪狠行凶也就不稱其爲勇敢了。這五個方面的行爲旨趣是十分圓融而周洽的,也很不容易拿捏得準確而真切,稍有差池也就變味變質,從而走向它們的反面了。

因此,如果能把認知與判斷活動結束在不可認知與無法判斷的地方,就是最好不過的了。有誰能懂得辯論無須言説的玄妙之處呢,有誰能明白心知其意却又保持沉默的超邁境界呢? 如果真的有人明白了這個意義,參透了這一玄機,那就是在精神上擁有了無限豐富的寶藏,這也可以叫做"天然的府庫"。這智慧的大海,不斷地注入却不會滿溢,永遠地取用也不會枯竭,可是不知它的源頭究竟來自何方。擁有這個智慧的心靈,可以説就是永遠蘊涵著生命的活力,就是永遠葆持著内在的光明。

[二]

故昔者堯問於舜曰:"我欲伐宗、膾、胥敖,南面而不釋然。其故何也?"[一]舜曰:"夫三子者,猶存乎蓬艾之間。若不釋然,何哉?[二]昔者十日並出,萬物皆照,而況德之進乎日者乎!"[三]

齧缺問乎王倪曰:"子知物之所同是乎?"曰:"吾惡乎知之?"[四]"子知子之所不知邪?"曰:"吾惡乎知之!"[五]"然則物無知邪?"曰:"吾惡乎知之! 雖然,嘗試言之。庸詎知吾所謂知之非不知邪? 庸詎知吾所謂不知之非知邪?[六]

"且吾嘗試問乎女:民濕寢則腰疾偏死,鰌然乎哉? 木處則惴慄恂懼,猨猴然乎哉? 三者孰知正處?[七]民食芻豢,麋鹿食薦,蝍蛆甘帶,鴟鴉耆鼠,四者孰知正味?[八]猨猵狙以爲雌,麋與鹿交,鰌與魚遊。[九]毛嬙麗姬,人之所美也,魚見之深入,鳥見之高飛,麋鹿見之決驟。四者孰知天下之正色哉?[一〇]自我觀之,仁義之端,是非之塗,樊然殽亂,吾惡能知其辯!"[一一]

齧缺曰:"子不知利害,則至人固不知利害乎?"[一二]王倪曰:"至人神矣! 大澤焚而不能熱,河漢沍而不能寒,疾雷破山、[飄]風振海而不能驚。[一三]若然者,乘雲氣,騎日月,而游乎四海之外。[一四]死生無變於己,而況利害之端乎!"[一五]

【釋義】

[一]**故昔者堯問於舜曰**　故,承上啟下之詞。堯舜,傳説時代君臣。**我欲伐宗膾胥敖**　宗、膾、胥敖,莊子杜撰的三個部落小國名。**南面而不釋然**　南面,爲君。釋然,成《疏》:"怡悦貌也。"行甫按:成説非也。當"不釋"連讀,猶言放置不下,解脱不了。《説文》:"釋,解也。從釆,釆,取其分別物也。"《左傳》襄公二十八年"釋盧蒲嫳於北竟",杜預注:"釋,放也。"**其故何也**　其,猶此也。

[二]**舜曰夫三子者**　夫,彼也。三子,三國之君,實指三國。者,猶也。**猶存乎蓬艾之間**　猶,尚也,庶幾也。存,在也。乎,於也。蓬艾,兩種草本植物,猶言草叢也。**若不釋然**　若,爾也。成《疏》:"乃不釋然。"亦通。**何哉**　何,何意,何爲也。

[三]**昔者十日並出**　並出,同時升空也。**萬物皆照**　十日並出,觸處皆無陰影,喻萬物無所區分。**而況德之進乎日者乎**　德,道德境界。之,猶乃也。進,超過,勝過也。乎,於也。

[四]**齧缺問乎王倪曰**　齧(音涅)缺、王倪,亦莊子杜撰的寓言人名。齧缺猶言咬缺,王倪猶言崇圓。**子知物之所同是乎**　知,瞭解。物,人也。行甫按:莊子多以"物"稱人;人者,"天籟",實乃天地之間一"物"而已。之,猶有也。所,猶可也,何也。説見楊樹達《詞詮》。同,一致。是,肯定,認可。行甫按:"子知物之所同是乎",猶言:你瞭解人有何共同的認知與判斷嗎?**曰吾惡乎知之**　惡乎,何以。行甫按:此問認知主體能否得到一致的認知結果。下文"正處""正味""正色",言其事也。

[五]**子知子之所不知邪**　子知,瞭解。不知,認知。行甫按:二"知"字,其意有別。猶言:你瞭解你有何不能認知嗎?**曰吾惡乎知之**　行甫按:此問認知是否存在不能認知的止境。下文"仁義之端,是非之塗",言其事也。

[六]**然則物無知邪**　無知,沒有認知。**曰吾惡乎知之**　行甫按:此問人有無認知能力與認知活動。下文"不知利害"以及"神人"無所謂"利害",言其事也。**雖然**　即使這樣。**嘗試言之**　嘗試,試也,同義複詞。**庸詎知吾所謂知之非不知邪**　庸詎,何也,同義複詞。見《經傳釋詞》所引王念孫説。之,而也,乃也。行甫按:此反問,言其所謂知乃不知也。**庸詎知吾所謂不知之非知邪**　行甫按:此反問,言其所謂不知乃知也。行甫又按:三問三不知,及二反問,猶言在"知"還是"不知"的問題上,問答雙方便已經產生了認知分歧,且王倪亦有他自己的主張。

[七]**且吾嘗試問乎女**　且,又也。女,通汝,你也。**民濕寢則腰疾偏死**　民,人也。偏死,猶言偏癱,半身不遂。馬敍倫《義證》:"偏,借爲痛,《説文》:'痛,半枯也。'"**鰌然乎哉**　鰌,泥鰍。**木處則惴慄恂懼**　木處,居住在樹木上。此承前省"民"字。惴慄恂懼,四字皆爲恐懼義。**猨猴然乎哉**　猨,即猿字。**三者孰知正處**　三者,人、泥鰍、猿猴。正,正當,適合。處,居處也。

[八]**民食芻豢**　芻豢,司馬云:"牛羊曰芻,犬豕曰豢,以所食得名也。"**麋鹿食薦**　薦,《説文》:"獸所食草,從廌、艸。"**蝍蛆甘帶**　蝍蛆,蜈蚣。《釋文》:"《爾雅》云'蒺藜,蝍蛆',郭璞注云'似蝗,大腹長角,能食蛇腦'。"甘帶,以蛇爲美食也。**鴟鴉耆鼠**　鴟,音癡,貓頭鷹。鴉,烏鴉。

耆,通嗜,嗜好,喜好也。**四者孰知正味** 四者,人、麋鹿、蝍蛆、鴟鴉。味,味覺也。

[九]**猨猵狙以爲雌** 猵(音邊)狙,獮猴。《戰國策・齊策三》:"猿獼猴錯木據水,則不若魚鱉。"雌,牝也。行甫按:猵狙以爲雌,以猵狙爲雌也。**麋與鹿交** 交,交配。**鰌與魚游** 游,交游,爲伍。

[一○]**毛嬙麗姬** 麗姬,《釋文》:"晉獻公之嬖,以爲夫人。崔本作西施。"**人之所美也** 之,猶以也。**魚見之深入** 之,而也,乃也。**鳥見之高飛** 之,乃也,則也。**麋鹿見之決驟** 決,《釋文》:"崔云:疾走不顧爲決。"驟,《説文》:"驟,馬疾步也。"行甫按:"決驟",同義複詞,猶奔跑也。**四者孰知天下之正色哉** 四者,人、魚、鳥、麋鹿。行甫按:此以"正處""正味""正色"爲例,説明人與人之間的認知差異,亦如人與動物的生活習性一樣不啻霄壤,因而人不可能有共同一致的認知結果。

[一一]**自我觀之** 自,從也。**仁義之端** 端,絲緒也。《禮記・禮運》"心之大端也",孔穎達《正義》:"端,謂頭緒也。"行甫按:《説文》:"緒,絲耑也。""耑"同"端"。"仁義之端",言仁義之説如同絲緒,愈理愈亂。**是非之塗** 塗,《説文》:"泥也。"行甫按:"是非之塗",言是非之爭如同爛泥,越陷越深。**樊然殽亂** 樊然,錯綜複雜,如籬笆縱橫斜正相互交錯之狀。殽亂,雜亂也。**吾惡能知其辯** 辯,通辨,分別也。行甫按:仁義之説,漫無頭緒,是非之爭,一塌糊塗,乃人之所不能知者,故曰"莫若以明"。人的認知當止之於此。

[一二]**齧缺曰子不知利害** 利害,劉武《内篇補正》:"民濕寢,則腰疾偏死,害也;於鰌則利。木處則惴慄恂懼,害也;於猨猴則利。故此句渾括上文言之。"行甫按:劉説是也。"利害"即"適"與"不適"也。"不知利害",猶言没有正確的感官知覺。**則至人固不知利害乎** 固,本來。行甫按:此照應上文"物無知邪"之問,謂至人是不是根本没有感知能力或認知活動。

[一三]**王倪曰至人神矣** 不測謂之神。**大澤焚而不能熱** 大澤,水草叢生之地。《説文》:"藪,大澤也。"**河漢沍而不能寒** 河漢,黃河與漢水。行甫按:此與《逍遥遊》"河漢無極"之"河漢"非一。沍,音户,凍結。**疾雷破山** 疾雷,迅雷也。[飄]**風振海而不能驚** 飄風,烈風也。"飄"字原闕,王孝魚依趙諫議本補。振,動也。驚,恐懼也。

[一四]**若然者** 若,如也。**乘雲氣騎日月而游乎四海之外** 乎,於也。四海之外,猶言六合之外。

[一五]**死生無變於己** 無變,無生死之變。行甫按:生死之"變",指飢渴疼痛之内部感覺所寓示的生命體徵,故曰"於己"。**而況利害之端乎** 端,末端也。《墨子・經上》:"端,體之無序而最前者也。"行甫按:"端"與"己"對言,與上"仁義之端"異義。"利害之端",乃由環境刺激於口耳鼻舌身所生之外部感覺。

此乃本篇第二章,言只要是人,便免不了認知與偏見。然兩則寓言意連文不連:一言人的認知受制於一己之私,且偏見更是導致戰爭的根源;若如陽光普照,"以道觀物",則公正平等,無所偏見。一言人與人之間的認知差異猶如人與動物在生活習性上的霄壤之別,因而人的認知也不可能得到共同一致的結論。除非不食人間煙火的"至人"或"神人",其實説穿了他們並不是真正的人,當然也無所謂認知;因爲他們既沒有人的内部感覺,也沒有人的外部感覺。由此可見,只要是人,就有感覺與認知;有感覺與認知,自然便有各不相同的認知結果。

【譯文】

古時候,唐堯問於虞舜説:"我想去討伐宗國、膾國與胥敖國,雖然坐在帝王的寶座上,可我老是瞅著他們放不下心來,不知道原因在哪裡?"虞舜説:"那三個小國家嘛,只不過是隱藏在蓬草艾叢之中的東西而已。你却老是對他們放心不下,這是什麼東西在作怪呢? 從前,十個太陽同時升在天空,整個大地沒有一處陰影,世界萬物無論小大,都沐浴在陽光之中。更何況道德境界、心胸懷抱比起陽光來更加寬容博大得多的帝王呢?"

齧缺問於王倪説:"您知道人是否擁有共同一致的認知結果嗎?"王倪回答説:"我怎麼知道呢!"齧缺又問:"您能知道有什麼是您不能認知的嗎?"王倪回答説:"我怎麼知道呀!"齧缺又問説:"那麼人沒有認知能力嗎?"王倪又回答説:"我哪裡知道啊! 不過,雖然如此,但我還是試著説説我對這些問題的看法。你怎麼能判斷我所説的'知道'就一定不是'不知道'呢? 你又怎麼能判斷我所説的'不知道'就一定不是'知道'呢?

"而且我也嘗試問問你:人如果睡在潮濕地方就會腰痛偏癱乃至半身不遂,那長期生活在泥水之中的泥鰍會有這毛病嗎? 人爬到樹枝上就驚恐不安,戰戰兢兢,生怕從樹枝上摔下來;那生活在樹林中的猿猴,整天從這根樹枝跳到另一根樹枝,它們有恐懼害怕的感覺嗎? 你説人與泥鰍還有猴子,會認爲哪一處是他們共同適應的住地呢? 人以牛羊豬狗之肉類動物作爲食材,麋鹿以草本類植物爲食料,蜈蚣喜歡吃蛇,烏鴉貓頭鷹喜歡吃老鼠。你説人與麋鹿、蛇、烏鴉貓頭鷹,會認爲哪一種食物是他們應該共同享用的食物呢? 還有,猿把獼猴作爲交配對象,麋與鹿互爲配偶,泥鰍和魚交遊爲伍;毛嬙與麗姬,是人見人愛的大美女,可是魚見了便嚇得潛入深水,鳥見了便嚇得飛向高空,麋鹿見了便嚇得疾逃而狂奔。你説猿猴、麋鹿、泥鰍和人,會認爲哪一個對象適合於作他們的公共情人呢? 而在我看來,仁義之説,紛亂如麻,逾理逾亂;是非之爭,形如爛泥,越陷越深。這些問題,錯綜複雜,一塌糊塗,我憑什麼能爲它們理清頭緒,依什麼爲他們判斷曲直!"

齧缺説:"您沒有感知能力,不知道什麼是適與不適。難道境界高遠的'至人'竟然沒有適與不適的感覺嗎?"王倪説:"境界高遠的'至人'可是高深莫測的呀! 大火燃燒,雜草叢生的水澤之地烤成焦土,他不會感覺到熱;天寒地凍,奔流不息的黄河漢江結冰凝固,他都不會感覺到冷;電閃電鳴,山陵爲之崩塌,狂風暴雨,大海爲之振蕩,他都不會有恐懼的感覺。像這樣,他可以騰雲駕霧,跨日騎月,遨遊於天地之外。他無生無死,那些飢渴疼痛之内部感覺所寓示的生命體徵沒有任何變化,哪裡還會有爲口耳鼻舌身的感覺器官所引發的適與不適的外部感覺呢?"

[三]

瞿鵲子問乎長梧子曰:[一]**"吾聞諸夫子,聖人不從事於務,不就利,不違害,不喜求,不緣**

道;無謂有謂,有謂無謂,而遊乎塵垢之外。[二]夫子以爲孟浪之言,而我以爲妙道之行也。吾子以爲奚若?"[三]

長梧子曰:"是黃帝之所聽熒也,而丘也何足以知之?[四]且女亦大早計,見卵而求時夜,見彈而求鴞炙。[五]

"予嘗爲女妄言之,女以妄聽之。[六]奚旁日月,挾宇宙,爲其吻合,置其滑涽,以隸相尊。[七]眾人役役,聖人愚芚,參萬歲而一成純。萬物盡然,而以是相蘊。[八]

"予惡乎知說生之非惑邪?予惡乎知惡死之非弱喪而不知歸者邪![九]麗之姬,艾封人之子也。晉國之始得之也,涕泣沾襟;及其至於王所,與王同筐牀,食芻豢,而後悔其泣也。[一〇]予惡乎知夫死者不悔其始之蘄生乎![一一]

"夢飲酒者,旦而哭泣;夢哭泣者,旦而田獵。方其夢也,不知其夢也。夢之中又占其夢焉,覺而後知其夢也。[一二]且有大覺而後知此其大夢也,而愚者自以爲覺,竊竊然知之。[一三]

"君乎,牧乎,固哉!丘也與女,皆夢也;予謂女夢,亦夢也。[一四]是其言也,其名爲弔詭。萬世之後而一遇大聖,知其解者,是旦暮遇之也。[一五]

"既使我與若辯矣,若勝我,我不若勝,若果是也,我果非也邪?[一六]我勝若,若不吾勝,我果是也,而果非也邪? 其或是也,其或非也邪? 其俱是也,其俱非也邪? 我與若不能相知也。[一七]

"則人固受其黮闇,吾誰使正之? 使同乎若者正之? 既與若同矣,惡能正之![一八]使同乎我者正之? 既同乎我矣,惡能正之! 使異乎我與若者正之? 既異乎我與若矣,惡能正之! 使同乎我與若者正之? 既同乎我與若矣,惡能正之! 然則我與若與人,俱不能相知也,而待彼也邪?[一九]

"何謂和之以天倪? 曰:是不是,然不然。是若果是也,則是之異乎不是也亦無辯;然若果然也,則然之異乎不然也亦無辯。[二〇]化聲之相待;若其不相待,和之以天倪,因之以曼衍,所以窮年也。[二一]

"忘年忘義,振於無竟,故寓諸無竟!"[二二]

【釋義】

[一]瞿鵲子問乎長梧子曰　瞿鵲子、長梧子,皆莊子杜撰之寓言人名。《說文》:"瞿,鷹隼之視也。從隹䀠,䀠亦聲。䀠,左右視也。"段玉裁注:"《毛傳》於《齊風》曰'瞿瞿無守之貌',於《唐風》曰'瞿瞿然顧禮義也',各依文立義,而爲驚遽之狀則一。"是驚遽疑惑、徬徨無依,正爲其人形象。

[二]吾聞諸夫子　諸,之於也。夫子,孔丘。**聖人不從事於務**　於,以也。務,《說文》:"趣也。"段玉裁注:"趣者,疾走也。務者,言其促疾於事也。"劉武《補正》:"下四'不'字句,即申說此義。"**不就利**　就,趣赴也。**不違害**　違,避也。**不喜求**　喜,好也。求,干求也。《達生》篇言張毅

"高門縣薄,無不走也",即此"求"字之義也。**不緣道**　緣,攀緣也。緣道,克意攀緣於道,言不高自標榜以嘩眾取寵。**無謂有謂**　謂,言説。無須言説却有所言説,猶上文"不言之辯,不道之道"也;《田子方》"目擊而道存",亦是其意也。**有謂無謂**　有所言説却無所言説,猶言發言玄遠,不切中於人事,而旨趣難求也。**而遊乎塵垢之外**　乎,於也。塵垢,猶世俗也。

[三]**夫子以爲孟浪之言**　夫子,孔夫子也。孟浪,荒誕不經也。**而我以爲妙道之行也**　妙道之行,由高妙的心靈境界所生之行爲方式。**吾子以爲奚若**　吾子,尊稱,猶言我的老先生。奚若,如何。

[四]**長梧子曰是黃帝之所聽熒也**　聽,判斷也。行甫按:《論語·顔淵》"子曰:聽訟吾猶人也",《玄應音義》卷十"聽訟"注:"聽,謂察是非也。"熒,疑惑也。**而丘也何足以知之**　足,可也,至也,得也。以,猶而也。

[五]**且女亦大早計**　女,同汝。大,讀太。大早計,過早下結論。**見卵而求時夜**　求,圖謀也。時,通司,時夜,打鳴報曉,謂雞也。**見彈而求鴞炙**　彈,彈丸也。鴞,音消,斑鳩鳥也。炙,烤肉。

[六]**予嘗爲女妄言之**　嘗,試也,先也,暫也。妄,《説文》:"亂也。"《周易》"無妄",焦循《章句》:"妄者,虛而不實也。"**女以妄聽之**　以,爲也。妄言,妄聽,猶言隨便説説,隨便聽聽,不可當真。

[七]**奚旁日月**　奚,何也。劉武《補正》:"'奚'字直貫至'以隸相尊',其意言奚爲旁日月,挾宇宙,爲合置溍,以隸相尊? 此皆眾人役役之所爲,聖人則不如此,惟愚芚而已。"行甫按:劉説可從。旁,司馬云:"依也。"劉武《補正》:"'旁日月',縈情生死,依戀歲月,此眾人之役役也。"**挾宇宙**　挾,持也。宇宙,郭慶藩《集釋》:"《尸子》云:天地四方曰宇,往古來今曰宙。"劉武《補正》:"《大宗師》'無古今,而後能入於不死不生',無則不挾也。'挾宇宙',亦眾人之役役也。"**爲其吻合**　爲,猶用也。《荀子·富國》"仁人之用國",楊倞注:"用,爲也。"是"用"與"爲"義得相通。吻,唇也。吻合,如吻之合也。行甫按:"爲其吻合",用其相吻合者。**置其滑溍**　置,放置,舍棄也。滑,紛亂也。溍,音昏,迷惑也。行甫按:"置其滑溍",棄其紛亂迷惑者。行甫又按:"爲其吻合,置其滑溍"乃對文,猶言"是其所是,非其所非"也。**以隸相尊**　以,因也。隸,徒隸也。相,自相也。尊,高也,重也。《白虎通·封禪》:"天以高爲尊。"《戰國策·秦策五》"大臣之尊者也",高誘注:"尊,重也。"行甫按:《秋水》言"不賤門隸",而此言"以隸相尊",則因其賤隸而自相尊貴,逐名有"己"之甚也。

[八]**眾人役役**　役役,奔競不息也。**聖人愚芚**　愚芚(音鈍),同義複詞,遲鈍而不敏鋭也。**參萬歲而一成純**　參,糅雜不分也。《荀子·賦篇》"大參天地",楊倞注:"參,謂天地相似。"又,《王制》"天地之參也",楊倞注:"參,謂與之相參,共成化育也。"一,皆也。成,就也,畢也。純,一而不雜也。**萬物盡然**　盡,皆也。然,如此也。言無彼此是非之别,亦無尊卑貴賤之分。**而以是相蘊**　是,此也,此"純"與"盡"也。蘊,含蓄包藏也。《左傳》昭公十年"蘊利生孽",杜預注:"蘊,畜

也。"《後漢書·周榮傳》"蘊匱古今",章懷注:"蘊,藏也。"行甫按:"相蘊"與上"相尊"相反對也。行甫又按:自"奚旁日月"至此,批評孔丘"以爲孟浪之言"乃判斷失誤也。

[九]**予惡乎知説生之非惑邪** 惡乎,何以也。説,通悦也。之,而也,乃也。惑,誤也。《呂氏春秋·不屈》"察而以飾非惑愚",高誘注:"惑,誤也。"**予惡乎知惡死之非弱喪而不知歸者邪** 惡,害怕。弱喪,幼童走失。不知歸,反認他鄉是故鄉也。

[一〇]**麗之姬** 麗姬也,晉獻公夫人,麗戎之子。之,助詞。**艾封人之子也** 艾,地名。封,邊疆;封人,守護邊疆者。**晉國之始得之也** 之,其也。得之,虜得之。**涕泣沾襟** 沾,濡濕也。**及其至於王所** 王,《釋文》:"崔云:六國時諸侯僭稱王,因此謂獻公爲王也。"**與王同筐牀食芻豢** 筐,飲食之器也。《説文》:"匡,飯器,筥也,从匚王聲。筐,匡或从竹。"牀,坐臥之具也。《説文》:"牀,安身之坐者。"段玉裁注:"牀之制略同几而庳於几,可坐。"王觀國《學林》卷四:"古人稱牀、榻,非特臥具也,多是坐物。"芻豢,肉食也。行甫按:"同筐牀",言與王共飲食,同坐榻,言受王寵愛,不離左右也。"食芻豢",言食非貧者所得之食也。《淮南子·主術訓》"匡牀蒻席,非不寧也",高誘注:"匡,安也。"説者多引高注以"筐牀"爲"安牀",未必貼切也。**而後悔其泣也** 後,事後也,與"始"字相照應。

[一一]**予惡乎知夫死者不悔其始之蘄生乎** 夫,彼也。之,如此也。蘄,求也。

[一二]**夢飲酒者旦而哭泣** 夢飲酒,夢中飲酒也。旦,早晨。**夢哭泣者旦而田獵** 田獵,圍獵也。**方其夢也不知其夢也** 方,當也。**夢之中又占其夢焉** 占,臆度也。《爾雅·釋言》"隱,占也",郝懿行《義疏》:"占者,億度之詞。"**覺而後知其夢也** 覺,醒來。

[一三]**且有大覺而後知此其大夢也** 且,而且也。大覺,猶完全清醒也。其,猶乃也。大夢,完全爲夢也。**而愚者自以爲覺竊竊然知之** 竊竊,私心以爲得計也。《釋文》:"司馬云:猶察察也。"《庚桑楚》"竊竊乎又何足以濟世哉",《釋文》:"竊竊,計校之貌。"行甫按:自"予惡乎知説生之非惑邪"至此,乃批評瞿鵲子"以爲妙道之行"乃過早下結論也。

[一四]**君乎** 君,君主。**牧乎** 牧,牧夫。**固哉** 固,故也,必也。行甫按:"君乎,牧乎,固哉",言事實真相難以斷定也。**丘也與女皆夢也** 女,同汝。行甫按:自"君乎"至"皆夢",言孔丘與瞿鵲子二人所作之判斷,亦未必與事實真相相符合,也許都是在癡人説夢。**予謂女夢** 謂,評説也。女,當爲複數之"汝",猶言你們二人也。**亦夢也** 亦,也詞也。行甫按:"亦夢也",我對你們的評説也未必不是癡人説夢,言未必就是事實真相。

[一五]**是其言也** 是,此也,因此也。其言,"予謂女夢,亦夢也"之言也。**其名爲弔詭** 弔詭,可怪非常,不可思議。章太炎《齊物論釋》:"'弔詭'即《天下篇》之'諔詭',與'俶儻'之'俶'同字。'弔''俶'古音相近。彝器'伯叔'字多作'弔','不弔'亦即'不淑',皆其例。"行甫按:《德充符》"彼且蘄以諔詭幻怪之名聞",則"諔詭""弔詭"之意皆爲奇怪非常也。**萬世之後而一遇大聖** 而,猶能也。一,忽然也。吳昌瑩《經詞衍釋》:"一,猶'或'也,'或'者,不定之意,猶忽然之詞也。"**知其解者** 解,説也。**是旦暮遇之也** 是,寔也,乃也。旦暮,猶言偶然、難得也。行甫按:自

"是其言也"至"旦暮遇之",言雖然人的認知結果是否與事實真相相符合不可知;但人卻無時無刻都在認知,都在不斷地下各種結論,作各種判斷,這就叫做"不可思議"。

[一六]**既使我與若辯矣**　既,猶乃也,既使,猶假使也。若,爾也,你。**若勝我**　勝,強也,克也。**我不若勝**　若勝,勝若也;否定句代詞賓語前置。**若果是也**　果,實也。**我果非也邪**　也邪,語詞連用。

[一七]**我勝若若不吾勝**　行甫按:此"吾"與"我"互用,無義例也,與上文"真宰"之"我"與"真君"之"吾"不同。**我果是也而果非也邪**　而,通爾,你也。**其或是也其或非也邪**　或,有也。**其俱是也其俱非也邪**　俱,皆也,同也。**我與若不能相知也**　相知,相互判斷也。

[一八]**則人固受其黮闇**　則,猶而也。人,他人,第三者。固,必也。受,承受也。黮,深黑色。闇,同暗,不明。**吾誰使正之**　正,定也。行甫按:二句爲倒語,猶"吾誰使正之,則人固受其黮闇",他人不明事實真相,亦不過因其主觀判斷而是之非之,故與爭辯者或同或不同而已。**使同乎若者正之**　乎,於也。**既與若同矣**　既,已也。同,一致也。**惡能正之**　惡,何也。與若同者,不能正是非。

[一九]**使同乎我者正之既同乎我矣惡能正之**　與我同者,亦不能正是非。**使異乎我與若者正之**　異,不同。**既異乎我與若矣惡能正之**　其人自有是非,亦不能正我與若之是非。**使同乎我與若者正之既同乎我與若矣惡能正之**　同於我與若,各打五十大板,依違於我與若之間,亦無所質正。**然則我與若與人俱不能相知也**　人與人無法相互知解。**而待彼也邪**　而,猶乃也。待,依恃也。彼,非我非若之第三者。

[二〇]**何謂和之以天倪**　和,調和也。天倪,《釋文》:"班固曰'天研'。"行甫按:"倪"與"研",一聲之轉。《說文》"研,礦也",段玉裁注:"研"亦作"硯","礦"今省作"磨"。是以"天倪"猶"天鈞",皆取旋轉之象也。則"和之以天倪",亦即"和之以是非而休乎天鈞"也。**曰是不是然不然**　以不是爲是也,以不然爲然也,猶言"和之以是非"也。**是若果是也**　若,如也。果,實也。**則是之異乎不是也亦無辯**　之,乃也。乎,於也。辯,爭辯。**然若果然也則然之異乎不然也亦無辯**　然,亦是也。

[二一]**化聲之相待**　化,外部世界之變化。《寓言》"萬物皆種也,以不同形相禪",《大宗師》《田子方》皆言"萬化未始有極也",則"化"者,代指變動不居的外部世界也。聲,聲音,言論也,指人的認知與判斷。之,猶乃也。相待,相等也。行甫按:"化聲之相待",外部世界與人的認知結論相關互對也。**若其不相待**　行甫按:《天道》"悲夫!世人以形色名聲爲足以得彼之情!夫形色名聲果不足以得彼之情,則知者不言,言者不知",可與此相參證。**和之以天倪**　以,猶於也。**因之以曼衍**　因,隨順也。之,代天倪。曼衍,天倪旋轉不息,是非界線乃模糊不可分辨。參見上文"休乎天鈞"釋義。**所以窮年也**　所以,因此也。窮年,盡年,盡其天年也。王叔岷《校詮》:"褚伯秀《義海纂微》引呂惠卿注後附說云'化聲之相待'至'所以窮年也'合在'何謂和之以天倪'之上,簡編脫略,誤次於此,觀文意可知。"行甫按:呂氏之說有助於理解莊子文意,但未必是也。"所以窮年也"

正與下文"忘年忘義"文字相接,其一也。"天倪"即是"天鈞",上文已出現,此處發問並非突兀,其二也。"何謂和之以天倪"云云,乃言其效果;"化聲之相待"云云,乃言其原因,其三也。先言效果,後言原因,此亦莊子文法跳蕩之處,不必拘泥。

[二二]**忘年忘義**　忘年,忘記歲月時光也。忘義,忘記主觀偏見也。**振於無竟**　振,奮起也,超拔也。《説文》:"振,舉救也。一曰奮也。"《爾雅·釋言》"振,訊也",郭璞注:"振者,奮訊也。"邢昺《疏》:"振,謂振訊去塵也。"無竟,無限高遠,没有止境。**故寓諸無竟**　寓,寄托也。諸,之於也。

此乃本篇第三章,言人的認知結果未必就是事實真相,事實真相是不可知的。因此,認知結論是否正確,也就完全没有評判標準,因而任何人也無從評判他人的是非。既然没有標準,也無從評判,便乾脆超越是非,不作任何評判,從世俗的紛爭之中超拔出來,樂得逍遙與自在。這也是生命的"天府"之源,同樣可以永葆生命之光。

【譯文】

瞿鵲子問於長梧子説:"我從孔夫子那裡聽説,聖人是不會汲汲奔走於世俗事務的。他不追逐利益,也不逃避危害,不喜歡干謁於權貴之門,更不喜歡高自標置,嘩眾取寵。他雖然不開口説話,但他一舉手一投足,無不意味深長。有時他也開口説話,但發言玄遠,不切於具體的人事,人們聽起來也琢磨不透,不知所云。因此,他似乎就是遊走在另外一個世界,與人的世俗社會完全無所沾染。孔老夫子以爲這是荒誕不經的胡説八道;而我却認爲這可是遺世高蹈超拔脱俗的行爲。我的老先生,您怎麽看呢?"

長梧子説:"這種事情,就連黄帝都判斷不清楚,孔丘又憑什麽得出這個結論呢?而且你呀,也是過早地下結論,好像見了雞蛋就想到有大公雞打鳴報曉,見了彈丸便想到打下飛鳥來吃烤肉。

"我姑且先隨意跟你説説,你也就隨意聽聽,不必那麽當真。人何必要依戀著光陰歲月,放不下天地古今;意氣相投,便沆瀣一氣;一言不合,便視同路人;用他人的卑賤來襯托自己的高貴!眾人碌碌奔忙,苦役人生;聖人渾淪純樸,笨拙遲鈍。視古今爲一瞬,撫萬物成一純,無是無非,無貴無賤,含藏萬有,蘊藉古今。這樣的人,孔丘又怎麽能理解得了呢?

"還有啊,我怎麽知道貪生怕死就不是愚蠢錯誤的想法呢?我又怎麽知道恐懼死亡便不是走失的幼童不知道回到自己最初的生身之地呢?那晉獻公的夫人麗姬,最初是艾地一名邊疆守衛者的女兒,在晉國剛剛俘獲她的時候,她哭得死去活來,淚流滿面,沾衣濕裳。當她來到晉國的宮廷,與晉獻公共飲食,同起居,寵愛有加,頓頓膏腴肥肉,鐘鳴鼎食,好不幸福!這時她才感到後悔,當初實在不該哭得死去活來的!由此可見,我怎能知道那死去的人不也是同樣後悔自己當初不該如此求生的呢!

"夢見自己飲酒作樂的人,第二天醒來却諸事煩擾,不免哭泣落淚;夢見自己憂傷落淚的人,第二天醒來却出城打獵，樂不可支。當他在睡覺做夢的時候，是不知道自己處在夢中的；睡夢之中又在猜測自己的另一個夢境；只有醒來之後才知道那是夢境。而且只有徹底清醒之後才能知道那情景完全是夢境；可是愚蠢的人却自以爲清醒，在那裡自以爲得計暗中慶幸自己終於可以分清哪個是夢境，哪個不是夢境。我看你就是這種尚未清醒却自以爲清醒，聲稱自己可以分清夢境與不是夢境的人！

　　"事實究竟如何，是君主呢，還是牧夫？這可不能貿然肯定。你以爲他是君主，他就一定是君主而不是牧夫嗎？你以爲他是牧夫，他就一定是牧夫而不是君主嗎？因此，孔丘説是荒誕不經，你説是遺世高蹈，你們的結論都是癡人説夢。當然，我説你們二位癡人説夢，我自己也不免癡人説夢。説起這個話來呀，它的名字就叫做"弔詭"。明明知道自己的結論未必與事實相符，却無時無刻都在下判斷、作結論，這真是不可思議的悖論啊！如果萬世之後忽然碰上一個大聖人，他能對這個現象作出了解釋，那可真是千載難逢的事啊！

　　"由於判斷與結論未必與事實真相相吻合，所以如果我與你爭辯起來了，你強詞奪理爭贏了我，我沒有爭贏你，你就必定是對的嗎，我就必定是錯的嗎？或者我爭贏了你，你輸給了我，我就一定是正確的嗎，你就一定是不對的嗎？那麼有一個是對的，而有一個是不對的嗎？或者説兩個都對呢，還是兩個都不對呢？我與你是沒有辦法相互作出判斷的。

　　"那麼我們應該找誰來判定我們的是非呢？可是任何人本來就不可能明白事實真相，找一個與你相同的人來判定我們的是非嗎？既然與你相同了，他怎麼能判定我們的是非呢？找一個與我相同的人來判定我們的是非嗎？既然與我相同了，他又怎麼能判定我們的是非呢？找一個既不同於我也不同於你的人來判定我們的是非嗎？既然他又不同於我又不同於你，他又怎麼能判定我們的是非呢？找一個與你和我都相同的人來判定我們的是非嗎？既然他又同於我又同於你，他又如何能判定我們的是非呢？由此可見，我與你與他，都無法互相做出判斷，你還能指靠任何一個第三者來斷定我們的是非嗎？

　　"什麼叫做調和是非於天然的大轉盤呢？就是説，把不正確的當作正確的，把不是這樣的當作是這樣的。試想，如果正確的在事實上就是正確的，那麼正確與不正確之間的是與非，只要與事實稍一對照，也就無須爭辯了。如果這樣的結論在事實上就應該是這樣的結論，那麼這樣的結論與不是這樣的結論之間的是與非，只要以事實略加檢覈，也就沒有必要爭辯了。外部世界的客觀事實如果與人的認知結論互相符合倒也罷了；如果不相符合，便把這些紛繁複雜的是是非非放在那個旋轉著的天然大轉盤上，隨著這個天然大轉盤的快速旋轉，這些是與非的界線也就逐漸模糊不清，分不出彼此了。用這種方法消除一切認知的煩惱，便可以無災無難地盡其天年了。

　　"忘記了歲月年華，忘記了個人偏見，超拔於無限高遠的宇宙時空，也就是寄心於無限自由的空靈境界！"

［四］

　　罔兩問景曰："曩子行，今子止；曩子坐，今子起。何其無特操與？"［一］景曰："吾有待而然者邪？吾所待又有待而然者邪？^[二]吾待蛇蚹蜩翼邪？惡識所以然！惡識所以不然！"^[三]

昔者莊周夢爲蝴蝶，栩栩然蝴蝶也，自喻適志與！不知周也。^[四]俄然覺，則蘧蘧然周也。^[五]不知周之夢爲蝴蝶與，蝴蝶之夢爲周與？周與蝴蝶，則必有分矣。此之謂物化。^[六]

【釋義】

[一]**罔兩問景曰** 罔兩，郭象云："景外之微陰也。"《釋文》："向云：景之景也。"行甫按：向、郭之說恐非。《國語·魯語下》"丘聞之，木石之怪曰夔、魍魎"，則"罔兩"即"魍魎"，當是"木石之怪"，樹木與石塊皆非自行移動者，故疑怪而問之也。景，同影。**曩子行今子止** 曩，昔也。**曩子坐今子起何其無特操與** 其，如此也。特，獨也。操，持也。

[二]**景曰吾有待而然者邪** 待，依賴也。有所待，影待形之行止而行止也。而，乃也。然，如此也。**吾所待又有待而然者邪** 者邪，虛詞連用。吾所待又有待，影象待於形體之行止而行止，形體之行止又待於光源之位移。注家皆不了。

[三]**吾待蛇蚹蜩翼邪** 蛇蚹（音付），蛇之蛻皮也。蜩翼，蟬之羽翅也。行甫按：蛇之蛻皮與蜩之羽翅，皆爲薄鱗狀，故以二者相似無從辨識爲喻也。《寓言》曰"蜩甲也？蛇蛻也？似之而非也"，即其證也。**惡識所以然** 識，識別也。所，何也。**惡識所以不然** 行甫按：影象之行止，究竟緣於形體之行止，還是由於光源之位移，因其效果相同，故二者不易分辨與識別。是以形體之成影，必待光源而後可。僅知形體之動可以導致影動，不知光源之位移亦可導致影動，猶言認知的層次及理解的深淺，也是影響認知結果的主體因素，以證"道未始有封，言未始有常"也。

[四]**昔者莊周夢爲蝴蝶** 昔者，夜間。《尚書·大誥》"若昔朕其逝"，章太炎《尚書說》："昔即夕字。《春秋傳》'爲一昔之期'，是也。"**栩栩然蝴蝶也** 栩栩，成《疏》："忻暢貌也。"《釋文》："崔本作翩。"行甫按：當從崔本作"翩"，《說文》"翩，疾飛也"，是其義也。然訛誤既久，約定俗成，不必更改。今成語"栩栩如生"，亦爲飛動如活物之意。**自喻適志與** 喻，曉解也，明白也。行甫按：《釋文》"李云：快也"，或以爲通樂"愉"之"愉"，皆似是而非。成《疏》"曉了分明"，是其義也。《說文》無"喻"字，"喻"通"諭"。《漢書·翼奉傳》"何聞而不諭"，顔師古注："諭，謂曉解之。"《王莽傳下》"於是莽遣發馳傳諭邑"，顔師古注："諭，謂諭告之。"則"自喻"者，猶言自己明白自己就是自己，亦即"方其夢也，不知其夢也"。適，往也，去也。志，心之所向也。行甫按："適志"，猶言隨意去自己想去的地方。**不知周也** 不知現實之中的莊周。

[五]**俄然覺** 俄然，傾然。覺，醒來。**則蘧蘧然周也** 蘧蘧，《釋文》："崔作據據，引《大宗師》云'據然覺'。"行甫按："蘧""據"皆與"遽"通，匆遽疾速也。《國語·晉語四》"公遽出見之"，韋昭注："遽，疾也。"此"遽遽"作"蘧蘧"，猶"翩翩"作"栩栩"也。"蘧蘧然周也"，猶言忽然醒來，仍爲忙碌匆遽之莊周。

[六]**不知周之夢爲蝴蝶與** 之，猶乃也。與，猶歟也。**蝴蝶之夢爲周與** 之，亦乃也。**周與蝴蝶則必有分矣** 分，區別。**此之謂物化** 物化，人之變化。《則陽》"蘧伯玉行年六十而六十化，

未嘗不始於是之而卒詘之以非也,未知今之所謂是之非五十九非也",即此"物化"之義也。行甫按:言同一認知主體,處在不同的意識狀態,認知結果也是不一樣的。夢境與幻覺,由青年步入老境,不同的生命狀態對同一事物的看法也會大爲不同。此亦證"道未始有封,言未始有常"之義也。

此乃本篇第四章,言認知結果之所以不能統一,還有與認知主體之生命質量相關的兩大原因:一是認知的層次與理解的深淺;二是生命的意識狀態與知解能力的差異。

【譯文】

名叫木石之怪的罔兩問不斷移動的影子説:"剛才您在行走,現在您又停下;不久前您是坐著的,現如今您又站起來。怎麼這樣没有獨自的操守呀?"影子説:"我是有所依賴才會這樣的吧!或者我所依賴的東西又有別的依賴才會這樣的吧!我所依賴的東西就像蛇的蜕皮與蟬的鱗翅相似一樣吧!我哪裡分辨得出哪一個是導致我行止坐起的原因呢?又哪裡分辨得出哪一個不是造成我行止坐起的原因呢?"

夜間,莊周夢見自己是一只蝴蝶,扇動雙翅,翩翩飛翔。自己很清楚地明白自己就是自己,且想去哪兒便飛去哪兒,壓根兒就不知道有莊周這個人存在。突然之間驚醒過來,却發現我還是那個整天忙忙碌碌的莊周。不知道是莊周做夢變成蝴蝶呢,還是蝴蝶做夢變成莊周呢?而莊周與蝴蝶,却一定是有區別的。這就意味著人的意識與認知是隨著生命狀態的變化而變化的。

(作者簡介:程水金,北京大學文學博士,南昌大學特聘教授。)

彭紹升思想中的儒學成分——兼論與戴東原的論辯

賀廣如

摘　要：彭紹升(1740—1796)是清代居士佛教的指標性人物,其儒學思想,往往因爲涉及釋道而湮晦不彰。彭氏初誓净土,本欲斬絶與儒學的關聯,之後却因體仁茹素,又回首肯定並欣悦儒説。其以《中庸》爲儒學之歸終,收攝《易》與禮樂,解慎獨爲觀意而止意,並以此爲儒家工夫的起點,無好惡起作,令心回復到原始狀態,泯除私我,自然與天地萬物爲一體,體認共具之天命,盡心而知性,而知天。如何體現並安立與萬物合一的仁心,是彭氏儒學思想的終極目標。彭氏引用《法華經》三乘歸一之説,以及陽明"三間廳堂"的譬喻,將儒、釋、道三教的世出世間法,全以《華嚴經》理事無礙的華藏世界融攝一切。其以佛契儒的手法,見同略異,通貫三者,知儒之天命,歸釋之西方,允初以身作則,合儒釋二家之知與行。戴東原指控彭氏主老釋而誣孔孟,如此陽儒陰釋,正可反映儒學成分在彭氏思想中的地位與意義。其明心見性的探索與主張,始終皆爲證成天地萬物一體的仁心體悟。來自儒學的體悟,他矢志不渝、終身茹素,並不亞於往生净土的信念。近取堂、施棺局、放生會、卹嫠會等善舉,驗證允初的體仁之舉。儒學與釋教,乃至含融道教的文昌與玉壇,都融聚於允初的生命之中,成爲他對應生命課題時,豐富的資源與力量。

關鍵詞：彭紹升　儒學　戴震　清代思想

一、前言

彭紹升,字允初,號尺木,又號知歸子,法號際清,蘇州府長洲縣人。生於乾隆五年(1740),卒於嘉慶元年(1796)。允初出身書香世家,其曾祖彭定求(1645—1719)、父彭啓豐(1701—1784),分別爲康熙十五年(1676)、雍正五年(1727)狀元。允初年十六爲諸生,十八歲通過會試,託病返鄉,暫緩殿試,乾隆廿六年(1761),年廿二歲方補行殿試,二甲十八名,賜進士出身。其後絶意仕途。熟當朝掌故,作《良吏述》《儒行述》《名臣事狀》,卓然可傳於後世。[1]允初之學出入儒、釋、道

---

〔1〕　清·江藩：《彭尺木居士》,《宋學淵源記》,收入周駿富輯：《清代傳記叢刊》,臺北：明文書局,1985,第二册,第58—61頁。

三教,係清一代有名居士,著有《二林居集》《一行居集》《居士傳》《善女人傳》《净土聖賢録》《無量壽經起信論》《一乘決疑論》《華嚴念佛三昧論》《净土三經新論》《測海集》《觀河集》等,其中《居士傳》一書,乃研究清代居士佛教的重要著作。[1]

允初在清代居士佛教中頗具舉足輕重的地位,對此後龔自珍(1792—1841)、魏源(1794—1857)、楊文會(1837—1911)等人影響不小。[2]其樂善好施,家有玉壇,常年主持文星閣,乃至净土皈依的選擇,華嚴念佛三昧的主張,在在都使得允初在清中葉佛、道二教的地位得到肯定。時人俱知允初融會三教,提倡净土,勸善普施,唯其儒學思想,反湮晦而不彰,且經與戴東原(震,1724—1777)之論辯、盧文弨(1717—1795)之評説,益顯允初儒學思想之不洽於當時儒者。是以筆者對允初思想中的儒學成分更加好奇,究竟在其融會佛、道之時,儒學占有何種意義?

很顯然的,允初對儒學的認知,絶不僅止於心性理氣的論辯而已,如何落實儒學的踐履,一如其力行佛、道二教世出世間的各種法門,才更是允初的關懷所在。此問題的提出,不單是針對允初個人,亦是肇因於筆者長期關懷清中晚期諸多晚年向佛的儒者所引發的議題。誠然,清代王室對於佛教各宗派的態度,直接影響到當時佛教的生態,例如雍正以政治力涉入禪宗法脈的論争,削除三峰法脈,乾隆推崇净土,禁止禪師流通著述,都是造成禪弱净興,乃至居士佛教盛行的重要背景,[3]不可忽略。本文企圖藉由深入允初的學行思想,探索其儒學成分所可能産生的意義與價值,如何能面對允初個人的生命功課,亦對應清中葉的時代課題。

乾嘉名儒戴東原,生前力闢程、朱、老、釋之説,所著《孟子字義疏證》,係其晚年思想定論。東原贈書予允初,允初回函《與戴東原書》,告知感想,爾後東原再覆函《答彭進士允初書》回應。二函至今俱存,内容針鋒相對,牽涉層面極廣,可視爲清中葉儒、釋論辯的一個重要案例。本文兼談此一論辯,以期深刻掌握允初思想,並窺見清中葉學者之儒、佛立場。

近人研究彭紹升者不在少數,2009年,以林一鑾(釋慧鐸)與謝成豪的兩篇博碩士論文最爲全面,[4]其中林文對於允初個人生平暨家世俱有詳盡的介紹,書末所附之年譜,尤具參考價值。而早期日人三浦秀一與黄依妹(釋慧嚴)先後討論允初與東原的論辯,及乾隆時期江南士大夫的佛

〔1〕　學者指出,允初作品中,不僅《居士傳》《善女人傳》在清代佛教具舉足輕重的地位,其《二林居集》亦影響深遠,江藩《宋學淵源記》和阮元《儒林傳稿》,即深受允初此書影響。詳見田春苗:《彭紹升史學編撰思想研究》,《忻州師範學院學報》2017年第1期,第76—79頁。

〔2〕　日·牧田諦亮:《中國近世佛教史研究》,新北:華宇出版社,1984,第326頁、第333頁。

〔3〕　詳參日·鎌田茂雄著,鄭彭年譯:《簡明中國佛教史》,台北:谷風出版社,1987,第315—317頁。于本源:《清王朝的宗教政策》,北京:中國社會科學出版社,1999,第119—134頁。林一鑾(釋慧鐸):《彭紹升(1740—1796)與神道設教之交涉》,新北:華梵東方人文思想研究所博士論文,2009,第25—92頁。任宜敏:《清代漢傳佛教政策考正》,《浙江學刊》2013年第1期,第12—13頁。

〔4〕　林一鑾(釋慧鐸):《彭紹升(1740—1796)與神道設教之交涉》,新北:華梵東方人文思想研究所博士論文,2009。謝成豪:《彭紹升及其思想研究》,高雄:高雄師範大學經學研究所碩士論文,2009。

教信仰,是研究清代居士佛教不可或缺的參考資料。[1]其次,胡艷杰、徐忻、錢寅、戚學民、田春苗等人,俱從不同方面討論允初的思想及成就,[2]亦具參考價值。唯本文著重於深入探索允初思想中的儒學成分,特別指出允初在融合儒、釋、道之時,儒家思想所能產生的意義與價值,焦點與歷來研究者有別,期能有一得之愚,以供參考。

本文分成兩大部分,第一部分首先敘述允初的生平與求學經歷,其次詳述允初的儒學成分,分爲初誓净土、體仁茹素、明心見性、一乘決疑四個小節。第二部分主要析論允初與戴東原的論辯,亦分成二函緣起及立場、命與神、無欲、反之與復其初四節。最後是本文的結論。

二、生平暨求學經歷

允初十五歲時,其父彭啟豐(1701—1784)即延請李勉百(1712—1792)至家中,授允初科舉業。閲二年,允初便順利通過鄉試及會試。[3]然允初年幼時,受母親宋夫人影響極大,曾云:“夫人故嘗讀《毛詩》、《孝經》、朱子《小學》,紹升侍臥起,輒爲誦其文,講説其大義,且曰:‘兒志之,它日好作一端士。’”[4]及至宋夫人殁,允初又云:“明年春,母病瘍,夏而劇,及秋,遂卒。苫凷中,稍稍稽古喪禮遺文,遂讀《周易》《毛詩注疏》,次讀漢、唐、宋諸家文,時有論著。”[5]今考允初喪母在乾隆廿三年(1758),時年十九,[6]當時已通過會試,惟引疾不與殿試。[7]

盧文弨(1717—1795)係允初會試房師,[8]與允初時有書信往來。盧氏《抱經堂文集》中有《與彭允初紹升進士書壬午》一文,是文作於乾隆廿七年(壬午,1762),允初年廿三,即及進士第之

---

〔1〕 日·三浦秀一:《彭紹升の思想——乾隆期の士大夫と仏教に関する一考察》,*Journal of Oriental studies*,1988 年 3 月,第 439—479 頁;《彭紹升と戴震の思想圈》,*Journal of Oriental studies*,1990 年 3 月,第 447—481 頁。黃依妹(釋慧嚴):《彭際清與戴震的儒佛論辯》,《東方宗教研究》第二期,1990 年 10 月,第 231—252 頁;《清乾隆時期江南士大夫的佛教信仰》,《中興大學歷史學報》創刊號,1991 年 2 月,第 113—131 頁。此外,趙玉敏亦有相關論作,詳見趙著:《乾嘉時期的儒釋關係研究:以彭允初〈二林居集〉事件爲視角》,《理論界》2009 年 10 月,第 138—139 頁。

〔2〕 胡艷杰:《彭紹升佛學思想探微》,《蘇州大學學報》(哲學社會科學版)2006 年第 2 期,第 102—106 頁。戚學民:《〈儒林傳稿〉與〈宋學淵源記〉》,《社會科學研究》2010 年第 1 期,第 146—154 頁。田春苗:《彭紹升的理學傳統探究》,《唐山文學》2016 年第 8 期,第 127—128 頁。徐忻:《彭紹升哲學思想的主要貢獻及其歷史意義》,《福建茶葉》2019 年第 8 期,第 273 頁。錢寅:《清代士林居士彭紹升的儒佛合流思想》,《船山學刊》2020 年第 3 期,第 81—91 頁。

〔3〕 清·彭紹升:《李先生墓志銘》,《二林居集》,《續修四庫全書》影印清嘉慶四年味初堂藏板,卷十一,第 6 上頁(總第 390 頁)。

〔4〕 清·彭紹升:《先姚宋夫人述》,《二林居集》,卷廿二,第 16 下頁(總第 489 頁)。

〔5〕 清·彭紹升:《敘文》,《二林居集》,卷三,第 5 下頁(總第 321 頁)。

〔6〕 清·彭紹升:《體仁録敘》,《二林居集》,卷六,第 1 下頁(總第 345 頁)。其文曰:“年十九,奉母夫人諱,案《禮經》斷肉者二年餘。”

〔7〕 清·彭紹升:《會試榜發獲雋引疾不與殿試》,《觀河集節鈔》,《卍新纂大日本續藏經》(日·河村照孝編集,東京:株式會社國書刊行會,1975—1989)第 62 册,No.1211,第 826 頁 a。

〔8〕 清·彭紹升:《盧太公墓志銘》,《二林居集》,卷十一,第 3 下頁(總第 388 頁)。其文云:“紹升年十八,中禮部試,出餘姚盧先生紹弓之門。”

翌年。内容提及允初自述"將盡研諸經,首先致力於《詩》"云云,[1]盧氏則建議允初查訪江南藏書家是否有鄭玄《詩譜》之圖,因今本《詩》之次第,與鄭氏所見不同,而鄭氏《詩譜》本有圖,當時所見者乃宋人歐陽修(1007—1072)所補,並非原圖,是以請允初代爲查訪。[2] 由是文可見,允初當時所學應全爲儒家經典,尚未旁及釋道。

允初《復莊生斗書》則云:"僕年二十時,始知好古書,慕古氣節文章之士,……年二十四,讀宋明諸老先生書,始毅然以聖人爲必可學而至。"[3]可知允初及進士第前,所讀大抵囿於科舉所需,甚至連宋明諸儒著作,尚未深入,更遑論釋道之屬。

而允初讀宋明儒書之後,方覺孔曾思孟書中字句,莫不自心底流出,並非高深不可及之境。即使日後出入儒佛,工夫見地屢變,此刻所得,仍是最初得力之地,[4]根基自是深植。關於允初對宋明儒之見解,下文將再詳述。

宋明儒者的端默静思、反己修德之功,其實並未能真正滿足允初"明吾心"的追求。[5]家傳的文昌乩壇,及曾祖彭定求(1645—1719)對降鸞的宣化,使是允初開始嘗試道家修鍊之術。乾隆廿九年(1764),允初年廿五,入玉壇三年,屢屢閉關,仍無法得其所求,但期間陸續接觸佛法。乾隆卅二年(1767),允初年廿八,自此向佛益切,[6]歸心浄土。[7]

乾隆卅三年(1768),允初年廿九,自省儒者恆言以萬物爲一體,遂斷肉食,同時強調此舉非有怵于佛氏人羊報復之説,不過行其心之所安而已;又言近世雲棲蓮池大師(1535—1615)等人所闡戒殺放生之論,其言出入儒佛,要不離乎體仁之旨。[8]足見允初歸心浄土之後,孟子"萬物皆備於我"[9]程明道(顥,1032—1085)"仁者以天地萬物爲一體"的境界,[10]仍是允初學問踐履的根本所在,並不因歸心浄土而丢失。

乾隆卅五年(1770),允初年卅一,始輯《居士傳》,與汪大紳(1725—1792)、羅臺山(1733—

---

〔1〕　清·盧文弨:《與彭允初紹升進士書壬午》,《抱經堂文集》,北京:中華書局1990,卷十八,第260頁。

〔2〕　鄭玄《詩譜》今不存。唐孔穎達《毛詩正義》,以鄭玄《詩譜》分列各篇之首,足見唐時鄭譜未亡。惟《毛詩正義》所載不全,宋歐陽修考訂補遺,清戴震、丁晏、胡元儀等人亦陸續曾訂誤增補。

〔3〕　清·彭紹升:《復莊生斗書》,《二林居集》,卷四,第10上頁(總第333頁)。

〔4〕　清·彭紹升:《復莊生斗書》,《二林居集》,卷四,第10上頁(總第333頁)。

〔5〕　清·彭紹升:《知歸子傳》,《居士傳》,《續修四庫全書》影印清乾隆四十年(1775)長洲彭氏藏板,卷五十六,第1上頁(總第595頁)。

〔6〕　清·彭紹升:《問津録敘》,《一行居集》,影印清道光刻本,台北:佛陀教育基金會,1993,卷三,第17上頁(總第179頁)。

〔7〕　清·彭紹升:《與諸同學》,《一行居集》,卷四,第1上頁(總第223頁)。

〔8〕　清·彭紹升:《體仁録敘》,《二林居集》,卷六,第1下—2上頁(總第345頁)。其文曰:"年二十五,始持不殺戒,惟食市上肉……又四年……自是遂斷肉食。"由是可知允初食素在廿九歲。

〔9〕　《孟子·盡心上》:"萬物皆備於我矣,反身而誠,樂莫大焉。強恕而行,求仁莫近焉。"詳見宋·朱熹:《四書章句集注·孟子集注》,北京:中華書局,1996,卷十三,第350頁。

〔10〕　明道曰:"醫書言手足痿痺爲不仁,此言最善名狀。仁者,以天地萬物爲一體,莫非己也。認得爲己,何所不至? 若不有諸己,自不與己相干。如手足不仁,氣已不貫,皆不屬己。故'博施濟眾',乃聖之功用。仁至難言,故止曰'己欲立而立人,己欲達而達人,能近取譬,可謂仁之方也已。'欲令如是觀仁,可以得仁之體。"詳見《二程集·河南程氏遺書》,新北:漢京文化事業有限公司,1983,卷二上,第15頁。

1778)友人往來甚密。〔1〕是書發凡云："南北之朝,釋、道相争;唐、宋之時,儒、佛相角。總由不知性真常中本無同異,尋枝摘葉,安有了期!"〔2〕至此,允初三教融會之立場已然確立。乾隆卅七年(1772),允初年卅三,開近取堂、辦施棺局、放生會、卹嫠會。〔3〕隔年,受菩薩戒,常誦《華嚴》《梵網》二經。〔4〕乾隆四十年(1775),允初年卅六,《居士傳》成。〔5〕

乾隆四十二年(1777),允初年卅八,盧文弨、戴東原均致書與之論辯儒、釋問題,東原於是年卒。乾隆四十五年(1780),年四十一,允初臥疾,醫家言不可治,允初意態安適,及過長至,病少間;偶檢閱明儒四書文,自爲文二十餘篇,病且脱然。〔6〕

乾隆四十六年(1781),允初年四十二,成《一乘決疑論》初稿。書前序文提及尤服膺程明道、陸象山(1139—1192)、王陽明(1472—1529)、高梁谿(攀龍,1562—1626)四先生,以四人之説證之佛氏,往往而合。今考允初曾祖父彭定求之自訂年譜,可知其高祖父彭瓏(1613—1689)曾授予定求梁谿遺書,且偏好陸、王,故允初之儒學偏向,蓋肇因於家學傳承,自無可疑。〔7〕是書又以《易經》《繫辭傳》《中庸》之旨,游于《華嚴》藏海;而此土聖人,俱爲菩薩示現,世出世間,圓融無礙,不過異名而已,因以解諸儒之惑,以究《法華》一乘之旨。〔8〕是書更揀擇宋明以來諸儒的排佛説法,逐一回應,其中不只得見諸儒對佛教有嚴重誤解,更可見允初認爲儒、佛可以互通的緣由。

乾隆四十八年(1783)冬,允初年四十四,《華嚴念佛三昧論》初稿成,〔9〕以爲華嚴念佛法門,以毗盧爲導,以極樂爲歸,即覲彌陀,不離華藏。〔10〕

乾隆四十九年(1784),年四十五,允初父彭啟豐卒,詣玉壇問所往,報云其父已返天宮。葬畢,數年間閉關文星閣、西湖彌勒院、清寧禪院等地。乾隆五十四年(1789),年五十,病疙還家。隔年,

---

〔1〕 清・彭紹升《居士傳發凡》末云："是書始事於庚寅之夏,削稿於乙未之秋,中間辨味淄澠,商量去取,則吳縣汪子大紳之助爲多,瑞金羅子臺山往來過蘇,每相切磋,訂其離合……"詳見《居士傳》卷首,第 3 上頁(總第 429 頁)。按:庚寅,即乾隆卅五年(1770)。

〔2〕 清・彭紹升:《居士傳發凡》,《居士傳》卷首,第 2 下頁(總第 428 頁)。

〔3〕 清・彭紹升:《近取堂記》,《二林居集》,卷九,第 11 上—下頁(總第 375 頁)。

〔4〕 清・彭紹升:《與羅臺山二》,《一行居集》,卷四,第 2 下—3 上頁(總第 226—227 頁)。其文曰:"弟於九月中,請閩學老人授菩薩大戒。入冬來常誦《華嚴》《梵網》二經,發無量歡喜心,決定自知當得成佛。"按:今依《一行居集》卷首所迻録之《知歸子傳》後題文,署名"空空子",其文載"年二十九,始斷肉食。又五年,受菩薩戒,不復近婦人,嘗言'志在西方,行在《梵網》'"(卷首,第 2 下頁),由是推知允初受菩薩戒在三十四歲。

〔5〕 清・彭紹升《居士傳發凡》末云："是書始事於庚寅之夏,削稿於乙未之秋……"詳見《居士傳》卷首,第 3 上頁(總第 429 頁)。按:乙未,即乾隆四十年(1775)。

〔6〕 清・彭紹升:《二林居制義弟二敍》,《二林居集》,卷五,第 10 上—下頁(總第 341 頁)。其文曰:"歲在上章困敦,季秋之月,知歸子臥疾於秋陽閣。始病熱,已而氣逆上,四支腫,腹瀉,醫家多言不可治,知歸子適然安之。及過長至,病少間……"按:上章困敦即庚子年,乾隆四十五年(1780)。

〔7〕 清・彭定求編、彭祖賢重編:《南畇老人自訂年譜》,影印光緒七年刊本,《清初名儒年譜》第 15 冊,北京:北京圖書館出版,2006,第 603 頁。

〔8〕 清・彭紹升:《一乘決疑論》,《卍續藏經》第 104 冊,影印藏經書院版,台北:新文豐,1983,第 166 上頁。是書後記云:"此論作于重光赤奮若之冬。"按:重光赤奮若即辛丑年,乾隆四十六年(1781)。

〔9〕 清・彭紹升:《華嚴念佛三昧論》,影印藏經書院版,《卍續藏經》第 104 冊,台北:新文豐,1983,第 177頁。是書後記云:"是論作于乾隆四十八年冬十二月。"

〔10〕 清・彭紹升:《華嚴念佛三昧論》,第 175 頁。

妻費氏亦病肺嘔血，允初往雲棲寺建水陸道場，聞異香，妻於誦唸佛名時往生。[1]

　　乾隆五十五年（1790）底，《觀無量壽佛經約論》成。[2]乾隆五十六年（1791），允初年五十二，《華嚴念佛三昧論》[3]《一乘決疑論》[4]《儒門公案拈題》[5]等書定稿。其中《一乘決疑論》之初稿，因汪大紳之評論而刪去戒殺生及論老莊兩節，目的在于和同三教，無所軒輊；但允初以爲，戒殺生乃儒佛共由，且老莊之書具在《圓覺》《楞嚴》，故仍依原本而附著。[6]

　　乾隆六十年（1795），允初年五十六，預知時至，手編詩古文集凡四種付門人校刊。嘉慶元年（1796）正月，允初卒，享年五十七歲。[7]

三、儒學思想

　　允初關於儒學的思想，大抵收於《二林居集》中，少部分存於《一行居集》。不過，今存《二林居集》係後來所編，並非允初最早的文集，因其中收有《二林居經義敘》《二林居制義弟二敘》《二林居制義弟三敘》三篇文章，可知最早的文集應爲《二林居制義》，是書於今未見，蓋已亡佚。而《二林居經義敘》之“經”字，應即“制”字之訛。因此敘內容提及允初記夢爲老師、衲子二事，盧文弨《荅彭允初書丁酉》云“乃去年寄來《二林居制義》一冊，開卷見自序，即有大不愜意者。……而序乃託於夢中之二境……乃一則夢爲老師……又夢爲衲子”云云，[8]足見允初是書本名“二林居制義”，而非“二林居經義”。

　　至於是集何以名爲“二林”？允初自道“慕梁谿高忠憲公”與“盧山劉遺民之爲人也，兩先生往來修學地，同名東林，知歸子因題其居曰‘二林’”。[9]劉遺民（352—410），東晉時人，曾於盧山與

---

〔1〕　清·彭紹升：《亡妻費孺人述》，《一行居集》，卷七，第15下—16上頁（總第436—437頁）。

〔2〕　清·彭紹升：《〈觀無量壽佛經約論〉敘》，《一行居集》，卷三，第5下頁（總第156頁）。其文曰：“上章閹茂季冬之月……初稿再易……識其緣起以冠簡端。”按：上章閹茂乃庚戌年，即乾隆五十五年（1790），唯是年農曆11月27日，即公元1791年1月1日，是文之敘作於庚戌季冬，應爲公元1791年。

〔3〕　清·彭紹升：《華嚴念佛三昧論》，第177頁。是書後記云：“自錢塘歸，重閉關文星閣中，修念佛三昧。長夏寥寂，復出前稿，點勘再周，錄成此本，于賢首、方山外，不妨別出手眼，設遇雲棲老人，定當相視而笑也。時乾隆五十六年六月晦際清記”按：賢首，謂唐僧賢首法藏（643—712），係華嚴三祖。方山，即李通玄（635—730），唐華嚴學者，人稱棗柏大師，隱居太原府壽陽方山土龕中。雲棲老人，即雲棲袾宏（1535—1615），明末高僧，淨宗八代祖師。

〔4〕　清·彭紹升：《一乘決疑論》，第166上頁。是書後記云：“此論作于重光赤奮若之冬，閱今十一年矣。”按：重光赤奮若即辛丑年，乾隆四十六年（1781）。

〔5〕　清·彭紹升：《儒門公案拈題》前記，《一行居集》附錄，第1上頁（總第527頁）。其文曰：“乙巳歲冬，知歸子閉關文星閣下，禪課之餘，提起儒門公案，輒成拈頌六十餘首。其後六年，自錢唐歸里，閉關如故，重披舊稿，筆削再周……”按：乙巳係乾隆五十年（1785），後六年爲乾隆五十六年（1791）。

〔6〕　清·彭紹升：《一乘決疑論》，第166上—下頁。

〔7〕　清·彭祝華：《〈一行居集〉跋》，《一行居集》，卷末，第1上—下頁（總第565—566頁）。

〔8〕　清·盧文弨：《荅彭允初書丁酉》，《抱經堂文集》，《續修四庫全書》（上海：上海古籍，1995）影印清乾隆乙卯（六十年，1795）刻本，卷十八，第16下—17上頁（總第702—703頁）。

〔9〕　清·彭紹升：《二林居說》，《二林居集》，卷三，第1下—2上頁（總第65—66頁）。

高僧慧遠(334—416)等人共結蓮社,居於東林寺。高攀龍(1562—1626),別號景逸,謚忠憲,明末講學於無錫東林書院,梁谿爲無錫舊稱。劉、高二人所居地俱名"東林",此即允初名其居曰"二林"之由。根據允初自述,其所以傾慕二人,乃因"劉遺民……欲脱三有,證無生,其視身與世相遭,不過如一漚之起滅……忠憲……萬變皆在人,其實無一事……心如太虚。本無生死。……故曰君子無所争"[1]劉、高二人視人生如泡影,乃與世無争的生命情境,實與少年得志、隨即棄官不仕的允初如出一轍,故允初對二人傾慕有加。不過,允初之慕忠憲,實源於家學,其來有自。允初自云其高王父"晚歲讀高子書,發憤進學,以志矩名其齋",曾王父彭瓏(1613—1689)"平生奉行服七規,老而彌篤",故允初"淵原所自,敢或怠忘,反復遺書,録其言尤切者。爲明善之則云"[2]

(一)初誓浄土

上文曾云,允初廿三歲時,擬盡研諸經;廿四歲,始讀宋明儒書,以爲聖人可學而至,但其後的端默静思、道家修煉、文昌玉壇、上下求索,仍無法滿足其心。直至廿八歲那年,歸心浄土,允初的精神才似有了着落。允初初誓浄土時,曾云:

> 從今以後,當痛懺前非,絶利一原,奉雲棲老人爲圭臬,以心心念佛。作日用功夫,要期不負我佛,不負我生。……陸王門庭、歐曾家法,任他有力者爲之,弟甘心退避三舍,何以故? 生死事大。故兄自後儻遇世法中人,萬萬毋齒及弟名,銷聲匿迹。乃此法門中上策也。……要之弟復何心爲陸王樹幟哉?[3]

文中所言的雲棲老人即明末高僧雲棲祩宏(1535—1615),法號蓮池,係浄宗八祖,主張老實念佛。允初以之爲圭臬,時刻唸佛,而往昔所習之陸王門庭、歐曾家法,在生死事大的前提下,益發顯得渺小,不再重要,故云不復有心"爲陸王樹幟",然而,此語正可見允初此前曾用心爲陸象山(1139—1192)、王陽明樹幟,明顯標示了允初的儒學傾向,是在陸王一脈。

今觀《二林居集》,允初屢屢言及陸子之學,乃顔子之學[4],其爲聖人之學無疑[5],且對陽明的評價亦相去不遠[6]。事實上,除了陸王之外,允初對於邵康節(1012—1077)、程明道,亦有很

---

[1] 清·彭紹升:《二林居説》,《二林居集》,卷三,第1下—2下頁(總第319頁)。

[2] 清·彭紹升:《讀高子書》,《二林居集》,卷二,第4上頁(總第312頁)。

[3] 清·彭紹升:《與羅臺山》,《一行居集》,卷四,第2上—下頁(總第225—226頁)。

[4] 清·彭紹升:《讀陸子書》,《二林居集》,卷二,第2下頁(總第311頁)。

[5] 清·彭紹升:《答宋道原》,《二林居集》,卷三,第14上—下頁(總第325頁)。

[6] 清·彭紹升:《讀王子書》,《二林居集》,卷二,第3下頁(總第311頁)。其文曰:"充古今,塞宇宙,良知而已矣。……吾讀王子書而知其爲聖人之學也,君子之中庸也,致良知也。"

高的評價。[1]　不過，與允初深入契合的，則是象山的弟子楊慈湖（簡，1141—1226）。允初云：

　　誠以學者入道之方，各因其性之所近，不能彊同，要其歸，上達天德，則一而已。弟之所
向，蓋在横浦、慈湖之間，足下必以程朱律之，自齟齬而不相入，子思曰："道竝行而不相悖"，
亦顧其所以用力者何如耳。……後之議慈湖以禪者多矣，然求如其潔潔浄浄，不以生死利害
動其心者，何未之見也？然則學者之病，固有不在于禪者邪？[2]

按：横浦乃北宋學者張九成（1092—1159），敏於政事，早歲師事楊時（1053—1135），又與大慧宗杲
（1089—1163）友善，其學雜儒、釋。而慈湖雖爲象山高第，在南宋當時亦同樣因思想雜禪見議，與
横浦所受評議相似。今觀允初自覺其性齟齬程朱，近於二人，且特地爲慈湖辯駁，是可知允初思想
之趨向。

　　不過，即使允初自認性近陸王一脈，儒、釋交雜，但在其初誓浄土時，很顯然是想要擺落儒門宗
派，無論程朱、陸王之間的議論如何激烈，允初彷彿意圖甩開不管，只想一心念佛，完全取代陸王
學説：

　　日來讀蓮池先生《阿彌陀經疏鈔》，及勸修浄土諸文字，瞿然警發，誓於此生歸依浄土。
以"南無阿彌陀佛"六字作日用拄杖子。從今以後，不須復道"致良知"，即"南無阿彌陀佛"六
字，便是"致良知"。不須復道"存天理"，即"南無阿彌陀佛"六字，便是"存天理"。[3]

致良知與存天理，在"南無阿彌陀佛"之前，俱可退位，只此六字，便已足矣。允初此説，似意欲與
儒學分道揚鑣，因爲浄土中已有一切他所想要的，對儒門便已毫無眷戀。

（二）體仁茹素

　　然而，在彷彿塵埃落定之時，允初再度反思以前所學，孔孟學説中的仁者之論，卻觸發了允初
斷肉食的決心。此舉雖可與佛教戒殺共鳴，但允初卻特別強調並非有怵於因果報應之説，儒學才
是真正的關鍵。其文云：

　　年十九，奉母夫人諱，案《禮經》斷肉者二年餘。年二十五，始持不殺戒，惟食市上肉，得

---

〔1〕　允初云："吾讀《伊川擊壤集》，無弗諧也，無弗暢也，是樂而已矣。……誠知《伊川擊壤》之樂，則可以知
孔子、顏子之樂矣。"詳見清·彭紹升：《讀邵子書》，《二林居集》，卷二，第 1 下—2 上頁（總第 310—311 頁）。又云：
"要其揭聖人之心傳，彌微言以詔後世者，惟明道先生尤弗可及矣。"詳見清·彭紹升：《讀程伯子書》，《二林居集》，
卷二，第 1 上頁（總第 310 頁）。
〔2〕　清·彭紹升：《復宋道原》，《二林居集》，卷三，第 16 上—下頁（總第 326 頁）。
〔3〕　清·彭紹升：《與諸同學》，《一行居集》，卷四，第 1 上頁（總第 223 頁）。

懷中蟲輒放之，終以儒自解，不肯斷肉食。又四年，忽自省曰：儒者恆言以萬物爲一體。一體
云者，謂其不二本也。戕物以自肥，是猶割四體以飫口，其痛一也。不知痛者，是一體而二之
也。……且假手于它人而殺之，我不居殺之之名，不親殺之之勞，而坐享其殺之之實，是律所
謂造意指使者也……自是遂斷肉食[1]。

允初娓娓道出茹素的來龍去脈。原先以儒自解，不肯斷肉食，至年廿九，却又深省儒者一體之説，
決定不再食肉。此事自始至終，允初都是以儒學觀點考量，最後却得出完全不同的結論。值得留
意的是，此時允初已皈依净土，但對斷肉食的思考觀點，却不是由釋氏出發。允初又云：

> 夫予之斷肉，非有怵于佛氏人羊報復之説也，凡以行吾心之所安而已。……而惜乎世之
> 以儒者自怙者，不之察也。近世雲棲蓮池大師，大闡戒殺放生之論……其言出入儒、佛，要不
> 離乎體仁之恉[2]。

允初明白道出茹素並非有怵于佛家人羊報應之説，純粹是求心安，此説很顯然是重新肯定，且認同
儒學的價值與意義。就連雲棲蓮池大師的戒殺放生説，允初亦以爲不離儒家體仁之旨。此一思
考，全是以儒學體仁説爲主體，偶爾提及釋氏觀點以作爲點綴，這與之前剛皈依净土，便想擺落儒
門宗派的態度完全不同。

關於因果報應之説，允初以爲儒家亦自有其理。朝代之興替，有德者如文王者方能受命于天，
高居其位；無德者天自廢之，同樣是毫髮不爽，只有遲速隱顯之異[3]。故因果並非佛家獨有，儒家
經典同樣亦可開出此路。

皈依净土，一心唸佛之後，允初反而回首檢視儒學内涵，除了對體仁與因果議題深有所感，“求
放心”之説亦使允初更加堅定對儒學的信念。允初云：

> 往時千病萬痛，只是於心外見佛，不知不覺走入鐵圍山去。近始決定信得祇有“求放心”
> 三字，是正當工夫，是儒、佛兩家入門緊要處。往時正所謂“放其心而不知求也”。從此念佛，

---

〔1〕　清・彭紹升：《體仁録敍》，《二林居集》，卷六，第 1 下頁（總第 345 頁）。

〔2〕　清・彭紹升：《體仁録敍》，《二林居集》，卷六，第 2 上頁（總第 345 頁）。按：人羊報復之説，蓋出《楞嚴
經》：“以人食羊，羊死爲人，人死爲羊，如是乃至十生之類，死死生生，互來相噉，惡業俱生，窮未來際，是等則以盜貪
爲本。汝負我命，我還汝債，以是因緣經百千劫，常在生死。”詳見唐・般剌蜜帝譯：《大佛頂如來密因修證了義諸菩
薩萬行首楞嚴經》，收入《大正藏》（東京：大正一切經刊行會，1924—1935）第 945 册，卷四，第 120 頁。

〔3〕　清・彭紹升：《讀詩》，《二林居集》，卷一，第 6 上—7 上頁（總第 305—306 頁）。其文曰：“予讀《詩》而知
文王之德之盛也……其受命于天，非天之命之也，文王之天自命之而已。……天之所興與其所廢，章章矣。上帝甚
神，命有德討有罪……鮮或爽毫髮焉。然而或遲或速，或隱或顯，類非世智所能悉。鄙生小儒，不究其終始，動以因
果之説歸之佛氏，侮聖人而棄天命，吾不知其所終矣。”

便覺近裏著已。回看儒書，更覺充然有悦心之味，不至與净土法門，劃成兩橛。[1]

孟子"學問之道無他，求其放心而已矣"，[2]此説竟使允初唸佛工夫大有進益，同時也深感雖因茹素之故，芻豢不再悦我口，但儒書却真能悦我心，此番體悟，應是前所未有的。更重要的是，儒書與净土法門，不再如楚河漢界般此疆彼界，兩家的入門工夫，竟然一致，皆可由"求放心"着手。至此，允初同尊儒佛二家的態度，已可確立無疑。

由"求放心"入門之後，允初更發現儒佛兩家的目的也相當一致。允初云：

> 東西二教，如日月相推，竝行而不悖，要其歸，教人明自本心，見自本性，則一而已。不此之察，至主張同異，鼓弄是非，名爲尊聖而聖不加尊，名欲護儒而儒不受護，何則？本之不立，祗益戲論故也。[3]

二教之歸，不過同爲"明自本心，見自本性"而已。允初以爲儒、佛二教並立，不分軒輊。值得留意的是，儒家在此也成了一種宗教，不僅是理性的學説論辯，更摻有信仰的成分，這似乎是允初重新所賦予儒學的角色，值得玩味。

（三）明心見性

允初以"明心見性"乃二教同歸，故有不少關於"心性"的討論，大部分都圍繞着《學》《庸》，時而涉及《易》。上文云"求放心"乃儒學入門處，但究竟要如何求呢？"期于自得，非外求附益也"，向内求，不可外求，"當處認取"，才是正確的方法。[4]但問題在於，如何認取此心？如何才能判斷所認取者爲本心？允初云：

> 《大學》一書，古聖人傳心之學也。傳心之學，明明德一言盡之矣。親民者，明德中自然之用，非在外也，民吾同體。親之云者，還吾一體而已矣。[5]

明明德，即是認取此心之法。依允初之意，只要能明明德以認取本心，如此便自然能親民；而所謂的親民，並非是以己就民，而是民吾同體，換言之，民與己之間的分界必須泯除，方能成爲同體，這

〔1〕　清·彭紹升：《與大紳》，《一行居集》，卷四，第4上頁（總第229頁）。
〔2〕　《孟子·告子上》曰："仁，人心也。義，人路也。舍其路而弗由，放其心而不知求，哀哉！人有雞犬放，則知求之；有放心，而不知求。學問之道無他，求其放心而已矣。"詳見宋·朱熹：《四書章句集注·孟子集注》，卷十一，第334頁。
〔3〕　清·彭紹升：《與大紳書》，《二林居集》，卷四，第7上—下頁（總第331頁）。
〔4〕　清·彭紹升：《與韓公復》，《二林居集》，卷三，第13下頁（總第325頁）。
〔5〕　清·彭紹升：《讀古本大學》，《二林居集》，卷一，第9下頁（總第307頁）。

才是明德本有的面貌,所以"明"明德之"明",便是泯除物我的分界,如此一來,親民自然成了還吾本有之一體。

泯除物我的分界,究竟要如何才能做到? 允初曾有相當清楚的討論:

> 克己者,無我之謂也。無我則與天爲一。……仁即天之心也。……無我故無人,無人故無天下,無天下是合天下而爲一我也,是合天下之我而爲一天也。[1]

原來泯除物我分界的第一步,便是克己。先去除對私我的執著,無我,便去除了人我的區分,如是才可能真正領悟合天下爲一的仁心。允初又云:

> 仁者與天下爲一體,其見有天下者,己爲之累也。己克則無所爲天下也,一仁之所布濩而已矣。[2]

説到底,還是體仁之心。一旦去除小我的私,便能與天地萬物合爲一體,所謂的明明德工夫,可説由克己無我起始,以民吾一體爲終。

關於無我,允初還有更進一步的討論:

> 無欲則無所主矣,有主之心,即欲也。……有主則見有身,有身則見有人矣。其可以爲定乎? 聖人者,與天地合其德,日月合其明,四時合其序,鬼神合其吉凶,亦無我而已矣。是故明道先生曰:"天地之常,以其心普萬物而無心;聖人之常,以其情順萬事而無情。"伊川先生曰:"體用一原,顯微無閒",又將安所主邪?[3]

驗證無我的方式,還有無欲,亦即無所私主,因爲一旦有所私、有所主,自然就會有欲望產生,如此人我自然分別,所以關鍵還是在私欲。上文所説的克己,便是克去己私,如此才可能心普萬物、情順萬事,而絲毫不覺扞格。是以明道所説的"無心與無情",便是無私心與無私情;至於"合天地日月四時鬼神",便是自然而成就,無須刻意爲之。

在明明德之後,允初又細説了《大學》八目的前幾項,其文云:

> ……知至云者,外觀其物,物無其物。物無其意,不穀于物,是謂物格。內觀其意,意無其意。意無其意,是謂意誠。進觀其心,心如其心。心如其心,是謂正心。……不役其心,不動

---

〔1〕 清・彭紹升:《讀書》,《二林居集》,卷一,第5上頁(總第305頁)。

〔2〕 清・彭紹升:《論語集注疑》,《二林居集》,卷二,第8下頁(總第314頁)。

〔3〕 清・彭紹升:《太極圖説疑》,《二林居集》,卷二,第6下—7上頁(總第313頁)。

于意,不殽于物,是謂身修、家齊、國治、天下平,而其機莫切于知本。……而其功莫精于誠意[1]

由外觀、內觀,而進觀,允初逐層闡釋了知至、物格、意誠、心正四個階段。首先,先論"物無其物",允初之意,必須先明白萬物皆備於我,民吾同體,物我無別,方能有物無其物的境界,如此自然不會爲物所混淆;其次,允初對意的認知,明顯屬陸王一脈,其學派歸屬,相當明確:"蓋亂吾知者,意也,意之動而好惡形焉,是不可得而遽泯也,慎之于獨而已矣。"[2]允初以意乃造成心知混亂的根源,故不動意念的無意狀態,便是意誠。如此說來,誠意之誠,實近於止念、息念的工夫;再次,念既不起,心體便能如實呈現,不爲意、物所役,如此便是心之正了。故心正必須在物格與意誠的前提下,方能圓滿達成。在允初看來,一旦達成了心正的階段,身修、家齊、國治,乃至天下平,猶如水到渠成,不是問題。總括來說,由明明德以至民吾同體,是知本的契機;而誠意止念的工夫,更是關鍵。

對於誠意工夫,允初再三著墨:

> 慎之于獨,無有作好,無有作惡而已矣。……然則學者宜知所以事心矣。心本無所,有所,不可也;本無不在,有不在,不可也。善事心者,納之于一矩而已矣。……矩也者,所謂極也,至善也。[3]

意之動則好惡形焉,故無有作好、無有作惡的慎獨工夫,便是在意念動靜之間,慎觀其中的隱微變化,並學習如何止息意念,使意不起,如此便無法造作好惡,同時避免心受干擾,此即是允初所認知的慎獨工夫,此一工夫,與上文的誠意幾乎重疊,但似乎更加細膩,因爲誠意主要是指不動意念,已處於無意狀態,但慎獨則在謹慎觀察意念可能起作用時的細微動靜,從而介入止息的誠之工夫,故無作好惡的慎獨的工夫,不但較誠意更爲先行,亦涵括了誠意的工夫。

允初此番認知,看似類近於佛教的止觀[4],但實則不盡相同,關鍵在於允初對心的理解。引文中謂"心本無所","本無不在",善事心者,必納心於矩,於極則,於至善。但問題在於,允初所謂的至善或極則是什麼?

允初論《易》時,曾討論過這個問題。其文云:

---

[1] 清·彭紹升:《讀古本大學》,《二林居集》,卷一,第10上頁(總第307頁)。按:文中謂"心如其心,是謂正心",應爲"心如其心,是謂心正"。

[2] 清·彭紹升:《讀古本大學》,《二林居集》,卷一,第10上頁(總第307頁)。

[3] 清·彭紹升:《讀古本大學》,《二林居集》,卷一,第10上—下頁(總第307頁)。

[4] 隋·智顗:《摩訶止觀》云:"止、觀各三義,息義、停義、對不止止義。……貫穿義、觀達義、對不觀觀義。"見《大正藏》第1911冊,卷三,第21頁。按:允初的誠意、慎獨,旨在止息意念,的確類似止觀之止義,但允初之外觀無物、內觀無意、進觀如心,則顯然與止觀之觀不同。

乾坤者，太極之妙用也。太極者，自心之異名也。太極無體，以陰陽爲體，陰陽分而太極隱矣。……自心無體，以動靜爲體，動靜岐而自心泯矣。……知自心之未始有乎動靜也，知動靜之未始離乎自心也。是故自心常定，而動靜同歸矣。其本在誠，其功在敬與義。[1]

太極爲自心之異名，此乃以天地萬物即自心之概念，是以無方所，又無不在，故自心無體，即陰陽動靜之用以顯體。然動靜之用尚不足以盡顯心體，唯有意誠心定之時，方能統攝一切陰陽動靜，這也就是善事心者，納心于矩之時。由是可知，所謂的納于矩、于極、于至善，都只是定心的意思，也就是正心、心如其心，不爲意動，不受物淆的原始狀態，此一狀態，是含融天地萬物而無私我的，也是毫無好惡起作意念干擾的，更是超越動靜的，所以才會用極和至善來形容。一旦達到這樣的狀態，便有敬與義的功效。

敬、義的功效，之所以能夠經由定心而達成，那是因爲心的原始狀態便内含這些元素，或説有成就這些元素的起點。允初亦曾指點如何探求這些元素：

讀書講明義理，祇貴求其放心……只心便是天，盡之便知性，知性便知天，當處認取。更不可外求，合之《定性書》、《識仁篇》諸説參之，可以審端致力矣。[2]

明道的《識仁篇》開篇便道："學者須先識仁。仁者，渾然與物同體，義、禮、智、信皆仁也。識得此理，以誠敬存之而已，不須防檢，不須窮索。"[3]所以心的原始狀態只要呈現，便必然是以敬持守，方能存之，而義，就是自然地流露。至此，應該可以非常確定，允初所認知的心，自始至終都是與物同體的仁心，也就是包含了義禮智信的仁心，是一非常明確的道德主體，而此一主體不須向外求索，只要能誠其意，使之安定，復其原始狀態，便可知性。

"只心便是天，盡之便知性，知性便知天"，盡心便知性、知天，也就是當仁義禮智信的道德主體自然且充分地流露，毫無阻滯之時，便可見性而知天。可知若要見性，乃至知天，必須先得經過盡心的過程，這是相當重要的先決條件。

允初對於性的説解，大多集中於討論《中庸》的篇章。兹引其要者如下：

《中庸》，其盡性之書乎？何言乎"天命之謂性"？維天之命，於穆不已。來無所從，去無所至，成一切性，離一切性。成一切性，故即性即命；離一切性，故即性非性。……惟知性者，素位而行，無入而不自得，堯舜禹湯文武周公孔子，其盡之矣。盡之者，非獨自盡其性，天地鬼

---

〔1〕 清·彭紹升：《讀易》，《二林居集》，卷一，第 1 上—下頁（總第 303 頁）。

〔2〕 清·彭紹升：《與韓公復》，《二林居集》，卷三，第 13 下頁（總第 325 頁）。

〔3〕 宋·程顥：《識仁篇》，詳見《二程集·河南程氏遺書》，卷二上，第 16—17 頁。

神艸木禽獸一以貫之矣。何以貫之曰，誠而已矣。誠之之功，曰慎獨而已矣。[1]

“來無所從，去無所至，成一切性，離一切性”，這四句對天命的解說，並不易解。允初以“來無從”“去無所”解天命，表面意謂天命無可捉摸，但實際很可能暗含了“緣起生滅”的概念，襲用了佛教中觀的說法。[2]允初接著又因天命能作成萬物之性，故曰“成一切性”；萬物之性中自然含有所接受的天命，故曰“即性即命”。“離一切性，即性非性”，此蓋就概念而言，天命與萬物之性畢竟不同，故天命雖與性相即，但究竟不是性，故云“即性非性”。

《孟子·盡心》中有一段討論“性”“命”的文字，允初亦有解說。茲先引《孟子》原文：

> 孟子曰：“口之於味也，目之於色也，耳之於聲也，鼻之於臭也，四肢之於安佚也；性也，有命焉，君子不謂性也。仁之於父子也，義之於君臣也，禮之於賓主也，知之於賢者也，聖人之於天道也；命也，有性焉，君子不謂命也。”[3]

關於這段文字的解釋，明清以來，大體都採用朱熹(1130—1200)的講法。其意以爲，君子之所以不依常人稱謂“性”、“命”，實因先天本性中雖有感官欲望，但却因貧富階級等際遇命數，未必皆能如願，是以有各種不同的影響。至於天命予人的仁義禮智，則因個人禀賦本有清濁厚薄之別，表現各異，唯性善可學而盡，端視各自努力的程度，所以不全由先天禀賦決定。[4]由是可知，不論是性或命，先天所擁有的，都還必須配合後天的各種因素，才會形成最後的結果。因爲先天並非唯一或絕對的關鍵，後天可以改變的因素其實很多。

朱子的解法其實深受程伊川(頤，1033—1107)的影響，先解“性也，有命焉”之“命”爲品節限制；後解“命也，有性焉”之“命”爲厚薄清濁。在同一段文字之內，“命”字先爲命數際遇，後又爲天生氣禀，如此歧異的解法，允初着實無法認同，直接指出朱子誤解“命”字，使得此章主旨數百年來晦而不明，[5]影響不可謂不大。

---

〔1〕　清·彭紹升：《讀中庸》，《二林居集》，卷一，第11上一下頁(總第308頁)。
〔2〕　《中論》云：“不生亦不滅，不常亦不斷；不一亦不異，不來亦不出；能說是因緣，善滅諸戲論；我稽首禮佛，諸說中第一。”詳見龍樹菩薩造，梵志青目釋，姚秦·三藏鳩摩羅什譯，《中論觀因緣品第一》，《中論》，收入《大正藏》，第1564册，卷一，第1頁。按：允初在此用了中觀思想，黃依妹亦曾提及，詳參黃文《彭際清與戴震的儒佛論辯》，《東方宗教研究》第二期，1990年10月，第236頁。
〔3〕　語見《孟子·盡心下》，收入宋·朱熹：《四書章句集注·孟子集注》，卷十四，第369頁。
〔4〕　宋·朱熹：《四書章句集注·孟子集注》，卷十四，第369頁。按：朱子注云：“程子曰：‘五者之欲，性也。然有分，不能皆如其願，則是命也。不可謂我性之所有，而求必得之也。’愚按：不能皆如其願，不止爲貧賤。蓋雖富貴之極，亦有品節限制，則是亦有命也。”“程子曰：‘仁義禮智天道，在人則賦於命者，所禀有厚薄清濁，然而性善可學而盡，故不謂之命也。’張子曰：‘晏嬰智矣，而不知仲尼。是非命邪？’愚按：所禀者厚而清，則其仁之於父子也至，義之於君臣也盡，禮之於賓主也恭，智之於賢否也哲，聖人之於天道也，無不脗合而純亦不已焉。薄而濁，則反是，是皆所謂命也。”
〔5〕　清·彭紹升：《孟子集注疑》，《二林居集》，卷二，第12上頁(總第316頁)。

若仔細看,便會發現朱子對前後兩個"性"字的解釋也不一致。"性也,有命焉"之"性",解爲告子"生之謂性"的耳目口鼻之欲;"命也,有性焉"之"性",則亦依伊川解爲性善之性,即由性之理的角度而言。所以,同一段文字,朱子對"性"有兩個不同的解法,對"命"也有前後各異的説辭,難怪允初會提出極大的質疑,認爲朱子之説誤解孟子所言。

允初藉由《孟子》這段文字,特別清楚地討論了性、命的分別。允初以爲,口目耳鼻四肢,是生而有欲者,雖然一般人認爲這是與生俱來的需求,所以稱之爲性,但這並非性之本然。因爲性之本然,應該是無聲無臭,來自不已的天命流行,所以"性也,有命焉",君子不以生理層次的欲念爲性。再就仁義禮智而論,這是天命賦予人的特質,無法離開人而獨立存在,所以只要能反求諸身,便可發現這些特質内在於人,即性之本然,人可以努力盡性以成就之,所以"命也,有性焉",因此君子不會直接把這些特質當作命,因爲只有通過人的努力,才能成就這些特質[1]。

根據上文的析論,可知允初對於《孟子》此段文字中的"性",均作性之本然解,亦即伊川的性之理;而"命",則皆解作天命,意同《中庸》"天命之謂性"的"天命"。允初以爲,當人充分流露心所本具之仁義禮智信時,便能見性而知天,是可知允初的性之本然,即是仁義禮智,這些特質,來自天的命予,所以離了天命,便無法言性;同樣的,離人亦無法言天,因爲要知天,必須透過盡心而知性的成就過程。簡言之,天、人相依,性、命相存,無法各自爲政。明乎此,便知允初解釋《孟子》的"性也,有命焉"、"命也,有性焉"兩段,是指性、命的相互依存,不可分割。此説確實與朱子《孟子集注》有很大的歧異。

一般人言及"命",通常指的是命限長短,或禍福際遇,但在允初看來,這些内涵精確的用詞應該是"數",而非"命"。真正的"命",是要透過人盡力呈現所禀受的道德特質,方能完整顯現,但並不會因人的生死而有所增損[2]。

在釐清性、命的關係之後,允初又再次強調盡性者,應可與天地鬼神艸木禽獸相貫通,因萬物之性皆由天命而來,這是天地萬物共同的根源,但若要貫通,必須以"誠之"的工夫,才能達成。而"誠之"之功,即是慎獨。

上文曾析論允初認知的誠意工夫,主要是指不動意念,而慎獨則是在觀察意念起作時的細微動靜,再加入止息的工夫,故慎獨先行於誠意,廣義上亦可涵括誠意。筆者先前的論述,在此可以得到進一步的驗證,允初確實是以慎獨包括了誠意的工夫,其内涵便是由觀意而止意。

---

〔1〕 清·彭紹升:《孟子集注疑》,《二林居集》,卷二,第11下—12上頁(總第315—316頁)。其文曰:"命有從其末而言之者,死生有命,得之不得曰有命,是也;有反其本而言之者,或言基命,或言立命,是也。由前之説,則所謂命者,乃氣數之適然,而無與乎吾性;由後之説,則其所謂命,乃性之所從出,而天之所以爲天也。即以口目耳鼻四肢而論,其生而有欲者,性也,而非性之本然也。性之本然,無聲無臭,一命之不已而已矣。故曰:'君子不謂性也。'以仁義禮智天道而論,其一本乎天者,命也,而命非離人而立者也,反之于身,有物有則,性之所自成,故曰:'君子不謂命也。'然則外人以求天,不可也;離命以言性,不可也;其爲物不二,在自反而已矣。"
〔2〕 清·彭紹升:《讀左氏春秋》,《二林居集》,卷一,第13上頁(總第309頁)。其文云:"夫人之言命者,莫切于生死矣。不知生死者,數也,非命也,命非生死之所能與也。劉康公曰:'民受天地之中以生。'所謂命也,盡其道而生,其生也無加;盡其道而死,其死也無損,命之所以立也。"

行慎獨工夫時，無好惡起作，心不受干擾，自然回復到原始狀態，含融天地萬物而無私我，如是自能貫通天地萬物之性，並體認共具之天命。這就是盡心便知性，知性便知天的緣故。

允初對於《中庸》盡性之說，費心詮解，可知對是書的器重。在論及《易》乾卦六爻之義時，允初以爲此係《中庸》一書的根源，並將觀卦的“觀我”，解釋成慎獨，〔1〕完美地結合《易》與《中庸》。又主張《中庸》可盡禮樂之要義，禮樂實中和之異名。故若想深入理解禮樂，必須先以慎獨爲基礎，體未發之中，致已發之和，進而盡天命之性。〔2〕

由是可知，允初幾以《中庸》匯聚儒家重要經典，闡發明心、見性、知天的重要論點。其論尊德性、道問學，則以博學、審問、慎思、明辨等道問學之功，皆所以明善，善即德性，亦即本明之體。〔3〕故道問學的目的，是爲了尊德性。廣大精微、高明中庸，皆德性所本具，是以致之、盡之、極之、道之，乃問學邊事，〔4〕亦即道問學的努力，是爲了將本具的明德的作用發揮得淋漓盡致，故尊德性外，別無道問學。由是可知，允初儒學觀中的道德主體，是非常明確的，此一主體所内含的善，或說仁義禮智信等，皆來自天命，本具於心，屬性之本然，只要能行慎獨之功，便能明心，進而見性，最終知天。

細心的讀者應該會發現，允初對於心、性二者内涵並未清楚分辨，時而相同。大部分的宋明儒者對於心性理氣，儘管其間有著千絲萬縷的聯繫，但都會分別說明，但允初卻認爲：“《大學》言心不言性，性即心也。《中庸》言性不言心，心即性也。大《易》論理不論氣，氣即理也。《孟子》論氣即論道，氣亦道也。合而言之，一心而已矣。”〔5〕

允初在此混心、性爲一，忽略性純爲理，而心卻具能動特質的基本概念。但上文亦曾表明盡心方能知性，進而知天，清楚說明其間工夫有程序先後之別。故此處所謂的“心、性相即”，除了再次印證允初的確屬於陸王“心即理”一脈，亦必然是指盡心而知性的階段，因爲唯有經過這個階段，方能有心、性相即的可能。只是允初爲求簡便，以一心統攝所有，因爲這不但是最初的根本，也是一切的起點。

前文曾云允初曾因歸心净土，不復再爲陸王樹幟，以此反證允初的儒學傾向。其祖父彭定求有《儒門法語》《陽明毁釋録》等書，明載定求尊朱的立場，以及引陽明學爲同心之助，堪稱超越程

---

〔1〕　允初云：“乾六爻之義，《中庸》一書所自出也……觀之有孚於盥而不薦，君子之觀民也……觀我而已矣。觀我也者，不于其衆，于其獨；不于其發，于其存。”詳見清·彭紹升：《讀易》，《二林居集》，卷一，第1下—2上頁（總第303頁）。

〔2〕　清·彭紹升：《讀禮記》，《二林居集》，卷一，第8下—9上頁（總第306—307頁）。其文云：“後之言禮者吾悲之，辨名物、稽象數、攷文章，以爲禮，禮若是而已哉！後之言樂者吾悲之，別陰陽、分尺寸、窮損益，以爲樂，樂若是而已哉！若是者，古人之糟魄已爾。……故記禮之文，《中庸》其盡之矣。禮樂者，中和之異名也。不明乎天命之性，而慎獨以爲基，其可以議乎禮樂乎哉！”

〔3〕　清·彭紹升：《大學章句疑》，《二林居集》，卷二，第9上—下頁（總第314頁）。

〔4〕　清·彭紹升：《中庸章句疑》，《二林居集》，卷二，第10下頁（總第315頁）。

〔5〕　清·彭紹升：《一乘決疑論》，第164上頁。

朱、陸王之争的典範。[1] 允初有此家學,兼以歸心净土,爾後更朝會通儒、佛的方向發展,確實對於儒學内部的學派之争毫無興趣,但其"心性相即"的論點,却仍透露了陸王學説的根柢,這是無可否認的事實,亦毋須避諱。

允初主張的慎獨工夫,與所明之心、所見之性、所知之天,無非都是要泯除私我,達成領悟民吾一體的最終境地,故如何體現並安立與萬物合一的仁心,才是允初儒學觀的終極目標。

(四)一乘決疑

上文曾經提及,乾隆四十二年(1777),允初卅八歲時,盧文弨、戴東原均致書與之論辨儒、釋問題。盧文弨《抱經堂文集》中有《荅彭允初書丁酉》,作於是年,亦即允初和戴東原往來論辯之時,因此是文尤可注意。文中盧氏針對所見之《二林居制義》提出意見,指出允初以小儒明指朱子,實乃離經叛道之舉。[2] 又云:

> ……如《自古皆有死》篇,後自記云:"惟此一事實,餘二即非真。"案:此二語本出《法華經》。"事"本作"法"字,所謂"一法",彼蓋即指趺坐而坐,引而不發,爲學徒作指點語。今改"法"爲"事",列之文後,便令人百思不解。……今爲年兄計,莫若擇其大害理者亟火之。能決然舍其舊習,而唯吾儒是從。斯大勇也,否則慎無爲騎牆之見。[3]

今查《妙法蓮華經》《方便品第二》,中有偈曰:"唯此一事實,餘二則非真。"[4]盧氏以爲"事"本作"法"字,不知何據。然重點在於盧氏以房師身份,[5]勸説允初捨去舊習,"唯吾儒是從"。足見盧氏所關懷者,在於允初兼融儒、釋,並不專主儒家,故盧氏譏爲騎牆。

今存文集中,未見允初對是函的回復,但在《復王鳳喈》一函中,則可見允初的立場。允初云:

> 經云:"唯此一事實,餘二則非真。"於儒、佛之間,妄生分別,妄論短長,皆涂説也。大丈夫所貴知本耳,誠得其本,則一切差別法,無不從此流出,又安肯尋枝摘葉,寄他人之籬下乎?[6]

---

〔1〕 詳參彭國翔:《清康熙朝理學的異軍——彭定求的〈儒學法語〉初探》,《近世儒學史的辨正與鈎沉》,臺北:允晨文化實業股份有限公司,2013,第602—607頁。

〔2〕 清·盧文弨:《答彭允初書丁酉》,《抱經堂文集》,卷十八,第18下頁(總第703頁)。

〔3〕 清·盧文弨:《答彭允初書丁酉》,《抱經堂文集》,卷十八,第19上—下頁(總第704頁)。

〔4〕 姚秦·鳩摩羅什譯:《方便品第二》,《妙法蓮華經》,收入《大正藏》第9冊,no. 262,卷一,第8頁。

〔5〕 允初云:"紹升年十八,中禮部試,出餘姚盧先生紹弓之門。"詳見清·彭紹升:《盧太公墓志銘》,《二林居集》,卷十一,第3下頁(總第388頁)。

〔6〕 清·彭紹升:《復王鳳喈》,《一行居集》,卷四,第12上—下頁(總第245頁)。

按：王鳳喈即王鳴盛（1722—1797），乾隆十九年（1754）榜眼。由此段引文可知，允初以爲儒、佛之間並無分別，不應隨世人道聽塗説，《法華經》之語，正明白道出允初以爲儒、佛非二即一的看法。

對於此一議題，允初在與友人書札中，有更清楚的説明。其文云：

　　承諭引陽明先生論三教語，最爲圓通，非從上諸儒所及，但所分中間左右，亦從其教而別之，非道之本然也。道一而已，在儒爲儒，在釋爲釋，在老爲老。教有三，而道之本不可得而三也。……拆去牆壁，往來自在者，近之矣。……方知前此種種分別，種種馳求，悉是捏目生華，都無此事。……承索《法華經》，此經幽遠深固，非思量分別之所能解[1]

陽明以三間廳堂比喻三教的説法，極爲有名。陽明以爲，聖人盡性至命，儒、佛、老、莊皆吾之用。後儒者不見其全，故分而爲三。譬之儒者廳堂，三間原共爲一廳，割左邊一間與佛，右邊一間與老，自處中間。實因儒者不知聖道大，二氏自私之道小也。[2]

允初以爲，陽明以三間廳堂比喻儒、釋、道三教之説，雖稱圓通，但尚未究竟，因爲道之本然，唯一而已。教雖有三，其名異，其實同，拆廳堂之牆，往來便可自在無別。文末又再次提及《法華經》，是可知允初對於是經主旨三乘歸一的説法極爲服膺，不過《法華經》所説的"三乘"是聲聞乘、緣覺乘、菩薩乘，[3]但允初在此化用爲儒、釋、道三教，以明三教歸一。

允初在四十二歲時，完成《一乘決疑論》的初稿，此書至其五十二歲定稿，允初享年五十七歲，故此書可視爲晚年定論。今觀是書題名，便可知目的在闡揚其三教歸一之説。是書大抵爲釋氏辯，通常先釐清諸儒對釋氏的某些誤解，隨後便説明儒學中自亦有類近甚或相同的説法，例如佛氏未嘗專內而遺外，[4]六經亦言鬼神[5]；佛氏戒殺而儒有不忍之心，同爲萬物一體之學。[6]《中庸》明誠，知本達本，佛説亦在其中；[7]《大學》之本即明德，《楞嚴》亦有格致、顧諟、見性云云。[8]

是書最後概論三教，謂儒教以天命爲宗，至善爲體，其機順，主經世；老教以無極爲宗，希夷微

〔1〕　清·彭紹升：《答沈立方先生》，《一行居集》，卷四，第15下—16下頁（總第252—254頁）。
〔2〕　陽明曰："聖人盡性至命，何物不具？何待兼取？二氏之用，皆我之用，即吾盡性至命中完養此身謂之仙，即吾盡性至命中不染世累謂之佛。但後世儒者不見聖學之全，故與二氏成二見耳。譬之廳堂三間，共爲一廳，儒者不知皆吾所用。見佛氏，則割左邊一間與之；見老氏，則割右邊一間與之；而己則自處中間，皆舉一而廢百也。聖人與天地民物同體，儒、佛、老、莊皆吾之用，是之謂大道。二氏自私其身，是之謂小道。"詳見明·王守仁：《王陽明全集·年譜三·嘉靖二年十一月》，上海：上海古籍，1992，卷卅五，第1289頁。
〔3〕　《法華經·譬喻品》中以火宅喻三界，並以羊車、鹿車、牛車誘使諸子離宅出三界，最後又以大白牛車乘載所有，即以大乘統攝聲聞、緣覺、菩薩三乘，再三強調三乘歸於一乘。詳見姚秦·鳩摩羅什譯：《譬喻品第三》，《妙法蓮華經》，卷二，第10—16頁。
〔4〕　清·彭紹升：《一乘決疑論》，第151上頁。
〔5〕　清·彭紹升：《一乘決疑論》，第152上頁。
〔6〕　清·彭紹升：《一乘決疑論》，第153下頁。
〔7〕　清·彭紹升：《一乘決疑論》，第159上頁。
〔8〕　清·彭紹升：《一乘決疑論》，第160下頁。

爲體,其機逆而順,在世出世間;佛教以一心爲宗,盡虛空、徧法界爲體,其機逆,主出世。《中庸》謂上天之載,以無聲無臭爲至,此即太極反乎無極;而孔子自謂無知,實超乎色空。釋氏究竟本來,涅槃生死,俱不可得,非世出世間,同一毗盧遮那妙莊嚴海。[1] 故二程、朱、陸、梁谿諸儒之説,咸不異於佛,此心理之同,不容有二。[2]

允初最後將儒、釋、道三教的世出世間法,全歸入《華嚴經》的毗盧遮那妙莊嚴海,看來似是三教同歸於佛,但若仔細把梳其間論説,允初深知儒學心、性內涵的道德主體是其根本,此與佛學的真如本心、緣起性空的概念無法吻合,但允初却仍視而不見;由其初誓净土,轉而悦心儒説,再論盡心、知性、知天,至"唯此一事實,餘二則非真",以及陽明"三間廳堂"的譬喻,甚至是《一乘決疑論》中的種種辨解,無非都是在梳理儒學之餘,強調釋氏之説不異於儒,彷彿《華嚴經》的理事無礙、華藏世界皆可融攝一切,此舉固可説是援儒入佛,但若説允初以佛契儒,其實亦不爲過。當然,這也可能是推廣佛學的策略,但他經年累月的閉關,一心念佛,歸往净土的決心與踐履,讀者絕不可能視而不見,也許,就允初個人而言,他確實認爲儒、佛、道三家學説打併歸一並無問題,所以才在闡論學説時,見同略異,通貫三者,畢竟,明心見性以"知"天命,一心念佛以"歸"西方,才是允初這位"知歸子"最終的嚮往。

儒佛交涉的議題由來已久,至明中葉以後尤其盛行。允初的《居士傳》羅列趙大洲(1508—1576)、管東溟(1536—1608)、楊復所(1547—1599)、陶望齡(1562—1609)、焦弱侯(1540—1620)等人,諸人學説雖各有所重,但俱主張儒佛融通,其中允初似乎特別認同趙大洲的《二通》,即經世通和出世通,大洲以爲經世者不礙於出世之體,出世者不忘乎經世之用,千聖一心、萬世一道;允初且引大洲曾言服膺李長者(635—730)《華嚴合論》,其《二通》之作,蓋將游戲乎華嚴的毗盧性海中。[3] 而管東溟亦以爲儒、釋教理可相參而圓,但教體則可各有所矩而不濫,[4] 且毗盧法界亦可與乾元相應和,普賢行海可與孔矩印心;而乾元統天之旨,即孔子的出世心法。[5] 陶望齡與善友創立的放生會,作《放生詩》十首,闡因果輪迴之説,允初盡録於《居士傳》中。[6] 上文曾云允初卅十多歲時,亦曾設放生會,且將三教法全歸入華嚴的毗盧遮那妙莊嚴海云云,都很有可能曾受到諸人的啟發,雖然這些説法或作爲並非諸人所獨創,但允初在《居士傳》中特別提及,很顯然是高度認同。唯允初之茹素,來自於對儒家體仁思想深刻的體會,此舉雖與釋氏茹素之行相同,但肇始之因

---

〔1〕 清·彭紹升:《一乘決疑論》,第 165 上—下頁。

〔2〕 清·彭紹升:《一乘決疑論》,第 165 下—166 上頁。

〔3〕 清·彭紹升:《趙大洲傳》,《居士傳》,卷三十九,第 3 上—4 上頁(總第 538 頁)。

〔4〕 清·彭紹升:《管楊陶焦唐瞿傳》,《居士傳》,卷四十四,第 1 下頁(總第 551 頁)。

〔5〕 東溟曰:"乾元者,天地人之總心,三教聖人之敦化處也。……愚以毗盧法界印乾元,以普賢行海印孔矩,意有在也。蓋戒儒者毋以名利心希孔子,孔子自有出世心法。通乎毘盧,則乾元統天之旨是也,如之何其弗參也!參乾元,可以不歷僧祇而獲法身矣,亦毋於綱常外求佛行。佛門所重普賢萬行,具在儒宗,如禮儀三百、威儀三千之矩皆是也,如之何其弗循也!循孔矩,可以越歷三祇而成正覺矣,不歷僧祇而獲法身。"詳見明·管志道:《答屠儀部赤水丈書》,《問辨牘·元集》,日本尊經閣文庫藏明萬曆二十六年序刊本,第 67 下頁、第 70 上—下頁。

〔6〕 清·彭紹升:《管楊陶焦唐瞿傳》,《居士傳》,卷四十四,第 6 上—7 下頁(總第 553—554 頁)。

却與許多主張儒佛融通者有別,這確實是允初異於衆人之處,也許正因如此,使得允初在主張三教融攝於華藏世界之時,仍被儒家思想深刻影響,體仁之知與茹素之行,即表明此儒家主張根本地烙印在允初的思想中。

四、與戴東原之論辯

休寧戴震,字東原,係乾嘉皖派之首。稽古綜核,博聞強識,主張讀經宜先明訓詁,而後方能知義理,於天文、律曆、聲韻、輿地、算學無不精通,所著《原善》《緒言》《孟子字義疏證》等書,辨性欲、理氣、理欲之見,闢程、朱、老、釋之説,[1]其《答彭進士允初書》一函,堪稱《孟子字義疏證》一書之濃縮版,是函所作時間,乃乾隆四十二年丁酉(1777),即東原逝世之年,可視爲東原思想定論,意義非比尋常。

允初之《二林居集》中,有《與戴東原書》一文,係針對東原之《原善》及《孟子字義疏證》二書內容而發,上述東原的《答彭進士允初書》,便是爲了回應允初此信而作。清楚地説,先是東原贈二書予允初,允初作《與戴東原書》言明感想,東原再覆函《答彭進士允初書》回應允初所言。由於二函內容針鋒相對,頗能得見二人問學宗旨,且因內容涉及儒、釋、道之思想,牽涉層面極廣,可視爲清中葉儒釋論辯的一個重要案例,值得深入分析。

本文藉二人往來書札,首論二函緣起及立場,其次列舉二人論辯癥結,如命與神、無欲、反之與復初三議題,逐一考察二人辯説方式及根本立場,並析論允初對儒家經典的説解,以期深刻掌握允初援釋入儒的詮解思路,其間曲折複雜,可窺清中葉學者儒、佛立場之一斑。

(一)二函緣起及立場

先看允初之《與戴東原書》。是文首先交代東原贈書一事:

> 承示《原善》及《孟子字義疏證》二書,其于烝民物則、形色天性之旨,一眼注定,傍推曲邑,宣洩無餘。其文之切深奧衍,確然《戴記》之遺,漢、唐諸儒言義理者,未之或先也。紹升憒于學問,于從入之塗不能無異,要其同然之理,即欲妄生分辨,安可得邪?[2]

---

[1]　錢賓四先生指出,東原義理三書,《原善》三卷之擴大本約成於丙戌(乾隆三十一年,1766,東原年44),《緒言》一書應完成於壬辰菊月(乾隆三十七年,1772,東原年50),《孟子字義疏證》則成於丙申(乾隆四十一年,1776,東原年54)。《原善》辨欲乃性之事;《緒言》爲理氣之辨,頗排擊宋儒;《孟子字義疏證》則特提理欲之辨以駁宋儒,明確指出理乃存乎欲者也。故《孟子字義疏證》乃會合前兩書爲一説,唯對宋儒之見解,《原善》尚未提及,《緒言》已有譏排,《疏證》最爲激昂。詳見錢穆:《中國近三百年學術史》,臺北:臺灣商務印書館,1987,第八章,第324—355頁。

[2]　清·彭紹升:《與戴東原書》,《二林居集》,卷三,第16下—17上頁(總第326—327頁)。

文中所言"烝民物則"，出自《詩·大雅·烝民》："天生烝民，有物有則。民之秉彝，好是懿德。"〔1〕而"形色天性"，則源於《孟子·盡心》："形色，天性也。唯聖人然後可以踐形。"〔2〕兩段文字説的都是天與人之間的關聯，在人身具象的形體中承載著與生俱來的本性或律則。允初先盛讚東原二書能曲鬯其旨，甚至可與漢、唐諸儒媲美，但即使對於東原所言之理無可否決，所入之塗却無法苟同，此乃是函所作緣由。乍看之下，允初之意似謂二人殊塗同歸，其所爭者僅殊塗耳；但若細究此中意味，實不難嗅聞二人學問之宗旨其實未必同歸。

接續再看東原之《答彭進士允初書》。東原云：

> 日前承示《二林居制義》，文境高絶，然在作者，不以爲文而已，以爲道也。大暢心宗，參活程、朱之説，以傅合六經、孔、孟，使閎肆無涯涘。……足下之道成矣，欲見僕所爲《原善》，僕聞足下之爲人，心敬之，願得交者十餘年於今〔3〕

依此函，可知允初與東原彼此早聞對方大名，相互傾慕已久；蓋允初此時僅知東原有《原善》一書，尚不知還有《緒言》《孟子字義疏證》等，故僅表達擬拜讀《原善》之意，待東原贈以《原善》，並出新著《孟子字義疏證》之後，〔4〕允初遂禮尚往來地回贈個人文集。允初文集本名"二林居制義"，與今所見之"二林居集"不盡相同，上文已言及，茲不贅述。東原在閲讀《二林居制義》之後，所下結論乃允初以心宗之旨，兼參程、朱，並傅會六經、孔孟。要言之，東原以爲，允初之旨歸在心宗，至於六經、孔孟之説，不過其附會之對象耳。既然如此，東原對於允初函中所云殊途同歸之言，自然不會毫無意見：

> ……雖《原善》所指，加以《孟子字義疏證》，反覆辯論，咸與足下之道截然殊致，叩之則不敢不出。今賜書有引爲同，有別爲異，在僕乃謂盡異，無毫髮之同。〔5〕

文中所言之"今賜書"，即上文所引允初之《與戴東原書》。東原在此鄭重地表明立場，謂與允初立場"無毫髮之同"，此舉頗有管寧（158—241）割席，分道揚鑣之意味。而其中因由，自然在於

---

〔1〕 語見《詩經·大雅·烝民》，詳參漢·毛亨傳、鄭玄箋，唐·孔穎達疏：《毛詩注疏》，《十三經注疏》，影印清嘉慶二十年（1815）南昌府學刊本，臺北：藝文印書館，1965，卷十八，第674—1頁。
〔2〕 語見《孟子·盡心上》，詳參宋·朱熹：《四書章句集注·孟子集注》，卷十四，第360頁。
〔3〕 清·戴震：《答彭進士允初書丁酉》，《東原文集》，收入《戴震全書》（合肥：黃山書社，1995），卷八，第352—353頁。
〔4〕 關於東原何以僅贈允初《原善》《孟子字義疏證》二書，未及《緒言》，錢賓四先生如是推測。詳參錢穆：《中國近三百年學術史》第八章，第330頁。
〔5〕 清·戴震：《答彭進士允初書丁酉》，《東原文集》，卷八，第353頁。

東原對於心宗的不認同：

> 宋以前，孔、孟自孔、孟，老、釋自老、釋，談老、釋者高妙其言，不依附孔、孟。宋以來，孔、孟之書盡失其解，儒者雜襲老、釋之言以解之。……對同己則共證心宗，對異己則寄託其説於六經、孔、孟，曰：“吾所得者，聖人之微言奧義。”而交錯旁午，屢變益工，渾然無罅漏。〔1〕

東原所謂之“心宗”，主要是指雜糅老、釋的陸王心學，下文會有更清楚的説明。然而，由此段引文，不難得知東原最不能忍受的，便是對於孔、孟學説的誤解，尤其是此一誤解是以夾雜老、釋之言的方式，引導學者認識一個假的孔、孟，這正是東原所極力指責的對象，也正是東原對允初學説的認識，基於此一認識，遂有了《答彭進士允初書》不得不作的長篇議論。下文將根據這兩封書信中的質問與回復重點，一一梳理分析，以考察清中葉兩位重要學者的儒佛之辯。

（二）命與神

首先論命。此係二人首要的歧異點。先引允初説法，其文曰：

> 《原善》之言“天命”也，引記云：“分于道謂之命”，解之曰：“限于所分曰命”，此恐不足盡《中庸》“天命”之義。《中庸》之言“天命”也，言上天之載而已。此上不容有加。若有加，何以云至？“維天之命，於穆不已”，天之所以爲天，無去來，亦無内外，人之性于命也亦然。昭昭之天，即無窮之天，孰得而分之？命有自分，即性有所限，其可率之以爲道邪？率有限之性以爲道，遂能位天地、育萬物邪？此其可質者一也。〔2〕

“分于道謂之命”一言，出自《大戴禮記·本命》。〔3〕允初顯然不願採信這個説法，而堅持以《中庸》爲準。在允初的認知中，天乃無窮無盡，故不可分；天既不可分，人性由天命而來，自然亦不可分。倘若人性可分，那麼便無法率性爲道，因爲所率者乃殘缺之道，無法完整體現道的内涵。此係允初所主張的天命與性之概念。

允初在此對於天的形容，很值得細細考究。《中庸》對天地之道有不少描述：“其爲物不貳，則其生物不測。天地之道，博也，厚也，高也，明也，悠也，久也。”〔4〕所强調者乃空間的周遍廣大與時間的久遠，乃至發育萬物千變萬化的能力。書中一再力闡天道之内涵，但却不曾論及天是否有源頭，若有，其源頭從何而來；若無，其何以存在？允初以“無去來，無内外”形容天，“無内外”或可符

---

〔1〕 清·戴震：《答彭進士允初書丁酉》，《東原文集》，卷八，第353頁。

〔2〕 清·彭紹升：《與戴東原書》，《二林居集》，卷三，第18下頁（總第327頁）。

〔3〕 語見《大戴禮記·本命》。詳見清·王聘珍：《大戴禮記解詁》，臺北：文史哲出版社，1986，第250頁。

〔4〕 詳見宋·朱熹：《四書章句集注·中庸章句》，第34頁。

合博厚的周遍廣大,但"無去來"便與只強調時間久遠的"悠久"概念不盡相符了。"無去來"謂無所從來,亦無所去,"去來"二字隱含了緣起生滅的概念,暗用了佛教中觀的說法,上文已曾提及,茲不再述。

東原對於允初謂天不可分,故命亦不可分的說法,不但不同意,且仍堅持引用《大戴禮記》之說:

> 僕愛《大戴禮記》"分於道謂之命"一語,道,即陰陽氣化,故可言分。惟分也,故成性不同。而《易》稱"一陰一陽之謂道",《中庸》稱"天命之謂性",《孟子》辨別"犬之性""牛之性""人之性"之不同,豁然貫通。[1]

東原除了再次引用《大戴禮記》"謂道可分"的說法,還進一步詮解其可分之理,實由於道屬於氣的層次,這點便和允初有根本的歧異。依東原的邏輯,道既爲陰陽氣化所生,故自然可分,其所分者命也,所受者性也,故犬、牛、人所受之性亦各有不同。

東原又曰:

> 又《詩》、《書》中凡言天命,皆以"王者受命于天"爲言,天之命王者不已,由王者仁天下不已。《中庸》引"維天之命,於穆不已,於乎不顯,文王之德之純。"其取義也,主於不已,以見至誠無息之配天地。"於穆"者,美天之命有德深遠也。……凡命之爲言,如命之東則不得而西,皆有數以限之,非受命者所得踰。……命數之命,限於受命之初,而尊卑遂定。教命之命,其所得爲視其所能,可以造乎其極。然盡職而已,則同屬命之限之。……論氣數,論理義,命皆爲限制之名。……人之得於天也,雖亦限於所分,而人人能全乎天德。[2]

東原更進一步申說命有命數、教命二種,前者爲氣數,後者爲理義,二者俱有其限制,如體有貴賤小大之別,雖然如此,各分別之間仍可以互通整併爲一,相互支援,人物之於天地,猶然合如一體,是以人心雖限於所分,但仍可統領諸分,以全乎天德。

東原對心的認知是很值得留意的。在東原的理解中,心雖受限於氣分,但其職分却又超越各個感官,同時具有統領諸分的能力,故能通併爲一,以成其德。

東原對心與神之間的關聯,又進一步申說:

> 心者,氣通而神;耳目鼻口者,氣融而靈。曾子曰:"陽之精氣曰神,陰之精氣曰靈,神靈

---

[1] 清・戴震:《答彭進士允初書丁酉》,《東原文集》,卷八,第356頁。
[2] 清・戴震:《答彭進士允初書丁酉》,《東原文集》,卷八,第357頁。

者,品物之本也。"《易》曰:"精氣爲物,游魂爲變,是故知鬼神之情狀。""精氣爲物"者,氣之精而凝,品物流形之常也。"游魂爲變"者,魂之游而存,其形敝而精氣未遽散也,變則不可窮詰矣。老、莊、釋氏,見於游魂爲變之一端,而昧其大常;見於精氣之集,而判爲二本。……老氏之"長生久視",釋氏之"不生不滅",無非自私,無非哀其滅而已矣,故以無欲成其私。[1]

文中所引曾子之説,出自《大戴禮記・曾子天圓》;[2]所引《易》説,出自《繫辭上傳》。[3]在東原的思想中,心之神與感官之靈,雖有陰陽之別,但均必須是氣通、氣融的前提之下方能顯現。形在氣凝,此物之所以生,屬陽;若形敝氣未散,此氣便是魂之所以存的根據,屬陰。東原所有的立論都圍繞着氣而展開,並且批評老、釋無法均等平視陰陽二端,偏陽而避陰,且爲了避免這形敝氣散之陰面,遂主張以無欲的工夫,達成長生久視、不生不滅的目標。東原對於釋氏"不生不滅"的理解,似乎與長生的概念相仿,此一説法,很顯然是對釋氏的誤解。"不生不滅",是要人放下對所有相對現象的執著,因爲諸相都是虛幻的,所有的現象來自因緣和合、相對而生,隨緣生滅,虛妄非真,並非獨立而絕對的存在,因此本無自性,[4]所以自然不可能會如東原所説的"哀其滅";而釋氏之無欲,亦是要勘破諸相,去除對種種耽溺的渴求,放下一切執著,如此才可能轉迷成悟,了脱生死,此一目標,當然亦與東原所謂的"成其私"相去遠甚。

允初在《原善》與《孟子字義疏證》二書中,當然是一再讀到東原的氣化觀以及對釋氏的誤解,但允初的重點,却在指出儒家經典的本義爲何。以"神"爲例,允初云:

　　……(《疏證》)又以老、莊、釋氏之自貴其神而轉以訾夫張、朱二子。夫神之爲言,不始于老、莊、釋氏,《易》大傳曰:"神无方而易无體",又曰:"神也者,妙萬物而爲言者也。"何謂邪?謂不當以神與形爲二本,二之,非也,將先形而後神,而不知神之無可先也。[5]

"神无方而易无體",出自《易・繫辭上傳》;[6]"神也者,妙萬物而爲言者也"則出自《易・説卦傳》。[7]允初以《易傳》來説明儒家不但本有"神"之概念,且特別重視,並以爲之所以不應分

---

〔1〕　清・戴震:《答彭進士允初書丁酉》,《東原文集》,卷八,第358頁。
〔2〕　詳見清・王聘珍:《大戴禮記解詁》,第99頁。
〔3〕　詳見魏・王弼、晉・韓康伯注,唐孔穎達疏:《周易注疏》,《十三經注疏》,影印清嘉慶二十年(1815)南昌府學刊本,臺北:藝文印書館,1965,卷七,第147—1頁。
〔4〕　唐・玄奘譯,《般若波羅蜜多心經》云:"舍利子,是諸法空相,不生不滅,不垢不浄,不增不減。"(《大正藏》第八册,no. 251,第848頁);後秦・鳩摩羅什譯《金剛般若波羅蜜經》云:"凡所有相,皆是虛妄。""諸菩薩摩訶薩應如是生清浄心,不應住色生心,不應住聲、香、味、觸、法生心,應無所住而生其心。"(《大正藏》第八册,no. 235,第749頁)。
〔5〕　清・彭紹升:《與戴東原書》,《二林居集》,卷三,第18下頁(總第327頁)。
〔6〕　詳見魏・王弼、晉・韓康伯注,唐孔穎達疏:《周易注疏》,卷七,第147—2頁。
〔7〕　詳見魏・王弼、晉・韓康伯注,唐孔穎達疏:《周易注疏》,卷九,第184—2頁。

神、形爲二,在於很可能會誤以爲形在神先,而不知神其實是先驗的存在。允初不直接説明神在形先,而是以負面陳述法謂"神之無可先",箇中因由,自然是因爲東原的立場正好相反,倘若直接指出以神在形先,東原應該是毫無接受的可能,所以只能以較爲婉轉的方式陳述。上引東原謂"心者,氣通而神",便已説明了神因心之氣而有,故若無心,或心之氣不通,神便不存在,如此先形而後神的見解,正是允初所批評的。允初以爲,東原在二書中處處標榜以六經、孔、孟之儒家思想自居,但《易》乃儒家之重要經典,《易傳》所言,絶非先形後神之意,故允初根本不論老、莊、釋氏之意究竟爲何,只是以子之矛,攻子之盾,直搗儒家核心。

(三) 無欲

上文指出東原對於釋氏"無欲"的誤解,允初置之不論,不過,"無欲"終究是個關鍵性的議題,避無可避,允初必得加以解釋。有趣的是,允初的説法仍有其策略性的規劃,即直接以《中庸》解"無欲",其文曰:

> 無欲則誠,誠則明;無蔽則明,明則誠。未有誠而不明,明而不誠者也。其謂君子之欲也,使一于道義。夫一于道義,則無欲矣。程伯子云:"天地之常,心普萬物而無心;聖人之常,情順萬事而無情。故君子之學,莫若廓然而大公,物來而順應。"無欲之旨,蓋在於是,固非必杜耳目、絶心慮,而後乃爲無欲也。[1]

實則《中庸》不曾言及無欲,允初在此以無欲解誠,顯然與《中庸》本義有別。在《中庸》裡,誠者,是天道,而聖人不勉而中,不思而得,便可從容中道,在一般人,若能擇善而固執,亦可中道。至誠者,可盡己性、盡人性、盡物性,乃至於贊天地之化育。誠身之道,則爲明善[2]。

允初在此套用《中庸》"自誠明,謂之性;自明誠,謂之教。誠則明矣,明則誠矣"[3],其意彷彿以爲性本無欲,教可無蔽,無欲與無蔽二者必須相互爲用;而所教之內容爲何?難道是如同老、釋的杜絶感官思慮?允初指出,此法並非真正的無欲,實則君子仍然有欲,唯其欲以道義爲歸,其餘摒去,如是方能稱作無欲。允初的論述,始終不正面闡述老、釋的內涵,反而是以儒家經典來詮釋這些關鍵的詞彙,重新定義這些名詞,並且引宋儒程明道的《定性書》作爲引證,[4]增加説服力。允初的考量其實不難理解,對東原而言,老、釋的意思究竟如何並不重要,重要的是這些關鍵的字眼是否具有原始儒家的內涵。

---

[1] 清・彭紹升:《與戴東原書》,《二林居集》,卷三,第18上頁(總第327頁)。

[2] 《中庸》云:"誠身有道:不明乎善,不誠乎身矣。誠者,天之道也;誠之者,人之道也。誠者不勉而中,不思而得,從容中道,聖人也。誠之者,擇善而固執之者也。"詳見宋・朱熹:《四書章句集注・中庸章句》,第31頁。

[3] 宋・朱熹:《四書章句集注・中庸章句》,第32頁。

[4] 詳見宋・程顥:《答橫渠張子厚先生書》,《二程集・河南程氏文集》,卷二,第460頁。

東原顯然没被允初説服,且直接戳破允初之伎倆:

> 請援王文成之言,證足下所宗主,其言曰:"良知之體,皦如明鏡,妍媸之來,隨物見形,而明鏡曾無留染,所謂'情順萬事而無情'也。'無所住以生其心',佛氏曾有是言。明鏡之應,妍者妍,媸者媸,一照而皆真,即是'生其心'處。妍者妍,媸者媸,一過而不留,即是'無所住'處。"程子説聖人,陽明説佛氏,故足下援程子不援陽明,而宗旨則陽明尤親切。……陸、王,主老、釋者也;程、朱,闢老、釋者也。今足下主老、釋、陸、王而合孔、孟、程、朱與之爲一,無論孔、孟不可誣,程、朱亦不可誣。[1]

東原所引,乃王陽明《傳習録》之内容。[2]陽明靈活地引用明道《定性書》的"情順萬事而無情",又穿梭於《金剛經》"應無所住而生其心"之間,[3]將良知之體解得儒、釋交融,左右逢源。而東原却指出明道所説者乃主張仁義的聖人境界,與佛氏的明鏡之喻,不生執著有根本的差異,陽明以佛氏之喻説良知,所説者乃釋氏而非儒家;而允初所引者雖爲明道,但其旨却更近陽明,甚至與陽明如出一轍。至此,東原之意其實已謂允初陽儒陰釋,且不僅正本清源地將允初所主的老、釋與孔、孟劃清界線,就連屢遭東原批評的程、朱之學,東原亦爲之抱不平,同樣與允初所主的老、釋之學區隔開來。

平心而論,東原此處確實點出了儒家聖人對仁義的堅持,與釋氏不生執著的根本差異,筆者在上文也曾指出,儒學心、性内涵的道德本體,與釋氏緣起性空、真如本心無法吻合,故東原意謂允初陽儒陰釋,並非虛言。

至於《中庸》之"誠"是否真可以無欲來理解? 東原當然有不同的看法:

> 老氏曰:"……善之與惡,相去何若?"告子曰:"性無善無不善也。"……釋者曰:"不思善,不思惡,時認本來面目。"陸子静曰:"惡能害心,善亦能害心。"王文成曰:"無善無惡,心之體。"凡此,皆不貴善也。何爲不貴善? 貴其所私而哀其滅,雖逐於善,亦害之也。……《中庸》《孟子》皆曰:"不明乎善,不誠乎身矣。"今舍明善而以無欲爲誠,謬也。[4]

東原歷引諸人論善惡,得出老、釋、陸、王俱不貴善的結論,並以爲明善方爲誠的根本,而允初竟以無欲爲誠,實在荒謬! 倘若細究東原對於諸人不貴善的結論,難免有以偏概全,甚至誤解的嫌

---

〔1〕　清・戴震:《答彭進士允初書丁酉》,《東原文集》,卷八,第359頁。

〔2〕　明・王守仁:《答陸原静書》,《傳習録》中,收入《王陽明全集・語録二》,卷二,第70頁。

〔3〕　姚秦・鳩摩羅什譯:《金剛般若波羅蜜經》,收入《大正藏》,第八册,no. 235,第749頁。

〔4〕　清・戴震:《答彭進士允初書丁酉》,《東原文集》,卷八,第359—360頁。

疑。以陽明爲例,"無善無惡心之體",乃四句教的内容,但四句教並不止一種説法,[1]無善無惡的説法,是對上根人説的,旨在跳脱現象界中善惡對立的思考,以形上的角度來看待心意知物,所以没有所謂貴善或不貴善的問題;另一種説法是至善無惡,這才是對一般大衆的教法,且陽明所倡之知行合一、致良知,無一不是勸人爲善,東原的論斷,未免偏頗,不過,這也是自明末以來對王學最常見的批評聲浪,並不始自東原。且即使東原知道陽明貴善,却仍然無法接受陽明學中接近禪學的部分,所以貴善與否並非真正的重點,關鍵是"誠"的内容,絶不可以無欲來詮釋,這才是東原要强調的部分。

東原對於無欲的排斥顯而易見,所以他抨擊老、釋以無欲成其私,而宋明儒主張的"存天理、去人欲",自然也在他的批評之列,其中最主要的因由,在於東原對"欲"的定義與所批評者有明顯的差異:

> 欲者,有生則願遂其生而備其休嘉者也。情者,有親疏、長幼、尊卑感而發於自然者也。理者,盡夫情欲之微而區以別焉。使順而達,各如其分寸毫釐之謂也。……欲不流於私則仁,不溺而爲慝則義;情發而中節則和,如是之謂天理。情欲未動,湛然無失,是謂天性。非天性自天性,情欲自情欲,天理自天理也。[2]

情、欲未動是謂天性,情、欲已動,但能中節,不流於私慝,便是天理。是故天理必須由情、欲中見,不可能與情、欲切割,這是東原極爲重要的主張,[3]也是大異於宋明儒及老、釋之處,[4]當然也和主張"無欲則誠"的允初有霄壤之別。此一分别,具根本性歧異,二人在各自的立足點上,不但殊途,更不可能同歸。

(四)反之與復其初

允初的第三個的質疑,是對於德性與學問之間的關係。此一關係,充分反映在對《孟子》"湯、

---

[1] 四句教的説法,是陽明平兩廣時,臨行前,錢德洪與王畿各論所學,稱之曰"天泉證道"。詳見明·王守仁:《傳習録》下,收入《王陽明全集·語録三》,卷三,第117—118頁。按:此事有多處記載,除《傳習録》外,尚有《陽明年譜·嘉靖六年九月壬午》、王龍溪《天泉證道記》、鄒東廓《青原贈處》、黄宗羲《明儒學案·浙中王門學案二》等,俱有記録,諸説略有出入,然錢、王二人的四句教首句便自不同,錢謂"至善無惡心之體",王説"無善無惡心之體",陽明裁示"無善無惡"的説法乃對上根人説,"至善無惡"之説,則是對一般人而言。

[2] 清·戴震:《答彭進士允初書丁酉》,《東原文集》,卷八,第358—359頁。

[3] 關於東原對情欲的重視,可參張壽安:《戴震義理思想的基礎及其推展》,《漢學研究》10卷1期,民81年6月,第57—83頁。是文對於情欲在東原義理思想的重要性,有詳細的討論。

[4] 東原之學對宋明儒多所抨擊,歷來討論者極多,早期如如胡適《戴東原的哲學》(臺北:遠流出版社,1986)、馮友蘭《中國哲學史》(上海:上海書店,1990)等,分别從各個方面析論東原對宋儒的批評與差異,如理氣二元、援釋入儒、理欲對立等;而張壽安:《戴震對宋明理學的批評》(《漢學研究》13卷1期,1995年6月,第15—41頁)、吴宣德:《戴震理欲説對宋明理學的繼承與改造》(《哲學與文化》28卷5期,2001年5月,第440—456頁)二文,亦有詳盡論説,均可參看。

武,反之也”的詮解上。[1]先看允初的説法:

> 《疏證》以朱子“復其初”之云本莊周書而訾之,以爲德性資于學問,進而聖智,非復其初明矣。是謂德性不足以盡道,必以學問加之,則德性亦不足尊矣。夫學問非有加于德性也,蘄有以盡乎其量而已。盡乎其量,則聖智矣,故曰:“堯、舜,性之也。湯、武,反之也。”性之者,明其無所加也;反之者,復其初之謂也。”[2]

依允初的觀點,德性本身便已自足,學問雖可使之發揮得盡善盡美,但對德性的本質而言,並不能增加分毫。是以堯、舜這類人,便是直接且充分發揮德性之人;至於商湯、周武,則是努力返回德性原貌之人。換言之,學問並非是必要條件,有學問可以加分,但即使沒有學問,只要能回復德性本來面目,亦已足夠。筆者曾在上文言明允初對於尊德性與道問學的主張,允初以爲道問學的目的,是爲了尊德性,尊德性外,別無道問學。上文所論正可與此相互證明。

不過,東原的看法並非如此,在東原的思想中,德性若要增長,就必須藉由學問,如此方能進於聖智,臻於完善。因此,如果只是回復本來面目,明顯是不足的。至於孟子謂“湯、武,反之也”如何理解?且看東原如何回復:

> 孟子曰:“反身而誠,樂莫大焉。”曰:“反身不誠,不悦於親矣。”……“反身不誠”,言事親之道未盡也。“反身而誠”,言備責於身者無不盡道也。孟子曰:“堯、舜,性之也。湯、武,身之也。五霸,假之也。久假而不歸,惡知其非有也。”性之,由仁義行也。身之,仁義實於身也。假之,假仁義之名以號召天下者,久則徒知以仁義責人,而忘己之非有。又曰:“堯、舜,性者也;湯、武,反之也。”下言“動容周旋中禮者,盛德之至也”,申明性者如是。言“哭死而哀,非爲生者也;經德不回,非以干禄也;言語必信,非以正行也;君子行法以俟命而已矣。”皆申明“反之”,謂無所爲而爲,乃反而實之身。若論“復其初”,何用言“非爲生者”,“非以干禄”,“非以正行”,而且終之曰“俟命”。其爲“反身”甚明,各覈本文,悉難假借。[3]

東原歷引孟子之説,排比對照,得出“反之”一詞,應解釋爲反求諸己,努力行仁義。如此行仁義,是要求己身行爲符合仁義的標準,是有意識地行仁義,與堯舜的自然而然地有仁義之行並不相同。所以“反之”一詞,並不能解爲回復本性的“復其初”,因爲如果只是回復本性,根本無須再三

[1]　《孟子》曰:“堯、舜,性者也;湯、武,反之也。動容周旋中禮者,盛德之至也。哭死而哀,非爲生者也。經德不回,非以干禄也。言語必信,非以正行也。君子行法,以俟命而已矣。”詳見宋·朱熹:《四書章句集注·孟子集注》,卷十四,第373頁。

[2]　清·彭紹升:《與戴東原書》,《二林居集》,卷三,第18上—下頁。

[3]　清·戴震:《答彭進士允初書丁酉》,《東原文集》,卷八,第360—361頁。

強調其行仁義並非爲種種目的,只是等待天命而已! 可見"反之"乃一有意識的學習行爲,與回歸本性顯然有別。

東原在此所使用的論辯方式,便是先明字詞之訓詁,而後明其義理,且是以《孟子》的文字解《孟子》,如此最具説服力。訓詁明而後義理明,駁斥孟子的"反之"之意不作"復其初"解,那麼允初"復其初"的主張便與孟子無關,不屬於原始儒家的學説。之所以東原如此費勁攻駁"復其初"的論點,主因在於東原認爲德性的修爲上,學問的增益是必須的,[1]若只求回復本來面目,不用博學、審問、慎思、明辨、篤行,如此便落入釋氏之説,去《中庸》不啻千萬里![2]

允初與東原的論辯,各説各話,兩人的根本立場無毫髮之同。允初強調"離則無物,離天性無形色",東原却力主"離物無則,離形色無天性",二人彷彿兩平行線,毫無交集。[3]

有趣的是,東原認爲允初雖愛釋氏之實,却棄其名,反借孔、孟之名,而陰易其實,乃於誠有虧,是以建議允初虛心體察六經、孔、孟之言,便能由誤圖孔、孟之貌,漸進化爲具孔、孟之實者,且真與老、釋絕遠,迷途知返。[4]對東原而言,老、釋所代表的,不止是思想學説的歧異而已,更是民族意識的危機,允初如此陽儒陰釋的作法,"實誘吾族以化爲彼族",故東原與允初的儒佛之辯,乃爲"正吾宗而保吾族"之作,[5]深具民族存亡之大義。學術不再只是學術,而是種族、文化,甚至政治的延伸。但對允初而言,文王非西夷之人邪?[6]儒者以天地萬物爲一體,連《詩》《易》都不棄陰陽、鬼神,那麼種族、文化,乃至宗教、學説,又有什麼是不能打通的藩籬呢!

五、結論

一般論述清代儒學思想時,彭允初不太會占有一席之地,但若論及清代的佛教發展,尤其是居士佛教時,彭允初絕對是不可或缺的指標性人物。允初在清中葉佛、道二教中的地位得到很多的肯定,但其儒學思想,也往往因爲涉及釋、道,遂湮晦而不彰。筆者嘗試深入探索允初在融會佛、道之時,儒學所呈現的意義與價值,究竟如何支撐他對生命的認知。

允初對儒學的認知,當然不會止於心性理氣的論辯。其初誓淨土,本欲斬絕與儒學的關聯,之後却因體仁茹素,又回首肯定並欣悦儒説,因而深入思索盡心、知性、知天的儒學議題。允初宗陸、

---

[1] 章學誠《文史通義》曾云:"戴君學術,實自朱子'道問學'而得之。"(瀋陽:遼寧教育出版社,1998,第54頁)。余英時認爲,東原雖強力抨擊宋明理學,但相較於陸王,東原明顯偏向程朱,這從"道問學"的觀點可以看得很清楚,但東原更強調且加重了後天知識基礎在德行修爲的重要性。詳參余著:《清代思想史的一個新解釋》,《歷史與思想》,臺北:聯經,1987,第151—153頁。徐道彬亦有更加細膩的論説,詳參徐著:《戴震對朱熹思想的傳承關係》,《朱子學刊》2005年第一輯(總第15輯),第241—243頁。

[2] 清·戴震:《答彭進士允初書丁酉》,《東原文集》,卷八,第360頁。

[3] 清·彭紹升:《與戴東原書》,《二林居集》,卷三,第18下頁。

[4] 清·戴震:《答彭進士允初書丁酉》,《東原文集》,卷八,第362頁。

[5] 清·戴震:《答彭進士允初書丁酉》,《東原文集》,卷八,第355頁。

[6] 清·彭紹升:《一乘決疑論》,第165下頁。

王,近慈湖,主張天與人、性與命,俱相依共存,因而反對朱子對《孟子》的説解。其以《中庸》爲儒學之歸終,收攝《易》與禮樂,解慎獨爲觀意而止意,並以此爲儒家工夫的起點,無好惡起作,令心回復到原始狀態,泯除私我,自然與天地萬物爲一體,體認共具之天命,盡心而知性,而知天。如何體現並安立與萬物合一的仁心,應是允初儒學觀的終極目標,亦是允初思想中重要的儒學成分。

《法華經》三乘歸一之説,以及陽明"三間廳堂"的譬喻,甚至是《一乘決疑論》中的種種辨解,無非都是允初在梳理儒學之餘,強調釋氏之説不異於儒,允初以佛契儒的手法,相當明顯。

表面上,允初將儒、釋、道三教的世出世間法,全以《華嚴經》理事無礙的華藏世界融攝一切,但允初深知儒學心、性內涵的道德主體是其根本,卻仍視而不見此點與佛學的真如本心、緣起性空無法吻合的問題,見同略異,通貫三者,知儒之天命,歸釋之西方,允初以身作則,合儒釋二家之知與行。

與東原的論辯,更加確認了允初所謂無欲即無私我的主張,乃至復初以見心性本然,亦即是天命流行、萬物一體。而允初的論辯手法,雖遭指控爲主老釋而誣孔孟,但如此陽儒陰釋的方式,或許正可反映允初儒學成分在其思想中的地位與意義。面對傳統的士人,在推廣佛學之餘,儒學在他心中,絕不僅止於一席之地,其意義也不止於撐起門面而已。允初明心見性的探索與主張,都是爲證成天地萬物一體的仁心體悟。此一體悟,來自儒學,所以他矢志不渝、終身茹素的行徑,並不亞於他往生淨土的信念。近取堂、施棺局、放生會、蚵蟲會等善舉,都更加驗證允初的體仁之舉。儒學與釋教,乃至含融道教的文昌與玉壇,都融聚於允初的生命之中,成爲他對應生命課題時,豐富的資源與力量。

（作者簡介:賀廣如,臺灣"中央"大學中文系教授。）

校讎廣義

正學

劉寶楠年譜（上）

陳鴻森

摘　要：清乾、嘉間，揚州學者名家輩出。道光時，則以劉文淇、劉寶楠二人聲聞爲最著。劉寶楠（1791—1855），字楚楨，道光二十年進士，一生轗軻，攻苦力學，遇合淹遲；五十以後，始得一令，遭際時艱，卒偃蹇以終。其學行事跡，舊有裔孫劉文興所纂《楚楨年譜》一編，出處本末、學術淵源，大體略具。惟楚楨在官十五年事跡，缺略者多；其譜亦覺繁簡失當。近年楚楨相關史料迭見，今考其年月，鉤稽遺事，參合楚楨傳狀、諸友詩文集，別爲此譜，俾與劉《譜》並觀。

關鍵詞：劉寶楠　年譜　劉文淇　揚州學術

清乾、嘉間，江淮學者才士輩出，李惇、任大椿、王念孫、劉台拱、焦循、阮元、淩曙諸人先後並出，咸以治經名家。道光時，則以劉文淇（孟瞻）、劉寶楠（楚楨）二人聲聞爲最著，所謂“揚州二劉”也。二劉才學相侔，相約各治一經，爲之疏證，繼焦循《孟子正義》之後，爲義疏兼綜之學，乾嘉諸老不及治者，賡續爲之疏，劉文淇治《左傳》，劉寶楠初治《毛詩》，後改疏《論語》；繼其後者，則有陳立《公羊義疏》、孫詒讓《周禮正義》兩家，爲晚清經學開一新面，亦爲百餘年來經義考訂蓄積之業作一總結。

曩讀劉氏《論語正義》，曾取楚楨裔孫劉文興所編《年譜》參閱，[1] 藉爲知人論世之資。楚楨《念樓集》詩文稿生前並未付梓，臺灣“中央圖書館”藏劉氏家鈔本，適文海出版社將之影印行世，[2] 讀之一再過，覺劉《譜》不無缺謁可增補者，因別爲之譜。草稿粗就，見《中國古籍善本書目》著録楚楨父子稿本多種，時兩岸交流未多，諸書未易得見，拙譜諒多疏漏，故爾中輟；僅刊《劉氏〈論語正義〉成書考》一文，指出《正義》一書蓋多出其子叔俛所爲，[3] 爲當日閉門造車，留一雪泥印爪。二〇〇六年，余初次赴滬，即聞上海圖書館藏劉文淇《青溪舊屋尺牘》數十册，不禁怦然心動。其後雖數度赴滬開會訪書，匆促往返，其書迄未得一見。

---

〔1〕　劉文興編《劉楚楨先生年譜》，刊《輔仁學志》第四卷第一期，1933 年，第 1—90 頁。

〔2〕　劉寶楠《念樓集》八卷，《外集》不分卷，臺北：文海出版社《清代稿本百種彙刊》據“中央圖書館”藏劉氏家鈔本影印，1974 年。

〔3〕　陳鴻森《劉氏〈論語正義〉成書考》，《“中央研究院”歷史語言研究所集刊》第六十五本第三分，1994 年，第 477—508 頁。

二〇二〇年大疫流行,余避居山區。適林登昱先生與上海圖書館合作,擬將孟瞻父子《青溪舊屋尺牘》《通義堂尺牘》影印出版,書札文字識讀已歷數年,近將付印。出版前,余爲作最後審閱。每校數册,林君即送廠付印,前後歷時三月餘,始告竣事,爲校正文字誤釋者凡八九百字。[1]此批信札,頗多可增補二劉舊譜者,暇間因將諸家信札,考定年月。其中楚楨書札頗有可證成余舊説者,因據舊稿,參合楚楨傳狀,纂爲斯譜。《念樓集》各地所藏稿鈔本,其詩多寡,先後次第,時復參差。[2]屢煩京、滬、寧諸友代爲覆核,其間各地疫情紛紛閉館,此稿亦數度中輟,此事所無可如何者。是譜前後十五稿,炳燭微明,力亦殆矣。葉氏《卷盦札記》載劉延昱(楚楨玄孫)藏有楚楨書札册及叔侁所收師友尺牘,[3]今不知尚可訪否? 隔海查覈考訂,厥事大不易,諸缺漏處,惟俟諸異日增補,亦祈同道大雅補益之。别有孟瞻年譜一册,二者紀事詳略互見。此稿之成,多荷華東師大胡曉明教授、中國社科院文學所李芳教授、南京圖書館田豐、上海交大林振岳、北京大學劉貝嘉諸友賢勞惠助,書此敬表謝忱,諸君隆誼,永矢弗諼。癸卯春仲,竹翁識。

乾隆五十六年辛亥(1791)　　一歲

二月五日子時,先生生於揚州府寶應縣東門里第之韞山樓。

先生姓劉,名寶楠,字楚楨,號念樓。先世蘇州人,始祖壽,明初遷居寶應,遂著籍焉。世修儒業,自五世祖繼善以下,七世皆習《易》。居邑東門,邑人稱道學家,必曰“東門劉氏”。

> 先生《擬宗祠神位議》云:“吾劉氏自明初由蘇州遷寶應,世修隱德,五世至鎮江府君(森按:名繼善,歲貢,官鎮江府學訓導),始以學行聞於時。……六世至職方府君,始成進士,官部郎曹,歿祀鄉賢祠及無錫道南祠。弟曲江府君、洺江府君、邠江府君、楚江府君、鯤江府君,亦皆秉父兄之教,謹身飭行。是以劉氏立廟,自職方府君輩始。……自是子姓繁衍,家日以大。”(《念樓集》卷十)按先生六世祖名永澄,字静之,萬曆二十九年成進士,年方二十五。官兵部

〔1〕　林登昱、黄顯功主編《稀見清代尺牘》,臺北:經學文化事業公司,2021年。其書楷體信札數册,余未閲看,因出版期迫,當日匆匆校過,近時覆看,仍有二十餘字未校出者。

〔2〕　《念樓集》稿鈔本,今可知者,以中國社會科學院文學所所藏稿本爲最早。道光十九年冬,楚楨入都會試前,將詩文稿編定爲八卷,詩、文各四卷;後復補入道光二十年之詩,此本現藏南京圖書館,爲臺灣“央圖”本之祖本。道光三十年,楚楨有意付刻,復加重訂,增補後來所撰諸文,由其子恭冕繕録清本。因時局動蕩,未及付刻。楚楨卒後,劉恭冕復將楚楨咸豐間所撰詩文,及未入正集者,選擇去取,編爲外集二卷(詩、文各一卷),即臺灣“央圖”所藏之本。“央圖”本外,復有楚楨從孫劉韓齋鈔本,《國家圖書館藏鈔稿本乾嘉名人别集叢刊》有影印本(北京:國家圖書館出版社,2010年);北京大學圖書館亦藏一鈔本,《清代詩文集彙編》有影印本。2006年,張連生教授有點校本,以“央圖”本爲主,參據各本校訂增補,收入《寶應劉氏集》(揚州:廣陵書社,2006年)。其書蒐羅甚富,頗便讀者。惟其本頗據揚州大學圖書館所藏鈔本(此本未見,源流不詳)改易文字,去取未盡當,且竄亂其詩篇次;鈔本文字間有誤識,排印謁文失校者亦復不少。故此譜引用,仍以“央圖”本爲主;至外編詩文,爲便於讀者覆按,此依點校本稱卷九、卷十。

〔3〕　葉景葵撰,柳和城編《葉景葵文集》,上海科學技術文獻出版社,2016年,第673頁。

職方司主事,與顧憲成、高攀龍、劉宗周等講學東林,世所稱"劉職方"也。年三十七卒,有《劉練江先生集》傳世。《明儒學案》卷六十有傳。

劉壽生子北海,北海生貴,貴生憲,憲生繼善,繼善生永澄,永澄生心學,心學生以任,是爲先生八世祖。以任生中從,即先生高祖。

高祖中從(1662—1735),字自益,號竹峯,康熙戊子科舉人,候補內閣中書,改石埭縣教諭,未就;著有《所好軒文稿》。

曾祖家晟(1693—1753),字宋聲,號新齋,附貢生。

本生曾祖家昇(1694—1732),字唐州,號曙齋,康熙甲午科副貢。

祖世詵(1718—1769),字宗郊,號崐石,附貢生。

祖姚成氏。

父履恂,字迪九,號雲陔,乾隆丙午科舉人。生子五,先生其季也。

　　劉文淇《劉迪九先生墓表》云:"先生年十八,補揚州附學生;試高等,補廩膳生。中式乾隆五十一年舉人,年四十九矣。……先生事親孝謹,父早卒,母成孺人多疾,先生與諸弟更侍,不假婢嫗,雖褻器必啟視,色如常則喜。……幼習《毛詩》,長乃博覽經史百家之說。其說經,多以經注經,折衷一是。其詩溯源《騷》《選》,質雅沖和。著有《秋槎雜記》一卷、《義迹山房詩稿》一卷。"(《青溪舊屋文集》卷九)按迪九先生是年五十四歲。

嫡母喬氏,明御史可聘來孫女,附貢生其棠女,賢慧,不壽。

　　劉文淇《劉迪九先生墓表》云:"前孺人卒於乾隆三十九年正月二十一日,年三十有四。"生子二,長箬集,字伯邕,號梧園,縣學廩生,是年三十二歲;次芝集,字仲皓,號商樵,府學增生,是年二十二歲。女一,適歲貢生喬德全。

母喬氏,康熙丁未科進士、己未科博學宏詞、翰林院侍讀喬萊玄孫女,縣學生光宗女。(以上據《寶應劉氏家譜》卷一、先生《念樓集》卷八《皇清登仕郎國子監典簿顯考劉府君行狀》)

　　劉文淇《劉迪九先生墓表》云:喬孺人"幼涉書史,略通文藝。年十九來歸,前孺人所生子女皆幼,孺人曰:'欲兒輩學閔子騫,我先勿爲閔子騫之母。'慈愛終其身。"按是年孺人年三十五,生子三,曰寶樹,字幼度,號鶴汀,是年十五歲;次寶棐,字松渠,是年十歲;先生其季也。

先生早慧,生七月,已能言。(劉恭冕《三河縣知縣先考劉府君行狀》)

九月,父迪九先生客遊燕齊間。

先生三兄鶴汀《先妣喬太孺人行述》云:"丙午,府君登賢書計偕,後館山左數年。"(《娛景堂集》卷中)先生《拈花寺晤覺性上人話舊書感》詩云:"憶昔先嚴君,屢困春官試。教授燕薊間,千里多負笈。"(《念樓集》卷二)覺性上人即迪九先生昔年教授燕薊時弟子。又,《短歌》詩云:"父兮九原,母兮荒阡。父面不識,使我涕漣。我生八月,我父遠出。"(《念樓集》卷一)蓋因食口眾多,是年秋後復北游也。

是年紀昀六十八歲,程瑤田六十七歲,錢大昕六十四歲,段玉裁五十七歲,桂馥五十六歲,章學誠、丁杰五十四歲,錢坫五十一歲,邵晉涵四十九歲,王念孫、汪中四十八歲,武億四十七歲,洪亮吉四十六歲,劉台拱四十一歲,孔廣森四十歲,朱彬、孫星衍三十九歲,郝懿行、凌廷堪三十五歲,張惠言、江藩三十一歲,嚴可均三十歲,焦循二十九歲,阮元二十八歲,洪頤煊二十七歲,王引之、顧廣圻二十六歲,臧庸二十五歲,李兆洛二十三歲,陳壽祺、黃承吉二十一歲,包世臣、凌曙、沈欽韓十七歲,胡承珙、劉逢祿十六歲,宋翔鳳十五歲,陳逢衡十四歲,徐松十一歲,馬瑞辰、胡培翬十歲,馮登府九歲,包世榮、羅士琳八歲,姚瑩七歲,陳奐、汪喜孫、梅曾亮、朱士端六歲,方申五歲,薛傳均、阮常生、朱駿聲四歲,劉文淇、黃式三三歲,董佑誠、毛嶽生、錢泰吉同歲生。

乾隆五十七年壬子(1792)　二歲

十月,迪九先生將赴皖,授館潁上,乃爲先生兄弟析產。

鶴汀《先妣喬太孺人行述》:"壬子十月,府君將之潁上,爲不孝等析產。太孺人曰:'伯仲皆有家室之累,務令足用,毋庸沾沾爲我慮。'"蓋先生伯、仲兩兄俱有家累,故爲析爨焉。迪九先生是年南歸,冬復之皖,授館汝潁。

是年龔自珍、姚配中、沈濤、李璋煜生。陸錫熊、毛際盛卒。

乾隆五十八年癸丑(1793)　三歲

是春,迪九先生入都會試,不售;仍赴皖,授館潁州。

先生《皇清登仕郎國子監典簿顯考劉府君行狀》云:"乾隆五十一年,府君年四十有九矣,故太傅大興朱文正公、編修大庾戴公心亨爲江南主考官,《論語》題'過位升堂',依《周禮》治朝、燕朝鄭《注》訓釋,中式多知名之士,劉氏三人,府君其一也。累赴禮部試不第,值江淮薦飢,食指繁夥,家事中落。府君授徒養親,跋涉千里,北至燕、齊,西踰汝、潁,所至尊禮,從學者眾。"迪九先生同榜舉人,孫星衍、張惠言、阮元、汪廷珍、李賡芸、馬宗璉諸人,皆以治經名家,所云"中式多知名之士"者,指此。迪九先生膺鄉薦後,歷丁未、己酉恩科,庚戌及本年癸丑科,此四科當皆赴試,不第。先生出生甫八月,迪九先生即北遊。《皇清登仕郎國子監典簿顯考劉府君行狀》又言"前卒二年,館於潁州",則是年禮部試後,仍授徒潁上。

先生生而穎異,母喬太孺人授之讀,三歲略能吟詩識字。

先生輯《劉氏清芬集》,自注:"予年三歲,先君客京邸,嘗示以詩云:'家書每到強加餐,伯仲之言仔細看。聞汝吟詩多識字,三年應解憶長安。子甫三齡我白頭,關河千里思悠悠。方來幸待成名日,莫肖衰翁好遠遊。'越二年,先君卒於京邸。今三十餘年矣。予半生作客,十載浮家。名實無成,抱慚明發。每誦斯篇,輒為流涕。"蓋迪九先生於季子聰慧期望尤厚也。惟此云"予年三歲,先君客京邸",與《皇清登仕郎國子監典簿顯考劉府君行狀》"前卒二年,館於潁州",二者不一,豈此示子詩,迪九先生計偕在京時作歟?

八月二十一日,繼配王孺人生,同邑附貢王昱女也。(劉恭冕《三河縣知縣先考劉府君行狀》)冬間,迪九先生一夕忽夢母病,束裝遄歸,果病。

先生《皇清登仕郎國子監典簿顯考劉府君行狀》云:"一夕,夢太孺人病狀,亟歸,果病。太孺人泣,府君亦泣曰:'兒誓不遠遊。'"

是年劉喜海、祁寯藻、黃爵滋生。錢載、梁履繩、江德量卒。

乾隆五十九年甲寅(1794)　四歲

六月二十日,友人梅植之生。(劉文淇《青溪舊屋文集》卷十《清故貢士梅君墓志銘》)
十月二十一日,配汪孺人生,國學生汪瓏女。(劉恭冕《三河縣知縣先考劉府君行狀》)
汪中因鹽政戴全德之薦,是冬赴杭州,校勘文瀾閣《四庫全書》,十一月二十日病逝,年五十一。(汪喜孫《容甫先生年譜》)
是年汪遠孫、魏源、馬國翰、丁晏生。

乾隆六十年乙卯(1795)　五歲

母喬太孺人授讀,教以詩。

先生《紀哀》詩,其二有"五歲授兒《詩》,七歲授兒《禮》"句,知先生幼學即由母氏授讀也。(《念樓集》卷一)三兄鶴汀《先妣喬太孺人行述》,云:"寶樹生數歲,教以識字,口授《毛詩》。比入塾,戒勿與群兒戲。爲文,待府君閱畢,必親閱,有進益迺喜。"(《娛景堂集》卷中)則先生昆季入塾前,皆由喬太孺人親授也。

是年恩科會試,迪九先生原無意赴考,成太孺人數催促,不得已方就道。

先生《皇清登仕郎國子監典簿顯考劉府君行狀》云:"屆禮部試期,府君堅不赴,太孺人曰:'以汝父力學,未邀一第而賫志以終,九原有知,舍汝奚望? 我尚健飯,亦冀祿養,以慰桑榆。'府君不得已就道。及試事畢,感疾,遂病。"

四月,會試榜發,迪九先生復落。大挑二等,候選儒學教諭,改國子監典簿。(先生《皇清登仕郎國子監典簿顯考劉府君行狀》)

是月二十一日,迪九先生病卒京寓,年五十八。卒之夕,語從弟台斗曰:"母養未終,重以大慼,終天之恨,生死所同。歸語諸弟,善事吾母,吾魂魄常在母左右也。"遂卒。先生從叔台斗(劉台拱之弟)時亦赴京會試,治其喪以歸。(先生《皇清登仕郎國子監典簿顯考劉府君行狀》)

先生《皇清登仕郎國子監典簿顯考劉府君行狀》云:"先世自鎮江君(森按:五世祖繼善)以下,七世皆習《易》。府君幼習詩,長乃博覽經史、百家之說。其說經,皆元本經文,實事求是。其詩根柢《文選》。……是時朱文正爲天下宗師,而尚書沈文慤亦以風雅領後進。……文慤與吾邑喬劍溪先生爲布衣交,士每投詩劍溪,以達文慤,被其獎藉,立成聲譽。劍溪,先妣孺人大父也。府君塾居修學,埽迹晦名。禰衡之刺,不上於公卿;劉勰之書,不陳於當道。故當時無赫赫名。又不自鳩集文字,每與生徒談說經義,不復謄録,兼以旅館飾終,巾箱散佚。寶樹等網羅殘失,掇拾遺文,僅得《秋槎雜記》一卷、《義迹山房詩稿》一卷,制藝別行。"按《秋槎雜記》收入阮元《清經解》;《詩稿》有刊本行世,近收入《揚州文庫》第五輯。

民國《寶應縣志》卷十六《迪九先生傳》云:"事親孝謹,與諸弟友愛,有幹事才,善拯人困急。其學長於考證,劉文淇稱其與從弟台拱人品、學問相伯仲。山陽汪文端廷珍謂履恂詩溯原《騷》《選》,質雅精深,綽有神韻,樸學家所難。"

先生父喪後,家門衰落,喬孺人茹辛糵苦,日督課不休。(劉恭冕《三河縣知縣劉府君先考行狀》)

民國《寶應縣志》卷十二《迪九先生傳》云:"寶楠天性篤摯,父歿京邸,甫五歲,母喬氏茹苦督教,能先意承志,居喪守禮盡哀。"

八月,迪九先生靈櫬自京師歸(鶴汀《先妣喬太孺人行述》),殯於城南湧蓮尼寺。寺鄰皆茅舍,東家火起,烈焰甚。諸兄皆奔火所,母氏將以身殉,幸其後反風火熄,始免於難。

先生《書先妣喬太孺人軼事》云:"乾隆六十年秋,先君之喪歸自京師,未諳入城治喪之例,殯於城南湧蓮寺。寺背城南,東環以茅舍。火起東家,烈焰張甚,諸兄皆奔火所,索夫舁棺不可得。時寶楠纔五歲,先妣指以付諸尼,而自以要経繫棺釘,諸尼力解不能脫,皆辟踊而號。未幾反風,火頓息。"(《念樓集》卷六)此事先生文中數言之,先生撰鶴汀《皇清修職郎安徽五河縣學教諭劉先生行狀》亦言:"典簿君歿,先生年十九。喪歸自京,殯於邑之城南湧蓮尼寺。寺鄰皆茅舍,火起東家,烈焰張甚。先妣喬太孺人以要経繫棺釘,願與俱燼。先生亟奔火所,見武生某素以力聞,先生長跪哀號,請為撤旁舍,斷火道。未幾,反風,火頓息。"(《念樓集》卷八)

卒哭之後,喬太孺人授讀如前。

鶴汀《先妣喬太孺人行述》云:"八月,府君櫬歸里,將治窀穸之事,居廬哀毀,卒哭之後,髮已半白。時不孝寶楠才五歲,太孺人授讀如前。"

是年陳慶鏞、淩堃、柳興恩生。盧文弨、謝墉卒。

嘉慶元年丙辰(1796) 六歲

正月,白蓮教徒張正謨、聶杰人等於湖北枝江、宜昌一帶聚眾起事。(魏源《聖武記》卷九)自是蔓延鄂、豫、川、陝、甘五省,至甲子歲始平息。

是年先生家多故。四月二十六日,仲兄芝集卒,年二十七。五月十七日,繼遭祖妣成太孺人之喪。十月二十二日,伯兄葊集亦以疾卒,年三十七。(《寶應劉氏家譜》卷一)喬太孺人哀慟,哭泣無虛日。

先生《皇清登仕郎國子監典簿顯考劉府君行狀》云："莘集,縣學廩生;芝集,府學增生,皆能文章,有聲庠序,府君歿後一年,皆卒。"劉文淇《劉迪九先生墓表》云:喬太孺人"遭成孺人及伯子、仲子之喪,哭泣無虛日,年未五十,衰病如老人。"

先生兩兄皆工詩,莘集,事跡載《淮海英靈續集》庚集卷五;芝集,著《綺里詩鈔》,事跡載《江蘇詩徵》卷八十。鶴汀《先妣喬太孺人行述》云:"乙卯,府君歿京邸。訃至,哀劇不欲生。……八月,府君櫬歸里,將治窆窀之事。……未幾,仲兄卒。明年,遭成太孺人之喪。十月,伯兄亦病卒。疊罹大故,百憂熏心,年未五十,衰病已如老人。"此以仲兄芝集卒於乙卯,蓋追憶誤記也。

梁廷柟、吳式芬生。程際盛、彭紹升、邵晉涵、錢馥卒。

嘉慶二年丁巳(1797)　七歲

母喬太孺人授以《禮》。(《念樓集》卷一《紀哀》詩其二)
是年許瀚、管庭芬生。畢沅、袁枚、王鳴盛、王復、劉玉麐卒。

嘉慶三年戊午(1798)　八歲

先生漸識事,能體親心,益攻苦力學,以博親歡。

劉恭冕《三河縣知縣先考劉府君行狀》:"府君孝事誠篤……攻苦力學,以博親歡。嘗以竹籤寫經卷,每抽,誦如流水,太孺人顧之色喜。"先生《書先妣喬太孺人軼事》云:"先妣督教寶楠兄弟,自立身行己,至一話一言,朝夕檢誨,反復不倦,庭幃之內,若嚴師然。"(《念樓集》卷六)

是年侯康、沈垚生。周廣業卒。

嘉慶四年己未(1799)　九歲

從三兄鶴汀受業。

先生撰鶴汀《皇清修職郎五河縣學教諭劉先生行狀》云"寶楠少受業於先生",此不知何年事,今姑繫於本年。

正月三日,清高宗崩。

四月,從叔台斗會試中式,成進士;後官工部營繕司主事。(阮元《揅經室二集》卷六《江西銅鼓營同知劉台斗傳》)

是年吳熙載、黃汝成、朱右曾、顧廣譽、何紹基生。江聲、汪啟淑、武億卒。

嘉慶五年庚申(1800) 十歲

是年就傅受業,喬太孺人督晚課,每夜誦讀所習,必數十過乃已。

鶴汀《先妣喬太孺人行述》云:"府君歿京邸……時不孝寶楠才五歲,太孺人授讀如前。少長就傅,督晚課,膏油不繼,惟竈上置一燈,命讀書數十過,迨釜轑而油已竭矣。嘗語不孝等曰:'吾日旰不得食,不以爲飢;歲暮不得衣,不以爲寒。汝曹勤讀書,我雖苦不怨。'"

聘同邑汪昱女。舅氏見先生勤學不好弄,頗喜之。(《辛未三月納婦》)

按先生此前曾聘喬氏女,《喬節母郭貞婦合傳》云:"寶楠先太孺人與喬公(大鴻)爲從昆弟,母有次女,寶楠聘焉,未幾,女殤。"(《念樓集》卷八)此不知何年事,今附記於此。

譚瑩、曹籀、徐有壬生。趙佑、馮應榴、章宗源卒。

嘉慶六年辛酉(1801) 十一歲

二月,從父劉台拱丁憂歸。(劉文興《劉端臨先生年譜》)先生間從問業。

戴望《故三河縣知縣劉君事狀》云:"君從父端臨先生治漢儒經學,精深有條理。……君從學五河君(森按:三兄鶴汀),長則請業端臨先生。"(《謫麐堂遺集》文卷二)

劉台拱,字端臨。乾隆三十五年舉人,屢躓禮闈。選丹徒縣學訓導,課士以敦品立行爲先,暇則誦習故訓,親爲講授。與王念孫、汪中、段玉裁交最莫逆,王氏稱其學當與閻若璩相伯仲。聚書數萬卷,日夕冥搜,顧不務著述。卒後,稿多零落,其家由遺稿、書眉校訂之語,録爲《論語駢枝》《經傳小記》《荀子補注》《國語補校》等八種,編爲《劉端臨先生遺書》。《清史列傳》卷六十八有傳。

是年阮福生。陳樹華、吳蘭庭、金榜、孫志祖、章學誠、周柄中卒。

嘉慶七年壬戌（1802）　十二歲

是年，從父台拱延師喬德謙授讀，先生遂入家塾受業。自是益發憤向學，傳注皆自句讀，務求其解乃已。（劉恭冕《三河縣知縣先考劉府君行狀》）

先生《書先妣喬太孺人軼事》："寶楠年十二，從父丹徒君命入家塾肄業。暑月，出所藏卷軸，近日而舒卷之。有常州鄒孝廉光濤斷幅單款書。孝廉爲石埭君同歲生，嘗遊寶應，其手蹟今多存。丹徒君以鄒書賜寶楠，寶楠袖歸。先妣詰得鄒書狀，寶楠以實對，先妣未信。明日，丹徒君之老僕吳春來，先妣詢焉，吳春語如寶楠，先妣猶未信。他日，見丹徒君，問之，語合，乃已。"

喬德謙，字循吉，寶應人，先生母喬太孺人從弟也。歲貢，候選訓導。少勵清節，負時譽。劉台拱丁憂歸，延爲塾師，以是寶應人士多出其門。事蹟詳先生所撰《墓表》（《念樓集》卷八）、劉文淇《寶應喬君傳》。（《青溪舊屋文集》卷八）

時先生習爲文，已略具法度，三兄鶴汀以所屬文質之孫應科，孫氏有"國士"之目。

道光甲申，先生爲孫氏序所著《四書説苑》，云："君世有傳書，祖體齋先生爲先君師。君年二十餘，由高郵遷吾邑之范水，修學授徒，予兄幼度教諭同館村塾，每得一義，輒相商榷。時予年十二，教諭以所屬文質君，君有'國士'之目，今二十年矣。"（孫書卷首，又《念樓集》卷六）先生少時見賞於孫應科，頗有知遇之感。後官直隸，與劉文淇書，時問孫氏近況，間或接濟其困。

柳榮宗、汪士鐸生。謝啟昆、黃易、馬宗璉、張惠言卒。

嘉慶八年癸亥（1803）　十三歲

是年林昌彝生。彭元瑞、吳東發、徐鯤卒。

嘉慶九年甲子（1804）　十四歲

夏、秋間，淮水橫溢，揚州水患。（焦循《里堂札記》甲子《答阮芸臺先生》）

是年洪齮孫、湯球生。錢大昕、桂馥、劉墉、胡虔卒。

嘉慶十年乙丑（1805） 十五歲

春,應童試,知縣萬承紀極賞先生文,以題係未冠,置第二;且爲延譽,言於知府張敦仁,以"國士"許之。(劉恭冕《三河縣知縣先考劉府君行狀》)

萬承紀,字廉山,江西南昌人,乾隆壬子副貢。工書畫,陳文述稱其"篆法似李陽冰;畫入北宋人之室,渲染青綠,深得古法,海內無二"。負經世略,究心兵刑、河漕之事,湖南巡撫姜晟、湖廣總督畢沅先後招入幕參軍事。苗疆平,以軍功補寶應知縣;調元和,以事落職。入江督百齡幕,佐河務,積功補海防同知,權淮安府,攝淮海道。同治《南昌府志》卷四十二、光緒《江西通志》卷一百四十有傳。

四月,赴揚州,應府試,知府張敦仁得先生卷,歎異之,拔置第一。(劉恭冕《三河縣知縣先考劉府君行狀》)與汪喜孫等結識,遂訂交。同里苗之銀偕其友王僧保,與先生年相若,尤投契也。

先生《初春南行,張趙亭學師招錢學署感懷述舊》詩,曾追憶:"我年十五初論交,郡齋朋試羅英豪。汪(孟慈)、黃(永思)、李(祝其朐生)、卞(光河士榮)各把臂,意氣直欲凌雲霄。""陽城太守歐陽子(張古愚師敦仁),人在虛堂明鏡裡。南昌夫子爲延譽(萬廉山師承紀),走告太守茲國士。"(南京圖書館藏《念樓集》稿本卷二)按先生府試第一一事,劉恭冕《三河縣知縣先考劉府君行狀》、劉文興《劉端臨先生年譜》並繫於明年丙寅,然是冬伊秉綬已繼任知府,不得明年復由張敦仁府試拔置第一。先生《南遊共載圖絕句》元注:"余年十五,始遊郡城。"(《念樓集》卷四)則此當改繫於本年。

張敦仁,字古餘,山西陽城人。乾隆四十年進士,由直隸高安知縣,涖陞知府,歷江寧、揚州、南昌、吉安等郡;擢雲南鹽法道,以疾乞歸,僑寓江寧。居官勤治事,暇則研究經史,雖老病家居不廢學。嗜算學,與李銳友善,共相討論,著《緝古算經細草》《求一算術》三卷、《開方補記》九卷等。喜刻古籍,曾與顧千里摹刻宋撫州本《禮記》,校刻《儀禮注疏》《韓非子》《鹽鐵論》等,世推爲善本。《清史列傳》卷六十九、《續疇人傳》有傳。

先生《暫園吟序》云:"予年十五,應郡試。同里苗君之銀寓王氏宅,西御族也。試畢,予訪苗君,西御在焉。三人年相若,相見甚歡。於時首夏新霽,濃陰襲人,剪蕉題詩,布路而別。"(《念樓集》卷六)

汪喜孫,字孟慈,後避先人名諱,易名喜荀,揚州甘泉人,汪中之子。九歲而孤,賴母氏教以成立。嘉慶十二年舉人,久困禮闈,入貲爲內閣中書。庚辰,復以貲爲員外郎。道光十九年，派東河差遣委用，於隄工、漕運諸務多精究。補河南懷慶府知府，卒於任。著有《尚友記》《從政録》《孤兒編》《且住庵文集》等；又編集名公碩學所撰乃父傳誌詩文，爲《汪氏學行記》。

五月二十二日，從父台拱卒於家，年五十五。(《寶應劉氏家譜》卷一)
夏、秋間，寶應大水(道光《寶應縣志》卷九《災祥》)，民田悉没水中。

焦循《雕菰集》卷十八《湖莊圖跋》云："甲子，大水；今年乙丑，水倍於前，莊東之屋倒廢過半。"

冬，伊秉綬繼任揚州知府。

焦循《送郡太守伊公歸里序》云："嘉慶乙丑冬，汀州伊公墨卿先生來守吾郡，興利除害，郡大治。"(《雕菰集》卷十七)又《伊太守挽歌》序云："大清嘉慶十年，汀州伊君來守揚州，時揚州湖水漲溢，見水不見田。君來撫之，州民獲全。"(《雕菰集》卷二)

是年張穆、朱緒曾、鄒漢勛生。紀昀、袁鈞卒。

嘉慶十一年丙寅(1806)　十六歲

春，院試，受知於學政莫晉，補縣學生員，肄業安定書院。

汪喜孫《汪荀叔自撰年譜》，丙寅條載："督學莫先生晉院試，拔置第四，入甘泉學。同入學者：李祝其、劉楚楨、黄竹雲，肄業安定書院。"

知府伊秉綬聞前守張敦仁亟稱先生才學，因招致門下，延師宋茂初課其子念曾(少沂)，先生同受業焉。

劉恭冕《三河縣知縣先考劉府君行狀》："府君府試受知於陽城張先生敦仁，拔置第一。既入學，而墨卿先生臨郡，延高郵宋先生茂初課其子今遂安縣知縣念曾。聞張先生言，乃召府君入署，同受讀焉。"先生《邗江行，寄伊少沂》詩末聯云："只餘六一堂前月，分照三千里外人。"元注："堂在府署，予與少沂讀書處。"(《念樓集》卷一)
先生《紀遇詩，爲故守伊墨卿師作》，云："夙齡嬰憂患，蒙瞽傷孤賤。手持一瓣香，遲疑不輕獻。故守舊爲郎，聞望傾畿甸。一麾守揚州，百里馳郵傳。曰余聞劉生，召置門下便。我無不羈才,公卿不識面。江左號人藪,山海群珍眩。顧乃齒頑愚,禮遇過群彥。由是孺子名,稍稍供談醮。"(《念樓集》卷一)又《初春南行,張趙亭學師招餞學署感懷述舊》詩,云:"陽城去郡寧化來(伊墨卿師),寧化愛士如愛梅。滿園桃李忽無色,寒姿傲質勤栽培。""六一堂中共賦詩,鳳毛文采何陸離(謂伊少沂)。官燈夜飲花間幕,畫舫春搖柳外旗。"(南京圖書館藏《念樓集》稿本卷二)此見伊氏知人愛士也。伊氏曾爲先生書楹帖,勉以"通經以致用"。(《念樓集》卷四《得伊少沂大令遂安書奉答》詩注)

伊秉綬,字組似,號墨卿,福建寧化人。乾隆五十四年進士,由刑部員外郎出知廣東惠州府,懲治豪猾,建豐湖書院,課諸生以《小學》《近思錄》;罣吏議去官。旋授揚州府知府,丁憂歸。服除,復至揚,以疾卒。揚人感其德,附祀歐陽修、蘇軾、王士禎三賢祠。工分隸,與桂馥齊名,著有《留春草堂詩》。《清史列傳》卷七十二《文苑》、卷七十五《循吏》皆有傳。

宋茂初,字實甫,江蘇高郵人。乾隆壬子,胡高望督學江南,與焦循、黃文暘、朱士彥、史致儼等,同以文學受知;每試竣,召至節署,獎藉懃懃,時稱"揚州十秀才"。越二年,舉江南鄉試第四人;翌年,同邑王引之亦舉順天鄉試,俱早年績學,都中齊名。後屢赴禮部試不第,晚始選宿州學正,未久,引疾歸。著有《碧虛齋吟草》。(參《念樓集》卷七《碧虛齋吟草書後》)

先生赴郡齋讀書前,喬太孺人戒之曰:宜專意讀書,不可與聞公事。

鶴汀《先妣喬太孺人行述》云:"丙寅,不孝寶楠年十六,受知太守寧化伊公,召置門下。太孺人戒曰:'讀書之外,不可與聞公事,亦不可言及家況。名公大人所以愛惜汝者,望汝成遠器耳。若髫年蚤失名節,何以副名公大人之望耶?'"

六月,洪澤湖泛漲,淮揚大水,民田廬舍俱成巨浸,流民載道。(鐵保《梅庵自編年譜》、趙懷玉《收庵居士自敘年譜略》)

八月,伊念曾招同汪喜孫、張薦粢(子絜)、張葆采(子實)三君載酒夜集湖園,先生有詩紀之。(《念樓集》卷一)

是年鄭珍生。王昶、朱珪、朱文藻、錢坫、陳詩庭卒。

嘉慶十二年丁卯(1807) 十七歲

肄業揚州安定書院。

李周南《劉母喬太孺人行狀書後》:"丁卯,周南與哲嗣幼度爲同歲生,其季楚槙,方共肄業安定書院。"(李氏《洗桐軒文集》卷八)

八月，首度就試江南鄉闈。時大江南北名士數十人，燕集金陵城南小西湖，極一時之盛。（汪喜孫《汪荀叔自撰年譜》）三兄鶴汀獲雋，膺鄉薦（先生撰鶴汀《皇清修職安徽五河縣學教諭劉先生行狀》）；汪喜孫亦以第一百名中式。

　　按先生道光二年就試北闈，有《拈花寺晤覺性上人話舊書感》詩，中云："橐筆來京華，餘生年卅二。奔走供衣食，九試皆不利。驅車將南歸，萍迹忽相值。"（《念樓集》卷二）由"九試"之語推之，先生首度鄉試應在是秋，中歷戊辰恩科、庚午、癸酉、丙子、戊寅恩科、己卯、辛巳恩科，至壬午鄉試，正九試也。

　　是月六日，伊秉綬父朝棟卒於揚州官廨。（《伊氏族譜》卷八上）是秋，歸閩；宋茂初返高郵（《念樓集》卷七《碧虛齋吟草書後》），先生則回寶應。

　　先生《初春南行，張趙亭學師招餞學署，感懷述舊》詩，七章云："客中送客思茫茫，予亦乘舟歸故鄉。"元注："是年秋，墨卿師以憂去郡，予歸寶應。"（南京圖書館《念樓集》稿本卷二）據《邗江行，寄伊少沂》詩："丁卯之秋八月望，與君分手邗江上。邗江一別山蒼蒼，各櫂輕舟歸故鄉。……"（《念樓集》卷一）則先生鄉試後歸寶應。

《念樓集》卷九《春日郡齋書懷，寄家兄幼度、松渠》詩，本年讀書郡齋時所作也。
是年朱次琦生。丁杰、汪輝祖卒。

嘉慶十三年戊辰（1808）十八歲

授徒里中。
二月，三兄鶴汀計偕入都。訪諸夕照寺老僧，得悉迪九先生昔年停柩處，亟設位而祭，哀動左右。（先生撰鶴汀《皇清修職安徽五河縣學教諭劉先生行狀》）
八月，再赴江南恩科鄉試，不售。

　　按《念樓集》卷三《渡河三首》，其二云："昔年泝大江，中流帆葉墮。我舟忽迴旋，風力爲揚簸。柁木失其權，進退無一可。身經萬險中，不信世有我。談虎必色變，況復歷坎坷。性命輕鴻毛，何論垂堂坐。"此事先生詩數言之，《車中行》云："我昔泛大江，中流風旋輪。至今有驚魄，遺失燃犀津。"（《念樓集》卷四）此渡江歷險，不知何年事。今度先生前後渡江赴試事，疑在是年。

是年張文虎生。汪德鉞卒。

嘉慶十四年己巳(**1809**)　十九歲

授徒里中。

《寶應縣志》舊有嘉靖(知縣聞人詮撰)、隆慶(知縣湯一賢撰)、萬曆(寶應歲貢吳敏道撰)、康熙(翰林院侍讀喬萊撰)四志,今惟吳、喬二志存世。先生病此兩志皆"迫於官程,剋期蕆事,論今粗備,考古並疏";因於授讀之暇,纂輯《寶應圖經》,略依康對山《武功縣志》義例增損之,考古證今,尤致詳河渠、水利二門,以其關乎民生利病尤鉅也,由是遂精究淮揚水地之學。

> 劉恭冕《〈寶應圖經〉書後》云:"家君著《寶應圖經》六卷,始於嘉慶己巳,成於道光癸未。"(《廣經室文鈔》)又《三河縣知縣先考劉府君行狀》云:"《寶應圖經》六卷,凡河運變遷、水道通塞、建置沿革、民生利病,無不瞭如指掌。"
>
> 按伊秉綬守揚郡時,阮元適丁憂在籍,乃相約纂輯《揚州圖經》《揚州文粹》兩書,延趙懷玉、焦循、袁廷檮諸人分纂。(趙氏《收庵居士自敘年譜略》)焦氏《揚州足徵錄序》云:"歲丙寅,汀州伊公守揚州,時撫部阮公在籍,相約纂輯《揚州圖經》《揚州文粹》兩書,余分任其事。明年,伊公以憂去,撫部亦起服入朝,事遂寢。"(《雕菰集》卷十六)時先生在伊府讀書,習聞其事。先生纂輯《寶應圖經》《寶應文徵》,蓋由斯事啟發也。

是年,喬太孺人抱病,健康日下。

> 先生《紀哀》詩云:"兒健母身衰,疾苦三年久。"(《念樓集》卷一)

《念樓集》卷一《東園即事》《早起行園》《灌園》《長干行》,卷九《張勵菴至》《湖上》《聞笛》《早秋》《郡城送別》《黃浦村》《舟中清明》《春閨怨》《擬古離別》《我欲行》諸詩,俱先生二十歲前少作也。

> 按中國社會科學院文學所藏先生早年詩稿,少作頗多刪汰,未收入今本《念樓集》。其入本集者,撰年亦多不可曉,今擇其年代可知者記之;撰年未甚明確者,則加"蓋"字以別之。

陳立、陳喬樅、馮桂芬生。洪亮吉、淩廷堪、袁廷檮卒。

嘉慶十五年庚午（1810）　二十歲

先生在邑學,每試輒冠儕輩,是年補廩膳生。時訓導張鼎甫到官,賞識先生才學,先生朝夕侍側,尤親摯焉。

先生《皇清修職郎寶應縣儒學訓導張趙亭先生行狀》,云:"嘉慶十三年會試,大挑知縣,改校官。十五年,注選寶應訓導。"又言:"先生到官時,寶楠始補廩膳生,朝夕侍側,恩誼倍摯。"(《念樓集》卷八)張氏道光四年三月以疾乞歸,在寶應凡十五年。道光《寶應縣志》卷十一《秩官表》、民國《寶應縣志》卷九《官師表》並作十四年任,誤,當據先生《皇清修職郎寶應縣儒學訓導張趙亭先生行狀》正之。(道光《志》卷十五《名宦》本傳云:"以舉人嘉慶十五年官寶應訓導。"此獨不誤。)

張鼎,字趙亭,安徽霍丘人。乾隆五十四年舉人,屢躓禮闈;選授寶應縣學訓導。在官,捐俸倡修大成殿及名宦鄉賢祠。汲引牖導,因材施教,與諸生論古道今,坐上恆滿。官寶應十五年,士風丕變。道光四年,以疾乞歸,諸生送至百里外,依依不能別。事行詳先生《皇清修職郎寶應縣儒學訓導張趙亭先生行狀》。

八月,赴江寧鄉試,復落。此行有《瓜洲夜泊》《九日登高》《棲霞驛曉發》《金陵》諸詩。(《念樓集》卷一)

九月十四日,運河王家莊隄決,邑中田廬漂没。(民國《寶應縣志》卷五)

《念樓集》卷一《月下》《邗江送客》《秋聲》,卷九《送張勵菴之開封,予亦有渡江之行》《莫愁湖亭謁明中山王像懷古》《客談三國六朝遺事感賦》《客館秋興》《冬日得伊少沂書》諸詩,蓋本年作也。

是年邵懿辰、徐鼒、伍崇曜、李祖望、陳澧、李善蘭生。

嘉慶十六年辛未（1811）　二十一歲

正月,王豫刻《群雅二集》,書中選先生詩《月下懷家兄叔度》《春燕曲》《貧賤莫受恩行》《舟行》《郡城送別》五首。(《群雅二集》卷十三)

王豫,字應和,號柳村,揚州江都人,監生,爲"京江七子"之一。築室翠屏洲,門對焦山,種樹疏泉,吟詠不輟,詩近中晚唐。博通掌故,著述甚富,爲王鳴盛、王昶、阮元諸人所稱賞。所編《江蘇詩徵》一百八十三卷,收錄二千餘家,爲一方之詩匯。另有《群雅集》《焦山志》《京江耆舊集》《明世説新語》沈善寶撰《種竹軒餘話》及《種竹軒詩文集》等。

按此集先生詩《貧賤莫受恩行》云："長鞭不及馬腹,短綆不及深泉。貧賤不能報恩,臂長不能捫天。從今莫受恩,受恩莫報心煩冤。"中國社科院文學所藏《輼山樓詩集》稿本卷二同。今集無此詩;《念樓集》卷一別有《貧賤受恩行》一詩,蓋由此詩蜕化也。"懷家兄叔度",文學所本同,今本作"幼度",知先生三兄寶樹原字叔度。《春燕曲》,文學所本同,《集》本文句則多改易也;此詩先生明年作,蓋王豫此集非止一年刊成也。

道光六年,先生撰王豫《墓誌》,云:"寶楠疏懶寡交,十餘年前,遇君文選樓下,邂逅論詩,數語輒合。其後每見人士,輒曰'柳村'盛稱君。"(《念樓集》卷八)王氏嘗佐阮元編選《淮海英靈集》,與阮元從弟阮亨交契。先生則因堂妹縈榮(劉台拱之女)適阮元長子常生,與阮家爲姻戚,故得出入文選樓也。

閏三月初,汪孺人來歸;甫及旬,旋於是月十五日病逝,年僅十八歲。(劉恭冕《三河縣知縣先考劉府君行狀》)先生神傷,有詩悼亡,詞旨悲惻。(《念樓集》卷一)

中國社科院文學所藏先生《輼山樓詩集》稿本,卷一有《辛未三月,納婦及旬,未及縫裳,遽悲鼓缶。想蕙質而如疑,憶鴻儀而入夢。追維淑嬺,灑淚成辭》《求地葬婦不得》(後改題《謀葬汪孺人感賦》)二詩,今刪汰未入本集。今《集》有《薍蘿篇,悼汪孺人》一首,蓋後來改作也。

《辛未三月納婦》一首云:"噫吁戲! 天道竟何如。死生亦大,胡爲在須臾。人生吞恨原無極,回首駒陰如一息。當年十歲許我聘,我才總角在東林。外舅喜我不好弄,朝夕過從纍十觴。登堂拜母日三接,閨房肅静無人聲。歲時餽我女婢至,爲言婦道一一成。八歲夜績麻,月得四十五。巾帨務濯潔,漸識機繰苦。十二紉針縫布帛,補綴破裾薄澣浴。母病能知憂,母怒能知辱。既笄慎容色,言語日不十。同氣但二人,恭兄如賓客。五飯既已精,蓋藏無偶缺。鋤菜殿秋陰,烘柴戴曉月。我聞此語驚且喜,貧家娶婦願如此。我有老母病在牀,君歸願得相扶將。于歸三日疾已伏,十日毫無絶命語。寶鴨新燒五夜香,孤鴻忽叫三更雨。嗟乎天道何茫茫,北海無傳枉斷腸。千齡萬代同抔土,予獨何爲深悲傷。"

又《謀葬汪孺人感賦》云:"東原何莽莽,秋草淒已腓。人生如日及,地市曖微微。詹尹爲執筴,戒日成墓碑。銘志我所能,闇行堪久垂。白楊催黄土,風勁霜鴻飛。四顧何蕭條,町疃朝麏肥。我有北海術,爾無重泉依。憶昔君歸來,灑掃濕珠幃。上繡雙鴛鴦,燈燭生光輝。燕居豈及好,草草無訣辭。與君相見日,梨花初開時。與君相別日,梨花春滿枝。君命不如花,當日悔輕離。當時如寐迷,別永方引悲。不記君顏貌,但憶來時衣。孰知來時衣,還將衣汝歸。窀穸未可卜,何處啓葳蕤。"

《念樓集》卷一《薍蘿篇》云:"薍蘿附秋樹,不與葉同飛。如何鶺鵂羽,不得相因依? 娶婦方及旬,存没遽相違。賀者未去室,吊者已在闡。不記汝容顏,但憶來時衣。誰知來時衣,衣汝黃泉歸。汝昔贄見姑,棗栗與榛栖。姑食未及半,奠爾靈前幃。汝買雙鯉魚,貫以蒲柳枝。宛然懸中廚,烹魚呼阿誰?木斷有連理,藕斷有連絲。如何人命薄,生死永乖離。"按鶴汀明年《别弟楚楨》詩云"季弟新娶婦,二旬婦遽亡";劉恭冕《三河縣知縣先考劉府君行狀》云"來歸甫踰月即卒",諸説不一。據《念樓集》卷九《悼汪孺人》詩云:"歸來新月如鉤曲,死去牀前月正圓。拆破紅封餉素紙,可憐猶是賞媒錢。"則此詩"娶婦方及旬"爲是,上引佚詩詩題亦言"納婦及旬"。

同月二十九日,喬太孺人見背,年五十五。(鶴汀《先妣喬太孺人行述》、先生《皇清登仕郎國子監典簿顯考劉府君行狀》)先生有《紀哀》《志慟》諸詩,音甚哀切。(《念樓集》卷一,又卷九)

鶴汀《先妣喬太孺子行述》云:"辛未,不孝將赴公車,見太孺人精神疲頓,心竊慮之,不敢就道。二月,將有事先塋,太孺人猶力疾眠滌濯,不孝等以少休請,不許。三月,病劇;匝月,遂不起。"

先生《紀哀》詩首章云:"少孤苦病羸,撫育念我母。……兒健母身衰,疾苦三年久。自知待母心,不若待兒厚。力疾娶婦歸,屬付到雞狗。婦殁母尋亡,萬憾究何有?"先生一月之内連遭妻、母兩喪,此生人之至痛者。先生少孤,賴母氏撫育成人,今迭遭變故,哀毁可知。

八月二十五日,三兄鶴汀妻俞氏卒(《寶應劉氏家譜》卷一),先生有詩吊之。半年之内,兄弟連遭三喪,道路爲之嘆息。

按中國社科院文學所藏《韞山樓詩集》稿本,卷一有《聞三嫂俞孺人凶耗》《三嫂俞孺人挽辭》兩詩,今删去,未入本集。

《念樓集》卷一《秋日雜詩》《過故宅》《中夜成詠》《牧人》諸詩,蓋本年作也。

先生是年婦喪母亡,孑然一身,詩中多觸景傷懷淒楚之音,如云"淚向夢中盡,家從客裏尋。空牀蟲逼響,高枕雁流音""出門無處所,入户又皇皇。……戒詩深瘞筆,却夢倦支牀。自顧無衣褐,鄰砧底事忙"之類均是。

是年曾國藩、葉名澧、莫友芝、方玉潤、吴雲生。臧庸、鳳韶、翁樹培卒。

嘉慶十七年壬申（1812） 二十二歲

丁内艱。授徒里中。

移居家祠，有《移榻所好軒》詩二首誌之。（《念樓集》卷一）

先生《所好軒雨霽》詩序云："所好軒，先高祖舍人讀書處，《府志》竹峰亭即在此。寶應城内宋涇河側，今爲家祠，西偏有亭，仍其舊額。"按道光《寶應縣志》卷四《園圃》："所好軒、半航亭，在宋涇河側，劉學博中從築。"則西偏之亭爲半航亭。

是春，三兄鶴汀葬婦俞氏，事畢，將之浙，有詩誌別。（《娛景堂集》卷下）

《別弟楚楨》詩云："天道不可測，人事多反常。先慈備壼德，時難格彼蒼。去年慘見背，雞豚志未償。季弟新娶婦，二旬婦遽亡。予婦亦繼殞，六月遭三喪。道路爲歎息，親黨咸悲傷。今春送死畢，無家奉烝嘗。兄弟各奔走，晨起治輕裝。分手河邊立，淚滴沾衣裳。仰視鴻雁飛，南北不同行。悲鳴顧儔侶，努力慎風霜。煢煢雙弱羽，況各天一方。"按是年鶴汀有《觀海書院夜坐懷季弟楚楨》詩，知任教平湖乍浦也。

夏，大水，歲荒歉。（民國《寶應縣志》卷五）

焦循《湖之魚》詩序云："歲壬申，水溢，春麥既没，秋又無稻。"（《雕菰集》卷二）

歲暮，三兄返里度歲。除夕，兄弟樽酒夜話。

鶴汀《癸酉元旦》詩其二云："昨宵偕季弟，尊酒説當時。痛念浮雲句（去年季弟寄余詩云：'身似浮雲自來去，家如流水或西東。'），狂吟觀海詩。春歸仍惜別，路險欲奚之。幸是官河涸（時漕河無水），行期故故遲。"（《娛景堂集》卷下）

《念樓集》卷一《春燕曲》《所好軒雨霽》《春日即事》《月下懷家兄幼度、松渠》《不寐》《秋日寄懷兄幼度》諸詩，蓋本年作也。

是年胡林翼、薛壽、左宗棠生。左眉卒。

嘉慶十八年癸酉（1813） 二十三歲

宅憂。授徒里中，暇則蒐輯《劉氏清芬集》。

《劉氏清芬集·序》云："嘉慶癸酉、甲戌間，家楚楨孝廉授徒里中，校録先世遺文，予嘗助其蒐輯。"（本書卷首）所云"先世遺文"，即《劉氏清芬集》，蓋創稿於是年。先生爲著述家子弟，未冠即纂《寶應圖經》，更時以述祖德、繼家聲爲念，斐然有述作之意。

寶應城河躍龍關，首受運河，尾連東湖。是年夏秋間水盛漲，關石壞，河水夜溢入城（《念樓集》卷八《皇清修職郎寶應縣儒學訓導張趙亭先生行狀》），莊田多淪没。（民國《寶應縣志》卷五）

八月，四應江南鄉試，報罷。

九月七日，天理教徒李文成於河南滑縣起事；直隸、山東兩地教衆紛紛響應。十五日，京畿教徒林清等率徒衆，由太監内應，攻入紫禁城，旋遭剿平。十七日，仁宗下《遇變罪己詔》。（《仁宗實録》卷二七四）

《念樓集》卷一《初夏所好軒雨霽》《邗江行，寄伊少沂》《村居雜詩》《明星篇，送張勵菴》《渡江》《客中作》《江上留別萬少山》《舟行》《舟行，同兄幼度次范水懷古》《樵人》，卷九《自題詩卷》《愁雨》諸詩，蓋本年作也。

是年蔣光煦、汪曰楨、陳介祺、洪秀全生。錢大昭、吳騫、莊逵吉、汪萊卒。

嘉慶十九年甲戌（1814）　二十四歲

正月二十九日，從叔台斗卒於江西銅鼓營同知任（《寶應劉氏家譜》卷一），有《哭從叔星槎瑞州》四首。（《念樓集》卷一）

先生《哭從叔星槎瑞州》詩，其三云："鳴呼我父卒，旅殯在神京。叔父歸其喪，撫我淚縱橫。我雖幼失怙，有兄皆長成。今日叔父卒，孤子藐孩嬰。叔父無大兒，幼女環階楹。我欲盡此言，言半忽吞聲。"

劉台斗，字建臨，星槎其號，台拱之弟。嘉慶四年進士；官工部營繕司主事。究心水利，未第時，即治宋涇河，引漕河水入城，以溉民田；治城北劉家潭，築堤以捍水患。後益精究，凡治河得失，漕輸利弊，莫不洞悉其源流。兩江總督鐵保、南河總督徐端奏留南河，協塞減壩。工竣，簡發江西，以同知補用。十八年，以銅鼓營同知，奉檄總運事，以勞頓卒；著有《下河水利説》一卷。事跡詳阮元《江西銅鼓營同知劉台斗傳》。（《揅經室二集》卷六）

春，至揚州，假館汪喜孫家。

中國國家圖書館藏先生詩稿伊秉綬評本，卷後黃盛修《跋》云："甲戌春，寶應劉念樓來揚州,主汪孟慈家。余移榻同款語者二日,攜詩一卷,就念樓正之。"按《清史稿·劉台拱傳》云:"與同郡汪中爲文章道義交。中歿,撫其孤喜孫,賴以成立。"先生爲端臨從子,故與汪喜孫交情尤摯,至老不渝。

李周南是年成進士,甫授職,即以母老乞養歸,授徒以自給。先生時厠講堂,執經問字。

先生《洗桐軒文集序》云:"慎卿先生文章經術,士林碩望。既貴,陳情告歸,授徒養母,從遊者百數十人;寶楠時厠講席,執經問字。"(李周南本集卷首)

李周南,字冠三,號慎卿,江蘇甘泉人。嘉慶十九年進士,以主事籤分刑部,到官甫浹旬,即乞養歸。侍閒五載,丁憂;服闋,遂不復出。從遊者百數十人,造就甚眾,一時推爲文章宗匠。(同治《續纂揚州府志》卷十三本傳)顧千里曾爲撰《洗桐軒圖記》。

夏,江淮大旱,蝗災。秋,大水,流民載道。(民國《寶應縣志》卷五、胡韞玉《包慎伯年譜》)

先生暇間網羅舊聞,蒐葺殘編,輯錄寶應耆舊之詩,上溯自明季,下迄近代,凡未有專集,其詩爲王漁洋《感舊集》、沈德潛《清詩別裁》、阮元《淮海英靈集》、阮亨《英靈續集》等選本所未載者,俱擇錄之,或一二首,或數十首,彙爲一編,取"象罔求遺"之意,名曰《象求集》。八月五日,自爲之序。(《念樓集》卷十《象求集序》)

中國國家圖書館藏此書清鈔本,序末年月與文集同,然文字頗異,今錄存之:

國初選詩家推漁洋王氏《感舊集》,載吾邑詩者四人:曰陶季深(澂)、陳冰壑(鈺)、朱秋崖(克生)、李黼臣(藻先)。時余伯高祖雨峯太守撰《寶應詩選》,載國初詩人二十有一:曰朱元脣(宣)、王文玉(玫)、徐性之(宗道)、湯梅逋(廷頌)、石菴(廷相)、朱鐵輪(四輔)、鄭虎谿(在湄)、孫東山(世勳)、趙韋齋(開雍)、朱石厓(克簡)、喬鈍夫(邁)、王用晦(士光)、張羽季(翃)、丁敦園(敦)、仲琴公(以懿)、王築夫(巖)、喬石林(茱)、王左公(孫晉)、喬楮堂(崇讓)。其二則冰壑、秋崖,陶、李二公不載,豈其時尚在,《感舊》之選在其後耶?乾隆間選家,沈歸愚宗伯《別裁集》爲最,所載吾邑詩人,季深、秋崖、左公、石林諸公外,增以劉艾堂(師恕)、王樓村(式丹)、喬學齋(崇烈)、王白田(懋竑)、朱燕堂(經),凡五人,要皆缺而未備。

嘉慶初,同郡阮中丞撰《淮海英靈集》,較以上選本,無黼臣、文玉、性之、石菴、東山、用晦、羽季七人,其他悉載。而增入者,喬氏則疑庵(出塵)、固翁(崇修)、斯齋(鐸)、休原(肅)、劍谿(億)、一山(仙伊)、柏鍾(棨)、楓亭(方立)、荔江(大鈞)。王氏則鶴聞(懋諶)、懿誦(懋訥)、在川(希伊)、豫園(康)、楓次(步墀)、子野(彬)、淡泉(澪)。凌谿朱氏則紹亭(績)、艮齋(約)、右紳(紀)、繼武(纘)、止泉(澤澐)、海音(澤況)、賓旭(輅)、宗洛(光進)、雁橋(宗光)、晴巖(宗贊)。界陶朱氏則鮑莊(宸)、祈年(賽)。湯氏則滋人(啓祚)、蓬圃(輝祚)、魯山

（應隆）、象亭（希儀）。潘氏則繼耕（遇莘）、臥南（遇龍）、築夫（夢舉）、禹門（夢龍）、書思（恕）。其在劉氏，西劉則後齋（國黻）、蒲塘（師向）、榆莊（師寵）、潁川（冠荀）、旅齋（傳馨）、象林（仰桂）、青嶼（天麟）、偓仙（佺）；東劉則有先伯高祖雨峯君（中柱）、伯曾祖鹿沙君（家珍）、伯野塘君（兆彭）、先典簿雲陔君，益以成商衡（康保）、陶文虎（蔚）、郭元城（束）、楊篁坻（景濂），凡五十三人。又閨秀二人，曰陳氏（傳姜）、潘氏（意），燦然大備矣。

然嘗讀王海山太守所撰《陸杞堂先生（文鑒）傳》，亟稱其《梅花》詩，惜其湮沒不彰。今太守歿不過十餘年，予嘗問陸先生之爲人，皆無能道者。而《梅花》詩亦無存。又吾友張勵菴（策）嘗誦陳雲門（兆鵬）《菊花》詩云：“一年好景登高日，千古多情送酒人。”一聯之外，不可再得。

夫前輩風流銷歇，後人之過也。於是網羅舊聞，收葺殘編。凡以上選本未載者，或一二首，或數十首，彙爲斯集。竊自附“象罔求遺”之意，名曰《象求》。其有以上選本未載而亦不錄者，如王孟亭（箴輿）、海山（嵩高）、朱直方（宗大）、湯荊垣（襄隆）、劉又徐（玉麟），其詩或刊專集，或刻合抄，已行於世，無俟采輯。至于陳鳩柴（銑）、湯雲樵（之桂），及從弟巨源（源岷）詩集，前已彙赴阮梅叔《英靈續集》之選，故亦不贅錄焉。嘉慶十九年八月五日，邑人劉寶楠謹識於所好軒。

按先生《念樓外集》，三十歲以前之詩有《里中詠詩絕句十二首》，專詠寶應耆舊詩事，其五元注云：李龘臣“其集已亡，新城王文簡公《感舊集》錄存數首”；其十云：姚曉嵐詩集不傳，“余僅搜得《伴山堂分韻》五律一首，入《象求集》”。此詩蓋今、明年所撰也。中國國家圖書館文津分館藏《念樓集》劉韓齋鈔本，此詩葉眉韓齋記云：“叔俛伯移正集。”臺灣央圖本仍在《外集》。

是年先生苦多病，腰傷久臥牀，仲冬後乃漸痊可。

按先生《臥疴雜詠》七首，首章云：“今年苦多病，四體頗劣苶。遷延及冬月，腰脅殊不浹。……”又末章云：“……久臥畏牀衾，晨興慎步履。方其疾病時，冥心如止水。今復理書策，如飢見甘旨。堅坐擁百城，顧盼壯心起。”蓋先生是年腰傷，久臥牀，冬末乃漸癒也。

《念樓集》卷一《短歌》《送張勵菴之開封》《贈陸小巖》，卷九《東湖》《旅邸遇黃永思（盛修）感賦》諸詩，蓋本年作也。

龍啟瑞、周壽昌、雷浚生。程瑤田、趙翼、張燕昌、辛紹業、張聰咸卒。

嘉慶二十年乙亥（1815）　二十五歲

是春，病起，刪訂歷年詩稿，錄存百數十首，編爲《韞山樓詩集》二卷。

此稿本現藏中國社科院文學所圖書館,先生自識云:"春明病起,删逸纂編。言近旨淺,靡克當心。歌哭之懷,性情所寄。不忍盡遺,聊存雞肋。有誨,不及鑄金之事。嘉慶乙亥三月,寶楠識。"按此皆先生早年少作,後經黃盛修、康發祥(瑞伯)、陸聯桂(小巖)、金望欣(峿谷)諸友先後選定,今收入本集者僅存其半,文字亦多改易。

伊秉綬將入都補官,是夏,偕其子念曾道經維揚,盤桓久之,一時名流酬唱,殆無虛日。(趙懷玉《亦有生齋集》文卷十六《揚州府知府伊君墓表》)先生選近詩五十三首,鈔爲一册,攜以請正焉。七月四日,伊氏爲評閱一過。

按此稿本現藏中國國家圖書館,封面先生自書"太守伊墨卿夫子評本,寶楠恭識"(下文引述,稱"伊評本")。卷首伊氏題云:"多蓄義理於中,而得性情之正,即集義之功,與月露風雲迥别也。既涉人事,不變所守,將上達可期矣。嘉慶二十年立秋日,墨卿。"《寶應劉氏集》將伊氏評語録於所評各詩之後;惟此本另有應讓(京江七子之一)評語,點校者未審此出二手,悉録爲伊氏評語,考之未審也。卷末有"嘉慶乙亥年七月朔日,伊念曾讀於棣華草堂"題款,知墨卿父子偕行至揚。

八月二日,黃盛修爲跋伊評本詩稿。

黃盛修《跋》云:"……念樓天質勝人,學問副之,故其言多造於道。是卷詩不滿六十首,而誠樸之理、淵静之思,皆有相爲維繫者,充其所至,念樓正不必以詩見也。汀州伊墨卿先生既爲之評,復屬余言其不逮,焉敢哉!余惟愛念樓詩,而恨不克終日與之言詩,則余之詩,卒無所進也。今年秋,復晤念樓於汪氏家,匆匆别去。同心之友,渺隔關河,謹於卷尾,略述己意,以貽念樓云爾。嘉慶乙亥八月二日。"汪喜孫題曰:"上溯魏晉,下迄盛唐,高格洪響,清言動人。或淒若繁絃,或絢以藻詠,性情與學術二者得兼。陶、謝與韓、杜合爐而鑄,具此神力,固足雄眂一時,三復斯編,爲之歎服無已。同志友喜孫記。"

中秋,晤海昌潘文輅,先生以伊評本詩稿屬題。

潘氏題云:"志清以峻,味古而辛,有沈樸氣,無刻劃痕。泰岱雲起,長河浪渾。他日深造,清酒重論。嘉慶乙亥中秋,遇念樓於邗上,承以大著見示,捧誦之餘,敬跋數語。念樓枕葄既深,饌箸不倦,他日當與古人並驅,其所造不可量也。"

又錢之鼎題云:"情動聲發,字堅響凝。匪必取資揚、班,掇采崔、杜,始夸麗則。嘉慶乙亥八月，下浣丹徒弟錢之鼎拜讀。”

九月十一日，伊秉綬感疾，卒於揚州旅次，年六十二。（趙懷玉《揚州府知府伊君墓表》）距前爲先生評閱詩稿，僅兩月餘。揚州人士感念其德，袝祀於三賢祠。先生有《紀遇詩》，追述昔年知遇裁成之感。（《念樓集》卷一）

　　趙懷玉《伊君墓表》云：“家居八年，朋交敦勸出山，遂勉就道。……抵揚州，寓黃氏園，一時名流酬唱頗洽。偶感霜露，患肺痿症，卒。没未一月，揚州士民群祀君於三賢祠。三賢者，宋歐陽文忠、蘇文忠，及我朝新城王文簡，皆揚州名宦也。”

《念樓集》卷一《所好軒晚晴，柬華羹唐、族叔子猷》《貧賤受恩行》《擬古歌》《蟲吟》《雜詩》《邑中懷古》《既作邑中懷古詩，偶憶前朝遺事，漫賦》《讀後漢書帝紀》《雜歌》《夏暮》《虛室》《詠古柏》，卷九《郡城喜晤伊少沂，即送入都》諸詩，俱本年作也。

是年段玉裁、鮑廷博、周春、姚鼐、邵瑛、崔應榴、洪震煊、汪繼培、錢侗卒。

嘉慶二十一年丙子（1816）　二十六歲

授徒里中。

夏，大水。（民國《寶應縣志》卷五）

焦循著《易學三書》，其稿略就，繼此擬續爲《孟子》義疏。是夏，從諸友假讀前修、時賢《孟子》著述，撮録要義。

　　焦循《里堂札記》有是年閏六月十六日《答阮仲嘉（亨）》書，云：“《孟子四考》二本收到。僕向苦《孟子疏》淺陋不堪，思擬爲之，以易邵武士人之僞作，因學《易》未暇也。今《易》稿粗完，思以餘力爲之，故求得前輩之用力《孟子》者閲之也。未卜此願得成與否，仍當與足下共商之。”先生與阮亨爲姻戚，時相過從。焦循重疏《孟子》之舉，遂啟二劉己卯相約著書，各選一經爲之疏證之念也。

八月，五赴鄉試，復落。

十二月，過族弟劉鵷齋，見所藏邑賢《黯然集》詩稿。先生借歸，考其時世，知爲乾隆初年苗莊（雨村）、胡幽（于館）等十四人，送其友阮廷暐（字潛夫，別號静庵）歸宣城贈別之作，人各一首，都爲一卷。其中劉固猷（雪櫂）、劉閩（射湖）二人，乃先生族祖，向不知其能詩，因録其作入《象求集》《劉氏清芬集》，並爲此集撰序。（《念樓集》卷十《黯然集序》、民國《寶應縣志》卷二十五）

《念樓集》卷一《空庭》《山居即事》《江亭送別》《春郊》《將離別》《北來寺池上,贈玉聚上人》《北來寺土山晨眺》《題族祖芍圃匡廬聽瀑圖》《倣古雜詩》《秋懷雜詠》諸詩,蓋本年作也。

是年陸增祥、成蓉鏡生。崔述、莊述祖、楊鳳苞、洪飴孫、汪家禧卒。

嘉慶二十二年丁丑(1817)　二十七歲

是年館於郡城江聯璧家。

上海圖書館藏劉文淇《青溪舊屋尺牘》册十二,先生《與劉孟瞻書》第四十三云:"江聯璧(轂齋),弟於嘉慶丁丑館其家一年。"又《皇清修職郎寶應縣儒學訓導張趙亭先生行狀》云:"丁丑以後,浮家旅食,闊絶杖履。"(《念樓集》卷八)蓋是年起,先生即旅食在外也。

正月,將束裝赴揚,學師張鼎偕陸聯桂、喬棻過訪,招餞學署,有詩送別;先生亦賦《放歌呈張趙亭學師暨陸小巖、喬穎仲》《初春南行,張趙亭學師招餞學署,感懷述舊》二詩誌感。(南京圖書館藏《念樓集》稿本卷二)

先生《張良輔過儀徵見訪,述其尊人先趙亭師遺事感賦》詩,元注:"余初徙府城,師作詩送別。"(《念樓集》卷九)

《放歌呈張趙亭學師暨陸小岩、喬穎仲》詩云:"我生二十有七年,昂藏七尺身徒然。朝誦朱穆《絶交論》,暮誦杜甫'覆手'篇。閉門十載涇河側,混跡漁樵人不識。廣文先生獨嗜痂,逢人説我增顔色。先生噓氣回枯殘,春風習習吹人間。……我獨侍從逾七紀,優崇不用弟子禮。評詩許我古淡宗,論文許我裁偶體。竹舍陰陰新雨秋,諸生散去我獨留。放懷天地浮雲外,決眥長江今古流。清夜沈沈劇談論,濤風潮雨生方寸。胸間浩落雲夢吞,口角縱橫珠玉噴。起視霜天月滿橋,闌干北斗挂城壕。歸來清寐渾無夢,回首先生霄漢高。……"觀此,想見先生在學舍師生意氣投合情狀也。《初春南行》七絶十一首,則追述年十五府試以來,十餘年間師友交游際遇。

三月,鶴汀就禮部試。同考官御史袁銑得其卷,賞之,呈薦,卒不售。大挑二等,候選教職。(先生《皇清修職郎安徽五河縣學教諭劉先生行狀》)

是春,阮亨閲先生伊評本詩稿,爲題一詩屬和。(中國國家圖書館藏伊評本阮亨識語)

阮亨題云:"丁丑春夜,讀大著畢,聊記一詩,並爲選之《琴言集》,以博籠和焉。"詩云:"白日春冷夜沈沈,一院梅花鶴逕深。莫向酒邊頻説劍,但從月下自彈琴。溪堂曾寫羈人怨,官閣空懷志士心。多少湘雲縈舊夢,興來詩卷細批吟。"

李周南亦爲評閱此稿,謂先生詩"古體最佳,得風、雅之餘"。(伊評本李周南題款)

今、明兩年,先生在郡城,與孫應科常過從論學。孫氏著《四書說苑》甫脫稿;先生則治《詩》,時方撰《毛詩詳注》,每晤時各出所得,互相質證。

先生《四書說苑後序》云:"憶丁丑、寅卯間,予僑居郡城,君著書北城蕭寺。是書甫脫稿,予亦甫撰《毛詩詳注》,日夕過從,互質所得,月色鐘聲,一燈相對,如昨日事。"(《念樓集》卷六)按劉文淇撰《迪九先生墓表》,云:"幼習《毛詩》,長乃博覽經史百家之說。"蓋《毛詩》乃先生家學,其後叔俛治經,亦由《毛詩》起家,上海圖書館藏叔俛《毛鄭薪傳》稿本。劉文興《寶應劉楚楨先生年譜》云:"《毛詩詳注》,《行狀》未載,……蓋未成之稿。前於徐森玉先生所,見某書店售書單,内多先生撰而未成之書,中有此名,力不能獲,深負隱咎。"此稿今不知歸於何所。上海圖書館藏先生《毛詩學》稿本,當亦早年所著,未審與《詳注》異同如何。

九月十七日,應讓爲評閱伊評本詩稿。

應氏題曰:"前半識見筆力,尚有未至處;《短歌》以下,穠至精深,幾登作者之堂。"此册有應氏評語多則,《寶應劉氏集》悉錄作伊評,疏矣。

應讓,字地山,號退庵,江蘇丹徒人,府學生。少抱經世志,在汪志伊幕。工書,其詩悲壯雄放,爲"京江七子"之首。道光二年舉孝廉方正,長吏交章舉薦,時館揚州,感疾遽卒;著有《澹雅山堂詩鈔》。

是冬,焦循偕子廷琥采輯本朝人著作三十餘家,録爲《孟子長編》十四帙,歷時年餘乃成。

《里堂札記》有戊寅十一月焦循《寄阮宮保》書,云:"思作《孟子正義》一書,自去冬以來,與小兒采録本朝三十餘家之書,已寫爲《孟子長編》十四帙。現在自具限狀,誓成此書,未知心力能赴若何。"又焦廷琥《先府君事略》云:"府君《易學》既成,思爲《孟子正義》一書,乃于丁丑之冬,采録本朝通人之書,令不孝查寫。或專說《孟子》者,或雜見他書者,一一纂出,依次第編爲《孟子長編》十四帙。"按焦氏《正義》卷三十之末,記所采清人著作共六十五家,蓋後來復有增益也。

是年,王孺人來歸。

孺人,康熙戊戌科會魁、上書房行走,寶應名儒王懋竑玄孫女,附貢生王昱女也。劉《譜》云:"王孺人來歸,《家譜》未載何年。"按明年先生徙家揚州,長女貢金生,則王孺人來歸,應在是年。

《念樓集》卷一《題孫彥之(應科)岵屺圖》《題舟隱圖》《送友》《身世》《秦淮秋思》《舟夜》諸詩,蓋本年作也。

是年龔橙生。王謨、陳鱣、李賡芸、胡克家、惲敬、王曇、李鋭、嚴元照卒。

嘉慶二十三年戊寅(1818)　二十八歲

春,就館郡城,徙家於揚。

劉文淇《江淮泛宅圖序》云:"吾友寶應劉君楚楨,就館郡城,於嘉慶戊寅,徙家來揚。"(《青溪舊屋文集》卷四)

與劉文淇訂交。劉君嘗言:"余自束髮受書,即知寶應有劉端臨先生,讀其書,慕其人。"(《秋槎雜記》卷首,劉文淇撰《劉迪九先生墓表》)先生爲端臨從子,二人論學深契,遂通縞紵之好。是年包世臣在揚州,先生時同孟瞻過小倦游閣,包氏究心世務,長於議論。先生飫聞緒言,識見日廣。

先生《暫園吟序》云:"戊寅,予徙郡城,與劉孟瞻明經交,時同訪包慎伯大令於小倦遊閣,西御及其弟勾生皆座上客,自是交日密。"(《念樓集》卷六)

劉文淇,字孟瞻,江蘇儀徵人。嘉慶二十四年優貢。讀書精鋭善悟,於《左氏傳》致力尤深,著《左傳舊疏考正》六卷,證唐人《左氏傳正義》,多本劉炫舊疏。復輯賈逵、服虔舊注及劉歆等古文家説,薈爲長編,擬爲疏證。惟半生爲人校書、編刻爲生,《左傳舊注疏證》生前成稿者,僅及隱公四年。復精輿地之學,著《楚漢諸侯疆域志》三卷、《揚州水道記》四卷,並多特識。與先生並稱"揚州二劉",二人交誼,至老彌篤。

包世臣,字慎伯,安徽涇縣人。嘉慶十三年舉人。究心當世之務,喜言經濟之學,名動公卿間,亦以此遭時忌。十三次赴春官,卒不遇。道光乙未,大挑知縣,分江西。權新喻,年餘,被劾罷官。居金陵,布衣翛然。江省督、撫遇大兵、大荒、河漕、鹽務諸鉅政,無不屈節咨詢,其言或用或不用。著《中衢一勺》《藝舟雙楫》《管情三義》《齊民四術》,合爲《安吳四種》。

先生復因孟瞻,與其友薛傳均、包世榮、包慎言、姚配中、柳興恩、梅植之、楊亮、汪穀諸君論交,以學問相切劘。

劉文淇《江淮泛宅圖序》云："余弱冠後,與里中薛子韻,涇縣包季懷、包孟開,旌德姚仲虞,丹徒柳賓叔,泛覽經史。楚楨因得與諸君交,相與切磋,爲友朋之極樂。"《青溪舊屋文集》卷四)又先生《清故儀徵縣附學生員汪君(轂)之銘》云："是時江南北承學之士,薛傳均、劉文淇、姚配中、包世榮、包慎言、柳興宗輩治經,梅植之、楊亮治古文辭。君廣畜群益,旁採眾長,並任兼程,力竭而踣。"(《念樓集》卷八)此數子即先生在揚郡交游論學之侶。

薛傳均,字子韻,江蘇甘泉人。諸生。於十三經《注疏》及《資治通鑑》用功爲深。治訓詁小學,謂錢大昕《説文答問》深明通轉、假借之義,因博引經史以證其説,成《説文答問疏證》六卷。又以《文選》中多古字,條舉件繫,疏通證明,著《文選古字通》十二卷。十赴鄉試,卒不售。後就福建學政陳用光幕,以疾卒於汀州試院。

包世榮,字季懷,安徽涇縣人,包世臣從弟。道光元年舉人。旅居揚州,以廉隅自屬,與薛傳均、劉文淇、姚配中、包慎言四人講貫最久,論交尤篤。年十九,始應童試,八試始補諸生。五應秋試,卒膺鄉薦。治《毛詩》,著有《毛詩禮徵》十卷、《學詩識小録》十三卷。

包慎言,字孟開,安徽涇縣人。道光十五年舉人。春官屢躓,以名義自檢飭,授經以終。生平客揚州最久,與二劉交尤契。長於《公羊》學,陳立《公羊義疏》頗采其説。著《公羊曆譜》十一卷,以正杜氏《長曆》之失;晚著《論語溫故録》三卷,稿佚,先生《正義》采其説二十餘事。其説經精詣,與宋翔鳳輩足相伴。

姚配中,字仲虞,安徽旌德人。諸生。嘉慶二十二年遊揚州,館於梅花書院院長洪梧家,爲校書籍。因包世榮之介,與包世臣、包慎言、劉文淇諸君遊,遂與先生訂交。研精《周易》,以鄭氏爲主,參以漢魏諸家,著《周易姚氏學》十六卷。工書善琴,著《一經廬琴學》二卷,有刊本行世。家貧而守堅,教授鄉里二十餘年,以廩生終其身。

柳興恩,原名興宗,字賓叔,江蘇丹徒人。道光十二年舉人。貧而好學,敦實行。初治《毛詩》,以阮元刻《清經解》,《公羊》《左氏》俱有專家,《穀梁》獨缺焉。乃發憤沈思,成《穀梁大義述》三十卷,以其稿就正於阮元,元惜相見之晚。陳澧嘗爲《穀梁箋》及《條例》,未成;見興恩書,歎其精博,遂定交焉,並出其説備采,遂不復作。另著《周易卦氣輔》《虞氏逸象考》《群經異義》等。

梅植之,字蘊生,江都人。道光十九年舉人。性簡傲,工詩善琴,慕嵇康之爲人,因自號嵇庵。與劉文淇、劉寶楠、薛傳均等交契。工詩,從黃承吉游,與吳熙載、王僧保、王翼鳳並稱"黃門四君子"。劉文淇稱其詩"近體主少陵,古體則導源康樂。駢文宗江、鮑,而參以庾、徐哀艷;散行文亦雅有歐、曾矩矱"。道光間揚州詩家,梅氏詩名尤著也。

八月,恩科鄉試,復落。

秋,與劉文淇、薛傳均、楊亮載酒泛舟湖上,是日適薛君三十初度,先生有詩紀之。(《念樓集》

卷九)

冬,長女貢金生。

> 先生《亡女貢金墓碣》云:"長女貢金生於江都寓舍,道光三年十一月卒於儀徵,春秋五閱。"(《念樓集》卷八)據此推算,則生於是年冬。

是年十二月起,焦循《孟子正義》始創稿,恐志有懈弛,乃自立簿,逐日記錄所業。(焦循《撰孟子正義日課記》)

《念樓集》卷二《郡城過汪孟慈舍人故宅,即寄孟慈都中》《山澗》《邗江道中》《郡城泛舟至桃花菴》《招同黃竹雲湖亭小集》《舟宿南門渡》《秋夕,呈阮丈梅叔》《舟泊范水》諸詩,蓋本年作也。

劉毓崧、丁壽昌、鍾文烝、郭嵩燾、方宗誠生。翁方綱、莊炘、孫星衍、許宗彥卒。

嘉慶二十四年己卯(1819)　二十九歲

授館郡城。

是夏,學政湯金釗諮訪優行生員,寶應訓導張鼎以先生應。(《念樓集》卷八《寶應縣儒學訓導張趙亭先生行狀》)歲試時,湯氏面試經解,先生條對詳晰。七月,赴江寧,學政會同督、撫考優,遂以優行獲選貢成均。此科江蘇所取優貢凡六人,劉文淇、丁晏亦同獲選。先生與劉文淇才學競爽,負時譽,有"揚州二劉"之目。

> 劉毓崧(孟瞻之子)撰《先考行略》,云:"己卯科,蕭山湯相國拔取優貢生。是科所取之六人,相國持擇極慎,先於歲考時面試經解,深許先考為樸誠績學之士,特諭學師補舉優行,遂膺斯選。公論以為名實相副。"(劉氏《通義堂文集》卷六)又,丁晏《念樓集序》云:"嘉慶己卯之歲,余以優行貢成均。同舉者,揚州劉孟瞻、劉楚楨。學使蕭山湯文端公並重其學行,薦於朝,當時有'二劉'之目。二君既與余同譜,孟瞻長余五歲,楚楨長余三歲,交久且敬。淮、揚相距三百里,書翰往來,皆以問學相切劘。每至大比之歲,聚首省會,朝夕過從。"(《念樓集》卷首)丁晏之子壽恆等編《柘唐府君年譜》己卯年條載:"秋,至江寧,應學使會同孫制軍(玉庭)、陳撫軍(桂生)考優,府君取優貢第三名。同榜六人:郭鴻、劉文淇、劉寶楠、汪榮、夏翼謀。"

時僦屋與劉文淇比鄰而居,常過從論學,以道誼相切劘。

> 先生撰孟瞻《清故優貢生候選儒學訓導劉君墓表》,云:"寶楠與君同貢太學,就館郡城,與君鄰,交最深。"又壬辰《將之當塗,留別劉孟瞻》詩,其二云:"夙昔同歲生,與君交尤密。僦

屋爲君鄰，鹵莽定家室。過從日五三，意氣傾膠漆。相賞有真詮，可否不輕必。閉門望千古，殫心事纂述。我行學已荒，君居願可畢。"(《念樓集》卷三)按"閉門望千古"二句，即指是秋相約著書事。

孟秋，焦循著《孟子正義》初稿成。繼復蒐討群書，删煩補缺，至明年春，修改乃定。(《孟子正義》目録後焦徵識語)

焦循《孟子正義》書後自識云："丙子冬，與子廷琥，纂爲《孟子長編》三十卷，越兩歲乃完。戊寅十二月初七日，立定課程，次第爲《正義》三十卷，至己卯秋七月草稿粗畢。"焦氏一赴春明，即棄科舉，專意撰述，著書滿家。《易學三書》告成後，即悉力撰著《孟子正義》，三四年間業已成稿。是秋，二劉相約著書，即由焦氏重疏《孟子》所啟發。

八月，再赴鄉試，復黜，至是先生已七次應舉被落矣。佗傺之餘，擬棄科舉，專意著述，乃與劉文淇、薛傳均相約，二劉各治一經，爲之疏證，先生任《毛詩》，孟瞻則治《左氏傳》；薛君明習故訓小學，以錢大昕《說文答問》深明通轉、假借之理，擬撰一書，疏通證明其義。

二劉相約分經疏證之年，歷來學者皆以爲事在道光八年。按道光十二年冬孟瞻撰《劉楚楨江淮泛宅圖序》，云："楚楨嘗與余約，各治一經。楚楨占《論語》，余占《左傳》。以《論語》皇《疏》，多涉清玄，邢《疏》更鄙陋無足觀，而何氏《集解》亦採擇未備；《左傳》賈、服舊說，爲杜氏所乾没者不少，唐人又阿杜《注》而攻賈、服，皆爲鮮當，因各爲二書疏證。蓋爲是約十餘年，而未有成書。過從時，嘗以是爲歉。顧楚楨奔走長途，浮家南北，又身羸多疾，其作輟也有故。余自嘉慶庚辰，一遊京師，即杜門不出，無僕僕道途之勞，身又彊健，而亦無所成就。"今由"爲是約十餘年而未有成書"之語繹之，則二人相約著書，非道光八年審矣。復據"余自嘉慶庚辰一遊京師，即杜門不出，……而亦無所成就"之語，則二劉訂約應在孟瞻庚辰入都朝考以前。意其事當在是年秋試後，先生七試不遇，孟瞻則六次被落矣。時焦循著《孟子正義》，三四年間業已成稿，二人欲效之，思以著述垂世，乃相約各治一經，爲之疏證。上海圖書館藏劉文淇《青溪舊屋尺牘》，先生丙午歲《與劉孟瞻第二十七書》，中云："吾兄《左傳疏證》，其中似無弟一言，然昔日分經作注之約，實始于弟，子韻不幸中道而殂，弟亦不幸浮沈宦海，惟吾兄有成書。將來自序中必當敍入，弟與子韻亦可附驥名章矣。"據此，則斯事即由先生發起。時先生治《毛詩》已數年，有《毛詩詳注》稿，擬更張改易爲疏證體。明年十月，丁晏來書，亦謂先生"近日爲毛、鄭之學"，則二劉相約著書，先生其初所任者應爲《毛詩》，上海圖書館藏先生稿本《毛詩注疏長編》《毛詩正義長編》《詩序疏》各種，蓋即此數年間所纂。(另參拙作《劉氏〈論語正義〉纂著史實考證》)

劉文淇《文學薛君墓志銘》云："君既博覽群籍,強記精識,於《十三經注疏》及《資治通鑑》,功力尤深,凡反覆十數過。《注疏》本手自校勘,發明毛、鄭、賈、服之説,其魏、晉諸儒不守師法者概置焉。讀史則研究治亂得失之故,於遺文瑣事,亦記誦靡遺。而大端尤在小學,于許君原書,鈎稽貫串,洞其義而熟其辭。近今小學家,推嘉定錢氏大昕及其從子坫、金壇段氏玉裁。君謂段氏時雜臆説,錢氏較精審。大錢文集内有《説文答問》一卷,深明通轉、假借之義。君博引經史以證之,成《説文答問疏證》六卷。又嘗以《文選》中多古字,條舉件繫,疏通證明,爲《文選古字通疏義》一書,甫草創,未就卷第。"(《青溪舊屋文集》卷十)薛氏長於故訓小學,其書以"疏證""疏義"名,可爲旁證。

十二月,劉文淇過先生棣華草堂,以伊秉綬評本詩稿示之。(中國國家圖書館藏伊氏評本孟瞻題款)

是月望日,吳應溶亦爲題伊氏評本。

吳氏題識略云："詩以道性情也。同一性情,而至性至情,與適性娱情之作固别;同一至性至情,而積學之深與未深者亦别。即同一適性娱情,而樸誠沖淡與纖濃佻巧又别。别之於其詩歟,亦别之於其人也。余讀是編數十首,有以見作者品之醇、學之粹。肫誠之性,發諸楮墨者,淵然盎然,此墨卿太守所謂'與月露風雲迥别'者矣。"(同上)

《念樓集》卷二《南門渡早發》《春暮寄汪孟慈、阮小雲二農部暨家兄幼度都中》《附舟》《乍歸》《草草》《歸客》諸詩,蓋本年作也。

是年鄒伯奇、吳樹聲生。梁玉繩、金鶚卒。

嘉慶二十五年庚辰(1820) 三十歲

授館郡城。

時先生將爲《毛詩》義疏,乃仿焦循著《孟子正義》之例,先爲《長編》。而劉文淇治《左傳》,謂唐人疏義多襲前代舊疏,尚有跡可尋。於是博考群籍,旁推交通,條列諸證,各加辨析,著《左氏傳舊疏考證》一編,謂今《左氏正義》,除駁正劉炫之説百餘處爲唐人手筆外,其餘多沿仍劉炫《述議》舊文。二月,乃綜其要旨爲之序(《青溪舊屋文集》卷五),蓋將攜其稿就正都人士也。

孟瞻《考證》,後易名《考正》,其書創稿應在卯、辰兩年,後來迭經修訂,於道光十八年付梓,共列一百九十五事,以證其説。孟瞻此一發現,可謂巨眼,使唐人剿襲之跡,朗若撥雲。雖所列各證,其中不無武斷可商處,然《左氏正義》多襲劉炫舊疏,其説則確不可易,是書遂成

《注疏》研究史不朽之名著。

春，劉文淇、丁晏二人上京朝考。先生未赴試，有寄丁氏書，由孟瞻轉交。（詳下十月丁氏來書）

按優貢朝考後，可選教職，然往往需次十數年猶未到班，劉文淇候選訓導，即終生久候，卒前猶未銓授也。先生出身科舉家族，殆有見於此，故未赴京朝考。

六月，劉文淇與丁晏相偕由都中南歸。丁氏有寄先生書，由孟瞻攜交。（參下十月丁氏來書）

丁壽恆等編《柘唐府君年譜》載：“朝考，欽取二等第一名，時優貢無一等也。”劉文淇亦取二等，授訓導，候選待用。孟瞻《附監生丁君妻劉氏墓志銘》云：“文淇於庚辰夏自都南還，與晏偕。”（《青溪舊屋文集》卷十）蓋二人六月朝考後，即相偕南歸也。

七月二十七日，焦循積勞病逝，年五十八。（阮元《揅經室二集》卷四《通儒揚州焦君傳》）
是秋，李周南刻《洗桐軒文集》，先生與役校讎，與劉文淇各爲之序。

按先生序文，本集未收，今錄次：“慎卿先生文章經術，士林碩望。既貴，陳情告歸，授徒養母，從遊者百數十人；寶楠時廁講席，執經問字。庚辰冬，弟子將彙刊所著文，寶楠與役校讎，受而卒業。竊謂先生之文，導揚盛烈，翼贊顯猷；爬剔經旨，模範物情。情性之論，伙助聖經；河漕之章，裨益國政。論古不頗，稱人無溢；體醇格正，法密詞嚴。若夫鏤錯金采，編戛珠玉，圜規曲矩，動合自然。駢儷之辭，氣彌灝轉；間有散行，鑄鍊簡潔，雅近東漢。先生論文，尚理不尚才，貴意不貴辭。才所以闡理，辭所以導意，必扶質立榦，斯垂條結繁。惟其有之，是以似之，雖謂自道所得可也。校畢贅語，無當高深，用誌瓣香，質諸同志。寶應後學劉寶楠謹識。”
（錄自李氏本書卷首）

十月朔，丁晏來書，以所撰《毛鄭詩譜敘》質焉。

丁氏來書云：“前接足下手書，得悉起居無恙。嗣托孟詹大兄帶回一札，想已經賜覽。弟自北來，一路同孟詹行止，抵掌笑語，不知山徑之苦。孟詹故長者，弈甚平平，然每與弈，輒自詡高手，雖連負不爲屈也，其可笑如此。弟甚服孟詹之學與其爲人之質厚，至於弈，終不之許，是又弟之倔強也。孟詹之學，有實下手工夫，弟心佩之至。前在途，談及足下近日爲毛、鄭之學，弟聞之色喜。夫鄭非毛匹也，弟累年究心毛《故》，今始通其什八，其餘出處尚有未能詳者。足下書成，不可不先示一讀，庶以啟弟之蓬心也。茲將《毛鄭詩譜敍》繕呈是正；別有《毛鄭詩翌》，容日郵寄到揚，並乞斧削。元儒有言：'前人之失，吾知之；吾之失，吾不能自知也。'惟大雅董而正之。兼候文安，不宣。愚弟丁晏頓首，十月初一日。""再，端臨先生著述，曩於友人處見《遺書》一冊。茲無從購訪，如有印本，乞賜一部爲感，又及。《毛鄭詩譜》鄙序，閱後仍呈孟詹兄覆核。晏復白。"此札原墨舊藏日本橋川時雄所，茲據小澤文四郎《劉孟瞻年譜》影本迻録。丁氏勤著述，所著書不下五六十種，惟識力未高，罕精詣獨造之說。丁氏刻有《毛鄭詩釋》四卷、《鄭氏詩譜考正》一卷。此札所云《毛鄭詩翌》，蓋《詩釋》初名。劉壽曾（毓崧之子）撰《先考行狀》，云乃父"十七歲，見山陽丁儉卿先生《毛詩》、三禮《釋注》，即籤商數事，丁先生激賞不置，謂不愧名父之子。"（《傳雅堂文集》卷三）即此，可見其概矣。

《念樓集》卷二《春暮》《題退一步齋圖》《渡揚子江入鎮江新河》《江行》《舟中作》《母撻兒》《婦目姑》《對山行》《旅興》《題徵君陶季深先生遺像》《題張趙亭師紉蘭圖》《歲暮思歸雜詠》諸詩，蓋本年作也。

是年勞格、李聯琇生。陳昌齊、楊復吉卒。

道光元年辛巳（1821） 三十一歲

授徒揚州。

是夏，三兄鶴汀署贛榆縣學訓導。

　先生撰鶴汀《行狀》云："丁丑，先生復赴禮闈。同考御史袁君銑得先生卷，亟呈薦，卒被落。大挑，授教職；久之，試贛榆訓導。"按《娛景堂集》卷下有《辛巳七月贛榆作》詩，元注："時攝學篆。"知在是年。

八月，赴江寧恩科鄉試，未售。丁晏、包世榮二人舉人中式。（《道光元年辛巳科各省同年録·江南卷》）

九月二十二日，長君恭笏生。（《寶應劉氏家譜》卷一）

　按恭笏，後改名恭璧，字孟茶，號魚竹。監生，入貲爲吏，官浙江巡檢。先生自撰《墓誌》，謂恭璧嗣先生從兄笪，兼嗣先生從兄寶圖。

是秋，刻迪九先生《秋槎雜記》內、外篇。

先生《秋槎雜記書後》云："先君著《秋槎雜記》內、外篇，內篇説經，外篇雜論、傳記、詩文合爲一卷，道光元年刊行。時儀徵阮相國總督兩廣，刺取是書內篇刊入《皇清經解》。"（《念樓集》卷七）按此書原刊本刷印無多，余數訪之，迄未得見。阮元《清經解》卷一三二二載其説經之條六十事；《正義·八佾篇》"管氏有三歸"，《子罕篇》"太宰問於子貢""求善賈而沽諸"三處，俱引迪九先生之説。

丁晏時著《論語孔注證僞》一書，秋間以其稿質之二劉。孟冬上旬，先生爲閲一過，下十數籤，補其考證所未及，婉勸丁氏攻詰前儒語勿過激。

丁氏著《尚書餘論》《論語孔注證僞》《孝經徵文》三書，倡言《尚書孔傳》《論語孔注》《孝經孔傳》皆出王肅一手僞造。實則三書其説往往互異，各書著成年代不一，三者非出一人所爲，斷無疑義（別詳拙文《〈孝經〉孔傳與王肅注考證》）。《論語孔注》與《尚書孔傳》説多歧互，閻若璩業已論定，丁晏蓋並閻氏之書亦未細閲也。閻氏《疏證》云：

余嘗取孔注《論語》與孔傳《尚書》相對校之，如"予小子履，敢用玄牡"三句，孔曰："履，殷湯名；此伐桀告天之文。殷家尚白，未變夏禮，故用玄牡。皇，大；后，君也。大大君帝，謂天帝也。《墨子》引《湯誓》其辭若此。""朕躬有罪，無以萬方"四句，孔曰："無以萬方，萬方不與也。萬方有罪，我身之過。""雖有周親，不如仁人"二句，孔曰："親而不賢不忠則誅之，管、蔡是也。仁人，謂箕子、微子，來則用之。""所重民食、喪、祭"一句，孔曰："重民，國之本也；重食，國之命也；重喪，所以盡哀；重祭，所以致敬。"與今安國傳《湯誥》《泰誓》《武成》，語絶不類。……從來訓故家於兩書之辭相同者，皆各爲詮釋，雖小有同異，不至懸絶。今安國於《論語》"周親仁人"之文，則引管、蔡、微、箕以釋之，而周之才不如商；於《尚書》"周親仁人"之文，則釋曰："周，至也。言紂至親雖多，不如周家之少仁人。"而商之才又不如周，其相懸絶如是，是豈一人之手筆乎？（《尚書古文疏證》卷二，第十九"安國注《論語》與今《書傳》異"條）

閻氏舉"周親仁人"諸文，以見《書傳》與《論語孔注》釋義絶異，二書非一人手筆，較然明白。而《孝經孔傳》其書晚出，已近晉人講疏之體，與《書傳》《論語注》截然異趣，此明眼人一見可知也。丁氏《論語孔注證僞》，中多影響之談，是年九月，劉文淇閲其稿，即多直諒商訂之語。先生殆亦未敢盲從其説，惟未直駁其非，僅微言諷之，如篇首《論語孔注證僞發凡》，先生於文末言"寶楠案：'慨自'一段宜删"，即其例也。

十月既望，先生撰《府君行狀》，將附刻迪九先生《雜記》卷末（《念樓集》卷八）；繼復作《書先妣喬太孺人軼事》，以補《行狀》敘事所未及。（《念樓集》卷六）

先生《府君行狀》，末云："府君之殁，距今二十有七年，寶樹等冀邀一命，以爲表墓之榮，今皆長大無成。念府君績學不遇，輿柩遠歸，學業文章，散如秋草。每搦管凝思，彷彿音容，貌厥行事，執簡欷歔，不忍下筆。今將校刊遺書，謹忍淚敘述大概，附於末簡，冀立言者有所采擇焉。"

十一月，以《府君行狀》《先妣軼事》兩文，屬劉文淇爲撰先人表墓文，將刻諸《雜記》卷首。（《秋槎雜記》卷首《劉迪九先生墓表》）

按《青溪舊屋文集》卷九《劉迪九先生墓表》，乃孟瞻咸豐元年改作，與《雜記》所載者，文字頗多改易，事詳下辛亥條。

《秋槎雜記》刊成後，繼刻三兄《鶴汀詩鈔》。

鶴汀《張勵莽詩稿序》云："道光初載，余弟楚楨刻余詩。"（《娛景堂集》卷中）

先生亦自刻《念樓集》一册，蓋明春先生將赴京，刻此家集三種，攜以就正都中人士也。

先生此集前後無序跋，僅二十一葉，計古、近體詩九十七首。其中《雉朝飛》《廣陵新樂府》《愁雨》《北行將發》各首，今入《念樓外集》，餘皆見於正集卷一，蓋此所刻諸詩，多諸友向所論定者。《北行將發》一詩云："愁人欲夜短，離人欲夜長。我本多愁人，況復當遠行。晨興戒徒旅，曉月明帆檣。佳兒踞我膝，幼女牽我裳。曰爺幾時歸？寄我雙明璫。今日在門庭，明日在他鄉。平生輕萬里，到此亦徬徨。去去勿復道，男兒志四方。"味詩意，知北上前所作也；然是詩既已刻入集，蓋此集壬午春始刊成。

《念樓集》卷二《明趙忠毅公鐵如意歌》《題王小村江亭論詩圖》《泰州留別夏嘯伯、文若》《貞女操》諸詩，蓋本年作也。

是年李元度、俞樾生。秦瀛、宋世犖、何治運、許桂林、焦廷琥卒。

道光二年壬午（1822）　三十二歲

春，遷家回寶應。先生即北上入都，將補優貢朝考及秋間就試北闈也。

劉文淇《江淮泛宅圖序》云："吾友寶應劉君楚楨，就館郡城，於嘉慶戊寅攜家來揚，道光壬午還寶應。"《念樓集》卷二《兗州道中》，即赴京道途所賦。按優貢可補朝考，劉毓崧道光二十年選優貢,其年十二月,汪和《與劉孟瞻第八書》云:"令嗣年方逾冠,以經明行修貢入成均,失學者能無汗顏?爲之狂喜者久之。朝考一節,本無好處,原可補考;但即偕醇卿(按汪廷儒)而來,往返盤川亦不出百金內外,倘小有張羅,仍以即應朝考爲是。"(《青溪舊屋尺牘》册八)即其比也。

抵京後,假館汪喜孫家。

　　先生《釋穀·自序》云:"道光二年,予在都中,館汪孟慈農部家。"又《入都喜晤汪孟慈、阮小雲二農部,張子絜、子實二孝廉》詩云:"棗花風裏靜鳴珂,楊柳陰陰夾玉河。誰道客中能聚首,十年舊雨帝城多。"(《念樓集》卷二)

時友人朱士端亦在京,假館王念孫家。先生、汪喜孫與朱氏、王壽同(引之子)、陳宗彝、臧觀之等,月必數聚,旅邸挑燈,談論竟夕。

　　朱士端《劉念樓論語正義序》云:"士端與念樓同出湯相國文端門下。留京師,念樓假館于余表弟汪孟慈氏,士端假館于王石臞先生宅,兩家皆通儒門第。時友人陳雪峰、臧觀之、王子蘭、汪孟慈等,月必聚首數次,旅邸挑燈,講論竟夕。"(朱氏《吉金樂石山房文集·續編》、民國《寶應縣志》卷二十五)按是春朱士端計偕入都,報罷,即假館王氏,以待明年癸未禮闈。叔俛同治間刻《論語正義》,未刻朱氏此序。
　　朱士端,字銓甫,江蘇寶應人。少從從叔朱彬受業,研究古義;入京後,親炙高郵父子,尤精小學。道光元年舉人,考充右翼宗學教習。履躓禮闈,選安徽廣德州訓導,教士有方;未幾,引疾歸。晚年閉戶著述,矻矻窮年,著有《彊識編》《宜祿堂收藏金石記》《吉金樂石山房詩文集》等。嘗以鍾鼎彝器考合《説文》所載古籀各體,著《説文校定本》二卷。

汪氏齋中有程瑤田《通藝録》一書,先生讀之,歎其《九穀考》辨析禾、黍、稷三種,至爲精審,而麥、豆、麻三穀尚多缺略。擬別爲《釋穀》一編,以補程書所未備。(《釋穀·自序》,又《念樓集》卷六)
六月,補優貢朝考。
夏秋間,移住阮常生小嫏嬛僦館。

　　先生《都中留別阮小雲農部》詩,有句云:"三月寢食小嫏嬛,圖書金石相位置。"(《念樓集》卷二)蓋先生朝考後移館阮宅,準備秋間北闈也。《念樓集》卷二《題阮小雲農部唅館圖》《題阮氏妹潤芳恭人小孤山圖》《題萬柳堂圖》諸詩,俱斯時所撰也。(參北京大學圖書館藏

《念樓集》鈔本）

　　阮常生，字小雲，號彬甫，阮元長子。嘉慶初元，授六品蔭生，益向學，敦品自勵。考蔭後，分户部，由主事洊升至郎中。娶劉台拱之女縈榮爲室，即先生堂妹。《揚州畫苑録》卷四：“劉縈榮，字澗芳，阮文達公媳，觀察小雲元配，寶應端臨先生女也。工詩善畫，嘗撷取揅經室詩句，分寫十六幀，清疏穠厚，各極其能。”

八月，以《秋槎雜記》請序於汪廷珍，汪氏爲序之。

　　汪廷珍《序》略云：“乾隆之世，鴻儒輩出，講貫愈精，至《養新》《通藝》二録行，而昔逸之未收者尠矣。然予所尤服膺者，則維揚端臨、懷祖二先生，著書不多，然每下一義，皆前人所未及知，爲後人所不能易，斯精之至也。迪九先生，端臨從父昆弟也，積學不遇，終於旅次。生平著作多已散失，嗣子幼度孝廉搜輯遺文，得《秋槎雜記》一卷、《義迹山房詩》一卷。既季子楚楨以優行生貢太學，出其父書請序於予。予受而讀之，其説經史各條，皆參互群言，博稽獨斷，以求一是；契勘雅故，獻酬群心，與端臨之書相朗髯。詩則沂原《騷》《選》，質雅清深，綽有神韻，尤樸學家所難，雖祗吉光片羽，其必傳於世無疑也。獨惜予與先生同舉於鄉，耳其名者垂四十年，乃參辰間阻，中間解後不三數語輒別去，曾未得與之上下議論，辨析同異，祛釋生平疑滯，爲可恨耳。”（本書卷首）據汪《序》“以優行生貢太學”語，知先生六月嘗補優貢朝考。

是月，赴順天鄉試。榜發，報罷，至是凡九試矣。

　　先生《京兆闈中中秋》詩云：“紙簾燈颭澹風過，矮屋濃陰蓋薜蘿（元注：予所居號舍在古槐下）。潞北淮南二千里，不知何處月明多。”（《念樓集》卷九）又卷二《拈花寺晤覺性上人》詩有“奔走供衣食，九試皆不利”句。

南歸前，過京城東南隅萬柳堂，入拈花寺，與寺僧覺性上人偶語，驚悉上人即迪九先生昔年授徒燕薊時弟子，賦詩誌感。（《念樓集》卷二）

　　《拈花寺晤覺性上人話舊書感》詩云：“我尋萬柳堂，遂入拈花寺。寺僧素愛客，問我何方至。詢姓及鄉閭，稱名觸諱避。……我聞上人言，驚疑迷所自。須臾淚坌集，知有通家誼。我父乃爾師，卅載見背棄。憶昔先嚴君，屢困春官試。教授燕薊間，千里多負笥。君爲弟子時，鯫生尚未孶。辛亥始降生，旋奉嚴君忌。旅櫬在京師，蒼黄畢歛禭。棺柩寄瞿曇，長廊聊位置（先君卒於京師，殯於夕照寺）。朔風鳴鵬鶹，夜火燦狐魅。總帷一燈青，飄揚旅魂悸。骸骨歸故鄉，精英尚留遲。剪紙賦招魂，冥漠或來萃。不識父面顏，遑復親論議。謝君摹述真，使我增涕泗。……《蓼莪》念永慟,顯榮復何覰? 橐筆來京華,餘生年卅二。奔走供衣食,九試皆不利。驅車將南歸,萍迹忽相值。話舊感興衰,懷先滋傷媿。投詩證夙因,後會知何地?"

九月,出都,時直隸、山東大水,道阻迂行。

先生《應順天試報罷將歸留別》詩,元注:"時直隸、山東大水。"(《念樓集》卷二,據央圖本、文津館本。《寶應劉氏集》"東"下有"河南皆"三字,當刪)是年八月二十七日,御史郭泰成奏稱:直隸全省一百四十三州縣,水浸者八十餘州縣。(《宣宗實錄》卷四十)

十一月,三兄鶴汀選授安徽五河縣教諭。(道光四年《縉紳全書》)

《念樓集》卷二《哭族叔博士芷裳(彥矩)》《都中留別阮小雲農部》《應順天試報罷將歸,留別陳鶴樵明府、張臨渠、黃竹雲、夏慈仲、繆觀華諸孝廉》《出都作》《雄縣道中》諸詩,皆本年作也。

是年莊有可、陳鴻壽卒。

道光三年癸未(1823)　　三十三歲

春,就館儀徵,攜眷家焉。

劉文淇《江淮泛宅圖序》云:"癸未,遷儀徵。"先生《移家儀徵舟中作》詩云:"楊花點點逐波流,妻子琴書共一舟。主管湖山好風月,揚州小住又真州。""海梗風篷警客思,孤雲無主去何之。年來慣述移家事,但可看山不賦詩。"(央圖本、文津館本《念樓集》卷二)

按先生館於儀徵三年之詩,見於卷二《移家儀徵舟中作》以下,及卷三《儀徵詠古》至《宋文丞相祠》六首(據央圖本、文津館本),其編次似不盡依時間先後,茲爲傳信故,此三年之詩未敢強爲繫年。

是夏,先生著《寶應圖經》六卷成,自己巳創稿,歷時十四年乃告成。五月,自爲之序。

先生《寶應圖經序》略云:"《寶應志》有三難:唐人撰集地志,平安、安宜,前後相襲,稽其舊邑,在今境西南;唐初安宜,實遷今治。其地東兼射陽,西跨東陽,三境牙錯,並爲一縣。而欲考城邑於丘墟,辨封疆於桑海,此一難也。典午東遷,僑立郡縣,一隅之地,分爲數州;一九之城,立爲數郡,瓜剖豆分,朝更夕變。或以客奪主,但擁虛名;或以寄亂真,全無實土。而欲條析蝸疆,罪分蟻壤,此二難也。境內運河,從緯百里,諸湖紆遠,本非直渠,或東或西,十有餘變,岸谷屢遷,失其故道。而欲尋川於陸,問水於陵,此三難也。……吳、喬之書,詳於賦役,而迫於官程,赴期蕆事。論今粗備,考古並疏,凡茲三難,闕而不講。夫山川能説,可爲大夫;文獻有徵,斯能議禮。士君子於桑梓故鄉,枌榆片壤,而詢其形勢,無馬援指畫之圖;考其人文,謝朱育宴見之對。數典而忘,斯之謂矣。今城邑、疆域、河渠、水利,並沿明世。於是溯漢及明,元本正史,旁貫方書,辨誤取真,摘疑存信,期於實事求是,不敢爲鑿空面壁之談。《賦役》一門,舊志並詳,不復綴録。封建、官師、人物,皆其所略,因並及焉。寶楠蚤歲浮家,久離鄉土,夢中丘壑,未獲身經。紙上川塗,空憑睫語,正訛糾謬,用待通人云爾。"(本書卷首,又《念樓集》卷六)

按此書稿本現藏中國國家圖書館;有道光二十八年刊本。書前有《歷代沿革圖》《歷代沿革表》,起自漢,迄於明代;卷一《城邑》,卷二《疆域》,卷三《河渠》《水利》,卷四《封建》,卷五、卷六《人物》。前三卷雖本舊志,然多考證辨正之條;卷三《河渠》《水利》尤多創獲,後劉文淇著《揚州水道記》,即多取先生之説。

先生《圖經》脱稿後,繼纂《寶應詩事》,掇拾舊聞,專記邑中耆舊風雅故實、名篇雋句,或品題風格,與夫騷壇遺軼也。

先生《退庵筆記序》云:"曩余撰《寶應圖經》,脱稿之後,別爲《詩事》。"(《念樓集》卷六)《寶應詩事》,道光《寶應縣志》卷二十二《書目》著録,未見傳本。劉文興《著述考》載《寶應詩事》一卷,云:"此書不見《行狀》,家大人從故紙堆中得之。冊尚有一紙,爲'鼎頤録',乃刻成之封面,後有孟徵先伯題字,蓋孟徵伯戲訂書首,非定名也。其中實皆雜記寶應詩事,有已見《清芬集》者,有經朱郁甫先生採入《白田風雅》者,亦有從殘編斷簡中録存者,蓋隨手雜録之作。家大人爲葺《清芬》《風雅》所採,合之此冊,題以今名。"則此非先生原書。按阮元著《廣陵詩事》一書,先生蓋師其意而爲此,或因詩以見事,或因事而記詩。其書當時應有成稿,故朱彬纂《白田風雅》,得據以采入。戊戌年,劉贊勳爲刻《劉氏清芬集》,序云:"予既任校刊之役,遂以楚楨所作《徵文啟》冠卷首,又以所作《寶應詩事》附各公詩後,用《明詩綜》《湖海詩傳》例也。"(本書卷首)亦其一證也。

六月,江南北大水,揚州巨浸滔天。

陳逢衡《江水高·紀道光癸未江浙大水》詩云:"江水高,一日高一尺,十日高一丈。四圍噴薄無時休,沿波直到青天上。……君不見江以南、江以北,昔日平原今澤國。赤子魚頭億萬家,江天滾滾投昏黑。豈無高岸可登臨,嗚呼一落深無極。更憐淺土埋葬人,白骨於今憂復出。噫吁嘻!棺中有肉肉未消,腐肉安能去水逃。死者已矣抱餘恨,生者更覺心煩惱。……沿邊柳樹不見頂,但聞兩岸屋宇倒塌人畜相悲號。爾勿悲,大官方議賑,十能保一由汝命。爾

勿哭,富民有餘粟,行將及汝一盂粥。(下略)"(《讀騷樓詩初集》卷二)

《宣宗實録》卷六十,是年十月十六日諭:賑江南四十二州廳暨蘇州、太倉、鎮海、金山、揚州五衛被水被旱軍民;並蠲緩高郵、寶應等二十八州廳縣並徐州衛新舊額賦。

三兄鶴汀赴皖,就五河教諭任。過揚,以《鶴汀詩鈔》質諸劉文淇,八月,孟瞻爲序之。

　　孟瞻《序》略云:"寶應劉君幼度,以名孝廉司鐸五河,赴省歸。將之任,道過郡城,出所爲詩示余。……君孝友成性,哀樂過人,以其所蓄,發而爲詩,質雅沖和,纏綿往復,阮步兵之《詠懷》、陳拾遺之《感遇》、彭澤思親之作、少陵憶弟之篇,自然流露,情見乎辭,讀者可以知君之志矣。予與君季弟楚楨交最深,楚楨博學工詩,嘗輯寶應耆舊詩,搜采之勤,不遺餘力。君雅不欲以詩鳴,所爲詩不自收拾,因楚楨請之力,乃從群從及門弟子所藏弃者,鈔録得若干首,君謙雅之量爲何如也。"(《娛景堂集》卷首)按此文《青溪舊屋文集》未收,所云先生"輯寶應耆舊詩"者,即《象求集》也。

十一月,長女貢金夭,年僅五歲,先生哭之慟。先是,汪孺人來歸,甫旬而卒。及得此女,乃許字婦兄之子,將重締姻焉,詎未及長即夭喪。爰刊石裁文,葬之儀徵城西浣紗女祠之左原。(《念樓集》卷八)

　　《亡女貢金墓碣》云:"予旅食四方,浮家十載。長女貢金生於江都寓舍,道光三年十一月卒於儀徵,春秋五閲。女孩而羸,漸乃豐健,性柔有識,曉人意旨。予性卞急,兒女嬉戲,應以屬聲。女聞予歸,輒自整束。一日,母手荸薺,女恐飼己,亟避他所。其弟差幼,棗栗之爭,率以退讓,可謂生有淑性者矣。許其前母兄子汪孝孫。初,汪孺人來歸,及旬遽殞;至是締構舊姻,重申前好。命與願違,夙齡夭喪。嗚呼傷哉!"

是年,爲孟瞻撰《劉母淩孺人靈表》。(《念樓集》卷八)
桂文燦、黄彭年、李鴻章生。汪龍、趙懷玉、吴卓信、邢澍、董祐誠卒。

道光四年甲申(1824)　三十四歲

授徒儀徵。

劉鶚寄乃父彦矩遺詩,屬爲編訂。先生甄録若干首,編爲《研秋齋詩略》;復擇其尤者,載入《劉氏清芬集》。三月朔日,序之。

《研秋齋詩略序》云："先生之詩，隸事鑄詞，自具機杼，博而不碎，巧而不纖。……先生博學多聞，少時教授里中，多所成就。既成進士，官太學。……於諸姪中，獨愛寶楠文。家居時，歲時伏臘，招集親朋；或通家子弟，舟車過訪，置酒論文，寶楠未嘗不在坐。曾幾何時，而先生之墓草宿矣。既甄錄詩若干首，復擇其尤者入《清芬集》，而略述梗概於簡末。"（《念樓集》卷十）

劉彥矩，字稚常，號芷裳，先生族父也。幼孤貧，雖饘粥不充，夜讀不輟。嘉慶十四年進士，官國子監學錄，升博士；瀕轉部階，遘疾卒。夙勤學，服官後，猶日手一編。博綜群書，都人士請業問奇者，轂相擊也。道光《寶應縣志》有傳。

先生復校錄六世祖劉永澄《家塾緒言》二卷、《吾心亦涼》一卷，編次成帙。上巳日，跋之。（上海圖書館藏先生校本）

先生跋文本集未收，今錄存之："先職方公《家塾緒言》二卷、《邸中雜記》一卷，見《府志·藝文》雜家小說類，又《吾心亦涼》一卷。康熙時，公之曾孫正定太守等重刊黃氏宗羲《明儒學案》，引劉子《緒言》，即《家塾緒言》也。其後《緒言》又增訂爲四卷，餘如前。乾隆中，公之來孫儲齋貢士編爲文集七卷、附錄一卷，今文淵閣《四庫》本暨《府志》集部所載是也。《緒言》中讀史條及雜記，文集中多不載，《府志》故兩存其書。寶楠謹以文集校讎，刪載俱注於下方。《吾心亦涼》，文集亦未錄，爰同編帙。《離騷注》向係單行，《詩筒遺草》文集選擇精當，不復編入。道光四年三月上巳，七世孫寶楠謹識于真州鴻雪堂。"（錄自《上海圖書館善本題跋輯錄》）按《劉練江先生集》八卷、《離騷經纂注》一卷、《年譜》一卷，有興讓堂刊本，近《明別集叢刊》有影印本。

是月，寶應訓導張鼎以疾辭，將歸安徽霍丘。邑中人士祖帳南門外，旅夫販婦嘖嘖稱道曰"難再得此好官"。諸生遠送於百里外，依依不能別。（《念樓集》卷八《儒學訓導張趙亭先生行狀》）

四月一日，汪喜孫來書，以渠所撰乃父《春秋述義》《尚書考異》《爾雅正誤》《儀禮經注訂訛》《舊學蓄疑》《汪先生遺詩》《汪氏遺書》各書跋文質焉，云："《經義知新記》定本，經懷祖先生校過，寄粵刻板；懷祖先生校本在顧處（森按：顧千里）。今將未訂本《知新記》《舊學蓄疑》《國語正誤》等寄上。又寫定《爾雅正誤》《儀禮經注訂訛》《大戴禮補注》，已呈阮尚書刊入《經解》。"（《重刊江都汪氏叢書》卷首汪氏墨跡影本）

按汪喜孫信中所言諸跋，今收於《孤兒編》卷二。

孫應科刻所著《四書說苑》，五月既望，先生撰《後序》，稱其經說義多可取，李鼎祚《周易集解》、衛湜《禮記集説》之亞也。

　　先生《後序》略云:"其書斟酌群言,蒐别故訓。……若夫考覈典章,稽討禮制,其尤鉅者:'繪事後素'爲'後加素';'射不主皮,爲力不同科',爲禮射,前番不中,後復射,尚禮不尚力。'告朔',爲天子告朔於諸侯;《關雎》'樂而不淫,哀而不傷',爲《關雎》《葛覃》《卷耳》三篇;'哀公問社',爲社主;'師摯之始',爲太師升歌;'黻冕'之'黻',非蔽膝。'入公門'至'私覿',總記聘問之事;'紺緅'非績,非青素,故不飾;'袗絺綌'爲衣裳同絺綌;'齋必變食'爲盛食;'百畝而徹'爲'徹取十畝',洵足以羽翼聖經,會通典禮者也。至於九夷在南陽,溝瀆即生瀆,石門爲郭門,地理精矣。鄹人非鄹大夫,顔淵年四十一,直躬爲人名,伐燕分宣王、襄王,私淑諸人爲子上,曹交非曹君弟,滑釐爲慎子師,白圭非魏文侯時人,人物詳矣。其他名物、象數,精博不可殫書,雖李氏之《易》、衛氏之《禮》,無以過也。"(孫氏本書卷首,又《念樓集》卷六)

　　鶴汀官五河教諭,其縣地僻民貧,學舍向爲訓導路某所把持。七月,鶴汀病瘧,即告假歸,距之任才逾年耳。(《娛景堂集》卷中《記事八則》)

　　九月七日,次君恭冕生。(《寶應劉氏家譜》卷一)

　　劉恭冕,字叔俛,號勉齋。光緒己卯舉人。先生生三子,惟叔俛鋭志於學,通訓詁,能傳家學。先生仕宦以來,官事鞅掌,著作諸稿多賴叔俛佐校,俾得先後寫定付梓。

　　十月二十六日,學師張鼎卒於家,年六十三。(先生《寶應訓導張趙亭先生行狀》)

　　十一月十三日,洪澤湖潰決,寶應十三堡田廬多淹没,汪洋巨浸,災民升樹緣屋,危在旦夕。(道光《寶應縣志》卷九《災祥》)

　　儀徵詩人夏味堂有《甲申十一月紀水十二章》記當時災況(夏氏《遂園詩鈔》卷六),篇長,兹不具録。

　　是年何秋濤生。施國祁、劉開、錢東垣卒。

道光五年乙酉(1825)　三十五歲

授館儀徵。

　　春,張鼎之子汝緘過訪,告以乃父客冬逝矣,先生有詩書懷;乃綜其事實,爲撰《行狀》(《念樓

集》卷八）；屬友人姚椿爲誌其墓。（姚氏《晚學齋文集》卷八《寶應縣訓導張君墓誌銘》

　　先生《張良輔過儀徵見訪,述其尊人先趙亭師遺事感賦》詩,云:"……死生千里別,音信隔年知。築室成虛願,臨文無媿詞。"（《念樓集》卷九）知此詩及《行狀》均是年撰也。梅植之《嵇庵詩集》卷二《寶應劉君楚楨奉其師張趙亭先生紉蘭圖遺像屬題》,蓋亦是年作也。

八月,焦循《孟子正義》三十卷刻竣。（《正義》目録後焦徵識語）
冬,赴瓜洲,訪得邑賢劉玉麐遺稿,上卷古今體詩,下卷爲説經之文,義多精核可取。因與劉文淇、薛傳均校其説經之文,録爲《氅齋遺稿》,先生復爲之序,將謀刻焉。

　　先生《序》略云:"道光五年冬,寶楠至瓜洲曲江亭,訪求鄉者舊遺書,得劉春浦先生《氅齋遺稿》,上卷古今體詩若干首,下卷説經文十篇,嘉興任先生兆鯨編,金壇段先生玉裁訂。其説經《祭法》'士大夫、士大夫妻,廟皆有主',足正鄭氏之誤;《孟子》'若大旱之望雲霓也','霓'爲'雲氣',足正趙氏之誤;《虞書》'肆類於上帝','肆'爲'全體牲',足正僞孔氏之誤;《詩》'既伯既禱','伯'、'禡'、'貉'字同,足正唐孔氏之誤;《爾雅》'龜蟾諸','龜'不從'去',足正陸氏之誤。誠聖經之達詁、前哲之諍臣也。其餘考證名物、辨析聲音,以經注經,實事求是,多昔人所未發。惜其著述散零,無以盡知其所學也。先生與先君交最深,皆不以經學顯名當世;又皆奔走四方,終於旅次。先君有《秋槎雜記》,近始刊行;是書隨出,吉光片羽,罕而益珍,當與先君書並行。"（《念樓集》卷六）按此書説經文,阮元刻入《清經解》卷一三六九,蓋由先生録寄也,原書未見刊本。劉《譜》云:"吾邑有二劉,居城東者曰東劉,即吾家;居城西者曰西劉,春浦先生家。春浦先生名玉麐,有《湘南》《邕管》諸集,頃售之滬上蟬隱廬,其主人羅子敬曾詢之家大人,以值昂,未能贖回。"

　　劉玉麐,字又徐,一字春浦,寶應人。乾隆四十二年拔貢。砥行礪學,博覽經史。入京,獲聞戴震、程瑤田諸家緒論;又就正於劉台拱,所學日進。歷官廣西鬱林州州判,知象州、龍門、北流等縣,所至有政聲。嘉慶二年,百色苗亂。春浦襄理軍儲,爲敵砲所擊,歿於軍。著有《爾雅補疏》《粵西金石録》等。

　　按《念樓集》卷九《贈王柳村徵君》《題曲江亭,贈王柳村》二詩,蓋本年赴瓜洲時撰也。前詩云:"騷壇七子雄,老筆擅江東。才豈山川助,名非卿相崇。文章傳海外（《群雅集》高麗使臣曾于京市購歸）,風雅接吳中（君論詩宗沈文慤）。自念巴人曲,深慚附國風（拙作蒙選入《群雅二集》）。"

　　是年,業師喬德謙由寶應至揚,道出儀徵,扶疾過訪。臨別,自言年命恐不久長,明年果卒,此聚遂成永訣。（《念樓集》卷八《候選儒學訓導喬先生墓表》）

先生館儀徵時，與當地詩人張安保（石樵）時燕集唱和；先生爲序《味真閣詩鈔》。（張氏本書卷首，《念樓集》卷十）

> 張氏《味真閣詩鈔》卷四有《春夜招小獻、楚楨、篠衫飲》《楚楨屬題伊墨卿太守師〈平山增祀圖〉》《巴嘯雲招同潘松岩（鶴齡）、汪名時（際昌）丈、小獻、篠衫、石林、念樓諸君水香邨墅小飲》諸詩。又卷六《感舊詩》有《劉楚楨明經》一首，云："劉郎不見將三月，知爾《離騷》屈子心。讀史詩篇豪激甚，自將家世溯東林。"篠衫即宮庠，《念樓集》卷二有《贈宮篠衫》，即其人；與巴嘯雲（名堂炘）等，皆儀徵詩人。《念樓集》卷九有《題巴嘯雲憶琴圖》，即斯時所撰也。

陳倬生。郝懿行、戚學標、趙魏、翁元圻、倪模、王宗炎、徐養原、黃丕烈卒。

道光六年丙戌（1826）　三十六歲

就館郡城。

是春，復由儀徵徙家揚州。先生戊寅遷家郡城，至是九年間凡四遷，幾如浮家而居，因倩友繪《江淮泛宅圖》，屬劉文淇爲之序。（《青溪舊屋文集》卷四）

江蘇省試行漕糧海運，由巡撫陶澍督辦，分二月、六月兩次雇商船載運，自吳淞口運抵天津，計水程四千餘里，載正耗各米一百六十三萬三千餘石，前後用船一千五百六十二隻，悉數順利解交完竣。（《清史列傳》卷三十七《陶澍傳》）

夏，大雨旬日，寶應民田多淹没。（道光《寶應縣志》卷九）

八月十九日，三子恭絢生。（《寶應劉氏家譜》卷一）

> 《家譜》云："恭絢，字季戒，府庠生。"入貲爲吏，候選廣東鹽大使，署桂陽縣典史。

九月十五日，瓜洲友人王豫卒，年五十九。卒前，遺命先生爲撰埋幽之文。

> 先生《國子監生王君之銘》略云："君早負詩才，譽周當道。……寶楠疏懶寡交，十餘年前，遇君文選樓下，邂逅論詩，數語輒合。其後每見人士，輒曰'柳村盛稱君'。及浮家真州，轉徙郡城，貽書告君，君覆書溫藉，裁文申答。遽得赴音，埋幽之文，遺令敦屬，悽然身世之託，重以知己之誼，乃敍而銘之。"（《念樓集》卷八）

十八日，包世榮卒，年四十三。（包世臣《藝舟雙楫》卷四《清故揀選知縣包君行狀》）

是冬，將歷年各體詩編爲《韞山樓集》五卷，屬戴彦升爲點定。戴氏論詩甚嚴，於先生詩多所芟汰,勸"先生若能多讀《選》詩,多看古六家,自必如羊角風轉而益上,不在多作也"。

　　此書稿本爲孫人和所藏,劉文興曾由陳垣處轉借,具錄諸家題識。戴氏題云:"彦升與先生一見而意合,再見而情真,三見而作肝鬲不吐之語。蒙以大稿屬爲點定,攜歸客舍,日間卒卒無暇,每於燈下展誦,凡三過目而後以墨筆圈志。所選甚寡,蓋不欲濫存,啟後人指摘,爲先生留真面目也。然彦升之見,恐亦未爲定評。又或兩人學業精進,他日再讀時,今之所存者,倘猶有不必存者也。相期努力,毋負少年。"(此據劉文興《著述考》轉引)

　　戴彦升,字桐生,江蘇丹徒人,廩生。資敏學博,自經學以迄詩詞,靡不精究。年十五六,即爲《禹貢注》,首列古義,次列正義,次列異義,疏證明審,凡三十餘萬言,學政姚文田亟稱其精,爲之序。鄧廷楨延入安徽巡撫幕,贈詩有句云:"談經奪席尋常事,如此華年我欲驚。"(鄧廷楨《雙硯齋詩鈔》卷十)年二十五,卒於厚丘旅次。光緒《丹徒縣志》卷三十四有傳。

十二月,復以《韞山樓集》詩稿質之梅植之,屬爲評定。

　　劉文興云:此本"中多梅批,去取謹嚴,不爲苟同,間有竄易,誠爲諍友。蓋先生平生邃於經史,而於詞章餘事,不甚措意。中年乃彙而存之。興曾取《念樓集》副本對勘,凡梅氏刪改塗易,無不遵從,其不取者,則《外集》是矣。"梅氏於先生各體詩得失,俱直言評之,謂"五言古雅近章、柳,有其潔處,無其渾處。""古詩有漢人樂府規格,第製題與注事實,與節抄,非古也""五律植選與戴同者三首,增戴者三首,第非敢立異,正不欲蕪音累句,爲薄夫藉口,以玷盛名"。又言:"以僕所見,七律不若五律,宜讀盛唐人詩,寬其勢而壯其氣,加以先生之淹雅,則詩中之密秘,與詩外之學問,可一麾(蹴)而幾矣。竊以五、七律法莫備於杜,規員矩方,萬古之至也。中晚則瘦羸不振,其賢者僅能如題,其不肖者但解文飾浮藻,故無取焉爾。"

十九日,梅植之寄還先生詩稿,來書論學詩、作詩之法。(《嵇庵文集》卷二)

　　梅氏《與寶應劉楚楨論詩書》云:"辱示大著,命以塗抹,小人承寵,狂詩不禁,用敢竭一日之力,肆行管見,遂不顧大雅所譏。足下行業文章,經師人師,僕所敬憚。而顧以詠歌小道,問途老馬,其集益善下,殆樂取於人者歟……昔滄浪有言曰:'學詩規李、杜,所謂挾天子以令諸侯。'僕以爲此語誠然,然而學李猶不若學杜,李有奇才,杜有善法,才不可學而能,法可學而能也。今之學杜者,多不讀書,空撐硬句,虛飾哀情,自以爲杜,則又杜之罪人也。僕又以爲詩之佳者,惟其稱耳。詩與題稱,章與體稱,句與章稱,字與句稱,音節氣脈,抑揚抗墜,藻繪色澤,朗麗明靚,古人所謂'五色相宣,八音諧暢',鴻筆之徒也。至於取藻綴文,必視乎所學,拾唐人詩中之辭以爲詩,佳者當行,劣者空滑。拾齊梁人詩中之辭以爲詩,並得唐人詩中之意以爲詩,精者入初唐,劣亦不至蹈宋元惡習。若採撦三代兩漢百家傳記之書以爲詩,又能別之,使合乎詩與不合乎詩,而經緯之,而組織之,神明變通,動與古會,吐棄一切,破空直行,則顏、謝不足多,而李、杜可易爲也。僕於此道,如蠡酌滄溟,蟻行嵩嶽,自知窮畢生之力不能造其萬一,輒敢爲足下傾倒以獻者,誠以愛我而忘其醜也。"

是年,業師喬德謙卒,貧不能具棺,先生與朋徒釀金始克成殮,撰《候選儒學訓導喬先生墓表》,誌其生平,且哀其遇。(《念樓集》卷八)

《墓表》云:"先生少勵清節,取嚴一介。中年坎壈,貧病交攻,血肉之軀,諒非金石。卒之前歲,道出真州,扶疾過草堂,面目胕腫,然猶上下古今,意氣慷慨,屏斥佛老,發揮性道,鍼砭痿痹,投抵穿窬。寶楠早侍師門,服膺道素,十年僑隔,未遂摳衣。奄忽半生,名實俱殞。肅承檢誨,曠若發蒙。降割自天,師儒道喪。……先太孺人爲先生從父姊。過西州之第,羊曇拊心;立東海之碑,唐彬灑涕。"

先生復蒐其遺作,得《不食牛說》《四豆約》兩文,寓劉文淇書云:"吾師操履篤實,不欲以文辭見,所作多不存稿,此其鋟板以勸俗者爾。今檢敝篋,僅存此稿,雖不足以盡吾師之學,然其矜細行,慎小物,與殷勤牖俗之意,即此亦可窺見一二。"孟瞻爲撰《寶應喬君傳》,表彰其學行。(《青溪舊屋文集》卷八)

劉文淇撰《傳》,極稱先生篤於師誼,云:"余慨末俗澆漓,士一登仕籍,感大吏之知,樂其勢位有所沾丐,執弟子之禮甚謹,甘冒明禁而不恤。至少小所從受業者,發蒙振聵,具有啟迪教誨之德,非薦舉一日之知比也。顧忘其所自,不復省識;甚至反脣相稽,以所學蓋其師。今楚楨于其師之遺文,寸楮片札,猶珍惜保護若此,可不謂賢乎哉!"

劉文淇以《左傳舊疏考證》稿本屬爲參訂。先生爲下簽若干事,復移書討論《正義》中所引亡書(按即《隋志》著錄,明言其書已亡佚者),是否悉如孟瞻所言,皆出劉炫舊疏所引,此不無疑義。蓋"沖遠與光伯同時,光伯所見之書,沖遠無容不見"。先生疑此類亡書之文,或唐初修書儒臣閣記所習而引之,未可即斷爲劉炫所引,遽以爲舊疏之文。先生質疑者,誠中其失,孟瞻旋來書辨之。(《青溪舊屋文集》卷三《與劉楚楨書》)

先生原札,《青溪舊屋尺牘》未見。孟瞻《與劉楚楨書》云:"前以拙著《左傳舊疏考證》奉質,承荷校勘,謹嚴精確,獲益良多。惟《隋志》亡書爲《正義》所引者,弟據以爲非唐人,此確有關係。……沖遠又預修《隋志》,豈有私家自見其書乃不上官局,而又於《志》內云'李巡等

《注》已亡'。揆之事理,必不其然。至來教謂爲'闇記',按新、舊《唐書》僅云'闇記《三禮義宗》',不言其他。且《疏》中所云亡書不下二十餘條,豈皆闇記?又既能闇記,則何不錄出副本上之?如謂慎疑而不上之於官,則《正義》亦官書,胡不慎疑而乃載之也?至謂沖遠與光伯同時,光伯所見之書,沖遠亦無容不見,是已。然隋亡之後,典籍缺如,沖遠等作《隋志》,已云'所存者十之一'。又唐高祖、太宗兩下詔求書,亦皆以亂後亡失,故求之極殷。雖同時習見之書,而不能無昔存今亡之慨。……拙著首卷,兄粘簽處,慎翁讚歎,謂'語語允當,可稱良友',直諒之義,吾輩共勉爲之。"

劉文淇以《正義》所引亡書之文,皆劉炫舊疏所引,誠如先生質疑者。先生"闇記"之説固屬臆度,即孟瞻所辨,亦無以釋疑。今按《正義》所引亡書,多屬《爾雅》義,即孟瞻所言"李巡等《注》已亡"之類。余嘗考之,舍人、李巡諸家《爾雅注》,原書雖亡,然梁代沈旋猶及見其書,沈氏《爾雅集注》具載漢魏諸家注。沈書唐代猶存,兩《唐書》並著錄,即《日本國見在書目録》亦載之,可見其流傳之廣。隋杜臺卿著《玉燭寶典》,其書所引諸家《爾雅》義,悉本沈書,劉炫《述議》所引,當亦然也。《正義》所引諸家《爾雅》亡書,固可沿襲劉炫舊疏,唐人亦可逕從沈旋《集注》轉引,故同一樊光《注》,群經《正義》引之,或稱其名,或稱"某氏注"。蓋沈旋疑其書非樊光著,故稱"某氏"也,則《正義》所引稱"某氏注"者,殆由沈旋《集注》轉引,固可推知。(拙文《梁沈旋〈爾雅集注〉考證》有考)然則《正義》所引亡書,未可遽斷爲劉炫舊疏,先生所疑固不誤也。

道光七年丁亥(1827)　三十七歲

授徒郡城。

是年得侍讀喬萊《諫浚下河、海口疏》,並其子崇修(字介夫)所撰《下河事宜紀事》稿,記康熙二十六年乃父與治河名臣靳輔爭議修治下河、海口事,及乃父被議原委。介夫即先生外高祖,因將此稿裝池成册,復撰《喬徵君下河事宜紀事考》長文,評論靳、喬兩家是非。(《念樓集》卷七)

按淮揚河患頻仍,《清史稿·河渠志》載康熙間整治下河、海口始末:"上念高郵諸州湖溢淹民田,命安徽按察使于成龍修治海口及下河,聽〔靳〕輔節制。旋召輔、成龍至京集議,成龍力主開濬海口;輔言下河海口高内地五尺,應築長隄,高丈六尺,束水趨海、所見不合,下廷臣議,亦各持一説。上以講官喬萊江北人,召問,萊言輔議非是。因遣尚書薩穆哈等勘議,還言開海口無益。會江寧巡撫湯斌入爲尚書,詢之,斌言海口開則積水可洩,惟高郵、興化民慮毀廬墓爲不便耳。乃黜薩穆哈,頒内帑二十萬,命侍郎孫在豐董其役。時又有督修下河宜先塞減水壩之議,上不許。召輔入對,輔言南壩永塞,恐淮弱不敵黄強,宜於高家堰外增築重隄……成龍時任直撫,示以輔疏,仍言下河宜濬,修重隄勞費無益。議不決。復遣尚書佛倫等勘議,佛倫主輔議。二十七年,御史郭琇劾輔治河無績,内外臣工亦交章論之,乃停築重隄,免輔官。以閩浙總督王新命代之,仍督修下河……三十一年,新命罷,仍令輔爲河督。輔以衰疾辭,命順天府丞徐廷璽副之……是冬,輔卒,上聞歎悼,予騎都尉世職。"謚文襄。"以于成龍爲河督。越二年,召詢成龍曰:'減水壩果可塞否?'對曰:'不宜塞,仍照輔所修而行。'上曰:'如此,何不早陳? 爾排陷他人則易,身任總河則難,非明驗耶?'"觀此,則侍郎孫在豐、繼任河督王新命皆嘗疏濬下河,卒無功,故康熙三十一年復任靳輔爲河督,無如其時輔已衰疾,即於是冬病卒。而于成龍,沮靳輔者,乃渠繼任河督,則仍靳輔成法。何也? 蓋如靳輔所言者:"河水裹沙而行,全賴各處清水併力助刷,始能奔趨歸海。"而河沙日積,河身日淺,苟不深濬河身,但治下河,終無裨益。以當時清廷財政、工程人力,既無法深濬河身,則治河患只能因勢利導。疏濬下河,淮揚人士多持是説,靳輔獨以爲不可而堅持築隄束水者,蓋治河乃極專業之工程,河臣積累歷代經驗,論者但據尋常識見,輒議其非,所言終難付諸實行,故每議而不決。先生《書後》本喬萊之説,亟言靳氏之非,殆未免書生之見。靳氏整治河患,幕客陳潢佐之相度熟籌,靳輔曾奏言:"潢竭忠王事,盡瘁捐軀,出則隨臣荒度經營,入則偕臣料理文告。凡所以算土方,核浮冒,科料物,圖節省之處,纖悉無遺,不避寒暑,無分晝夜,與大工爲始終者十年。"先生乃非之曰:"文襄(靳輔)以陳潢立功,而於下河誤聽其説,使後之論文襄者有遺憾焉。"將靳輔整治下河未竟全功,歸咎於誤聽陳潢之説,亦非公論。

　　寶應故令萬承紀亦諳習河事,陳文述《萬廉山司馬傳》云:"百文敏公(齡)督兩江,知君才,招入幕。時河患亟,海口積淤,河下壅上潰,陳家浦、馬港口、倪家灘先後漫溢。至是復溢,王營減壩,有主仍開馬港,使黃河由海州灌河入海者。君謂馬港未塞,黃河無患,而運河潰壞三十餘處,特移河患於運耳,不可行。宜接築長隄,束水攻沙,以復潘尚書、靳文襄之舊,且於湖口復文襄磨盤埽以蓄清刷黃。文敏屬君具稿入奏,悉如議行。減壩工竣,文敏特疏保之。"(《續碑傳集》卷四十)嘉慶中萬氏治淮揚河患,所奉行者仍是靳輔成法。

　　先生從叔劉台斗著《下河水利説》一卷,阮元撰《江西銅鼓營同知劉台斗傳》,傳末:"論曰:君駁新河改道之説,深切著明,後之人欲知射陽海口情形者,曷覽之! 君下河築隄之議,本于靳文襄之書。文襄建此議,爲吾鄉喬侍讀等所阻。然靳公規畫工程、丈尺經費,具載于君《水利説》中,昔阻其如此者,今欲求其如此而不可得矣。"(《揅經室二集》卷六)是劉、阮亦不以喬萊之説爲是也。

是年,汪廷珍、姚文田、鈕樹玉、戴清卒。

道光八年戊子(1828)　　三十八歳

授徒郡城。

正月二十二日,包世臣爲撰《喬徵君紀事文稿》書後,亦附和喬萊之議,駁靳輔之非。(《小倦遊閣集》卷十八)

二月,撰《修建寶應祀典議》,建請依江寧、杭州祠祀之例,以漢二烈士祠東偏改建祠室,中爲崇報祠,祀大吏有功於寶應者;左爲遺愛祠,祀寶應令長之賢者;右爲先正祠,祀鄉先生之賢者。春秋二仲,上丁之祭畢,鄉人士君子釋奠於三祠,退與父老餕於侯神之堂。祭畢,飲福而罷。舉此可敦風睦俗,率化人倫。先生復考之志乘、文集,查核應祀而未與者,計崇報祠十九人,遺愛祠二十四人,先正祠五十四人,皆斷自明初,迄於近代,並作贊十九章,頌美三祠諸賢德澤。(《念樓集》卷五,又民國《寶應縣志》卷二十四)

　　叔俛《上朱銓甫先生書》云:"冕常侍先君子之側,略聞江寧、杭州凡地方守令及鄉先生之有芳名茂績者,皆得私行報祀,此即古鄉社之制。發微闡幽,其有禆於人心風俗甚大。先君子本江寧、杭州之例,私爲《寶應祀典議》,藏之篋衍凡十餘年。至李月汀先生守吾郡,始采先君子之議,飭邑令劉錯山先生舉行。"(劉恭冕《廣經室文鈔》)

秋,與劉文淇、梅植之、包慎言、薛傳均、柳興恩、陳立諸人同赴江寧鄉試。試前,與劉、梅、包、陳四人偕遊鍾山,有《秦淮放舟遊鍾山聯句》。(《念樓集》卷三)遊次,復訂著書之約。先生歸旅寓後感疾,抱病就試。榜發,諸人俱報罷。

　　孟瞻《直隸州州判劉君墓表》云:"歲戊子,余與君族叔楚楨同寓金陵,君來視楚楨疾,乃得相見。"(《青溪舊屋文集》卷九)知先生秋闈抱疾就試也。

　　按梅植之《哀二友·薛子韻》篇云:"屈指幾相見,飲食展戲謔。看花弔隋苑,訪古遠郊郭。泛舟及包劉(涇包孟開、寶應劉楚楨、儀徵劉孟瞻),遂結注書約。最後與君游,風景極爲惡。棲棲白下城,佳會都忘却。我時病早歸,聞君訪丘壑(戊子秋試後,子韻及孟開、孟瞻、賓叔游金、焦山,余以病足先歸)。"(《嵇庵詩集》卷四)據梅氏此詩,知二劉諸人同訂著書之約,即在試前泛舟游鍾山時也。試後,諸人復游金、焦兩山,先生感疾、梅君病足先歸,未偕往。

先生己卯與劉文淇相約各治一經,加以疏證。惟數年來,二人謀食依人,不能如焦循悉心撰述,經疏之約,僅成虛願。是年鄉闈,二人重感年光虛度,乃復申前約,嗣後將專意著述,不復應舉。孟瞻仍治《左傳》,先生則改疏《論語》,梅植之亦同立約,任《穀梁傳》。時陳立年方二十,向從凌曙受《公羊》、鄭氏《禮》。凌氏本有意別爲《公羊疏》,以病風疾,未果。孟瞻因勉陳立分任《公羊》,俾成凌氏未竟之志。

　　《念樓集》卷三《辛卯九月同孟瞻應省試,孟瞻作別號舍詩見贈,依韻奉酬》詩,此題後來所改，原題云《余與孟瞻相約著書，辛卯以後不復應舉。是科復同赴省試，孟瞻作別號舍詩見贈，因步韻答之》（見《青溪舊屋詩集》），則二人當日相約下科以後不再應舉矣。

　　叔俛《論語正義·後序》云："道光戊子，先君子應省試，與儀徵劉先生文淇、江都梅先生植之、涇包先生慎言、丹徒柳先生興恩、句容陳立始爲約，各治一經，加以疏證。先君子發策得《論語》，自是屏棄他務，專精致思，依焦氏作《孟子正義》之法，先爲長編，得數十巨册，次乃薈萃而折衷之。"依此，則當日相約著書，重爲諸經義疏者凡六人。光緒初，《正義》刊行，此説流爲美談，《清史列傳》《清史稿》並采斯説入先生傳，迄今傳述不已。惟據陳立《上劉孟瞻先生書》云："憶前數年間，隨夫子及楚楨、稺荃兩先生同試金陵，立著書之約。夫子任治《春秋左氏傳》，楚楨先生任治《論語》，稺荃先生任治《穀梁》，而以《公羊》屬立。"（見劉師培《左盦題跋》）叔俛《劉君恭甫家傳》亦言："訓導君（文淇）初與友朋爲著書之約，自占得《左氏春秋》，江都梅蘊生先生得《穀梁》，句容陳卓人丈得《公羊》。卓人故居揚州，受業訓導君之門，於時三傳之學皆在吾郡。而先君子得《論語》。……卓人《公羊疏》甫成，即下世。梅先生未遑具稿，先生之子延祖孝廉毓，續爲此疏甚力，僅成隱公一世，而延祖以今春（森按：光緒八年）遽卒。君（孟瞻之孫壽曾）所纂《左疏》，亦僅至襄公四年。同時兩經師相繼物化，予爲二君惜，尤不能不爲《左》《穀》惜也。"（繆荃孫編《續碑傳集》卷七十五）二者所言，俱不及柳興恩、包慎言二人。蓋柳氏治《穀梁》，與梅氏同；包慎言則治《公羊》，與陳立同。二人雖同赴試，包氏同游鍾山，然應未共立經疏之約，故兩家傳記、著作，俱未提及斯事。叔俛《後序》將赴試諸人與經疏之約混爲一談，非其實也。拙文《劉氏〈論語正義〉纂著史實考證》（2021年）有考，此不復具。

　　先生自是屏棄俗務，依焦循著《孟子正義》之法，蒐緝近人考訂、發明之説，錄爲《長編》，以備采擇。（叔俛《論語正義·後序》）

　　按先生壬子年《與劉孟瞻第三十六書》云"弟有《論語長編》四十二卷，從前郡館中所輯"，即此數年在揚州館中所纂。上海圖書館藏先生《論語注疏長編》稿本（《中國古籍善本書目·經部》著錄），即此。惜近年大疫流行，未能躬往借讀，只能俟諸異日。

　　重九，與諸友集揚州傍花村，有詩誌之。（《念樓集》卷三）
　　先生在寧抱疾歸，秋暮，陸聯桂來書存問。先生答書，云"調攝四旬，眠食漸復"。陸君昆仲並負博雅之才，先生亟勸渠盛年當及時著述，年過五十，則"文采脱落，聰明蔽塞"，追悔無及矣。

　　《答陸小巖書》云："僕自會城抱疾，匍匐反郡，調攝四旬，眠食漸復。諸生久廢學業，勉赴講舍……生平知己如足下，不過數人，天各一方，不能合并，唯願乘此中年勤思著述，使後世讀吾兩人書,知交誼之真與期許之厚……足下與筠圃(森按:聯桂之弟聯杓)皆博雅之才,不肯著書,常與同人惋惜。凌曉樓云:'七尺之軀,終歸朽腐,欲得替人,在此一尺書耳。'陳穆堂云:'著書即須成,成書即須刻,刻書即須多印行,俾流布海內。久遠之後,或有一二部得之灰燼之餘,吾之姓名庶幾少留天壤。'二君之言,痛切不減古人。蓋嘗論之,人生三十以前,縈心科目,覬覦微名,悠忽半生,輕於一擲。五十以後,貧老兼並;文采脫落,聰明蔽塞。……僕與足下年皆四十,著書之日,不過中年。過此以往,撫膺何及?草木之華,望秋成實。人爲物靈,不榮不秀,願與足下勉之。"(《念樓集》卷六)繹此,可知先生斯時心志矣,故是年與孟瞻重申著書之約,用相勗勵。

十一月,薛傳均赴閩,入福建學政陳用光幕,先生有詩贈行。(《念樓集》卷三《送薛子韻赴閩中學幕》)

按陳逢衡《長歌哭子韻》詩序云:"君之出也,以去年十一月,今茲喪歸,亦以是月,同人爲位哭之。"(《讀騷樓詩二集》卷一)則薛氏仲冬赴閩。先生詩云"念子將遠行,況復當歲晏",亦指冬月也。

十二月九日,四兄寶楙卒,年四十七。(《寶應劉氏家譜》卷一)

十日,友人汪毅(小城)卒,年止三十五。卒前二日,先生往視之,汪君飾巾待期,蓋自知不起矣。卒後,先生爲撰《清故儀徵縣附學生員汪君之銘》(《念樓集》卷八),復與諸友雕石表其墓。(包世臣《藝舟雙楫》卷四《清故文學汪君之碑》)

汪氏生平,參劉文淇《文學汪君傳》。(《青溪舊屋文集》卷八)孟瞻與汪氏爲兒女親家,劉毓崧《亡妻汪孺人墓誌銘》云:"小城先生與先君爲道義交,朝夕過從。余總角時,即荷獎許,欲得以爲壻……道光戊子冬,小城先生疾篤,以孺人姻事未定爲念。先君遂面訂締婚之約,以慰其意。"(《通義堂文集》卷六)又,孟瞻《清故貢士梅君(植之)墓志銘》云:"余交游中,多勤學之士,其最攻苦者:甘泉薛傳均子韻,於百憂中手不釋卷。儀徵汪毅小城,病至咯血,誦讀自若,而君實似之。"(《青溪舊屋文集》卷十)

《念樓集》卷三《團扇》《秦淮秋興》《江淮喬木行》《湖村夜泊》《湖亭秋夕》諸詩,蓋本年作也。是年黃以周、丁士涵、王韜、王菜生。錢林、趙坦、莊綬甲卒。

道光九年己丑(1829) 三十九歲

授徒郡城。

春間,薛傳均閩中來書,歎旅況清乏,鄉思叢生。先生覆書,勸其宜少爲窮愁牢騷之言,渠受知當道,現今所處之境,較諸常人,已有"可幸者四"矣,固當奮勉自屬,銳志名山之業。

　　先生《答薛子韻書》略云:"夫難得者,時也;不可知者,遇也。……僕與足下困頓諸生二十五年矣,筆耕舌穫,持手而食,中夜不寢,仰屋興歎。然能焠掌爇髪,飲膽鎮心,銳意名山,坐致千古。彼嗇則此豐,天所以稱物平施,貧賤憂戚,玉汝於成,蓋有味乎其言之矣。"(《念樓集》卷六)此可見先生襟抱,雖久困諸生,不改夙志,行將以名山事業自期。此信不記年月,據信中"足下附驥尾,攀龍門,持玉足以量才,啟珠囊而羅秀"之語,知在福建學幕時也。又據"藉此旅遊,發抒蘊積,三年之後,裒然成書"之語,故繫於本年春。

　　劉文淇撰《文學薛君墓誌銘》云:"君素性間曠,依人非其所樂,以處境爲生人極艱,始決絶去鄉里。然所學既見知于府主,而閩中賢士大夫交相引重,是宜有以稍發舒其志意。而鬱抑恒不自得,半歲中所得寄示詩辭,大都酸惻愴楚。余固已悲君之意氣早衰,而卒不意其遽至奄忽也。"(《青溪舊屋文集》卷十)

初夏,與梅植之、劉文淇、吳熙載、包慎言、王僧保、王翼鳳、包家起、包家丞諸友,集包世臣小倦遊閣賞芍藥,有聯句詩。(《念樓集》卷三)
五月二十六日,淩曙卒,年五十五。(包世臣《藝舟雙楫》卷四《國子監生淩君墓表》)
七夕,黃承吉邀同人簪園雅集,先生與焉。諸人相與唱和,夜深乃罷。

　　先生《七夕黃春谷先生招集簪園,並讀所著《夢陔堂詩集》。春谷先生有作,奉答一首》云:"廣陵風雅久寥落,汪(蛟門)、史(蕉飲)、顧(書宣)、郭(于宮)騷壇傾。百年宗風得後勁,先生獨主椎牛盟。別裁僞體黜蕘紫,曹鄶敢與齊秦衡?《下里》每廁《白雪》唱,黃鐘漫許瓦缶鳴。年年自理天孫線,願乞金針度此生。"(《念樓集》卷三)時黃氏主盟揚州騷壇,劉壽曾《師蘊齋詩集序》云:"乾、嘉之間,江都黃春谷中憲稱詩於揚州,時蘊生梅先生、熙載吳先生、西御王先生、句生王先生,皆以後進之禮事之,嘗與簪園文酒之會,世所稱'黃門四君子'者也。中憲之論詩,導源漢魏六代,沿波三唐,以格律聲情爲宗。……自四君子外,揚之魁儒碩彥,論詩多宗中憲。發爲篇章,爾雅而遠於姚冶,而梅先生之詩爲尤工。諸老先生之詩傳於四方,讀之者或不詳鄉貫,輒先詫曰:'此揚州之詩也。'"(《傳雅堂文集》卷二)先生雖不欲以詩名,間亦與其會,不免濡染春谷詩風。

八月二十日,薛傳均卒於福建學幕,時赴汀州閱卷,猝感疾,不瘳,遂卒於試院,年僅四十二。十一月,薛君柩自閩歸,同人爲位哭之,劉文淇爲誌其墓。(《青溪舊屋文集》卷十)

陳逢衡《長歌哭子韻》詩,序云:"福建學使者陳石士閣學道過揚州,聞君名,延請校士,遂挈之往。今年歊夏後從入汀州,朝披夕覽,無間晝夜。緣君體素健,故不遺餘力,以報知已也。然水土不習,而山嵐瘴屬之氣又復中之。君於八月五日得病,延至二十日遂不起。嗚呼!君以窮愁著書,不見憐於骨肉。棘闈困頓,幾欲焚棄筆硯。乃甫見知閣學,未及一年,旋傷物故,今年才四十有二。君之出也,以去年十一月,今茲喪歸,亦以是月。同人爲位哭之,包君慎伯爲作墓銘,以敘其生平,余亦作歌以哀其志。(詩略)"(《讀騷樓詩二集》卷一)

陳用光貽厚賫以助薛君葬事,並留所著《説文答問疏證》稿本,將刻之閩中。劉文淇檢點遺篋,得舊讀十三經本,謂書中丹黃手勘之語,集録之約可得二十卷。另有《文選古字通疏證》稿本,草創未卒業。孟瞻約先生及包慎言共爲校訂,繕録副本,以付其家。(包世臣《小倦遊閣集》卷二十七《清故文學薛君之碑》、劉文淇《文學薛君墓志銘》)

是年,劉文淇之子毓崧,年十二,英敏聰慧,先生見其所作史論,驚異之,有"年甫一周,才堪八斗"之譽。

劉壽曾《先考行狀》云:"先考質性英敏,讀書過目不忘。八九歲時,閲《通鑑》,習其句讀。年十二,以史論見賞於寶應劉楚楨先生,有'年甫一周,才堪八斗'之譽。"(《傳雅堂文集》卷三)先生晚年與孟瞻書,猶屢屢稱道及此。

《念樓集》卷三《題畫草》《上方寺觀三絶碑》《義雁行》《秋郊晚眺,贈劉孟瞻》《聞蛩》《湖上草堂》《丁儉卿同年寄題江淮泛宅圖詞一闋,漫題圖後》《傍花村觀菊》《秋暮即事》諸詩,蓋是年作也。

是年,李慈銘、趙之謙、唐仁壽生,劉逢禄、胡世琦、張金吾、何元錫卒。

道光十年庚寅(1830) 四十歲

授館郡城江氏。江氏富藏書,得以盡行披覽,增訂舊稿。

叔俛《寶應圖經書後》云:"庚寅之歲,家君館郡城江氏,據江藏本《水經》'陳登穿溝',證趙一清本'陳敏'之誤。"(《廣經室文鈔》)

四月,以姻戚王希伊(懋竑之孫)事狀及文集,屬包世臣爲撰墓表。(包氏《藝舟雙楫》卷九《江蘇青浦縣教諭王君墓表》)

按先生配王孺人爲王懋竑玄孫女,則王希伊乃孺人大父也。

是月,汪喜孫來書,告以渠調任儲濟倉監督以來近況。

汪氏來書略云:"上年農部案發,喜孫以不合時宜,轉得置身事外。倉場獄起,通州官吏凡隸在倉場衙門者,欽使俱一一推問,坐糧廳以下至委員並廁名案內。喜孫與就逮之吏同寓清涼庵,亦以平日不合時宜,並得置身事外。回念少小以來所歷之境,鹽務、戶部、倉場,皆腥羶之地……喜孫尚無隕越。監督雖不甚愛惜之官,然喜孫所監儲濟倉,積穀至七十萬,三年之蓄,足敵七省全漕三之一,何敢怠厥職哉!……喜孫初涖官,即誓諸倉神廟,不爲賕吏;並諭諸花戶,倘子弟有所求,必麗諸法。又嘗敬頌列祖聖訓:'宗室有不衣四品冠帶到倉滋事者,以齊民論治罪',宣播於外,咸所聞知。由是三月來,無宗室到倉,得以安居無事。"(葉景葵《卷盦札記》據汪氏原札逐錄)按此信不記年月,據汪保和兄弟《孟慈府君行述》云:"〔道光〕十年正月,補儲濟倉監督。……府君用莫寶齋先生治倉場法監督倉場,不置車馬,不隨僕從,以杜騷擾需索之弊。"(《汪孟慈文集》附錄)據"由是三月來,無宗室到倉"之語,故繫於是夏。

寶應城東六十里江平莊,舊有漢射陽石門畫象,汪中昇藏於家。是夏,先生與汪喜孫商之,將原石送歸寶應,移置學宮,包世臣等題名碑之左側。後有言者,謂碑有老子象,不宜與孔子同室,因移置畫川書院。(叔俛《廣經室文鈔·元氏移置漢碑記》)

道光《寶應縣志》卷二十二《金石門》載:"漢射陽石門畫象,舊在射陽聚,江都汪明經中取去,厥嗣喜孫送歸寶應。今立畫川書院振秀堂。"

按劉嶽雲《射陽石門畫象跋》,云:"予邑城東六十里江平莊,距射陽鎮十里,爲漢射陽縣地。有漢時墓,有二石門,一石爲縣令某沈於水(見阮元《廣陵詩事》),一石於乾隆五十年(見汪喜孫《跋尾》)爲汪中昇歸江都。(錢大昕曰:'錢唐吳孝廉春澂知縣事,爲予訪得之,今爲汪容甫取去。'阮元《廣陵詩事》:'中以錢五十千,募人竊歸。')後四十年,邑人朱士端言於中之子喜孫,復以原石送還予邑(見朱士端《彊識編》),庋之畫川書院。"(民國《寶應縣志》卷二十五)此云"朱士端言於汪喜孫",與叔俛《元氏移置漢碑記》所言者異,今附存之。

是冬,先生著《漢石例》六卷稿成,繕錄清本。此書專就東漢碑碣文,尋其義例,條分類聚,勒爲一書,與諸家言金石例斷自唐代者,旨趣自異。十一月,序之。

先生《序》略云:"元潘景梁、明王止仲、國朝黃太沖並纂錄韓、柳諸家文,爲《碑碣例》,世稱'金石三例'是也。夫刻石之興,肇自皇古。梁甫、奔山,載籍蓋闕;琅琊碣石,巡幸偶經。降自東都,斯風乃熾,公卿貴人,下及一行之士,門生故吏,載筆貞珉。其書爵里姓名,爲傳體;

其書生卒年月,爲狀體。魏、晉以降,迄於唐初,謹守其法。韓、柳上法莊、荀,工於思議,而體
制寖失。余素喜東漢碑碣之文,甄而錄之,爲墓碑例百五十,廟碑例二十九,德政碑例十三,墓
闕例十一,雜例三十二,總例四十八,爲文之體,略備於斯。魏、晉以下,概從闕如。……至於
橋玄碑陰,刊以鼎鉽之文;武氏石室,廣繪聖賢之象;山陽麟鳳,黽池木禾,並徵作繪之功,無關
摛詞之義。凡斯之類,概不入編。於是刊其踳駁,采厥精腴,繩墨定而曲直明,規矩陳而方圓
正,洵藝林之表臬,而文苑之楷模也。爰爲條列例目,將以就正大雅,得所折衷焉。"(《念樓
集》卷六)

是年,編次《念樓集》文稿,分爲四卷。

中國社科院文學所藏先生念樓文稿,有"辛卯人日,安吳包世臣讀過"題款。據此,知先
生文編殆編於是年冬,蓋《漢石例》告成後,續編歷年文稿,其稿繕錄後,就正於包世臣。其卷
次則承前詩稿兩卷,文編爲卷三至卷六。惟核書内各文,有數篇顯然成於辛卯之後者,蓋後來
續有增入,其文最晚者爲末篇《清故附貢生丁君夫人劉氏哀贊》,撰於道光十四年。意者,此
稿道光十五年重編定,其秋復以此本質諸劉文淇,故有孟瞻乙未重陽題款。卷三爲論、序、書
事、書,共十五文;卷四爲議,收《刊正寶應祀典議》《修建寶應祀典議》兩長文;卷五書後,爲
《四朝大政錄書後》《喬徵君下河事宜紀書後》;卷六則狀述、墓志銘、表、碑碣、傳贊,凡十五
文,合計共三十四篇,爲先生文編之始。

《念樓集》卷三《九日登高,同孟瞻作》《題水西詠雪圖》《有鳥一首,答陸小巖》諸詩,蓋本年
作也。

是年,翁同龢、潘祖蔭生,江藩、潘奕雋、劉鳳誥、許珩卒。

道光十一年辛卯（1831） 四十一歲

是春,從叔台垣刻五世祖劉心學《四朝大政錄》,其書專記有明神、光、熹、懷四朝史事,"時《明
史》未修,而谷應泰《明史紀事本末》初刊行,是書蓋補正《紀事》而作也"。先生董校讎之役,二月
中澣刊成。先生代撰《書後》,條舉若干事,論此書足訂《紀事》之闕譌。書中多載當時臣僚奏疏,
尤可羽翼正史。(《念樓集》卷七)光、熹之際,婦寺用柄,掩是飾非,朝無信史。士夫傷心國是,秉
筆直書,欲爲此四朝存一實錄也。

四月,過梅植之所,時園中牡丹初開,感賦二章,並爲題《嵇庵圖》。(《念樓集》卷三)

中國國家圖書館文津館藏《念樓集》劉韓齋鈔本,《孟夏過嵇庵,牡丹初開感賦》詩,葉眉

正　學

韓齋校語云："《牡丹》詩，劉孟瞻有和詩。"知孟瞻《次楚楨看牡丹韻》一詩（《青溪舊屋詩集》），即是夏作也。

邑賢吳敏道，萬曆間以文學聞於世，才名藉甚。王世貞序其集，稱其詩文爲一時巨擘。身後遺集板爛，藝林罕見，先生訪求十年，始於揚州市肆購得一帙，即弇州當日所序諸集也。先生甄錄詩文，編爲《吳貢士集》，收入《寶應文編》。五月既望，序之。（《念樓集》卷六）

先生《序》略云："邑中文學，在明則朱凌溪、射陂、吳南華三先生爲三家。凌溪、射陂兩先生入《明史·文苑傳》，其詩文集入《藝文志》。獨南華先生不見於史，《列朝詩選》《明詩綜》《明詩別裁》皆不錄，惟王文簡《分甘餘話》載集外五絕一首。士之遇不遇，其顯晦豈可同日語哉！先生著述，據王弇州《序》，有《觀槿》《竹西》《白雲》《折麻》《水影堂》《月舫》諸集，世遠板爛，藝林罕見其書。寶楠購訪十年，於郡市裁得孤本，以爲先生之文盡是矣。及得歙洪氏故藏書目，有《吳曰南文集》，江都鄧立誠溥泉曾見是書，其詩文多諸集所不載……萬曆《縣志》云：'鄉無老幼，咸稱舫齋先生，詩文集數十卷行於世。'是先生別有《舫齋集》，爲晚年定本。洪氏所藏，其即此歟？今洪氏書已散佚，溥泉亦下世，無從質問。謹取弇州所序諸集及萬曆《志》，甄錄其詩文凡若干首，而全集不可得見，此不能不爲先生惜者也。"先生《序》所言洪氏舊藏《吳曰南集》，上海圖書館藏一萬曆刊本，凡十一卷，先生疑名《舫齋集》，未確。

按先生所輯《象求集》，後更改體例，擴充爲《寶應文徵》，"凡有專集，選存數卷及一二卷，共得六十家"，其有專集而詩文不全存，或所存僅零篇不能成卷者，彙爲《文徵外集》。（《念樓集》卷十《象求集序》，文末先生識語）據《吳貢士集序》，則《象求集》是年已改爲《寶應文徵》矣。

夏末，洪澤湖水勢異漲，淮揚湖河漫溢，隄圩盡潰，萬頃汪洋，僅見屋脊。高郵、甘泉、寶應等地，受災尤重；即江寧城中，亦水深數尺。

《宣宗實錄》卷一九二載是年七月八日兩江總督陶澍奏稱："行抵高郵，沿途所勘江水形勢，圩田均已被淹，江水仍未消落，且有增長。所有上元、江寧、句容、高淳、江浦、六合、江都、儀徵等縣，沿江被水各處，一片汪洋，僅存屋脊……淮安府屬之桃源縣，揚州府屬之高郵州、甘泉縣、寶應縣，情形尤爲著緊。並下游之興化、鹽城等縣，因高郵之馬棚灣、十四堡等處東隄漫溢掣塌，水溜奔騰下注，廬舍田畝，定皆淹浸。因水勢阻隔，文報有稽，尚須確探。各處災民遷依埝阜，四面水圍，樵食全無，悽慘景況，不堪設想。"

時邑人朱士彥官工部尚書，奉旨查勘南河漫決災情。七月，先生上朱氏書，臚陳歷年治淮得失,略謂:運河潰決,全淮東注,十邑之民,田廬盡没,生民流離,莫知所歸。"現今高郵兩決口,約有五百丈。河、淮之水,勢若建瓴,不早堵塞,以國計言,則阻運;以民生言,則田廬不涸。今兹無禾,來兹無麥,哀此殘黎,何以爲生?然寶楠所慮者,不在決口之不易塞,在既塞之後未必不復決。""今若大濬運河,使如其舊,誠非易事。且即濬如舊矣,而黃水下注,數年復淤。歲濬,則其貲難繼;不濬,則前功盡隳。"因建言今欲整治運河,當以史爲鑑,宜改河漕爲湖漕,始能長絶其患。(《念樓集》卷六《上朱大司空書》)

　　先生改湖漕之説,大要略云:"今擬仿明代湖漕之法,於黃浦西岸之近白馬湖者,開挖河口,引漕舟入白馬湖,南經寶應、高郵、召伯諸湖入運河。於黃浦、召伯各築攔河隄,則運河立涸。又於決口南北築攔河壩,不使涓滴之水漏入決口,則決口可以不急塞(河道既改之後,帑藏充足,捧土塞之可也),而以塞決之貲,修補西岸。蓋自決口以南至召伯,西岸多破缺,或竟無岸。若能以此鉅萬培築西隄,務令寬厚,則東岸城邑有重隄之固,誠百世之利也。"先生世居江鄉,深受河患之苦,故於河、漕整治得失,素所留心,故於朱氏查勘河患之際上書,冀有所建白。惟清代河患,至道光時其弊已極。觀《清史稿·河渠志》所載,嘉慶以來,河臣、朝議非不知運河淺阻,係由迭次漫口。而漫口之故,則由黃河倒灌。倒灌之故,則由河身墊高,清水頂阻,不能不借黃濟運,以致積淤潰決,是運河乃受病之地,非致病之原。道光時,淮揚連年水患,蓋已積重難返,非一時人力所可挽救,故雖朝議盈廷,諸如改河道,或另闢海口云云,論者不一。然海口屢改屢決,朱士彦主改河之説,而新河所經,須更築新隄,因有別築北隄之議,亦議而莫行。及至咸豐五年六月,河決蘭陽銅瓦廂,奪溜穿運注大清河,由利津入海,由是遂順河之性,聽其自然改道,淮揚水患乃解。

　　朱士彦,字修承,寶應宿學朱彬之子。少承家學,嘉慶七年一甲三名進士,授編修,纂國史《河渠志》,諳習河事。累遷侍讀學士,入直上書房。歷少詹事、內閣學士、兵部侍郎。迭秉文衡,先後出任湖北、浙江、安徽學政,河南鄉試主考官。道光九年、十二年、十八年三典禮闈。治事善綜覈,爲宣宗所知。道光十一年,由左都御史擢工部尚書。十三年,調吏部,翌年丁憂歸。十七年,授兵部尚書。隔年五月,調吏部。九月,卒於任,謚文定。

　　九月,與劉文淇偕赴江寧鄉試,榜發,復黜。孟瞻決志嗣後將專意問學,閉户著書,不再應舉,乃賦《別號舍詩》見志,要先生同作,以堅其意。(《青溪舊屋詩集》)

　　按是秋水患,江南貢院積水,總督陶澍奏請文闈鄉試九月舉行,武闈鄉試則延至翌年三月。(《宣宗實録》卷一九二,本年七月三日條)

　　孟瞻《別號舍詩》序云:"辛卯秋賦,與楚楨同寓金陵,計前後省試已十一次,與楚楨同寓亦五次矣。相約此後閉户著書,不復應舉,因仿陳亦韓先生(森按:祖范)作《別號舍》詩,索楚楨同作,以堅其約。"詩云:"四十年華轉瞬間,秋風廿載鬢先斑。名山自有千秋業,從此歸來只閉關。""壯歲齊名説二劉,白門同載幾經秋。知君亦自甘樗散,好向江湖覓釣舟。"

先生步韻答之,曰:"壯歲聲華伯仲間,蕭蕭都見鬢毛斑。十年贏得頭銜在(余與孟瞻同以己卯貢太學),收拾殘書返故關(余將挈眷自郡城歸寶應)。""天涯王粲竟依劉(時余甫應皖江學幕之聘),叢菊花開兩地秋。遲我湖干垂釣處,夕陽亭畔弄珠舟。(孟瞻置田北湖,擬同卜築湖上,今雖欲歸寶應,此志猶未忘也。)"(《青溪舊屋詩集》,《念樓集》卷三載此詩,注文稍簡)後孫應科、柳興恩並有和詩,見《青溪舊屋詩集》,兹不具録。

安徽學政鄂木順額耳先生才名,試後,邀先生明春赴當塗學署,佐其校士。是冬,挈眷歸寶應。

鄂木順額,字復亭,鈕祜禄氏,滿州正藍旗人,江蘇按察使明安泰之子。嘉慶二十五年進士,授編修。道光四年,大考一等三名,滿洲翰林列一等者自復亭始,擢翰林院侍講學士。道光十年,以少詹事出任安徽學政,在任授光禄寺卿,遷大理寺卿留任,尋擢左副都御史。以氣節自勵,爲滿洲京僚之最者,大學士松筠尤重之。《清史稿》卷三七七有傳。

十二月二十日,沈欽韓卒,年五十七。(包世臣《藝舟雙楫》卷四《安徽寧國縣學訓導沈君行狀》)

《念樓集》卷三《黄竹雲招同周苻江湖亭小集,歸途有述》《八寶亭》兩詩,蓋本年作也。

是年,周中孚卒。

道光十二年壬辰(1832)　四十二歲

正月,赴皖。劉文淇、梅植之、殷杓、方申諸友風雪中來送行,有《將之當塗留別劉孟瞻》《舟中留別殷古農、劉孟瞻、梅藴生、方端齋》二詩。(《念樓集》卷三)入安徽學政鄂木順額幕。

按先生《將之當塗留別》詩,其三首聯云:"首春苦積陰,風雪出門去",知先生是春始赴當塗。復據梅植之《立春後十日送楚楨赴皖江學幕》詩云:"明朝君發真州路,纔到春來君已去。"(《嵇庵詩集》卷五)是年正月初四立春,則先生十四日啟行也。時安徽學署在太平府,首縣即當塗。咸豐三年,移寧國府;同治初,遷安慶府;十三年,仍駐太平府。

二十四日,王念孫卒於京邸,年八十九。(王引之《石臞府君行狀》)

二月,隨鄂木順額試寧國府,由當塗經蕪湖,赴宣城。三月,度曇嶺,考徽州府。徽州試竣後,復度箬嶺,試池州府。先生閲卷精審,賓主甚相得也。

　　叔俛《先考行狀》云："應安徽學使鄂木順額公聘,閱卷精審,不敢涉一毫粗忽,尤留意經古實學。鄂公虛心聽納,所取多知名士。"(劉文興《年譜》引)

　　先生隨學政出試期間,頗多紀程、唱酬之詩,《念樓集》卷三《當塗早發,晚宿蕪湖》《蕪湖夜發》《宣城使院偶作》《宣城懷古》《宣城道中,步復亭副憲韻》《涇縣道中回眺宣城,柬復亭副憲》《度矍嶺》《婺源石》《徽州謁唐越國公廟》《過宋太傅汪公墓》《徽州春日雜詠》《度箬嶺》《池州詠古》《道中雜詩》諸詩,皆此行所作。由此諸詩,知是年春、夏間試寧國、徽州、池州三府。集中復有《讀漢書十四首》,楊鑄推為"《集》中壓卷之作"(中國社科院文學所圖書館藏《念樓集》稿本,楊鑄乙未冬題識),蓋亦是年在皖時所作也。

　　是春,汪喜孫丁內艱,汪氏欲遵古禮治喪,因從先生問喪禮事宜。

　　汪氏《喪服答問紀實》云："喜苟慟於正月十八日丁先母憂,至三月十九日交代……受代後,即日扶櫬至通州,越十日開行……六月八日抵里,遵制入城治喪。世俗浮靡,叩之劉明經寶楠,始克成禮。"按先生《書先姚軼事》:"乾隆六十年秋,先君之喪歸自京師,未諳入城治喪之例"云云,蓋揚郡"入城治喪",復有成例,故汪氏諮諸先生,始得其宜。

　　夏,寶應大疫;秋,大水。(民國《寶應縣志》卷五)

　　是秋,補行正科鄉試。鄂木順額將赴江寧考錄遺才,行前中暑,治益劇,猶力疾就道。七月十四日,病逝江寧試院。(《續碑傳集》卷九沈垚《都察院左副都御使提督安徽學政鄂木順額公遺事述》)

　　八月,吏部侍郎湯金釗三典江南鄉試,行前,必欲得二劉卷。時先生游幕皖江,抱疾,未應試;劉文淇亦未赴考,有《疊別號舍詩舊韻》見志。

　　梅植之有和孟瞻詩,元注:"今年楚楨游幕皖江,抱疾,未入場。"(並《青溪舊屋詩集》)閏九月二十五日,丁晏致劉文淇書,云:"秋間為鹽城孔明府邀去閱卷,昨甫到家,覓江南全錄一看,閣下及楚楨又復見遺,悵悒之甚。春間敦甫師(按湯金釗)每見,必談及二劉之學,竟失之意中。子瞻恨失李方叔,昔人所同慨也。"(《青溪舊屋尺牘》冊十三,丁晏《與劉孟瞻第八書》)蓋丁氏不知二劉此科俱未下場也。

　　戶部侍郎宗室敬徵抵淮安按事,勘視淮揚運河。時汪喜孫宅憂里居,敬徵召問鹽政及淮揚河事,汪氏建請發帑加隄。其時洪澤湖水盛漲,河湖一片,下民蕩析離居,汪氏因有加隄禦水之説。先生則言隄不可加,宜請濬河。(汪喜孫《從政錄》卷二《淮揚運河議》)

寶應居淮河下游，夏秋間屢被水患，田廬漂没，先生《寶應圖經》於歷代湖河變遷、漕運通塞，多所究心，深知加隄未克濟事，因語汪君，惟濬河乃能治本。汪喜孫後撰《淮揚運河議》，追述斯事，自承“喜孫自悔失言，迄今思之，楚楨真深知水利者”。實則先生挑濬運河之説，當時論者多持是説，河工莫之行者，蓋黄河挾沙而行，水急沙流，水緩沙積。河淤，則運亦淤，此自然之勢也。苟不治其源，治流終不濟事。然疏濬河身，非當時財政、人力所可爲，故歷來治河僅能加意修防，補偏救弊而已。今費工挑濬運河，旋濬旋淤，且運河挑濬愈深，則倒灌之勢愈猛，衝決愈烈，爲患滋甚。此靳輔所以堅持堵築重隄，以束水趨海，且言下河不可浚使出海，蓋“下河形如釜底，近海轉高，浚之，水不能出，徒令海水倒灌爲患”。後來河督雖濬下河，終不效，河患如故。道光時朝議如朱士彦等力主改河，亦工鉅費貲，窒礙難行，徒爲議論駁辨而已。終道光一朝，治河迄無良策，此後朝臣所爭者，惟護堤用石或用磚耳。最終惟賴咸豐時河決入大清，自然改道。

先生自皖歸後，未得館地。時阮常生官直隸清河道，邀赴保定，明年可就近應京兆試。九月，送妻孥歸寶應。梅植之、劉文淇、王翼鳳等俱有詩贈行。

按阮常生道光十二年三月，擢直隸清河道；四月，兼署保定府事，見《雷塘庵主弟子記》卷七道光壬辰條。

梅植之《送楚楨歸寶應將赴保定》詩，序云：“道光壬辰秋九月，寶應劉君楚楨舟河干，挈孥旋里東門。既祖，臨水送歸，言將來歲設教於北平也。余與楚楨淡水夙期，漸蘭靡已。幸承會輔之助，未竭仰鑽之能。尹班陶陶，愫符曩哲；周閔落落，情有若兹，可謂意寫心融，道同迹泯。君以泛宅江淮，淹居歲月。邊孝先之博學，授經無人；梁伯鸞之孤高，寄廡何地？暫入郗生之幕，又返子猷之船。倥傯琴書，棲遲僑舍。而橫經之塾，遠隔菰蘆；負耒之鄉，半爲魚鱉。虛懷樂志之論，忽歌行路之難。余賦別而黯然，君自此而遠矣。”（《嵇庵詩集》卷五）

孟瞻《送楚楨游保定》詩，序云：“康熙、乾隆間，揚郡先達如喬石林侍讀、孫邃人刑部，皆以爭河事與當道忤，直聲振天下。近今河事亟於往時，楚楨每言及，輒慨憤不已。兹將就館保定，下屆甲午就近應京兆試。於其行也，詩以餞之，質俚無文，惟期楚楨異日居得言之位，抒建白之志爾。時道光壬辰閏九月也。”（《青溪舊屋詩集》）孟瞻於先生此行也，期許甚至，亟望異時處得言之位，能一展長才，於淮揚河事多所建白也。

先生《將赴保定，自郡城送孥歸寶應，留別同人二首》，云：“故鄉不可住，滄海已橫流。豈有歸田計，姑爲挾瑟遊。霜華侵客鬢，朔氣透征裘。匹馬關山去，天涯此暫留。”“郡國多良執，能同憂喜情。不行無善策，將別復吞聲。燕趙三農歎（時方旱饑），淮揚四瀆爭。嗷嗷沙渚雁，去住各哀鳴。”（《念樓集》卷三）

先生丙戌年繪《江淮泛宅圖》，屬劉文淇序之，諾而不果作。至是，先生復催，乃始爲之。

孟瞻《江淮泛宅圖序》略云："余弱冠後，與里中薛子韻、涇縣包季懷、包孟開、旌德姚仲虞、丹徒柳賓叔，泛覽經史。楚楨因余得與諸君交，相與切磋，爲友朋之極樂。未幾而季懷、子韻先後奄没，仲虞、孟開、賓叔又各反里門。惟楚楨嘗客郡城，中間移家與余鄰者且七年，朝夕相見，兩人相資益者實多。楚楨嘗與余約各治一經，楚楨占《論語》，余占《左傳》。以《論語》皇《疏》多涉清玄，邢《疏》更鄙陋無足觀，而何氏《集解》亦採擇未備。《左傳》賈、服舊說，爲杜氏所乾没者不少，唐人又阿杜《注》而攻賈、服，皆爲鮮當，因各爲二書疏證。蓋爲是約十餘年而未有成書，過從時，嘗以是爲歉。顧楚楨奔走長途，浮家南北，又身羸多疾，其作輟也有故。余自嘉慶庚辰一遊京師，即杜門不出，無僕僕道途之勞，身又彊健，而亦無所成就。且楚楨編輯《論語》之餘，已成《寶應圖經》《漢石例》各若干卷，博而有要，好古者已傳抄其書。余則《左傳》之外，別無事事，猶時作時輟，此則重余荒落之懼者也。楚楨既諈諉作序，余因述曩時之約如此，雖非圖中之意，其亦楚楨意所欲言而感歎不能自已者歟！"（《青溪舊屋文集》卷四）孟瞻追述己卯二人相約治經，思以著作垂世，共相砥礪，因立此約。歲聿其逝，忽忽十數年矣，二人旅食授館，迄不遑專意著述，而初心猶在，今爲此序，不免感慨系之。

十月十四日，致劉文淇書。（詳下《與劉孟瞻第一書》）
十六日，赴清河。過山陽，晤丁晏。在浦數日，匆匆而還。

上海圖書館藏劉文淇《青溪舊屋尺牘》，册十二有先生致孟瞻手札五十三通。《與劉孟瞻第一書》首云："十月十四日奉寄一械，想已收到。十六日弟往清河，過存儉卿（尊札面致），近境甚適。惟太夫人年高多疾，明年不定偕計吏入都。若春初太夫人健飯，方就道。弟匆匆一過，不及細談。到浦數日返里，阮梅叔書及小雲所寄脩金五十俱收到。見在部署一切，薪米粗可度歲，而此項已罄，艱窘如故，兼以指無爲有，望困若舒，支詘之情，何以堪此！"蓋阮常生寄五十金爲先生安家及北上川資也。

十一月八日，寄劉文淇書，屬北上後代爲辦理書院甄別事。（《與劉孟瞻第一書》）

先生此信述及近時朝議淮揚河事，久未能定："河事自黄決後，洪湖西北盡淤墊，東南亦淺，湖心盡填。水貯高原，累土爲障，淮揚郡縣嘅嘅其魚。朱大司空述嚴河臺（森按：東河總督嚴烺）改河之說，繕奏入告。其說於桃南決處改挑一河，以河之北岸爲南岸，別築北岸，至安東以上入舊河，計新河長五十餘里，費三百萬。河成後，大闢清口，使高堰不吃緊，而黄河去清口在數十里外，清口又據上游，必無倒灌之患。此説行，似淮揚可暫蘇。陶宮保單名奏駁，張河臺等俱不以爲然。聞嚴河臺已入見，行止尚未可預定也。"按民國《寶應縣志》卷十二《朱士彥傳》云："(道光)十一年，查辦南河漫決情形，勘被水災區……還，奏請改黄河，略曰：'黄河淤墊，惟有將桃源以下，改北隄爲南隄。另築北隄，讓淮水出清口刷沙，至安東界會黄，由舊河入海。更於北岸開運河數十里，約需銀二百餘萬兩，可免倒塘灌運之弊。且淮水東注，計可高黄數尺，得匯黄入海，亦可紓淮揚水患。'議未及行。"《傳》中"改北隄爲南隄"云云，與先生此信所述者正合。此議辛因總督陶澍反對，不果行。明年四月，朱士彥改吏部尚書，其議遂寢。

先生輯邑中耆舊詩文，編爲《寶應文徵》，蒐采既富，卷帙浩繁，一時未易編定刊行。暇間乃專就明成化以來，三百餘年間先世詩文，鳩集殘帙，旁及同宗已故者，凡有造述，悉著於篇，編爲《寶應劉氏清芬集》十卷。是冬，以其稿示諸族叔劉贊勳，許爲謀刻。

劉贊勳《序》云："嘉慶癸酉、甲戌間，家楚楨孝廉授徒里中，校録先世遺文，予嘗助其搜輯。其後楚楨浮家真、揚間，聞其編纂《寶應文徵》而未成也。道光壬辰，楚楨將赴保定，送孥歸里，示予是集，顏曰'清芬'。蓋以《文徵》卷帙浩繁，乃於其中録出先世遺文及同宗著作，別爲是集，易於付刊，即用以成劉氏一家之書。"(《劉氏清芬集》卷首)

是年丁丙、譚獻、王闓運生。胡承珙、孫經世、李貽德、李黼平、丁履恆卒。

道光十三年癸巳（1833）　四十三歲

正月，北上。過山陽，晤丁晏，丁氏送之舟中，相約計偕上京時，當圖復聚也。(《青溪舊屋尺牘》册十三，丁氏《與劉孟瞻第十八書》)

按梅植之《重送楚楨》詩，首云："試燈風裏扁舟別，記得楊枝爲君折。"(《嵇庵詩集》卷五)則先生正月十四試燈日啟程北上也。

二月初旬，抵保定，館阮常生清河道署，課其諸子。時友人汪和(星掌)亦在署中，尚不寂寞。
三月，阮常生兼署直隸按察使。(《雷塘庵主弟子記》卷七)
十八日，寄劉文淇書，告以到保定後情況，並問揚州諸友近狀。

《與劉孟瞻第二書》云："二月初旬到保定……弟在館粗安，生徒尚受教；又得與星掌聚晤，頗不寂寞，此可告慰者……吾兄起居佳勝，館况何如？添學生若干？尚有餘暇理舊業否？

……賢姪工夫更精進,端齋縣試想得意。包慎伯先生入都未? 汪孟慈近境何如? 王句生得到浙幕否? 古農、蘊生、熙載、西御諸君,近境想如常。真州相國總裁會試,丁儉卿、柳賓叔當得雋,同人之快。小雲觀察丁内艱,家眷留保,大學生不定應院試。弟身在燕,妻子已回本籍,然夢寐猶在五塘雙寺間也。"札中所云"真州相國總裁會試",即阮元,時官雲貴總督,是春入都覲見,二月末抵京;三月初六日奉諭充會試副總裁,入闈。阮元於去年十二月十六日由滇起程,二十八日,夫人孔氏(名璐華,孔子七十三代長孫女)即病逝雲南督署内寢,阮元奉命典會闈時,尚未聞喪。此札言"小雲觀察丁内艱"者,指此。"大學生不定應院試"者,指阮常生長子恩海,時年十七,與弟恩洪(年十五)、恩浩(年十四)俱從先生受業,札中所云"生徒尚受教"也。

二十七日,阮常生病逝清河道署,年四十六。(《揚州阮氏族譜》阮友增訂本)
八月,丁晏寓劉文淇書,詢問先生行止。

丁氏《與劉孟瞻第十八書》云:"去歲冬間,楚楨到淮,春初又復過舍,晤談忻暢,十年不見,一見快慰之極。弟送之舟中,相約伊至保定,弟在京師,仍圖一見。不意到京後,聞小雲觀察已物故,楚楨想復歸矣,念念。消息如何? 文人之厄,所如輒窮,可爲浩歎! 乞便中詳細示知。"(《青溪舊屋尺牘》册十三)據先生明年四月與劉文淇書,知阮常生卒後,是年仍館阮宅。

是年在保定,暇則增訂《漢石例》及《寶應圖經》兩稿。
《念樓集》卷三《渡河三首》《題王禮思先生負米圖》《讀漢高帝紀》諸詩,俱本年作也。

道光十四年甲午(1834) 四十四歲

在阮府授讀。
正月二十八日,寶應宿學朱彬卒,年八十二。(朱爲弼《茮聲館文集》卷八《贈吏部尚書郁甫朱公墓誌銘》)

朱彬,字郁甫,一字武曹,乾隆六十年舉人。自少至老,勤學不倦,與外兄劉台拱及王念孫、李惇、汪中、邵晉涵諸人相切劘,每有所得,書札往復辨難,必求其是乃已。著《經傳考證》八卷,又輯《禮記訓纂》四十九卷,多取乾嘉諸家訓詁、考訂之説,擷其精要,間下己意,論者稱其書足薈衆説而持其平。兩書俱收入阮元《清經解》。

是春,爲阮恩海編訂《劉端臨先生遺書》。

四月,因丁晏之屬,爲撰其母劉氏《哀贊》。(《念樓集》卷八)

六月,《遺書》刻成,裒輯端臨遺稿八種,曰《論語駢枝》《經傳小記》《國語補校》《荀子補注》《方言補校》《淮南子補校》《漢學拾遺》《文集》,每種各一卷。先生代撰《書後》,敘其原刊、續刻及定本刊刻始末。(《念樓集》卷七)

《劉氏遺書書後》云:"外祖寶應鄉賢劉公,以嘉慶十年卒於家。先大夫奉吾祖命往奔喪,並取其遺書《論語駢枝》《荀子補注》《漢學拾遺》,凡三卷,公之弟建臨先生暨同里朱武曹先生編録,吾祖審定付刊,世所行《端臨先生遺書》也。十二年,建臨先生與巨源舅氏録經傳中考證語,爲《小記》三卷、《文集》一卷。先大夫復奉吾祖命校刊,世所行《端臨先生遺書續刊》也。公校書不下千卷,旁行斜上,朱墨爛然,不別録稿,故歿後遺書甚少,其軼乃時時見於他説。未幾,建臨先生、巨源舅氏先後下世,公之書遂無補輯者。道光初,次源舅氏復録得《國語》《淮南子》《方言》補校凡三卷;《經傳小記》《荀子補注》各續録得若干則。《小記》舊有《國語》一則、《方言》十餘則,先大夫取《小記》中《國語》《方言》諸條迻去,並《小記》三卷爲一卷,《續録》附後,《荀子續補》亦然。於是編定全書,爲《論語駢枝》《經傳小記》《國語補校》《荀子補注》《方言補校》《淮南子補校》《漢學拾遺》《文集》,凡八卷,校舊刻僅增一卷,而簡策加半,繕寫待刊,中道而殂。傷哉!傷哉!今年夏小祥後,吾母始發先大夫書篋,得所定公之《遺書》,泣授恩海,命付剞劂。"

據此序,知《端臨遺書》先後凡三刻,初刻於嘉慶十一年,僅有《論語駢枝》《荀子補注》《漢學拾遺》三種。十二年,增刻《經傳小記》三卷、《文集》一卷。嘉慶二十年冬,端臨次子源嶓由乃父舊讀之書,録其校訂之語,輯得《國語補校》《方言補校》《淮南子補校》三種。《經傳小記》及《荀子》亦續得若干條,並乞序於王念孫,以書稿付阮常生。書未及刻,而常生遽卒。至是,先生乃重加釐次,編爲定本刻之。

王念孫《序》云:"端臨邃於古學,自天文、律吕,至於聲音、文字,靡不該貫。其於漢、宋諸儒之説,不專一家,而唯是之求,精思所到,如與古作者晤言一室,而知其意指所在。比之徵君閻百詩、先師戴庶常、亡友程易疇,學識蓋相伯仲……凡所糾正,悉徹本原,謬説譌文,渙然冰解,司馬子長所謂'好學深思,心知其意'者,其端臨之謂矣!"乾嘉諸老於劉台拱之學,交口稱譽無異辭。段玉裁《劉端臨先生家傳》亦言:"於天文、律吕、六書、九數、聲韻之學,莫不該洽,窮治諸經,於三《禮》尤粹。研精考證,不爲虛詞臆説,凡所發明,旁引曲證,與經文上下語氣脗合,無少穿鑿。精思卓識,堅確不移,闡先儒未發之秘,當世通儒僉謂懸諸日月而不刊,故盧紹弓、戴東原、邵二雲、王懷祖諸君著書,多採擇焉。"(《經韻樓文集補編》卷上)然性淡泊,無意著書,故今所録皆戔戔細帙,段氏云:"君説經,少有疑義,或已經人道者輒棄去,故存者或寡。然牛毛麟角,識者必能辨之。"

九月,南歸。

先生何時南歸,今無明文可據。按先生館保定,本爲甲午科就近應京兆試。疑是年就試北闈後乃歸寶應。明年春《答楊子堅》詩,有句云"移家甫畢歲欲闌"(《念樓集》卷四),二者正合。

冬,贖回涇南舊宅,歲闌移家乃畢。

《答楊子堅》詩云:"去年郡舍遇楊子,醉後高歌忘我爾……鳳泊鷺飄二十年,歸來半贖涇南宅。移家甫畢歲欲闌,妻孥八口同飢寒。"

是年,李彥章(蘭卿)觀察訪士於包世臣,包氏舉劉文淇、先生、梅植之、吳熙載及王僧保、王翼鳳昆仲之名以對。(《青溪舊屋詩集·李蘭卿觀察招同桃花庵修禊詩》元注)
李文田、陸心源生。王引之、陳壽祺、張敦仁卒。

道光十五年乙未(1835) 四十五歲

授徒邑中。
春暮,邀孫應科、薛國慶(雲侯)、程祥棟(小松)、陸聯桂、聯杓諸友,集菜根堂文讌,以"今日良宴會"爲首句同賦。(《念樓集》卷四)
四月,黃錫麒刻《蔗根集》。書中選先生詩三十一首,都爲一卷。

黃氏此書仿畢沅《吳會英才集》之例,選刻寒士無力刻集者,人各一卷,卷或數十首,或百餘首,合之共爲一書,分之則各別爲集也。乙未四月開雕,翌年九月刊成,凡十七卷。此集所選先生詩爲《雨霽》《郡城送別》《雜詩》《早起行園》《蔦蘿篇,悼汪孺人》《紀哀》《南山》《臥病雜詠》《九日登高》《郡城泛舟至桃花庵》《舟宿南門渡》《春燕曲》《雜歌》《南門渡早發》《旅興》《春暮》《都中拈花寺晤覺性上人話舊抒感》《明趙忠毅公鐵如意歌》《應順天試報罷將歸,留別陳鶴樵明府、張臨渠、黃竹雲、夏慈仲、繆觀華諸孝廉》《邗江道中》《宿荻汀吟館贈王柳村》《暝歸》《冬夜書懷》《秋懷》《儀徵尋東園遺址,柬黃竹雲、張石樵》《雨集篠園觀芍藥》《黃竹雲招同周荇江湖亭小集,歸途有述,即送荇江歸越》《舟中留別殷古農、劉孟瞻、梅蘊生》《宣城懷古》《讀漢書》《愛餘軒雨霽示諸生》《寄懷劉孟瞻,兼訊梅蘊生》。(《蔗根集》卷八)

二十九日,與劉文淇書,以《漢石例》稿本就正,屬孟瞻代爲雇工抄寫副本;並代致梅植之母、妻奠儀二份。

《與劉孟瞻第三書》云："得書,知前布札已接到,藉稔嚴侍萬福爲慰。屋租一節,甚費清心,已兌之項即存尊處;五月所出之項亦存尊處,弟將恃此爲省試資也。《漢石例》俟孟慈閱過,望付抄;將來《圖經》亦須另抄,俟有抄賫再寄上。……弟現以學生府試,在家小住。"據此,知壬辰冬先生由揚郡攜家歸寶應後,揚州房舍即出租以佐家用。先生信中附筆云:"梅伯母及嫂夫人如出殯,望代送奠儀二分,每分二錢四分。"按梅植之《亡妻許孺人墓誌銘》云:"甲午秋,孺人患左臂痛,絕食飲。余適省試,太孺人旋病篤,孺人忘其身之病,晝夜不離寢。……九月廿日,太孺人棄養,孺人於是夕亦氣絕。久而復蘇,曰:'不終葬事,是婦不孝也。'因禱於神以緩死。比葬,踰月而孺人卒……卒於道光乙未正月十五日。"(《嵇庵文集》卷二)則此信是年四月撰也。

是夏,寄梅植之書致候。梅氏有答書,言及近狀。(《嵇庵文集》卷二)

《答劉楚楨書》云:"前奉手教,辱蒙眷注,且感且泣,幾無一言。弟近所處,死生不得,兩柩在堂,貧不能葬,而骨肉之禍,甚於死亡,破卵傾巢,難猶未已。然弟安命,聽其自然,惟先靈何辜,有子弗享,言念及此,悲不願生……弟素羸弱,襄不信病。自今年來,一身俱不自由,展卷則目眩耳鳴,吟誦則肺喘欬血,醫藥無人,莫問眠食,古人所謂憂能傷人,今兹信矣。"

七月,至揚州,晤梅植之。以昔年諸友聯句詩箑屬題,梅氏賦詩四章書之。

《題楚楨聯句詩扇》序云:"楚楨有會,必以詩文記事,謂歲月不居,如波流電逝,我輩所得者亦僅此。余當時笑其迂,不之覺也。此會距今甫六年,時地都非,友朋各散,求如襄之點筆孿箋,狂呼角藝,了不可得。右軍所謂'情隨事遷,感慨係之'者,古今一致也。乙未七月,楚楨過揚,偕孟瞻省試,出此箑屬題記,重賦四詩載今日事,不知楚楨他日見之,更復何如?"(《嵇庵詩集》卷六)按此所云聯句詩,蓋即己丑《集小倦遊閣看芍藥聯句》也。

是月,劉源灝任揚州府知府。(光緒《續永清縣志》文徵卷二,劉用熙《雲貴總督劉公源灝家傳》)八月,赴江寧恩科鄉試。與殷杓、周鑷泊舟瓜洲,宿攬勝樓,有詩唱和。(《念樓集》卷九)

先生《乙未秋仲同殷古農、周筱雲泊舟瓜渚,宿攬勝樓,即步古農原韻》略云:"我輩舟居本無屋,叩扉喜與主人熟。十年慣作打包僧,爲許匡牀假一宿。妙高臺上五夜鐘,鄉夢乍歸醒亦速。人生何事戀浮名,煙樹茫茫指去程。窗明海月難破曉,匆匆又挂蒲帆行。憑欄北望意惆悵,東風入江水簌溢。出門一笑謝主人,瞳瞳曉日烏檣上。"("央圖"本缺此詩,此據文津館

本、北大本)

二十六日,李彥章觀察邀同揚郡諸名士,集城郊桃花庵載酒堂,祀王漁洋生日,會者十九人,各賦五律四首。(《念樓集》卷四《陪祀王文簡祠詩》)

九月,以新編定《念樓集》文稿就正於劉文淇。(中國社科院文學所藏本,乙未重陽孟瞻題款)

是月,鄉闈榜發,先生以第四十名舉人中式。(劉恭冕《先考劉府君行狀》)友人包慎言亦同獲雋。(劉壽曾《傳雅堂文集》卷二《廣英堂遺稿後序》)房師高淳知縣許心源專函約見,乃渡江赴高淳往謁。

此科鄉試主考官內閣學士卓秉恬,副考官編修單懋謙。題"君子不以"一句,"柔遠人則 畏之","有安社稷"一節。賦得"江面山樓月照時"得"樓"字。(王家相《清秘述聞續》卷四)

劉恭冕《先考劉府君行狀》云:"首藝'君子不以言舉人',中用《大戴記·文王官人篇》語,場中許爲宿學。甫揭曉,許公專足函致府君,邀令相見,府君遂束裝渡江。"

按劉文淇《戲作別席號舍詩再疊別號舍詩舊韻》序云:"余自辛卯場後,作《別號舍詩》。壬辰秋,未赴省試,復疊前韻。甲午、乙未,爲及門牽率,不能堅守舊約。"(《青溪舊屋詩集》)則孟瞻此科亦赴試,未售。

十月,楊鑄爲評閱《念樓集》詩稿。

楊鑄題識云:"作者性情醇厚,腹笥紛綸,落筆清超,造意幽遠。斜川、浣花之後,陌軒、茶邨之間,位置大雅,永無慚色。時在乙未冬至前五日,盆菊未蕉,瓶梅漸開,讀三過,妄爲加墨,心折首肯,遂忘聾盲。並世論詩,敢許敵手。惜江帆飽挂,君之高淳,約在邗相聚。雪廳風號,黯然魂銷,曠若復面,知推篷回矚,定念菇蘆故人也。"(中國社科院文學所藏本)據此,知先生冬至前渡江赴高淳。楊氏復爲題詩三章,茲録其二:"浣花深厚繼斜川,千載東淘(吳陌軒)接兩賢。誰信窮經劉子駿,意遙神儁筆清堅。""修竹疏梅伴苦吟,冷風潮雪漏沈沈。《漢書》海內誰能讀?(元注:集中有此題,爲壓卷之作。)高論三湖獲我心。"(同上)

楊鑄,字子堅,號石瓢,江蘇丹徒人。布衣。工詩,有太白遺韻,爲孫星衍、曾燠輩所賞。有與張問陶《虎丘論詩圖》,名流題跋殆遍。都轉鄭夢白選乾嘉以來詩爲《正聲集》,延鑄佐修。著有《自春堂詩集》十二卷。

是年先生病目,延醫診治,經久未癒。

丁酉秋,先生《病起雜述四首》,其三云:"病目已三年,診治罕有應。"(《念樓集》卷四)

梅植之館岑建功家,課其猶子,稍得食宿之所。先生與王纘華屢促渠收拾歷年詩稿,先生並録一通藏於篋。(梅氏《嵇庵詩集‧序》)

《念樓集》卷四《答楊子堅》《村舍書懷寄楊子堅》《愛餘軒雨霽示諸生》《寄懷劉孟瞻,兼訊梅蘊生》《橋西精舍雜詠》《過射陽故城,弔漢射陽侯劉纏》諸詩,皆本年作也。

是年,吳大澂、蕭穆生。顧廣圻、王紹蘭、施彥士、陳用光卒。

(作者簡介:陳鴻森,"中央研究院"歷史語言研究所兼任研究員。)

藝文鏡詮

正學

淺説黄焯先生批校《文選》對"《文選》學"的貢獻

熊禮匯

摘　要:2022 年,《黄侃黄焯批校昭明文選》得以影印出版,由於印數極少,本文特以披露材料的方式,叙説黄焯先生批校《文選》對《文選》學的貢獻。一是較爲完整地介紹先生對《文選序》的批校,以突出其於蕭統選文重要標準"篇章""篇翰""篇什"的理解;二是條列材料,以呈現黄焯先生利用其小學(文字學、聲韻學和訓詁學)和文學評論方面的專長,批校《文選》的特點及其對傳統《選》學所作的貢獻,其中不乏對黄侃先生批校意見的補充和超越;三是通過具體陳述黄侃《文選平點》的内容,以彰顯兩位黄先生《選》學"思路"之"源流"關係,並將黄焯先生特有的古文學養列爲其《選》學特色成因之一。

關鍵詞:黄侃黄焯　《文選》批校　《文選》學

2022 年 12 月 17 日是黄焯先生誕辰 120 周年紀念日,《黄侃黄焯批校昭明文選》十巨册得以在這一年的上半年影印出版面世,這是對先生最好的紀念。

黄焯先生乃近現代國學大師黄侃侄子,爲其叔父名聲所掩,黄焯先生的學術成就雖被業内專家評價甚高,而一般學者却知之不多。先生大學畢業後,一直在高校中文系從事國學教育和研究工作,常教的課程有《詩經》、《文選》、唐宋古文和文學概論、國學概論等。已經正式出版的著作有《經典釋文匯校》《毛詩鄭箋平議》《詩疏平議》《古今聲類通轉表》《詩説》《黄焯文集》等。其中,兩部《平議》受到海内外專家的高度讚揚,熊十力謂"置於《皇清經解》亦無愧色"。日本漢學家驚呼:"禹域内尚有此人耶!"以爲"遠勝清人陳奂的《詩毛氏傳疏》"[1]。先生晚年傾全力整理黄侃先生遺墨,正式出版的有《説文箋釋四種》《爾雅音訓》《廣韻校録》《文選平點》《文字聲韻訓詁筆記》《字正初編》《量守廬群書箋釋》《蘄春黄氏文存》等。自費油印者,則有《説文同文》《字通》《説文新附考原》《訓詁叢説》等。另有《黄侃論學雜著續編》待梓。受黄侃先生影響,黄焯先生學兼四部,尤精於經學、小學、文學、史學。於文學,不但精熟《文心》《文選》之理,而且愛讀駢文,偶爾寫作駢文。後從黄侃授讀歸文,篤信劉、姚因聲求氣説,至老不廢吟哦,遂於韓、歐古文之妙悟入有得,所作古文七八十篇,似以近歐者多。

---

〔1〕　丁忱:《黄焯先生學述》,《長江學術》2008 年第 1 期。

　　黄侃於 1928 年 5 月前即批校《文選》十過,逝世前又曾批校數次,每次批校皆有增補之處。黄焯先生第一次接觸黄侃《文選》批校,是在 1922 年夏天。當時黄侃母親喪事完畢,黄侃特批校《文選》一部,贈與前來弔唁的學生吳靚。黄侃一面批校,一面交黄焯在旁邊過録批語,叔侄倆僅用 14 天即成其事。黄焯研習《文選》,主要以黄侃批校本爲教材,這是没有疑義的。在研習中,黄焯接觸到黄侃利用的是不同版本的、批校内容詳略不等或增删修訂有異的《文選》批校本,於是他主動做了兩件事。一是以黄侃 1922 年批校本爲主,兼采其與葉樹藩海録軒本、四明林氏本等多種版本《文選》之批點校語,整理成黄侃《文選平點》出版。二是隨著研習的深入,黄焯先生也像黄侃一樣持續批校《文選》,逐年所得批語,數量亦復可觀。大抵黄焯自行批校,至遲在 1938 年已經開始,《文選》卷五十五劉孝標《廣絶交論》黄焯批語,即有"戊寅(1938)冬"按語一條。直到辛丑年(1961)分幾次(二月、七月、八月)始將黄侃校語過録(選録或全録)到黄焯自行批校的本子(即同治八年湖北崇文書局覆刻嘉慶十四年胡克家本李善注《文選》)上。這樣,才有了今日崇文書局影印出版的《黄侃黄焯批校昭明文選》。

　　黄侃批校《文選》的特點,海峽兩岸已有衆多學者撰文加以介紹(崇文書局影印本所用代序——許嘉璐先生《文選黄氏學訓詁探賾》,即爲其一),本文則在概述黄焯先生批校内容的基礎上,略論其所體現的"選學"思想,以見黄焯老師博學弘論之一斑。

一、從《文選序》批校看黄焯先生《文選》批校的主要特點

　　研讀黄焯先生批校《文選》的特點,須知先生的批校,是在過録黄侃先生批校内容基礎上所作的工作。應指出的是,黄侃先生的批校,絶大多數都是黄焯先生所認可的。爲強化感性認識,這裏不妨先列舉黄焯先生批校《文選序》的文字,以顯現其批校《文選》全書之思路及體式。

　　《文選序》,李善無注,黄侃先生批校處亦少。黄侃於"多則九言",批曰:"九言詩全篇,今所見者,宋謝莊《宋明堂詩歌·白帝》一首爲最先,高貴鄉公九言則無考矣。"於"若夫姬公之籍"云云,批曰:"此序,選文宗旨、選文條例皆具。宜細審繹,毋輕發難端。《金樓子》論文之語,劉彦和論文一書,皆其翼衛也。"於"人倫之師友"之"友",謂"何改作'表'"。於"坐狙丘,議稷下",謂"見曹子建《與楊德祖書》注引《七略》。張雲璈説。"又改"紀別異同"之"異同"爲"同異"。此外,盡爲黄焯先生所作批校。批語或置於原文旁,或置於書頁空白處。如於《文選序》正文外,黄焯先生批曰:"以楊守敬影抄日本卷子本(後省稱'抄'本或'抄')校此序。"

　　又批曰:"抄本眉評云:'太子令劉孝綽作之。'"

　　曰:"摯虞《流別》,李沖《翰林》,劉義慶《集林》,沈約、丘遲《集鈔》,皆總集之先《文選》者。"

　　曰:"傳昭明選文者,有王筠、劉孝綽、王規、張纘、殷芸、陸倕、到洽、謝覽、謝舉。"

　　曰:"蘇軾《答劉沔都曹書》云:'梁蕭統集《文選》,世以爲工。以軾觀之,拙於文而陋於識者,莫統若也。宋玉賦《高唐》《神女》,其初略陳所夢之因,如子虚、亡是公等相與問答,皆賦矣。而統

謂之敘,此與兒童之見何異? 李陵、蘇武贈別長安,而詩有'江漢'之語。及陵與武書,詞句儇淺,正齊梁間小兒擬作,決非西漢文。而統不悟。"

曰:"清初校《文選》者,有潘稼堂、錢陸燦,其後則有何義門評定本,余蕭客之《文選音義》《文選紀聞》,汪師韓之《文選補注》、王煦之《文選李注拾遺》、胡克家之《文選考異》、張雲璈之《選學膠言》、梁章鉅之《文選旁證》、朱珔之《文選集釋》、薛傳均之《文選古字通疏證》、胡紹煐之《文選箋證》、朱銘之《文選拾遺》、許巽行之《文選筆記》。"

置批語於《文選序》原文旁者,如於"冬穴夏巢之時",黃焯先生批曰:"《禮運》。"

於"斯文未作",批曰:"此上言未有文字。"

於"逮乎伏羲氏之王天下也",批曰:"抄本無'也'字。"

於"《易》曰觀乎天文",批曰:"賁卦象傳文。"

於"觀乎人文以化成天下",批曰:"干寶曰:'聖人之化成乎文章,觀文明而化成天下。'"

於"變其本而加厲",批曰:"潘末校'厲'改'麗'。"

於"難可詳悉",批曰:"此上序文字肇興源流寖廣之意。"

於"古昔古詩之體",批曰:"摯虞《文章流別論》云:'古詩之賦以情義爲主,以事類爲佐;今之賦以事形爲本,以義正爲助。情義爲主,則言省而文有例矣;事形爲本,則言富而辭無常矣。'"又曰:"次文之體三十有八。"

於"今則全取賦名",批曰:"《詮賦》云:'《詩序》則同誼,傳說則異體。'"

於"荀、宋表之於前"之"於",批曰:"抄本'于'。"

於"賈、馬繼之於末",批曰:"此不言屈者,以屈子之騷當別爲一類。"又於"繼",批曰:"抄本'繫'。"

於"邑居則有憑虛、亡是之作",批曰:"《西京》《子虛》。"

於"《羽獵之制》",批曰:"抄本'製'。"

於"若其紀一事",批曰:"《北征》《西征》。"

於"詠一物",批曰:"《洞簫》《長笛》。"

於"風雲草木之興",批曰:"陸機《白雲》《浮雲》。鍾會《菊賦》,王粲《柳賦》。"

於"魚蟲禽獸之流",批曰:"摯虞《觀魚》,蔡邕《蟬賦》《鸚鵡》。"

於"不可勝載矣",批曰:"以上敘賦之源流。"

於"遂放湘南",批曰:"抄評引陸善經本,'湘'爲'江'。抄本二字倒。"

於"騷人之文,自茲而作",批曰:"以上敘騷之源流。"

於"桑間濮上,亡國之音表",批曰:"《樂記》。"

於"退傅有《在鄒》之作",批曰:"韋孟《在鄒詩》。"

於"少則三字",批曰:"《安世房中歌》《郊祀歌》。"

又曰:"《文章緣起》云:'三言詩,晉夏侯湛所作。'案,漢元鼎四年,馬生渥窪水中作《天馬歌》,

乃三言之始。六言詩,漢谷永作。七言,《柏梁聯句》。"

　　於"九言",批曰:"《文章緣起》云:'九言詩,魏高貴鄉公所作。'"

　　於"頌者",批曰:"秦刻石而頌之屬。優遊彬蔚,縱逸而華盛也。敷寫似賦,而不入華侈之區;敬慎如銘,而異乎規戒之域。章云:'古代之頌,用于祭祀。生人作頌,始於秦碑。'"

　　又曰:"頌之義,廣之則籠罩成韻之文,狹之則唯取頌美功德。前者如馬融《廣成》之類,後者則自秦刻石以來皆同其致。其體或先序而後結韻,或通篇全作散語(如《聖主得賢臣頌》),又或變其名而實同頌體,則有若贊,若祭文,若銘,若箴,若誄,若碑文,若封禪,其實皆與頌相似。頌惟典雅,詞必清鑠。敷寫似賦,而不入華侈之區;敬慎如銘,而異乎規戒之域。""章云:'古代之頌,用之祭祀。生人作頌,始於秦碑。'"

　　於"吉甫有'穆若'之談",批曰:"《烝民》。"

　　於"既言如彼"之"言",批曰:"'其'。抄。"之"彼"批曰:"指古詩之作。"

　　於"又於若此"之"若",批曰:"'如。'抄。"之"此"批曰:"指今頌贊之頌。"

　　於"次則箴興於補闕"之"箴"批曰:"《虞箴》。章云:'箴與銘異者,有頓挫之句,以直言爲極。'"

　　又曰:"《文心》:'箴誦於官,銘題於器,名目雖異,而警戒實同。'"

　　於"論則析理精微",批曰:"論名理。説,七國遊士縱橫捭闔,肆口陳言,取快一時,確有論辯煒曄之觀。"

　　於"銘則序事清潤",批曰:"博約溫潤,不繁不露。"

　　又曰:"《文章流別論》云:'古之銘至約,今之銘至繁,質文時異也。上古之銘,銘於宗廟之碑。'"

　　於"美終則誄發",批曰:"後世祭文與誄同源。""傳體而頌文,榮始而哀終。"

　　於"圖像則贊興",批曰:"史述、贊不應列爲一類。據《文心·頌贊》篇,誤始於摯虞。"

　　又曰:"司馬相如《荊軻贊》。"

　　又曰:"《文心》:'仲洽《流別》,謬稱爲述。'"

　　於"詔誥教令之流",批曰:"《文章緣起》云:'詔,始秦時。《穆天子傳》乃發憲命詔六師之人,始此。'"

　　又曰:"淮南王《謝群公命》。"

　　於"表奏箋記之列",批曰:"箋,始於東漢班固《説東平王箋》。"

　　又曰:"《蕭望之傳》:'待詔鄭朋奏記於蕭望之。'""箋記之爲式,上窺乎表,下睨乎書。"又曰:"淮南王《諫伐閩表》。"又曰:"枚乘奏書《諫吳王濞》。《文心》云:'戰國以前,君臣同書,秦漢立儀,始有表奏,王公國內,亦稱奏書。'"

　　於"書誓符檄之品",批曰:"《左傳》:'鄭子家《與趙宣書》。'"

　　又曰:"《釋名》:'符,付也。書所以敕命於上,付使傳行之也。'"又曰:"章實齋《詩教篇》謂不應別符命爲一體。又謂昭明選文拘於形貌,昧於流別。"

又曰:"唐、宋以後,檄文在啟行之前,露布當克敵之後。名實分矣。漢王責項十事,隗王罪莽三條,此檄之始。《文章緣起》云:'檄,始賈弘爲馬超討曹操所作。'"

於"吊祭文,悲哀之作",批曰:"杜篤祭延鐘。""蔡邕悲溫舒文。"

又曰:"班固《梁氏哀詞文》。《文章流別論》曰:'哀詞者,誄之流也。率以施於童殤夭折,不以壽終者。'"

於"答客、指事之制"之"制",批曰:"製。"又曰:"《七發》之類也。《七發》,説七事以發太子也。"

又曰:"指事,如《七發》之類。傅玄《七謨序》云:'昔枚乘作《七發》,而屬文之士若傅毅、劉廣世、崔駰、李尤、桓麟、崔琦、劉梁、桓彬之徒,承其流而作之者紛焉。《七激》《七興》《七依》《七款》《七説》《七蠲》《七舉》《七設》之篇。馬季長、張平子亦引其源而廣之。馬作《七厲》,張造《七辨》。自大魏英賢迭作,有陳王《七啟》,王粲《七釋》,楊氏《七訓》,劉氏《七華》,從父侍中《七諱》。'"

於"三言八字之文",批曰:"三言謂漢武《秋風辭》,八字謂魏文帝樂府詩。或謂三言八字皆指隱語,或以爲離合體。"

於"碑碣志狀",批曰:"碑文至東漢始盛。""秦碑亦頌之類,古代作頌用之祭祀,生人作頌始於秦碑。""漢碑有稱'誄曰'者,是碑與誄本不可分。""潘尼《潘黃門碣》。""秦刻石,漢惠《四皓碑》不出禮典,起宋元嘉顏延年。""胡幹《楊伯之行狀》。"

於"譬陶匏異器"之"器",批曰:"'品。'抄。"

於"黼黻不同",批曰:"白黑。黑青。"

於"作者之致,蓋云備矣",批曰:"以上敘各體文之源流。"

又曰:"蘇子瞻謂《文選》編次無法,去取失當。今謂騷、七、對問、設論、辭之類,可入辭賦類;表、上書、彈事,皆奏議類;箋、啟、奏記、書,皆書牘類;詔、册、令、教、文,皆詔令類;史述贊,可入序跋類;符命,可入頌贊類;誄、哀,入哀祭類;行狀入傳狀類;史論與論可合爲一類;哀策、吊、祭,亦可合爲一。"

於"余監撫餘閑",批曰:《左傳·閔二年》。"又曰:"爲王琳《石誌》。"

於"縹",批曰:"青白色。"

於"緗"批曰:"黃色。"

於"非略其蕪穢,集其精英,兼功太半難矣",批曰:"以上敘所以選文之意。"

於"若夫",批曰:"'而'。抄。"

於"豈可重以芟夷,加之剪截",批曰:"敘所以不選經之意。"

於"孝敬之准式",批曰:"抄本'孝'上有'寔'字。"

於"人倫之師友"之'友',批曰:"'表'字,何改。"

於"又以略諸"之"以"批曰:"抄本:'亦'。"

於"若賢人之美辭",批曰:"從此至'亦所不取',敘不選《戰國策》及兩漢奏疏之意。"

於"謀夫之話"之"之話"之間,批曰:"抄本上有'美'。"

於"辨士之端",批曰:"抄本'端'上有舌。"

於"坐狙丘,議稷下"批曰:"田巴辯於狙丘而議於稷下。"

於"食其之下齊國"之"其",批曰:"基。"

於"所以褒貶是非、紀別異同"之"所以"之前,批曰:"抄本上有'蓋'。"於"異同"依抄本改爲:"同異。"

於"若其贊論……雜而集之",批曰:"此因集內有史傳贊、論、序、述諸文,故申明其入選之意也。"

於"與夫篇什"之"篇什",批曰:"篇什謂文章之單行者(禮匯按:單行者,即單獨成篇者)。"

於"名曰《文選》云耳"之"曰",批曰:"抄本:'之'。"之"耳"批曰:"'耳'作'爾'。"

於"各以時代相次"之"各",批曰:"抄:'略'。"

研讀《文選》,讀懂《文選序》十分重要。如上引黃侃所言,它不僅道出了《文選》的"選文宗旨、選文條例",而且其文論觀,對六朝文學理論思潮的形成,起有不可或缺的引導作用。李善於《序》無注,今讀黃焯先生批校文字(包括所錄黃侃批語在內),《序》之要義,即可了然。蓋其批校內容雖然涉及面廣,總爲解除文義理解之疑難而發。通讀批校,可知《序》依次說文之興起,文之踵事增華、變本加屬的發展趨勢,再說賦、騷、詩、頌、箴、戒、論、銘、誄、贊,以及"詔誥教令之流、表奏箋記之列、書誓符檄之品、吊祭悲哀之作、答客指事之制、三言八字之文,篇辭引序,碑碣志狀"諸多文體的功用、題材內容、體式特徵、源流演變、審美要求、基本風格取向,間或言及該文體名家名作的優長之處。然後總束前言,謂自古及今"眾制鋒起"、風格流派大備,自然轉入敘說選文理由。首標"略其蕪穢,集其清英"之宗旨,次言不能選經,繼言不選諸子及諸書所載謀臣策士之論,不選史書正文,卻收史傳贊、論、序、述之優秀者。難得的是,黃焯先生的批校,釋疑解惑,皆於正確理解《序》文字句章節之音、義、內容,具有很強的針對性,既能正視難點,且言之的當精約。尤於表述《文選序》要義之關鍵字句,有時真能起到令人頓悟其說的功用。

《序》說選文範圍、要求,有的出語簡明且言事單一,容易理解,如說不選經、子,直謂"若夫姬公之籍、孔父之書,與日月俱懸……豈可重以芟夷,加之剪截? 老莊之作、管孟之流,蓋以立意爲宗,不以能文爲本……又以略諸"。有的則言之繁瑣,或所說情況較爲複雜。言之繁瑣者,如謂"若賢人之美辭,忠臣之抗直,謀夫之話,辨士之端,冰釋泉湧,金相玉振,……雖傳之簡牘,而事異篇章,今之所集,亦所不取"。不但羅列說辭之種類,還舉例詳言各家故事"事美一時,語流千載"之影響,然後再言其短,托出如黃焯先生批語所說的"敘不選《戰國策》及兩漢奏疏之意"。情況較爲複雜的,是《序》中對何以不選史書正文而選史中贊、論、序、述的說明。黃焯先生批曰:"此因集內有史傳贊、論、序、述諸文,故申明其入選之意也。"批語實際上針對的是人們於此最易糾纏不清的兩個問題而發,一是贊、論、序、述本爲史書之一部分,爲何選取贊、論、序、述而不選正文? 二是所説贊、論、序、述的文體、文風特徵,是否屬於《文選》選文的統一標準? 讀者既知贊論序述之"綜輯辭采""錯比文華""事出於沈思,義歸乎翰藻",乃"其入選之意"。又明白説明不取正文的原因:"所以褒貶是非,紀別異同,方之篇翰,亦已不同。"自於二糾纏事有較爲明確的答案。關於前者,"紀事之史、繫年之書"之功用和文體體式、敍事方式大不同於《文選》所選之文,當然不會成爲選錄對象。史書正文(指紀、傳等)中的贊、論、序、述,其寫作"以能文爲本"所顯出的種種特徵,如自成篇章的文體架構、講究辭采的修辭技巧、頗具美感的文學意味,皆與《文選》所選作品類型相同,故能"與夫篇什,雜而集之"。

合觀《文選序》説五種文字的取與不取,都用到一個衡量標準,就是是否有自具首尾、獨立成篇的文章體式,即是否符合作爲《序》言所謂"篇章""篇翰"或"篇什"(黄焯先生批曰:"謂文章之單行者。")的要求。而被蕭統視爲合乎篇章要求的,只有史傳之贊、論、序、述,而説前四種文字不能入選,都有文體體式不能獨立成篇的原因,只是説法不同。前二種暗示不合(所謂"豈可芟夷、剪截""不以能文爲本"云云),後二種則明言其不合。讀"與夫篇什,雜而集之",不少學者十分看重入選的贊論之作曾以單獨成篇的文體形式流行於世的特點。似乎彼等入選,蓋以其特爲單篇獨立者,實則自具單篇體式是蕭統對所有史書贊、論、序、述的看法。在他看來,自成篇章和《序》中"若其贊論"云云,所説贊、論、序、述佳作之藝術造詣,都是其"以能文爲本"方面的特點。而這些正符合《文選》選文的標準。也就是説,蕭統所持的《文選》選文標準,正體現在他所描述的贊、論、序、述的寫作特色中。其中有一點是很明確的,那就是選文以體制爲先。古代文論家常講文辭(或謂文章)以體制爲先,這一文學常識,既見諸於文學創作和文學評論,也應是編撰文學選本的要求。明清學者研究文體的書不少,可他們編的選本(特別是所謂古文選本),所選文字從經、子、史書及其他雜記文獻中芟夷、剪截者不在少數。真正既從創作、批評角度立論,又堅持選文以體制爲先的,應該是蕭統選編的《文選》。而且他不但做到了選文以體制爲先,還隱然持有詩文體裁單獨成篇、所言事義單一、篇幅有限的要求,故其説經、子、史書和謀夫、遊士説辭爲《文選》"所不取",總以其不合篇翰爲由。倒是後來韓愈宣導散文復古,深知蕭統選文以體制爲先、著眼篇什之制的文學意義,故其復古之意不在於復興經、子、史書之類的著述之文,也不在於適應朝廷政治生活需要的詔誥奏議,而是爲了適應當時人們社會文化生活的需要,融匯、吸納三代秦漢之文的藝術經驗,利用、改造建安以來社會上廣爲流行的文體,合理創造新的文體,且均使其成爲自具首尾、事義單一、奇句爲主、一氣貫注、篇幅有限的單篇散文。

二、黄焯先生《文選》批校對《文選》學的貢獻

何謂《文選》學?《文選》學可以説是我國古代影響最大的詩文選本學,它是在《文選》傳播、接受的漫長歷程中逐漸形成、壯大,以至成爲一種顯學的。《文選》學的創始人是隋代的曹憲(著有《文選音義》),其學術史上具有里程碑意義的權威著作,是曹憲弟子、唐人李善的《文選注》。自

《文選注》出,《文選》學的研究,即於《文選》作品起點之上,又躍入一頗有高度的學術平臺,其研究範圍、方法和見地,較之前人、時人有很大突破。張之洞言及其内容、功用和種種特色,就説:"李善注最精博,所引多古書,不獨多記典故,於考訂經、史、小學,皆可取資。'不知選注之用者,不得爲選學。'"又説:"'《選》學有徵實、課虚兩義。考曲實、求訓詁、校古書,此爲學計;摹高格、獵奇采、此爲文計。'"還説:"學《文選》,當學其體裁、筆調、句法,'試看《選》中詩文,前人評論、激賞,多在空靈波瀾處。'"〔1〕有的學者甚至認爲:"自從有了此書,《文選》學就應該是《文選李善注》之學。"並説:"《文選李善注》之學,包括《文選李注》的文獻學,《文選李注》的小學(文字、聲韻、訓詁之學),《文選李注》的文論學。"〔2〕將"文選"學的學術研究範圍劃分爲文獻學、小學、文論學三塊,大體符合事實。實際上,其文獻學的存在,於其小學、文論學有很强的的依附性。就黄焯先生《文選》批校而言,其於《文選》學之文獻學的貢獻,亦離不開其於《選》學小學和文論學的貢獻,故本文僅從小學、文論兩方面入手,略道其對《選》學之貢獻。

先説對小學方面的貢獻。小學涉及文字學、聲韻學和訓詁學,黄焯先生利用小學批校《文選》,主要有四種情況。

一是對《文選》原文的校訂。如於班固《西都賦》"講論乎六藝,稽合乎同異",批校曰:"顔延年《三月三日曲水詩序》注引作'講論於六藝,稽古於同異。'"於《西都賦》"設璧門之鳳闕,上孤稜而棲金爵。内則别風之嶕嶢,眇麗巧而聳擢",批注曰:"'稜'爲'棱'。""何焯删'之'字。""'則'字疑應在'金'上。"於《東都賦》"功有横而當天,討有逆而順民",批曰:"孫志祖《考異》云:'功''討'二字,五臣作'攻''計',此善與五臣兩失之也。如上句作'攻',則下句應'討';上句作'功',則下句應'計'矣。"於張衡《東京賦》"嬴氏搏翼,擇肉西邑",批曰:"正文'搏'有誤。孫志祖云:'搏'疑當作'傳'。焯案:'孫説是。經籍無訓搏爲著者。'"於左思《吴都賦》"魂褫氣懾而自踢跌者,應弦飲羽,行償景僵者,累積而增益,雜襲錯繆",批曰:"此段文有誤,'飲'上或有'而'字。"且置"者"字於"累積而增益"之下。於《吴都賦》"廻靶乎行邪,睊觀乎三江",黄侃批曰:"'乎、行'二字皆羨文,'乎'因下'乎'字而誤,則加爲偶句,'行'則'邪'之誤也。"黄焯批曰:"'乎'字宜有,'行''邪'二字必有一爲羨文。《漢書·揚雄傳》'行睊垓下與彭城',是'行睊'二字連文。然《西京賦》有'遷延邪睊'之語,此本'行'在'邪'下,當有後人以'邪'釋'行'或改'行'爲'邪',仍未去'行'字耳。"於《吴都賦》"若此者,與夫唱和之隆響,動鐘鼓之鏗耾。有殷坻頹於前,曲度難勝",黄侃批曰:"此段文有誤。'於前'二字當羨。'有殷坻頹',言有盛於坻頹也。""焯案:'此用王念孫説。王氏謂與夫二字當爲舉字之訛。'"於陸機《文賦》"放言遣辭,良多變矣",批曰:"疑當作'遣其辭,其理多變'。"於鄒陽《獄中上書自明》"今人主誠能……終與之窮達,無愛於士,則桀之狗可使吠堯,而蹠之客可使刺由",批曰:"孫志祖云:《新序》作'無變於士',與上句'終與之窮達'意相

〔1〕　張之洞:《輶軒語·語學·讀古人文集》。

〔2〕　屈守元:《文選導讀·導言(3)》,巴蜀書社 1996 年版,第 58 頁。

貫。"於司馬遷《報任少卿書》"然陵一呼勞,軍士無不起,躬自流涕,沫血飲泣,更張空拳,冒白刃,北向爭死敵者",黄侃批曰:"'起躬'猶起身也。'躬自流涕'則不詞。"而"焯謹述"曰:"舊以'士無不起'爲句,則自'沫血飲泣'以下四句,均無主格,末句'者'字獨立不住。宜以'士無不起,躬流涕'爲句,直冠下四句。'自'爲衍文。當由一本'躬'作'身',或將'身'字注'躬'字,後遂誤爲正文,故衍耳。《漢書·司馬遷傳》無'自'字可證。"於陳琳《爲袁紹檄豫州》"故遂與操同諮合謀,授以裨師",批曰:"帥。據《後漢書》《國志》作'偏師'。'授以偏師'句,《後漢書》及《國志》注,並在'被以虎文'句下,《後漢書》作'授以偏師',《國志》注作'偏師'。"於班固《答賓戲》"曩者王途蕪穢,周失其馭",批曰:"馭,王元長《策秀才文》、劉越石《勸進表》、沈休文《奏彈王源》、陸士衡《辨王論》注,並引作'御'。"黄焯先生校訂《文選》原文之誤,大多採用文獻佐證,故持論穩妥。偶爾借助古代漢語語法及修辭手法辨析語句癥結所在,亦能切中肯綮,言之有理。黄焯先生更多是利用前輩專家研究結果,或參以己見,皆爲平實之論。

二是增補應注而未注者。一千四百多年來,《文選》注家雖多,却不是入選作品應注皆有注者,相反,應注而無注者甚多。想要彌補此一缺陷,可能還要經過《選》學研究者好幾個世紀的努力。可以說,補注《文選》既是前輩學者留給後輩的艱巨任務,同時也給他們留下了一個弘揚《選》學傳統文化精神的巨大學術空間。黄焯先生補注較多。如於班固《西都賦》"招白鷴,下雙鵠,揄文竿,出比目",補注曰:"'揄'音作'投'。"《後漢書》注:'招'猶'舉'也。"此本脱'投與揄同',當作'揄與投同'。"於張衡《西京賦》"彌望廣潒",黄焯先生注曰:"《洞簫賦》'彌望儻莽','廣潒'即'儻莽',廣大無涯之貌。"於《西京賦》"苯䔿蓬茸,彌皋被岡",黄焯先生注曰:"'蓬茸',《司馬相如傳》作'籠茸',《南都賦》作'翁茸',並雙聲疊韻連語,皆草木叢聚之貌。"於張衡《東京賦》"雷鼓鼝鼝,六變既畢",黄焯先生注曰:"《説文》:'鼝,鼓聲也。'今《詩·那》作'淵',《有駜》作'咽咽'。"於左思《蜀都賦》"猿狖騰希而競捷",黄焯先生注曰:"李周翰曰:'希,空虛也。'"於左思《吳都賦》"振盪汪流,雷抃重淵",黄焯先生注曰:"本書《江賦》'駴崩浪而相礧',善注'相礧,相擊也。'《漢書·陳遵傳》注:'轠,擊也。'此'雷抃'之'雷',與'礧''轠'音義並同。"於賦中"嶔冥鬱嶪",注曰:"吕延濟曰:'嶔冥''鬱嶪',並山高險之貌也。"於賦中"濞焉洶洶",注曰:"吕向曰:'濞',水暴至聲也。"於揚雄《甘泉賦》"駟蒼螭兮六素",注曰:"'四''六',駕數也,言或四或六。"於司馬相如《子虛賦》"衆色炫耀,照爛龍鱗",黄焯先生注曰:"'龍鱗',猶'瓏玲'。"於謝惠連《雪賦》"乃玄律窮,嚴氣升,焦溪涸,湯谷凝,火井滅,温泉冰;沸潭無湧,炎風不興",黄焯先生注曰:"'焦溪''温泉''沸潭'一也。"於江淹《別賦》"惟世間兮重別,謝主人兮依然",黄焯先生注曰:"'依然',徘徊、留戀之意。"於任昉《爲范尚書讓吏部封侯第一表》"金章有盈笥之談,華貂深不足之歎",原注謂"金章盈笥未詳",黄焯先生注曰:"吕延濟注云:'趙王論爲亂,謠曰:金章滿箱,尚不可長。'言小人在位者衆。"於阮瑀《爲曹公作書與孫權》"抱懷數年,未得散意",黄焯先生注曰:"'散意'猶云'布意'。"於司馬相如《難蜀父老》"諸大夫茫然喪其所懷來,失厥所以進",黄焯先生注曰:"師古曰:'初有所懷而來,欲進而陳之。'"於揚雄《劇秦美新》"中散大夫臣雄稽首再拜",黄焯先生注曰:"蔡邕《獨斷》云:'漢承秦法,群臣上書皆言昧死言。王莽盜位慕古法,去昧死,曰稽首。朝臣曰稽首、頓首,非朝臣曰稽首再拜。'"於干寶《晉紀總論》"而東支吳人輔車之勢",黃焯先生注曰:"'輔',頰也,口旁肌之名也。'輔''車'本一處,分爲二名。'輔'爲外表,'車'是内骨。"於論中"故於時有天下無窮人之諺",黃焯先生注曰:"《説文》:'諺,傳言也。'傳言者,古語也。凡經傳所稱之諺,皆屬前代故訓,宋人作注,始以俗語俗論當之。"於潘嶽《楊仲武誄》"日吳景西,望子朝陰",舊注:"短折,孔安國曰:'短'未六十、'折'未三十也。"黃焯先生注曰:"金甡云:'日東則景夕多風,日西則景朝多陰者,謂得日遲,此以比仲武少年光景正未有艾也。'"於蔡邕《郭有道碑文》"赫赫三事,幾行其招",黃焯先生注曰:"《毛詩》疏云:'三公雖無職,而外與六卿之事,故謂之三事。'"凡先生補注者,皆爲應注而未注者。作注則多引文獻,既言之有據,又簡明扼要,便於通釋文義。

　　三是訂正舊注之錯訛者。此類案例甚多,如於張衡《西京賦》"錫用此土,而翦諸鶉首",薛綜注曰:"'翦',盡也。"黃焯先生注曰:"王引之云:'翦'讀爲'踐','文王世子不踐'其類也。《周禮·甸師》注引'翦'作'踐',《玉藻》'凡有血氣之類,弗身踐也'注:'踐當爲翦,踐,居也。'"於賦中"蒂倒茄於藻井",薛綜注曰:"藻井,當棟中交木方爲之,如井幹也。"黃焯先生注曰:"藻井,亦謂之綺井。《魏都賦》'綺井列疏以懸蒂',今俗云天花板。"於賦中"鼻赤象,圈巨狿",薛綜注曰:"象鼻赤者怒。"黃焯先生注曰:"'鼻赤象',謂頓象之鼻,猶《子虛賦》云'腳麟',即謂持其腳也。"於賦中"置互擺牲",薛綜注曰:"'互',所以掛肉。'擺',謂破礫懸之。"黃焯先生注曰:"《周禮·牛人》:'凡祭祀共其牛牲之互。'鄭注:'互,若今屠家懸肉格。'孫詒讓曰:'《一切經音義十四》引《蒼頡篇》云:格,棚架也。《詩·小雅·楚茨》孔疏引《周禮》鄭注,格作架,蓋以義改。'"於賦中"眳藐流眄",薛綜注曰:"眳,眉睫之間;藐,好視容也。"黃焯先生注曰:"'眳藐',猶綿藐。《上林賦》'微睇綿藐',郭璞云:'綿藐,遠視貌。'王念孫云:'好視貌。'"於賦中"起彼集此,霍繹分泊",薛綜注:"'霍繹紛泊',飛走之貌。"黃焯先生注曰:"嵇叔夜《琴賦》'霍濩紛葩'注:'盛貌。'與此皆疊韻連語。"於張衡《東京賦》"始於宮鄰,卒於金虎",薛綜注:"鄰,近也,謂近於宮室,惑於褒姒,卒有禍敗也。金虎,西方白虎神,主金,金白也。"李善注曰:"宮鄰金虎,言小人在位,比周相進,與君爲鄰,貪求之德堅若金、讒謗之言惡若虎也。"黃侃注曰:"'宮鄰''金虎'以薛注爲定解。"黃焯先生注曰:"陸士衡《答賈長淵詩》,善注引石氏《星經》云:'昴者,西方白虎之宿也;太白者,金之精,太白入昴,金虎相薄,主有兵亂。'"於《東京賦》"武有大啟土宇,紀禪肅然之功",薛綜注曰:"肅,敬也。謂登封太山,升(黃侃謂'當作降')禪肅然。"黃焯先生批曰:"武帝禪泰山下趾東北肅然山。(《郊祀志》)"於賦中"掩觀九隩",薛綜注曰:"'掩'猶'及'也。"黃焯先生注曰:"《方言三》:'掩,同也。'案:'掩觀'猶統觀。"於賦中"諗門曲榭",薛綜注曰:"諗門,冰室門也。"黃焯先生注曰:"《説文》'周景王作洛陽諗臺',徐鍇曰:'諗臺猶別館也。'《禮記大傳正義》:'在旁而及曰移。'"於左思《吳都賦》"湛淡羽儀,隨波參差",劉注曰:"'湛淡',迅疾貌。"黃焯先生注曰:"胡紹瑛:'湛淡',搖盪之貌,猶澹淡也。注未諦。"於王粲《登樓賦》"氣交憤於胸臆",舊注曰:"'交',戾也。"黃焯先生注曰:"《左傳》'亂氣狡(音刀)憤',此借'交'爲'狡'。"於宋玉《招魂》"麗而不奇些",王逸注曰:

"'麗',美貌也;'不奇',奇也。猶《詩》云'不顯',顯也。言美女被服綺繡,曳羅穀,其容美麗,誠足怪奇也。"黃焯先生注曰:"孫云:謂華麗而不奇袞,與上文麗而不爽意同。注非。"於《招魂》"激楚之結",王逸注曰:"激,感也;結,頭髻也。"黃焯先生注曰:"金氏甡曰:'結'字解,當就《上林賦》'激楚結風'參之。《七發》亦云'發激楚之結風'。"(《上林賦》"激楚結風"注:"張揖曰:'《楚》,歌曲也。'文穎曰:'沖',擊,急風也;'結風',亦急風也。楚地風氣既自漂疾,然歌樂者猶複依激結之急風爲節也,其樂促迅哀切也。")於文中"虎豹九關啄害下人些",王逸注曰:"啄,齧也。天門九重,使神、虎、豹執其開閉。言啄天下欲上之人而殺之。"黃焯先生注曰:"孫引錢氏枚云:'《山海經》:昆侖之下都,面有九門,門有開明獸守之,虎身人面。'"於文中"工祝招君,背行先些",王逸注曰:"'工',巧也。男巫曰'祝'。'背',倍也。言選擇名工巧辯之巫,使招呼君,背道先行在前,宜隨也。"黃焯先生注曰:"孫引金氏甡云:'背行',謂側身向所招者,由前視之則爲背行也。猶却行爲導之意。'背'字直須直解,不必作'倍'誦也。"於任昉《爲范始興作求立太宰碑表》"道非兼濟,事止樂善,亦無得而稱焉",舊注曰:"《論語》曰:'齊景公有馬千駟,死之日,民無德而稱焉。'"黃焯先生注曰:"世'無得而稱',與《論語》意殊。"於鄒陽《上書吳王》"此皆國家之不幾者也",孟康注曰:"言國家不可庶幾得之也。"黃焯先生注曰:"'不幾',猶言不可逆知也。"於班固《答賓戲》"商鞅挾三術以鑽孝公",舊注曰:"服虔曰:'王霸富國強兵爲三術。'"黃焯先生注曰:"李周翰云:'三術,謂帝、王、霸。'《漢書》應劭注與服虔同。"於班固《典引》"乃先孕虞育夏,甄殷陶周",蔡邕注曰:"言測度漢本至唐,乃任舜育禹,化契成稷,皆爲之父母模範也。"黃焯先生注曰:"孫志祖云:'孕''育''甄''陶',兼四代也,不必作'父母模範'解。"於干寶《晉紀總論》"長沙之權,皆卒於傾覆"舊注曰:"王隱《晉書》曰:'乂字士度,封長沙王,拜步兵校尉。齊王冏相攻,冏敗,縛至上前,又叱左右斬之。'"黃焯先生注曰:"孫志祖云:'長沙之死,由東海王越收送別省,爲張方所殺,並非敗死。'注誤。"黃先生校訂舊注錯訛,亦多用文獻説話,或比較眾多文獻,擇善而從;或參用同一用語在《文選》其他詩文中的注釋,以明其非,故其注穩妥可從。

四是加注以提升舊注之精准度。此一做法,實是補注應注未注者與校訂舊注錯訛者的疊加。如於張衡《西京賦》"及帝圖時,意亦有慮乎神祇,宜其可定以爲天邑",薛綜注曰:"言高帝圖此居之時,意亦以慮於天地陰陽,而思可宜定以爲天邑。"黃侃注曰:"'時,是也;'意',辭也。"黃焯先生注曰:"'意亦',亦'抑亦'也。'抑'與'意'古字通。《論語・學而篇》'抑與之與'。漢《石經》'抑'作'意'。"於賦中"飾華榱與璧璫",薛綜注曰:"'華榱',畫其榱也。"黃焯先生注曰:"《上林賦》'華榱璧璫',韋昭曰:'裁金爲璧,以當榱頭。'"於賦中"雖斯宇之既坦,心猶憑而未攄",薛綜注曰:"'坦',大也;'憑',滿也;'攄',舒也。"黃焯先生注曰:"《莊子・盜蹠篇》'侅溺於憑(音憤)氣',《釋文》'言憤,畜不通之氣也。'"於賦中"翔鶤仰而不逮",薛綜注曰:"鶤,大鳥。"李善注曰:"《穆天子傳》曰:'鶤雞飛入百里。'郭璞曰'鶤',即鵾雞也。'鵾'與'鶤',同音昆。"黃焯先生注曰:"高誘《淮南》注,以鵾雞爲鳳凰別名。張揖《上林賦》注:'昆雞'似鶴,黃白色。"於賦中"鳳騫翥於甍標",薛綜注曰:"'甍',棟也;'標',末也。"黃焯先生注曰:"程瑤田《通藝錄》云:'甍者,蒙也。凡屋通以瓦蒙之曰甍。'王念孫以程説與内外傳俱合。"於賦中"漸臺立於中央，赫旷旷以弘敞"，李善注曰："漸臺，高二十餘丈，已見《西都賦》。《埤蒼》曰：'旷，赤文也，音户。'"黄焯先生注曰："《水經・渭水》注引《漢武故事》：'建章宫北有太液池，池中有漸臺，高三十丈。'""《上林賦》'煌煌扈扈'。馮衍《顯志賦》'扈扈'""遷，易也；引，致也。"李善注曰："'遷'謂徙之於彼；'引'謂納之於此。"黄焯先生注曰："何云：'貨出曰遷，貨入曰引。'"於賦中"廛里端直"，薛綜注曰："都邑之空地曰廛。"李善注曰："《周禮》曰：'以廛里任國中之地。'"黄焯先生注曰："孫詒讓曰：'凡可居之地未有宅肆者謂之廛，已有宅肆者謂之里。'"於賦中"義蔟之所攙捔"，薛綜注曰："'攙捔'，貫刺之。"黄焯先生注曰："胡紹煐曰：'蔟'當爲'簇'，凡刺物謂之簇，故乎所刺之物爲簇。《説文》：'攙，刺也。捔，與攂同。'"於賦中"青骹摯於韝下"，黄焯先生注曰："《説文》：'鷙，擊殺鳥也。''摯'爲'鷙'之借。《説文》：'韝'，射臂决也。（段玉裁注《説文》，臂衣也。）"於賦中"發引和，校鳴葭"，薛綜注曰："'葭'，更校急之乃鳴。杜摯《葭賦》曰：李伯陽入西域所造。"黄焯先生注曰："《説文》：'菰，吹鞭也。葭即菰，通作笳。'"於賦中"陰戒期門，微行要屈"，薛綜注曰："'要，或爲徼。'"李善注曰："'要屈'，至尊同乎卑賤也。"黄焯先生注曰："《漢書》：武帝與北地良家子期諸殿門，故有期門之號。'要屈'猶'夭屈'。"於張衡《東京賦》"審曲面勢"，薛綜注曰："'審'，度也。謂審察地形曲直之勢而建王都。"黄焯先生注曰："孫詒讓云：先鄭意蓋以曲直、方面、形勢平列爲三事，皆當審察之。《初學記・器物部》引後樑甄玄成《車賦》，有點、面、勢而審曲之語，潘嶽《笙賦》云'審洪纖，面短長'，則六朝人訓'面'爲'向'，亦可通。"於賦中"將將焉"，薛綜注曰："《禮記》曰：'天子穆穆，諸侯皇皇，大夫濟濟，士將將。'鄭玄曰：'威儀容止之貌。'"黄焯先生注曰："'將將'，今《禮記》作'蹌蹌'，《釋文》'蹌'本又作'鶬'，或作'鏘'同。"於賦中"黔首豈徒蹋高天、蹐厚地而已哉"，薛綜注曰："'蹋蹐'，恐懼之貌也。'《毛詩》曰：'謂天蓋高不敢不蹋蹋僂傴也；謂地蓋厚不敢不蹐蹐累足也。'"黄焯先生注曰："《説文》：'蹐'，小步也。又'趚'下云：'側行也。'引《詩》'不敢不趚'《玉篇》'蹐''趚'並子亦切。云：'趚，小行也。'"於賦中"龍雀蟠蜿，天馬半漢"，薛綜注曰："'龍雀'，飛廉也；'天馬'，銅馬也。'蟠蜿''半漢'，皆形容也。"李善注曰："華嶠《後漢書》曰：'明帝至長安，迎取飛廉並銅馬，置上西門平樂觀也。'"黄焯先生注曰："《水經・穀水》注引應劭曰：'飛廉，神禽，能致風氣，古人以良金鑄其象。''半漢'猶'伴涣'。鄭箋：'縱馳之意。'《魏都賦》劉注：'叛换，猶恣睢也。'"於賦中"孟春元日，群后旁戾"，薛綜注曰："'旁'，四方也。'戾'，至也。言正月一日，諸侯從四方而至，各來朝享天子也。"黄焯先生注曰："《淮南子・本經篇》高誘注曰：'旁'，並也。《釋詁》：'旁'，方也。'"於左思《吴都賦》"狖鼯猓然，騰趠飛超"，劉淵林注曰："'狖'，猿類。'猓然'，猿狖之類，居樹，色青赤有文，日難、九真有之。"黄焯先生注曰："'猓然'，一作'果然'。《御覽・獸部》二十二引《山海經》曰：'果然'，獸，似獼猴，以名自呼。色蒼黑，群行，老者在前，少者在後，的果食輒與老者，似有義焉。"於賦中"藏鏃於人，去廄自閒"，黄焯先生注曰："'去'，藏也。吕向曰：'言其兵杖不須出自武庫，人皆有之。'"於賦中"饒雷未足言其固"，劉注曰："《漢書》王莽策命前將軍曰：'饒雷之固，南當荆楚。'"黄焯先生注曰："《王莽傳》顏注曰：

‘謂之饒靁者,言四面塞阨其道,屈曲溪轂之水回繞而靁。即今商州界七盤十二繞是也。’”於賦中“峭格周施,罿罻普張”,劉注曰:“《莊子》曰:‘峭格’,羅絡,張網也。”黄焯先生注曰:“‘峭格’即阱擭之擭。‘峭’一作‘削’。‘格’者,格拒之意。”於賦中“王鮪鯸鮐”,劉注曰:“鯸鮐魚,狀如蝌蚪。大者尺餘,腹下白,背上青黑,有黄文。性有毒,雖小獺及大魚不敢啖之。”黄焯先生注曰:“胡紹瑛謂‘鯸鮐爲鮭之合聲,即今之和豚。’”於左思《魏都賦》“財賦之所底慎”,劉注曰:“《禹貢》曰:‘庶土交正,底慎財賦,鹹則三壤。’”黄焯先生注曰:“《尚書》僞孔傳云‘致所慎者,財貨貢賦。’言取之有節,不過度。”於揚雄《甘泉賦》“馳閶闔而入淩兢”,舊注引服虔曰:“‘淩兢’,恐懼貌。”黄焯先生注曰:“寒凍戰慄之貌。”於王鑠《擬行行重行行》“眇眇陵長道,遥遥行遠之。回車背京里,揮手從此辭”,舊注曰:“楚辭曰:‘路眇眇以默默。’《廣雅》曰:‘眇眇,遠也。’《左氏傳》童謡曰:‘遠哉遥遥。’”黄焯先生注曰:“‘遠之’即‘遠哉’,改以合韻耳。”於班固《答賓戲》“然而器不賈於當己,用不效於一世”,黄侃先生注曰:“‘當己’,猶知己耳。”黄焯先生注曰:“‘當己’,猶言及身耳。”於司馬相如《封禪文》“詩大澤之博,廣符瑞之富”,舊注曰:“《漢書音義》:‘詩’歌詠功德,下四章之頌也。‘大澤之博’,謂‘自我天覆,雲之油油’。‘符瑞之富’,謂‘班班之獸’以下三章,言符應廣大之富饒也。”黄侃注曰:“‘詩’字亦虚用,《將進酒》曲‘詩審博’,語同如此。”黄焯先生注曰:“王氏《讀書雜誌》云:‘詩’爲 詩賦之詩,則此語殊不詞。詩者,志也;志者,記也。謂作此頌以記大澤之溥博也。”於干寶《晉紀總論》“禮法刑政,於此大壞,如室斯構而去其鑿契(即楔)”,黄焯先生注曰:“五臣注云‘鑿契,簨也。’案:‘桂氏《札樸》云:木工穿鑿,謂之卯簨。’”於論中“又況我惠帝以蕩蕩之德臨之哉”,舊注曰:“蕩蕩上帝,下民之辟。”黄焯先生注曰:“《詩·蕩》箋:‘蕩蕩’,法度廢壞之貌。”於班固《封燕然山銘》“勒以八陣”,舊注曰:“《雜兵書》:八陣者,一曰方陣,二曰圓陣,三曰牝陣,四曰牡陣,五曰沖陣,六曰輪陣,七曰浮沮陣,八曰雁行陣。”黄焯先生注曰:“天、地、風、雲爲四正;飛龍、虎翼、鳥翔、蛇盤爲四奇。乾、坤、艮、巽爲闔門;坎、離、震、兑爲開門。”於顔延之《陶征士誄》“人之秉彝,不隘不恭”,舊注曰:“孟子曰:‘伯夷隘,柳下惠不恭。’隘與不恭,君子不由也。”黄焯先生注曰:“伯夷之行,失之太清而不能含容,故爲狹隘;柳下惠之行,失之太和而輕忽,對人故爲不恭敬。”於陸機《吊魏武帝文》“彼裘紱於何有,貽塵謗於後王”,舊注曰:“言裘紱輕微何所有,而空貽塵謗而及後王。”黄焯先生注曰:“案:‘後王’,指曹丕。‘貽塵謗’者,指曹丕兄弟不能守其父遺令,竟分其衣裘也。”可見先生作注不單力求精准,還要説得明白透徹。此外,如對舊注中白水、武關、荊山、窮石、梁山、大劍山等地名注釋的更正,實乃糾錯以求釋義精准,批注方法仍是借文獻説話,一如李善所爲。而於事有兩説者,黄焯先生亦能如實陳説,如前引“旁”注,即既言“竝”,又言“方”。於宋玉《神女賦》“其夜王寢果夢與神女遇”,注曰:“少陵詩曰:‘侍臣書王夢,賦有冠古才。’李義山詩云:‘襄王枕上原無夢,莫枉陽臺一片雲。’似以夢神女非屬之襄王也。”這樣做的好處是能增添讀者見聞,多一種思維角度(黄焯先生實際上是贊同黄侃所言“夢與神遇者王也”的説法的)。

五是適應釋義需要,批注涉及文化知識面廣,且言之詳細。於傅亮《爲宋公修張良廟教》“靈廟荒頓,遺像陳昧",舊注曰:"夏侯湛《東方朔畫像贊序》曰:'徘徊路寢,見學生之遺像。'"黃焯先生注曰:"《陔餘叢考》云:'宋玉《招魂》有像設君室之文,則墣像自戰國始。顧寧人謂尸禮廢而像事興,亦風會使然。唐宋時尚多墣像,近世祠堂則偶有畫像耳。'"如於陳琳《爲袁紹檄豫州》"父嵩,乞丐攜養,因贜假位",黃焯先生注曰:"《後漢書·宦者傳》:'嵩,靈帝時,貨販中官及輸西園錢一億萬,故位至太尉。'"於干寶《晉紀總論》"武皇既崩,山陵未干"云云,黃焯先生即引《廿二史劄記》所言"八王之亂,《晉書》及《通鑒紀事本末》所載頭緒繁多,覽者不易了,今撮敘於此"云云(六百餘字),以作注釋。於謝惠連《祭古冢文》"棺上有五銖錢百餘枚",李善注謂"《漢書》曰:'武帝罷半兩錢,行五銖錢也。'"黃焯先生注曰:"今世所傳五銖錢,皆云漢物,非也。南北朝皆鑄五銖錢。梁武帝、陳世祖、齊文襄、隋文帝時,皆鑄五銖錢。"於揚雄《劇秦美新》"改制度軌量,咸稽之於《秦紀》",李善注曰:"稽,考也。紀,本紀也。言考校而著之《秦紀》。"黃焯先生注曰:"《史記·始皇本紀》'一法度衡石丈尺。'"且詳言古度量衡制度之變云:"《左傳·宣公八年》正義曰:'魏齊斗、稱於古二而爲一,周隋斗、稱於古三而爲一。'杜氏《通典》言六朝量三升當今一升,稱三兩當今一兩,尺一尺二寸當今一尺。顧亭林謂古之一寸,適當今之六分有半。""中國尺度之制由短而長,晉迄後魏三百年間,幾增十分之三,自唐迄今則所增甚微,實由魏晉以降以絹布爲調,而絹布之制率以二尺二寸爲幅,四丈爲匹,官吏懼其短耗,又欲多取於民,故尺度代有增益,北朝尤甚。自金元以來,不課絹布,故八百年來尺度猶用唐宋之舊。"於干寶《晉紀總論》"先時而婚,任情而動,故皆不恥淫逸之過"云云,黃焯先生注曰:"篤守節義,斥異姓亂宗,事至南宋後使然。""《詩·摽梅》疏引王肅云:'前賢有言,丈夫二十不敢不有室,女子十五不敢不事。'譙周云:'男自二十以及三十,女年十五以及二十,皆得以嫁娶,先是則速,後是則晚矣。'"於論中"劉向之讖",黃焯先生注曰:"讖者,詭爲隱語,預決吉凶。《史記·秦本紀》稱盧生奏錄圖書之語,是其始也。"於曹同《六代論》"立郡縣之官",舊注曰:"李斯奏曰:'置諸侯不便,於是始皇分天以爲三十六郡,置守尉監也。'"黃焯先生注曰:"姚姬傳《郡縣考》云:郡之稱蓋始於秦,晉以所得戎翟地遠,使人守之,爲戎翟民君長,故名曰郡。趙簡子誓曰:'上大夫受縣,下大夫受郡。'郡遠而縣近,縣成聚富庶而郡荒陋,故以美惡異等,而非郡與縣相統屬也。"於王儉《褚淵碑文》"選尚餘姚公主拜駙馬都尉",黃焯先生注曰:"《漢志》:天子以列侯尚公主,諸侯以國人承翁主。魏晉之後,尚公主皆拜駙馬都尉。初,駙馬都尉,漢武置也,掌御馬。西漢多宗室及外戚任之,至魏何晏、晉杜預、王濟,皆以主壻拜駙馬都尉。後代因魏晉以爲恒,每上公主則拜駙馬都尉。"於碑文"入爲太子洗馬",黃焯先生注曰:"'洗馬','洗'音銑,越語。勾踐身親爲吳王前馬,《韓非子》云'爲吳王洗馬',《淮南子》則云'爲吳王先馬走'。然則洗馬者,馬前引導之人也。至洗馬之官,則古時已有之。"於碑文"於時新安王寵冠列蕃,越敷邦教,毗佐之選,妙盡國華"云云,黃焯先生注曰:"《禮記》云:'三公無官,言有其人,然後充之,無其人則闕。秦漢之際,並無其官。至高後,惟置太傅。漢平帝時,以大司馬、大司徒、大司空爲三公,立師傅保之官,位在三公上,崇號爲上公。'""吏部尚書專掌選職,右於諸曹尚書。西漢置尚書郎四人,至光武分尚書六曹,每一尚書則領六郎。""秦置侍中,本丞相史也。丞相使史五人,來往殿內奏事,故謂之侍中。西漢無常員或十人,或八人。魏置四人,其職則掌儐贊。天子出,則護駕,負璽配乘。"於碑文"以公爲散騎常侍、中書令、護軍將軍",黃焯先生注曰："案:散騎、常侍,本二官,皆秦置也。至魏文帝始以散騎、中常侍合爲一官,除'中'字直曰'散騎'。常侍,其職係典章表詔命手筆之事。中書令,自魏晉以來,皆置一人。"他如於《晉紀總論》"養老乞言以成其福禄者也"引黃侃説辨"福(祚)、禄(位)"之異;於《褚淵碑文》"鳴控弦於宗稷",言"宗稷(六朝指宗社即宗廟)"並非"社稷"等,此類文化知識,涉及社會文化生活的方方面面,足見先生讀書之多之細,以及研讀《文選》語句遇事必究根柢的精神。黃焯先生如此批注其文,自會使讀者在正確領會文義的同時大大擴大其知識面。

再説文論方面的批注。《文選》雖以選文爲主,它的産生本身就反映出特有的文論主張和文學審美意識。除《文選序》外,集中還選有卜子夏《毛詩序》、孔安國《尚書序》、曹丕《典論·論文》、皇甫謐《三都賦序》、杜預《春秋左氏傳序》、陸機《文賦》、左思《三都賦序》、沈約《謝靈運傳論》等古代文論名篇。黃焯先生對《文選》文論學的貢獻,既表現在對此類名篇語義的細加審繹詮釋,還體現在對所選詩文文學藝術特色的概括和分析。批注内容,大體有四。

一是關於文體知識的介紹。如説賦,除前引者外,又如於班固《兩都賦序》謂"或曰賦者,古詩之流也",李善注曰:"《毛詩序》曰:詩有六義焉,二曰賦,故賦爲古詩之流也。"黃焯先生批曰:"自魏晉以降,賦體漸趨整練,而齊梁益之以妍華。江鮑徐庾之作,蓋已不逮古處。自唐迄宋,以賦取士,創爲律賦,用便程式,命題貴巧,韻貴險,其精彩限於聲律、對仗之内,故或謂賦至唐而遂絶,由其體盡變、非復古義也。"於左思《三都賦序》"然相如賦《上林》而引盧橘夏熟,揚雄賦《甘泉》而陳玉樹青葱,班固賦《西都》而歎以出比目,張衡賦《西京》而述以遊海若,假稱珍怪以爲潤色",黃焯先生批曰:"張雲璈曰:'案《西京賦》海若遊於玄渚,乃極言清淵之大,將使海若亦來遊於此也。上文神山'瀛洲''方丈''蓬萊',皆屬形容之辭,非謂遊於海也。太沖譏之,似過。要之,賦不厭侈,如《吴都》之'巨鼇''大鵬',《魏都》之'遷善''岡匱',即太沖亦不免虚誇。揚、馬之'盧橘''玉樹'或有所喻,非全屬漫然涉筆,若必一一核實,恐乏風人之致。"於皇甫謐《三都賦序》,黃焯先生批曰:"摯虞云:'賦者,敷陳之稱、古詩之流也。前世爲賦者,有孫卿、屈原,尚頗有古詩之義,至宋玉則多淫浮之病矣。'又云:'《楚辭》之賦,賦之善者也。故揚子稱賦莫深於《離騷》。賈誼之作,則屈原儔也。'又云:'古詩之賦,以情義爲主,以事類爲佐;今之賦,以事形爲本,以義正爲助。'"又批曰:"《七略》次賦爲四家,一曰屈原賦,二曰陸賈賦,三曰孫卿賦,四曰雜賦。屈原言情,孫卿效物,陸賈賦不可見其屬,朱建、嚴助、朱買臣諸家,蓋縱横之變也。"合觀前引批語,賦體特點及其流別,大抵可知。又如言碑誌,與蔡邕《郭有道碑文》,黃焯先生引《説文》釋碑及《檀弓》"豐碑"注,作按語云:"碑本古葬時所用之木,施轆轤以繩被其上,以引棺也。臣子追述其君父之功,美以書其上,後人因焉,故每見於道陌之頭。歐陽公《集古録》云:'後漢以後始有碑文,欲求前漢時碑碣不可得。'是則塚墓碑自後漢以來始有之。"又如説墓,於任昉《劉先生夫人墓誌》,黃焯先生批曰:"張伯起以文皆韻語而無家世、生死歲月,定爲去其志而但選其銘,疑稱志誤。不知志墓之體,俗謂散文曰志,韻語曰銘,此不過習慣相承云爾。案:《説文》:'志',記也。'銘',亦記也。非有散文、韻語之别。蓋散文,自志、銘前序耳。江淹之於孫緬,單舉韻言,亦云墓誌。王融之於豫章王,謝朓之於海陵王,沈約之於長沙王,都無散序,並曰志銘,豈必散稱志、韻稱銘耶?"他如於陸機《文賦》所言文體,黃焯先生批曰"論之正體,當以諸子爲法,論名理而不論事理,乃爲精微朗暢者矣。""奏,戰國時縱橫家之作,大抵放恣,漢人乃變爲平徹閒雅之作。以天下統一,縱橫之風替矣。平則易解,雅則可登於廟堂。此種體式,自漢至唐不變。""説,七國遊士縱橫捭闔,肆口陳言,取快一時,確有煒曄譎誑之觀。"而説碑誌,且於黃侃批語"碑是頌體而當敘事,故文其表而質存乎裏"後,黃焯先生加注曰:"不宜敘事,時加考語。""章云:'碑雖主於文飾,仍以事實爲重,誄則但須纏綿悽愴而已。漢碑有稱誄曰者,知碑與誄不必分。'所謂博約溫潤者,語不宜太繁,又不宜太露。如《劍閣銘》是銘之正軌。'惟此文(指《文賦》)所稱之銘,乃指器物之銘。箴與銘異者,有頓挫之句,以直言爲極。'三頌之外,秦碑亦頌之類也。惟古代之頌,用之祭祀。生人作頌,始於秦碑。'"顯然,黃焯先生所作批語或加注,對讀者於舊注以外,深入瞭解相關文體由來、文學要素、屬性、審美要求及風格走向等大有裨益。

二是對古代文學批評術語、話語範疇的詮釋和對文學創作基本知識的介紹。如於陸機《文賦》"雖離方而遯員,期窮形而盡相",黃焯先生批曰:"何焯云:'離方遯員'二句,蓋亦張融所謂'文無定體,以有體爲常也'。"於《文賦》"詩緣情而綺靡,賦體物而瀏亮",批曰:"章云:'緣情'者,詠歌依違,不可直言,故曰'綺靡';'體物'者,鋪陳其事,不厭周詳,故曰'瀏亮'。"於《文賦》"立片言而居要,乃一篇警策",批曰:"或謂'警'有'驚'也。'策'即《孟子》'吾於武成取二三策'之'策'。'驚策'蓋謂一篇中之驚動者。又《左傳》'繞朝贈之以策',杜注以爲馬策,服虔解爲策書。"於《文賦》"或輕虛以婉約,每除煩而去濫",批曰:"文有專尚清約而質樸者。"又如於沈約《謝靈運傳論》"相如工爲形似之言,二班長於情理之説,子建、仲宣以氣質爲體",黃侃批曰:"'形似',摹寫事物之情狀也;'情理',權論是非也;'氣質',專尚天姿,取其遒上也。"黃焯先生加批曰:"焯案:《文鏡秘府論·十體》:形似,如'風花無定影,露水有餘清';'映浦樹欲浮,入雲風似滅',是也。情理,如'游禽暮知返,行人獨未歸';'四鄰不相識,自然成掩扉',是也。質氣,如'霧峰黯無色,霜旗凍不翻';'雪覆白登道,冰塞黃河源',是也。'"於《謝靈運傳論》"若前有浮聲"云云,黃焯先生批曰:"焯案:'浮聲'即指平聲,'且響'即上、去、入調。聲之法,其例有三,一曰換頭。凡五言詩,首句頭兩字平,次句須兩字仄,三句須兩字仄,四句須兩字又平,是也。二月護腰。謂五字之中第三字上下句不宜同聲。三曰相承。如上句仄聲多,則下句宜多用平聲,如王中書詩云'待君竟不至,秋雁雙雙飛',是也。"又批曰:"四聲論,王元長嘗謂,鍾嶸曰:'宮商與二儀俱生,往古詩人不知用之,唯范曄、謝公頗識之耳。今讀范曄贊、論,謝公賦、表,辭氣流靡,罕有掛礙,斯蓋獨悟於一時,爲知聲之創首也。'又云:'梁主蕭衍謂朱異曰;何者名爲四聲?答云天子萬福即是四聲。衍云天子壽考豈不是四聲也?以蕭主之博洽通識而竟不能辨之。'"此類術語詮釋、知識介紹,多取自文獻和名家之説,而不乏先生自得之見,且言之詳明,實能補原文無注或注而簡略或持論偏執之不足。

三是對《文選》所選作品意旨所在、結構佈局、書寫策略的總體概括。如於張衡《西京賦》,黃焯先生批曰:"何云:'《西都》主於炫耀,猶寓懷舊之風,此則極陳侈泰,以歸於諷諫。'姚氏曰:'《西京》雄麗，欲掩孟堅，《東京》則氣不足舉其辭。'”於潘岳《秋興賦》“高閣連雲，陽景罕曜，珥蟬冕而襲紈綺之士，此焉遊處”，黃焯先生批曰：“何焯云：'只此四語而不堪當世之想，已見乎詞矣。'”而借文中“耕東皋之沃壤兮……玩遊魚之潎潎”作論點題，批曰：“'高岡連雲，陽景罕曜'，視此何如？”而說謝惠連《雪賦》構思暨立格佈局之特點，批曰：“焯案：何焯云：'作者借前人立格，以相如為正文，以鄒陽為後勁。'”而於謝莊《月賦》，批曰：“借陳王立格，與《雪賦》同局，'端憂多暇'生出一篇大意。”且曰：“顧亭林曰：'古人為賦，多假設之辭序述往事以為點綴，不必一一符同也。《子虛》亡是公、烏有先生之文已肇始於相如矣，後之作者實祖此意。謝莊《月賦》'陳王初喪，應、劉端憂多暇'，又曰'抽毫進牘，以命仲宣'。按：王粲以建安二十一年從征吳，二十二年春道病卒。徐、陳、應、劉，一時俱逝，亦是歲也。至明帝太和六年，植封陳王。豈可掎摭史傳以議此賦之不合哉？'”又如說向秀《思舊賦》文風即意旨所在，黃焯先生批曰：“何義門云：'不容太露，故為辭止此。晉人文尤不易及也。'”又曰：“張皋文云：'子期以嵇、呂之誅，危懼入洛，返役作此悼嵇、呂，實自感也。'”又說東方朔《答客難》行文特色，黃焯先生批曰：“林琴南云：東方之《答客難》，話皆倒說，本極無理而偏言之成理。通篇虛言假語，卻無一句非牢騷。其緊要處在以一'時'字貫串到底，即為全文眼目。而其工夫則在'遺行'二字，能為蓋過一切。末言狗、虎，皆寓刺罵時主之意。”說揚雄《解嘲》為文特色，黃焯先生批曰：“林琴南云：'子云《解嘲》行氣甚包舉，東方《客難》則多趣而少氣。斯之謂後生能勝前人矣。'又云：'《解嘲》文能於重複中使不重複，每一轉折，即自開一境界。當今二字，如萬丈瀑布突石而過……中間上世數提，往往針對漢世，故為可為於可為之時二句，即所謂圖窮而匕首見也。通篇剛中有柔，柔中有剛。'”說司馬相如《封禪書》修辭之妙，黃焯先生批曰：“司馬長卿《封禪》文一氣湧出，而頓挫春容，絕不吃力。其體格、境界較班固《典引》為高，其善處要處，則在逗、折二字。先言周，所謂逗；以次入漢，所謂折也。”又於文中“大司馬進曰”云云，批曰：“借群臣口中說請封禪之意。”於揚雄《劇秦美新》，黃侃批曰：“《文心》云'詭言遯詞'，的此文之真矣。”“劇秦而不劇漢，文旨明矣。”黃焯先生則批曰：“王安石《揚子詩》：'千古雄文造聖真，窈然幽息入無倫。他年未免投天祿，虛為新都著《劇秦》。'曾子固《答王深甫論揚雄書》云：'鞏自度學每有所進，則於雄書每有所得，介甫亦以為然。則雄之言不幾於測之而愈深，窮之而愈遠之乎？'”而於曹同《六代論》，黃侃有云：“此文最善效《過秦》，殆非子建不辦，何曹氏之多才乎？”黃焯先生加批曰：“何焯云：此篇反復痛切，其才不減《過秦》。”“段成式《語資篇》載：元魏尉瑾曰：《九錫》或言王粲，《六代》或言曹植。按元首不以文章名世，安得宏偉至此？意者陳王感愴孤立，嘗著論欲上，以身屬親藩嫌為己地，至身沒而元首以貽曹爽與？”說嵇康《養生論》，黃焯先生批曰：“此文驟觀覺其漫羨，細按之，條理仍自井然，由其氣體清壯，天機駿利，故詞雖多而不覺繁。但未可輕於放效耳。”且曰：“嵇叔夜好老莊，然養生之說與莊生微異。莊生所云養生非服食之謂，其要在於以恬養知，以知養恬。知世途之多患，故無心以相待；知萬事之靡定，故無為而自得。鳴雁、散木之喻，單豹、張毅之事，皆足以摧陷服食仙道之談，使之不得成立。又況叔夜尚奇任俠，性烈才儁，以處衰世，所謂遊於羿之彀中，雖朝鍊五石，久餐六芝，終陳《憂憤》之詩，無救彈琴之痛，每讀此論,良爲悵然。”其説或長或短,皆就文之立意、體格、境界、修辭手法、美感特色作論,多從作者行文用心處、逞才任性處、潛氣暗湧處、言外有意處琢磨出來。雖借用他人説法言之,但從中也能看出先生的衡文之術。

四是對作品段落、語句含義和表現手法的具體分析。於此亦可見出黄焯先生衡鑒詩文的基本方法和鞭辟近裹、細緻入微的功夫。此類批語甚多,如於張衡《西京賦》“漢氏初都,在渭之涘”,黄焯先生批曰:“首敘山川形勢。”於賦中“後宫則昭陽飛翔增成”,先生批曰:“此敘宫人所居。”於賦中“於是鉤陳之外,閣道穹隆”,批曰:“接入離宫。”於賦中“於是采少君之端信,庶欒大之貞固”,批曰:“何焯曰:‘端信’‘貞固’皆微詞,下乃反言也。”於賦中“徒觀其城郭之制,則旁開三門”,批曰:“以下歷敘居民郊市。”於賦中“封畿千里,統以京尹;郡國宫館,百四十五”,批曰:“‘封畿’‘郡國’四字是界畫。”於賦中“上林禁苑,跨谷彌阜”,批曰:“接敘上林。上林作山水二層寫,便爲獵獸、水嬉提綱。”於賦中“小説九百,本自《虞初》”,批曰:“何云:‘帶敘小説,疏密相間,頓挫即在其中。’姚惜抱云:‘大抵文章之妙,在馳驟中有頓挫,頓挫中有馳驟。若但有馳驟即成漂滑,非真馳驟也。’”於賦中“縱獵徒赴長莽”,批曰:“獵事一層。”於賦中“竿殳之所揘畢”“徒搏之所撞挌”,批曰:“‘撞挌’與‘揘畢’爲一。賦中類此者不少,特詞家推避法耳。”於賦他途中“若夫遊鷮高翬,絶阬踰斥”,批曰:“獵事二層。”於賦中“及其猛毅髬髵,隅目高匡”,批曰:“獵事三層。”於賦中“乃使中黄之士,育獲之儔”,批曰:“何云:‘搏獸事分二層,一勇力之士,一輕鋭之士,各見所長。’”於賦中“是時後宫嬖人昭儀之倫”,批曰:“又帶敘作一開。”於賦中“於是鳥獸殫,目觀窮”云云,批曰:“獵罷而飲。”於賦中“相羊乎五柞之館”云云,批曰:“並寫小嬉。”於賦中“張甲乙而襲翠被”,批曰:“陳百戲。”於賦中“雲起雪飛……轉石成雷”,批曰:“張銑曰:‘雲’‘雷’,霹靂之屬,皆幻化爲之。”於賦中“陰戒期門,微行要屈”,批曰:“何云:‘微行’數語只輕帶説,以接入聲色之娱,從閭閻郊遂至掖庭,法自一貫。”於賦中“故奢泰肆情,馨烈彌茂”,批曰:“諷刺即在頌揚之内,一篇歸宿在此。”而於揚雄《甘泉賦》“於是乃乘輿登夫鳳皇兮”,黄焯先生批曰:“以下敘乘輿初出。”於賦中“於是大廈云譎波詭,摧催而成觀”,批曰:“此下正説甘泉。”於賦中“班倕棄其剞劂兮,王爾投其鉤繩”,批曰:“言土木之功,窮極巧麗,故班倕之徒棄其常法也。”於賦中“攀琁璣而下視兮,行遊目乎三危”,批曰:“以下皆假設之詞。”於賦中“光輝炫燿將厥福兮,子子孫孫長無極兮”,批曰:“有事甘泉,以求繼嗣,故如此結。”於王粲《登樓賦》“蔽荊山之高岑”,黄焯先生批曰:“四海之内,各擅疆域,王路不通,故托於荊山以蔽也。(何)”於賦中“白日忽其將匿”,批曰:“‘白日將匿’,喻漢祚之將亡也。”於屈原《湘夫人》“捐余袂兮江中,遺余褋兮澧浦”,批曰:“孫引金天甡云:之此以下六句,與《湘君》歌‘捐袂(玦)遺佩’一律,只是古詩重疊章法。前用玦佩法以爲冀君還己之意。褋故無所不可,此云湘夫人去,而屈原遂欲裸身狂走,殊欠雅馴,且九夷之説無因,與末四句亦不合。”於張悛《爲吴令謝詢求爲諸孫置守塚人表》“是以孫氏雖塚失吴祚而族蒙晉榮”,黄焯先生批曰:“從加恩孫氏子孫引入祖宗,語便易入。”於班固《答賓戲》“故能建必然之策,展無窮之勳也”,黄焯先生批曰:“以上皆不干進取,卒能大用於世以顯其名。”於文中“婆娑乎術藝之場,休息乎篇籍之囿”云云,批曰:"以上皆由學術得名,以見得名不必盡由他途也。"於文中"聲盈塞於天淵,真吾徒之師表也",批曰:"以上皆不苟慕富貴而名益大。"總觀黃焯先生論文批語,似有一特點,即愈是意旨含蓄、内容廣博、頭緒複雜、字句冷僻之長篇巨制(如諸多大賦宏論),批注愈多愈詳,不但使人識其全篇宗旨要義,作者用心所在,還能知其題材遴選、層次遞進和行文頓挫、馳驟之妙,明白各章各節各句各字之準確涵義及其運思、營造手法之工拙。本來,"大家之文,一字不苟"(林紓語)。先生論文真能"從字裏討消息"(林紓語),效果自如劉大櫆所言:"論文而至於字句,則文之能事盡矣。"

三、黃焯先生批校《文選》的學術思路和學養積累

黃焯先生哲嗣曾暘先生嘗言:"黃先生每當提及其學術思路,必定首先説明,該思路來於其從叔黃侃,没有例外。毫無異義,黃侃是源,黃焯是流。但源流之間的相互作用是複雜而微妙的。"[1]曾暘先生所言,大體符合黃焯先生治學實際。

黃焯先生從 19 歲(1921)到 33 歲(1935),一直在黃侃先生的教導下從事國學方面的學習、研究。經過黃侃先生長期的篤實訓練、至嚴要求和親力所爲的示範、熏陶,使黃焯先生不但具有傳統經學、文學、小學的堅實基礎,而且對黃侃先生治學思路、創新路數及成就所在,了然於心,成爲其終生服膺、畢生自覺恪守的治學原則和努力追求的奮鬥目標。

查看先生學術履歷,其學術專著多是在黃侃先生指導下完成的,故能躋身章黃學派要籍系列。黃焯先生從不諱言其事。如其《古今聲類通轉表·自序》言《表》之由來,即云:"焯往歲隨侍先叔父季剛先生,見其披閲古籍,凡於文字聲音之相通或有變轉者,每加意及之。嘗命焯録《説文》聲母字之有重音者爲一帙,其一字而有異聲者則規識其旁。焯因是旁搜諸經傳,凡可爲聲音通轉之證者,類聚而分列之……成爲《古今聲類通轉表》十二卷。"[2]而暮年自道學術生涯暨如何研治《毛詩》,亦云:"我從先叔父受學,次第是先教閲讀《困學紀聞》《日知録》等書,以便窺見治學途經;繼受文字聲韻學大要,語以《周語》,謂學問文章皆宜以章句爲始基,研究章句即爲研究小學。焯於是始治毛詩。……先叔父又説:研治《詩經》萬不可違背毛傳,毛傳並爲一切經學根本。還説朱子《詩集傳》未嘗無精到語,但捨棄詩序、毛傳,却是他的失誤處。故我近年撰集《毛詩鄭箋平議》《詩疏平議》,持論以毛傳爲根據。"[3]又《文選平點》後記有云:"回思四十年前,先從父嘗取《選》

---

〔1〕 黃曾暘:《黃焯集·前言》注,武漢大學出版社 2019 年版。該《前言》正文還説到:黃先生"做學問的基本思路",在於"對綜合與分析、演繹與歸納的統籌運用",而這正是他作爲治《詩》三大原則(毛傳爲本原則、重章互足原則和慎用通假原則)立足點的"章句始基原則"之靈魂。

〔2〕 黃焯:《古今聲類通轉表·自序》,載《黃焯集》(上),武漢大學出版社 2019 年版,第 5 頁。

〔3〕 黃焯:《自叙》(作於 1981 年元旦),載《黃焯集》(下),武漢大學出版社 2019 年版,第 1081 頁。而其《毛詩鄭箋平議序》亦云:"先從父季剛先生嘗稱王肅解《詩》時有勝鄭處,所論郅允。以知《孔疏》往往以王義爲毛義,實非漫然從之也。""先從父嘗云:'小學之訓詁貴圓,經學之訓詁貴專'。蓋一則可因聲義之聯綴而曲暢旁通,一則宜依文立義,而法有專守故爾。""余曩從先從父受聲音訓詁之學,愧未能竟其業,徒記其論治經一二語,期守之勿墜焉。"《黃焯集》(上)第 227、228 頁。

文抗聲朗誦，焯竊聆其音節抗隊抑揚之勢，以爲可由此得古人文之聲響，而其妙有愈於講説者。蓋今所録圈點之文，率先從父昔之所喜而諷誦者，雖朗誦之音節不可得而傳，而其得古人文之用心處，則可於此覘之矣。録而存之，亦學文者之津逮也"〔1〕而其一生費力最大、費時最長、自我評價最高、且被學者譽爲"不朽巨著"的《經典釋文匯校》〔2〕，除直接採納黄侃先生之説（黄侃著有《經籍舊音辯證箋識》《爾雅郝疏訂補稿本》）外，《匯校》所顯現的作者的治學思路和經學、小學功底，亦能體現出其深受黄侃先生影響的痕跡。

至於批校《文選》，更是直步黄侃先生之後塵，以其《文選平點》之平點原則爲原則，平點内容爲内容，平點方式爲方式，步趨如一、辭氣風采亦得其仿佛，所作校注評論真可視爲《平點》之續編。黄侃先生平點《文選》的平點原則或指導思想，大都包含在《文選平點》卷一所載的十四條語録中。如云："讀《文選》者，必須於《文心雕龍》所説能信受奉行，持觀此書，乃有真解。若以後世時文家法律論之，無以異於算春秋曆用杜預《長編》，行鄉飲儀於晉朝學校，必不合矣。開宗明義，吾當省焉。清世論文，惟阮公最爲近之。"云："清世爲《文選》之學，精該簡要，未有超於義門者也，而評文則未爲精解。""義門論文，不脱起承轉合，照應點伏之見，蓋緣研探八股過深，遂所見無非牛耳。""義門論文，亦有精語，而有三蔽未祛，一曰時代高下之見，二曰俗文門法之見，三曰體裁朦溷之見。惜也精研數十年，而所得僅此也。"云："汪韓門、余仲林……諸家書於文義有關者，並已參校。去撫拾瑣屑、支蔓牽綴之辭，以於文之工拙無與，只可謂之《選》注，不可謂之《選》學，亦不偟備録也。"云："頃閲余仲林《音義》，考其舊音，意非五臣所能作，必蕭該、許淹、曹憲、公孫羅、僧道淹之遺。""余所稱舊音，乃六臣本音、汲古閣本音不在善注中者，稱爲舊音或舊注音。""六臣本及此本注中、注末之音，皆不可棄。"皆是。又黄焯先生批校《文選序》後，過録黄侃先生語録云："《文選》之文，宜取見於諸史及本集及宋以前書互校，注亦宜取本書及宋以前書及近人輯本對校，尚未有爲之者也。""《文心雕龍》及《詩品》，又北史已上諸史關於論文可附人及文者，宜悉鈔之眉間。""葉樹藩本《補注》不盡可信，惟何義門關於考訂者特有可取爾。"亦爲黄侃先生平點《文選》之經驗總結，而被黄焯先生奉爲批校《文選》之圭臬。

而在具體批校中，黄侃先生建立的平點範式，更是爲黄焯先生直接提供了操作性很强的思維方式與表述模式。如在《選》注小學方面，黄侃先生利用宋以前衆多文獻校勘《選》中文字，斟酌去

〔1〕　黄侃平點，黄焯編次：《文選平點》後記，上海古籍出版社 1985 年版，第 345 頁。

〔2〕　唐人陸德明著《經典釋文》，爲十四種經典著作注音（"古代文字多以聲寄義，注音即等於注義"），"《釋文》一書，實爲考魏晉六朝聲音變遷的重要資料"（黄焯語）。黄焯先生特撰《經典釋文匯校》（中華書局 1980 年出版）。陸宗達先生説："他（指黄焯先生）繼承叔父季剛先生的經學與小學，在這個領域裏，涉及面很廣，而就他自己之精長來説，應以他畢生研治的《毛詩》《爾雅》之學與晚年着手的《經典釋文》學爲最。在這兩個方面，他都有自己獨到而精深的見解。"（《黄焯集·黄焯文集序》）筆者有一次向先生請教問題之後，説閒話時詢問先生，説："先生生平著述甚多，您對哪一種最滿意？"先生沉默有頃，用手捋捋胡鬚，笑着説："没有最滿意的，《經典釋文匯校》還可以吧。陸德明的《釋文》有用，會不朽，我的《匯校》也會不朽，附驥尾廖。"後來讀到曾暘先生《黄焯集序》所引鄭思虞教授《致友人書》語句，方知時賢專家果然有人高評其書，直謂"研經覃思，采撫群言，實爲不朽巨著。虞常供奉案頭，直如刊堂肄業，沐德良厚也"。

取；注音重視"舊音"，特別指明五臣注的注音實乃襲用蕭該、許淹等人"舊注之音"，"皆不可棄"（旁及對魏晉用語習慣和常見俗語的介紹）；訓詁則"有三類，補前人之未逮，駁舊注之謬説，於喁喁中定是非"（許嘉璐語），這些都爲黃焯先生批校所用。

《文選》學中的文論學，向來比較薄弱。李善《選》注，雖也有論及詩文題旨及修辭手法者，如屈守元先生所舉例證：論禰衡《鸚鵡賦》謂"時爲曹操所迫，故寄意以申情"；論郭璞《遊仙詩》謂"凡遊仙之篇，皆所以滓穢塵網，錙銖纓紱……而璞之制，文多自敘。雖志狹中區，而辭無俗累。見非前識，良有以哉"；論趙至《與嵇茂齊書》"李叟入秦，及關而歎；梁生適越，登嶽長謠""然老子之歎，不爲入秦；梁鴻長謠，不由適越。且復以至郊爲及關，升邙爲等嶽。斯蓋取意而略文也"。但終歸偶然爲之，評注者少。後人特別是清人治《選》，論文漸多，而受時文衡鑒標準制約明顯。黃侃先生有很好的古代文學理論修養，撰有《文心雕龍劄記》，對歷代文（詩）論代表作有深入研究，而自見卓越，如其平點曹丕《與吳質書》"孔璋章表殊健"云云，曰："大抵子桓論文，以遒健不弱爲貴耳。《文心·風骨篇》全出於此。"平點書中"惜其體弱，不足起其文"，曰："文之繁簡隱顯，百狀千名，所最忌者弱耳。有畢世劬勞，熟諳文律，而文反不顯者，大抵由於斯。至於理非精到，文不師古，乃有後世之名，爲流俗所附者，亦其氣強之至也。然氣之強弱不可強爲，學之精粗可以盡力，吾儕亦爲所可爲而已。"平點《宋書·謝靈運傳論》，於"遒麗之辭無聞焉爾"句，曰："遒則意健，麗則文密。文辭至此，乃無遺憾矣。"於"靈運之興會標舉，延年之體裁明密"二句，曰："興會標舉，遒之屬也；體裁明密，麗之方也。然顏終遜於謝，以未遒耳。"於"並直舉胸情"四句，曰："此説未盡，亦須有意耳。宜云美辭而不講音律，則雖美而不章，不然，但調音律而意辭俱乖，寧足以取高前式哉。"平點王粲《詠史詩》，曰："仲宣詩，鍾記室以爲'謂秀質羸'，謂意不深耳，所謂'體弱'。"皆非人云亦云。又先生賞愛八代佳什，且有較爲豐富的創作經驗，故其論文論詩，能從八代詩文意健、文密之美感實際出發，反對望文生義，摒棄附會之説（如論阮籍《詠懷》"如何金石交"二句，曰："何焯云：'此蓋托朋友以喻君臣。'侃曰：'此種解法實可憎厭，張、周之徒移以説詞，尤令人忿疾也。'"），主張細加紬繹，明其真意、粹美所在。其突出者，至少有四點。

一是文體特徵辨析，包括對文體由來、體式、風格走向、慣常寫法及演變情形的介紹。黃侃先生重視詩文創作的合"體"要求，從他對皇甫謐《三都賦序》賦體之論（"托理以全其制"云云）的平點即可看出。故其《平點》説文體者多，如於《文選序》"多則九言"批云："九言詩全篇，今所見者，宋謝莊《宋明堂詩歌·白帝》一首爲最先。"於《賦甲·京都上》批云："《文心雕龍》：'夫京殿苑獵，述行序志，並體國經野，義尚光大。至於草區禽族，庶品雜類，則觸興致情，因變取會。'據此，是賦之分類，昭明亦沿前貫耳。"於陸機《文賦》"詩緣情而綺靡"句，批曰："綺，文也。靡，細也，微也。此下以數字括論一體，皆確不可易"；於"碑披文以相質"句，批曰："碑是頌體，而當敘事，故文其表而存乎裏。"於曹丕《典論·論文》"銘誄尚實"句謂"可補《文賦》，然彼於碑下見此意。"於"詩賦欲麗"句，謂"麗，亦密緻也。"於屈原《漁夫》批曰："此設論之初祖，非果有此漁夫也。漁夫之所知，自屈子意中語也。"於《九辯》批曰："賦句至宋玉而極其變，後之賈生、枚、馬，皆由此而得度耳。"於任昉《奏彈曹景宗》"景宗即主"批曰："'即主'者,當時文書之式。"於任昉《奏彈劉整》"列稱"批曰："'列稱','列'者,當時文書之稱。《文心雕龍》'萬民達志,則有狀、列、辭、諺。列,陳也,陳列事情,昭然如見也。'"於陸機《漢高祖功臣頌》批曰："凡四言韻文,當以遒健矯壯爲法。"又於班固《史述贊》批曰："四言頌贊,斷宜以班氏爲宗,士衡、彦伯皆於是出。"於其《述高紀第一》,批曰："《文心》云:遷、固著書,托贊褒貶,又紀傳後評,亦同其名,而仲洽《流別》'謬稱爲述,失之遠矣。'然則昭明承仲洽之誤者也。"於任昉《王文憲集序》"公諱儉"云云,謂"此爲既没者作書序之定法",於謝莊《宋孝武宣貴妃誄》"移其朔兮變羅紈"至"共氣摧其同樂",批曰："誄詞變調,不可爲式。"於顏延之《宋文皇帝元皇后哀策文》,批曰："此文實不悟其佳處,意窘詞枝,總由無情耳。"論文而兼言文體特徵,或從文體要求入手説詩文工拙,皆相得益彰,深契文辭以體制爲先的創作規律。

　　二是對詩文題旨、微意和作者用心的揭示。此事難爲,非有良好之文史修養與逸群之思、明哲之見所能爲。如於左思《三都賦序》"余既思摹二《京》而賦三都"句,批曰："太冲摹《京》以賦都,意實揚漢以抑吳、魏。惟玄晏《序》乃有異説,賦文又甚隱約,故説者真疑太冲譽鄴下而貶二方矣。"於《蜀都賦》,批曰："《蜀都》無一貶詞,非僅爲下篇留餘步,亦太冲之微旨。"於賈誼《鵩鳥賦》(《賦序》有云"誼自傷悼,以爲壽不得長,乃爲賦以之廣"),批曰："《鵩鳥賦》非賦鳥也,此則昭明歸類之誤。"於宋玉《登徒子好色賦》"臣觀其麗者"云云,批曰："此與《神女賦》同旨,然已勸百而諷一矣。"於曹植《洛神賦》批曰："洛神乃子建自比也。何焯解此文獨得之。"於"悼良會之永絶兮"數句,批曰："此當與《責躬》《應詔》《贈白馬王》諸詩、《求通親親》《求自試》二表、《六國論》及《陳思王傳》參看,其旨自明,感甄之謗,於此雪矣。"於"命僕夫而就駕"四句,批曰："纏綿如此,而文帝不寤,可爲隕涕!"於向秀《思舊賦》"於時日薄虞淵,寒冰凄然",批曰："日薄虞淵,暗慨魏之將亡。"於"歎黍離之湣周兮"二句,批曰："'黍離'二句,乃微辭也。"於郭璞《遊仙詩》批曰："注'見非前識',謂《詩品》譏其無列仙之趣。據此,是前識有非議是詩者。然景純斯篇本類詠懷之作,聊以攄其憂生憤世之情,其於仙道特寄言耳。故曰'雖欲騰丹溪,雲螭非我駕',明仙不可求;又曰'燕昭無靈氣,漢武非仙才',明求仙皆妄也。首章、七章俱有山林之文,則遊仙特隱遁之別目耳。'"又於《遊仙》第五首,批曰："此傷年暮無知音之辭。《離騷》曰:'老冉冉其將至,恐修名之不立',《思玄》曰:'既姱麗而鮮雙,非是時之攸珍',此物此志也。《注》未憭。"於左思《招隱詩》批曰："'招隱'之名,出於淮南之《招隱士》,然彼文正此中所云'反招隱'耳,故謂招其來隱爲招隱者。殊爲士衡輩之誤也。"於陸機《答賈長淵》批曰："細爲紬繹贈詩,始知此詩兀傲諷刺,兼而有之,未識賈謐喻其旨否?"又於"年殊志比"二句批曰："何焯謂機與謐款密,大謬。此詩意存譏諷,款密乃空言耳。"於《招魂》"魂兮歸來,哀江南"句批曰："宋玉欲風懷王反其身,謬言招魂耳。"於張協《七命》第八首批曰："此篇本旨唯在此節耳,然非無諷刺。《晉書》稱天下已亂,協遂屏居草澤,擬諸文士作《七命》。然則斯篇傷亂憂時,故作頌祝之語,以寄其魚藻之思耳。"於司馬相如《上書諫獵》批曰："意不止諫獵,篇末云'此言雖小,可以喻大',即其説也。柏谷之事,長卿知之矣。"於阮籍《爲鄭沖勸晉王箋》批曰："何焯云'許以桓、文,諷以支、許,巧於立言',案:此論精微。此文諷刺至明,不識當時何以竟用之也。後人夢夢，且以是爲阮公罪，是但觀勸進之題，而不一究其文義也。"於趙至《與嵇茂齊書》注引嵇紹語，批曰："竊疑此延祖諱言也。如非嵇、呂往還，何得有'平滌九區，恢維宇宙'之議？干生之言，得其實矣。《思舊賦》注引干寶《晉書》：'太祖徙呂安遠郡，遺書與康。太祖惡之，追收下獄，康理之，俱死。'《魏氏春秋》言：'安亦至烈，有濟世志力。'"於司馬相如《難蜀父老》批曰："勞中國以事遠夷，文意至顯。"於其"今封疆之內"云云，批曰："此皆諷詞也。"於袁宏《三國名臣序贊》"夫時方顛沛，則顯不如隱。萬物思治，則默不如語"，批曰："此彥伯寄意所在。"於其"雖道謝三代，亦異世一時也"批曰："'異世一時也'以上，作文在旨。"於司馬相如《封禪文》，批曰："《封禪》亦托以諷諫，紛紛謗議，皆所謂張羅沮澤，不睹鴻雁雲飛。"又於班固《典引》"司馬相如洿行無節，……主上求取其書，竟得頌述功德，言封禪事，忠臣效也"句，批曰："此並不悟長卿之意，可知《封禪》爲文辭之酋。"於《典引》則批曰："此文諷漢以製作也。"於揚雄《劇秦美新》批曰："劇秦而不劇漢，文旨已明。"於賈誼《過秦論》"然而陳涉甕牖繩樞之子"至"陶朱、猗頓之富，躡足行伍之間，俯起阡陌之中"批曰："此中有漢高在，所以漢明以史公取以入史，我微文刺譏也。"又於其"然後以六合爲家"至"而攻守之勢異也"，批曰："此文諷漢，而托言過秦耳。"於嵇康《養生論》批曰："壽有仙無，生原有養。文謂仙非學致，又云可過常期，皆爲照理未精，獨言養生之理是耳。"於李康《運命論》批曰："自來言命之篇，皆寄其不遇之感，斤斤然論命之有無於作者之前，必爲所笑。王仲任但言偶會而不言天命，豈不卓爾特立哉！惜悟之於此而不言之於彼耶。《詩》《書》之言命無定，孔孟之言命有定，三命之說，所以彌縫，此之差違，不可不知。蕭遠斯文，則皆言定命也。"於陸機《辯亡論》批曰："上篇注頌諸主，下篇揚其先功，而皆致暗咎歸命之意。"於劉峻《辯命論》批曰："先師劉君亦信定命之說，著文數篇。侃謂歸之於命，尚有憤悁，若明其偶然，斯無所歸咎。今則牙弦摧絕，惠墓荒涼，縱有滯疑，疇爲剖析乎？"於陸機《吊魏武帝文》"惻然歎息，傷懷者久之"批曰："此文誚辱魏武，亦云盡酷，特托云傷懷耳。"先生所見，真可謂洞燭其微，而言之簡明貼切，文筆靈動，達意方式不一，不乏文采、意味，筆者沉迷其中，禁不住一再引述。

三是道其文風特點、修辭藝術之妙及書寫範式之由來。其論文風者，往往與揭示作品主旨微意不可分割，說修辭之妙、範式由來則專言者多。如於揚雄《長楊賦》，批曰："何云：'此文擬《難蜀父老》。'"於班彪《北征賦》，批曰："此體上本《九章》，雖庾信《哀江南》，顏介《觀我生》，江總《修心》，皆其支與流裔也。"於潘嶽《西征賦》，批曰："何云：'子山《哀江南賦》體源於此。庾賦今事，故有關系能動人，此善變者也。'侃云：'皆自《遂初》出，彼又本《九章》。'"於宋玉《高唐賦》，批曰："《高唐》《神女》，實爲一篇，猶《子虛》《上林》也。"於《神女賦》"王曰'若此盛矣'"，批曰："此'王曰'乃更端之詞。趙曰'《語》《孟》中皆有之。惟上王、玉二字互倒耳。'蓋夢與神遇者，王也；以狀告玉者亦王也。自下玉賦，乃承王之命、因王之辭而賦之。諸校勘之家皆於此未能照了，故所說多誤。"於《洛神賦》"凌波微步""羅襪生塵"二句，批曰："上正意，下比辭，言履險若平地也。後人多不得'羅襪生塵'之解，緣注誤之也。"於阮籍《詠懷》"丹青著明誓；永世不相忘"，批曰："文外曲致。"於潘岳《悼亡詩》"庶幾有時衰"二句，批曰："乃愈見其悲也。"於其"賦詩欲言志"二句，批曰：

"此自慰解之詞,愈覺情深無極。"於曹丕《善哉行》"高山有崖,林木無枝;憂來無方,人莫知之"批曰:"此言高山木有知,以興人無知耳。取同音之字以爲喻,其風古矣。昔之隱書,皆此類也。"於《古詩十九首》批曰:"'同心齊所願,含意具未申',可爲十九首之總贊,所以歷千古而光景常新也。"於古詩《客從遠方來》"著以長相思"句,批曰:"'思''絲'音同以爲隱語,後來吳聲歌曲以'碑'爲'悲',以'蓮'爲'憐',即本於此。本楊慎説。"於曹植《情詩》"遊子歎黍離,處者歌式微"二句,批曰:"'黍離',但取'行邁'之義;'式微',但取望歸之義。而或者妄傳以禪代之際發服悲哭之事,不知斷章賦詩之旨矣。"於謝朓《和王主簿怨情》"生平一顧重,宿昔千金賤",批曰:"'生平''宿昔',一意。'一顧''千金',一意。此複語耳。"(注:曹植詩曰:"一顧千金重,何必珠玉錢。"《曹集詮評》,"錢"作"賤"。)於其"故人心尚爾,故人心不見",批曰:"末二句一問一答云,故人心豈當如生平、宿昔乎?今則不見此心矣。或訛作'故心人不見'而妄説之。"於陶潛《飲酒》"悠然望南山"句,批曰:"'望'字不誤。不望南山,何由知其佳耶?無故改古以伸其謬見,此宋人之病也。本何焯。"於其"此還有真意"句,批曰:"'此還'當不誤。觀注引狐死首丘説之,則'還'仍即上'飛鳥'之'還'也。(《黃氏文選學》此處多"還之真意,安其故常也"九字)或作'中',殆非。'真意'與上'心遠'相應,且既目爲'真意'矣,豈'忘言'之謂乎?或者遂引陶入禪,則毋寧遠援蒙吏矣。"而稱阮瑀《爲曹公作書與孫權》、孫綽《爲石仲容與孫皓書》,"此以檄也。"於任昉《爲卞彬謝修卞忠貞墓啟》"遂使碑表蕪穢,丘樹荒毀,狐兔成穴,童牧哀歌,感慨自哀,日月纏迫",批曰:"彥升之文,善於序情,仰同季友。近世汪中,沾句其一二,業已名家矣。"於曹植《與吳季重書》,批曰:"此篇筆意過縱,未爲粹美。"於嵇康《與山巨源絕交書》,批曰:"《集》載《於呂長悌絕交書》云'古之君子,絕交不出醜言',然此書乃激切已甚。想彼乃朋友間細故,此則關於出處大節;彼所對者爲惡人,故爲遜辭,此則本爲同志,一旦乖異,遂不能不介懷也。"於宋玉《對楚王問》批曰:"此似《卜居》《漁夫》,而不用韻。"於丘遲《與陳伯之書》"暮春三月,江南草長"至"撫弦登陴,豈不愴恨",批曰:"此數句妙極。"於《封禪文》批曰:"此文符采複隱,精義堅深,雖子雲、孟堅效之,不能至也。何焯云'文效《書》而不襲謨、誥,頌效《詩》而不襲雅、頌。'此評獨造單微。"於揚雄《劇秦美新》批曰:"《文心》云'詭言遁詞',得此文之真矣。"於干寶《晉紀總論》批曰:"《過秦》一篇,孳乳無數,此其一也。摹擬過雜過多,未能熔煉,是此文之病,特大體駿健耳。"於其"故於時天下非暫弱也"一節,批曰:"此則純乎摹擬,不能脫化,非可爲式。"於其"故其詩曰'思文后稷'"以下,批曰:"此擬子政而引《詩》太多,殊累氣而不健。意在以周反形晉耳。"於其"宣、景遭多難之時"一節,批曰:"此於文勢爲太盡,其論無疵。"於范曄《後漢書·光武紀贊》批曰:"蔚宗自言'贊無一字虛設',由今觀之,信爲不誇。"於班彪《王命論》批曰:"文則浩浩洋洋,風骨遒上。楊嗣復對唐文宗,以爲此文矯意以正賊亂,符讖非其所重,信然。"於曹冏《六代論》批曰:"此文最善效《過秦》,殆非子建不辦,何曹氏之多才乎?據《晉書·曹志傳》,晉武帝且疑其爲子建之作,由元首自托於子建也。"於王儉《褚淵碑文》批曰:"若論其文,泂堨大手筆也。"於其"風儀與秋月齊明"二句,批曰:"此又子山句調所本。"所言涉及詩文風格、氣勢、美感、修辭技巧,尤能見出前人創作中經典藝術之傳承變化,以及後人承襲、摹擬前人範式善與不善之經驗,顯現出先生崇尚遒麗之美的審美情趣,而言之具體,能使人思而學之。

四是對作品真僞或作者的考訂。上引《六代論》所説題旨事已然涉及,另有數篇亦有相關批語。又李陵《答蘇武書》,劉知幾、蘇軾皆謂齊梁人作。黃侃先生則云:"此及《長門賦》"皆作僞之絶工,幾於亂真者,過於《尚書序》矣。任立政達言且不易,縱有此書,誰爲致之? 正始建安以後人所爲,而尤類陳孔璋,以其健而微傷繁富也。劉知幾以爲齊梁人作,則非也。《太平御覽》四百八十九引此篇,謂出《李陵別傳》。詳別傳之體盛於漢末,亦非西漢所有也。西漢人有別傳者,惟東方朔及陵,皆後人所爲。《類聚》三十八有蘇武《報李陵書》,全是麗辭。恐蘇、李往復諸書,尚未必一時所僞託。取《漢書·蘇武傳》讀之,便知此書之僞,較人明白。"且於書"昔先帝授陵步卒五千"至"故陵不免耳",批曰:"又似子卿不悉此等行事者,此即從司馬子長《報任安書》中一段化出,少卿豈能見子長書邪?"説《長門賦》,"此文假託,非長卿也。《南齊書·陸厥傳》:'《長門》《上林》,殆非一家之賦。蓋自來疑之。何焯謂其詞細麗,非。'"而於《尚書序》,曰:"此與《家語序》文體相似,今世排古文者謂之俗,則又非也。文體沿建安以來之制。"具體説到"睹史籍之煩文"二句,"芟夷煩亂"四句,"以闡大猷"句,"不似西漢"。"於是遂研精覃思",至"庶幾有補於將來","皆不似西漢"。所言有理有據,切實可信,不但授人以知識,還示人辯析詩文真僞之途經。此外,針對前人關於古詩十九首作者之説(有謂出於枚乘、傅毅、曹植等),黃侃先生平曰:"沈休文言,凡樂章古詞,今之存者,並漢世街陌謳謡。《江南可采蓮》《烏生八九子》《白頭吟》之屬是也。余謂古詩眇邈,人世難詳,縱有主名,亦必閭里流傳之什,後人或臆爲高下,豈諳賦詠之體者哉!"亦爲通達之論。

總的來看,黃焯先生批校《文選》,是以《平點》爲表率,既承其學,又效其式,故兩家批校,無縫對接,美美與共,得爲合璧。而比照閲讀兩家批校內容,却不能不看出,黃焯先生雖接踵在後,亦非亦步亦趨,倒是能拓開新的視野,往往深挖細找,時有新的發現,不但有糾舊注之誤、填補舊注空白者,甚至有後來居上、在某些方面超越黃侃先生平點者。如引《石氏星經》"金虎相搏,主有兵亂"解《東京賦》"卒於金虎";侃謂《答賓戲》"'當己',猶知己耳";焯謂"'當己',猶言及身耳";侃謂《封禪文》"詩大澤之博""'詩'字亦虛用,《將進酒》'曲詩審博'語同此",焯引王氏《讀書雜誌》謂"詩者志也,志者記也。謂作此頌以記大澤之溥博也。"至於從文學藝術層面評論詩文特色及句調語詞之工拙,似乎較黃侃先生言之更多更細,涉及的面更廣。而這除與先生深厚、扎實的小學功底和卓有成效的科研活動(如《古今聲類通轉表》和《經典釋文匯校》的編撰)相關以外,還與其研究《毛詩》、八代文章、唐宋古文以及明清古文之學的獨到體會有密切聯繫。

大家都知道先生的兩種《詩》學著述乃小學精品、經學名著。而先生實於文學層面,特於審其辭氣、探其義旨,以明其古人用意所在用功尤深,不單熟諳賦比興之一般用法及其所產生相應之詩意美、美感效應,而且於詩之四言特徵所帶來的章句結構形式和特有的修辭手法有超乎常人的感悟。比如《詩·王風·丘中有麻》,讚頌東周某一地方長官留子嗟領導民眾開發當地丘陵種麻、麥、李的功績,因應四言句式和用韻需要,而採用"語境型省略"之"重章互足"法。首章前二句言

"丘中有麻,彼留子嗟";次章言"丘中有麥,彼留子國";卒章言"丘中有李,彼留之子"。"二三兩章互相配足,又爲取韻之故,二章只取'子國',下面省去'之子'二字;三章言'之子',是承二章'子國'爲一句,而在本章'之子'上省去'子國'二字,實則都是説'彼留子國''之子',而爲'子嗟'的變文罷了。"[1]像此類植根於傳統詩學創作論、鑒賞論基礎上的觀念、方法,和先生對其在其他具體詩作或韻文中靈活應用的準確感悟,自非一般學者所能及,故《詩》中的"一個小小問題,鬧了一兩千年",到他手裏"才得明白"[2]。正因有如此《詩》學素養,其批校《文選》詩賦章句,自能發人之所未發,見人之所未見。

如前所述,除《詩》學素養外,黃焯先生對周秦漢魏著述之文、辭賦及前四史所載獨立之文非常熟悉;特別要指出的是,黃先生曾長期在武大中文系從事唐宋古文的教學和研究,有過較爲豐富的古文寫作經驗,對古文之學尤其是南宋以降古文評點、籀誦、衡鑒之術了然於心,而於古文批評常用之術語、範疇諸如意旨、境界、體格、間架、關軸、神理、氣味、文眼、聲韻、色澤、滋味、風神、妙趣等,都有較爲準確的界定。對諸如入手多特起或先設煙波緩緩引至主題;或春容頓挫、行氣包舉;或妙能蓄縮,或潛氣内轉;或筆路活而氣勢不板,或藏意境千波萬疊於輕淡平易之中;或萬怪惶惑,而抑遏蔽掩,不使自露,或紆餘委備,往復百折,急言竭論,而容與閑易等藝術表現技巧,都有深入認知和親身體驗。筆者上世紀七十年代多次上門向先生請教先唐散文和唐宋古文研究的相關問題,總是有問即答,若問典故或前人言論出處,一定連同文獻章句及所在書頁上下左右方位一一指明,所言皆赫然在目,真叫人歎爲觀止。1984年,先生病中曾囑託助手王慶元教授將其平生爲中文系諸生講授古文的講義饋贈於我,幾個月後,當我捧讀沾滿粉筆灰的講義時,不禁雙手顫動,淚眼模糊,惟耳畔依稀傳來先生往日謦咳之音。定睛細看,講義中盡是講析古文要義妙諦、美感滋味、文外曲致和行氣運詞的靈動變化之術,及其見於文之神氣、音節、字句、節奏等極細微處之審美價值和修辭技巧。先生的批評術語和鑒賞意見,多出自先唐文論著述、總集評語、唐宋明清古文家自道創作體會之言,以及歷代古文選本評點之說。其中,於"五四"先後出現、帶有世界新舊文化激烈衝突之新時代新變化新思維新觀念特點之歷代文話之集大成者(如王葆心《古文辭通義》),於借助西方文學理論、創作經驗研討古文之學者(如林紓《韓柳文研究法》《春覺齋論文》《文微》等),採録最多。因此,衡鑒先唐駢散文章或謂"八代名篇"之美,而能取用唐宋明清古文家的審美觀念作參照物,應是黃焯先生批校《文選》的一大亮點。

2022年9月30日至12月31日於武昌南湖山莊梅荷苑

(作者簡介:熊禮匯,武漢大學文學院教授。)

---

[1]　《荆楚文庫・黄焯集・自敘》第1082頁。
[2]　《荆楚文庫・黄焯集・自敘》第1082頁。

名學研究專欄

正學

《墨子·小取》匯校匯注匯評(二)^{〔1〕}

張宜斌

摘　要:本文匯集歷代校勘、注釋《墨子·小取》篇的研究成果與相關材料,加以匯校、匯注、匯評。

關鍵詞:《墨子·小取》;匯校;匯注;匯評

夫物有以同而不率遂同^{①[1]}。辭之侔也^②,有所至而正^{③[2]}。其然也,有所以然也^④;其然也同^⑤,其所以然不必同^[3]。其取之也,有所以取之^⑥;其取之也同,其所以取之不必同^[4]。是故辟、侔、援、推之辭^⑦,行而異,轉而危^⑧,遠而失,流而離本^⑨,則不可不審也,不可常用也^[5]。故言多方,殊類異故^⑩,則不可偏觀也^[6]。

【匯校】

①劉師培:此蓋一本作"率",一本作"遂","率同",猶云"悉同"。"率""遂"古通(見《明鬼下·閒詁》),故或作"遂",校者並而一之,非。《墨子》舉"遂""率"古通爲例,以爲辭侔之證也。

②畢沅:"之侔",一本作"侔之"。

張純一:之,《繹史》作而。陸本"之侔"二字倒。

吳毓江:之侔,陸本、茅本、寶曆本、堂策檻本、顧校李本、四庫本作"侔之",縣眇閣本作"而仁",《繹史》本作"而侔"。

陳癸森:"辭之侔也",疑當作"辭之辟侔援推也",下"是故辟侔援推之辭,……不可常用"可證。

③孫詒讓:"正",疑當作"止"。

胡適:孫讀正爲止,亦可通;然此字不必改也。

④吳毓江:以上八字吳鈔本無。

⑤王引之:"同其所以然不必同",當作"其然也同,其所以然不必同。"承上文"其然與所以然"言之也。下文"其取之也同,其所以取之不必同。"文義正與此合,寫者脫去上三字耳。

---

〔1〕　本文系國家社科基金重大項目"先秦名學文獻整理及其思想流別研究"(18ZDA243)階段性成果。

吴毓江：“同”上三字諸本無，吴鈔本有，今據補。

⑥王引之：“有以取之”，以上當有“所”字，下文“其所以取之不必同”，即承此言之也。上文“其然也，有所以然也”，文義正與此合，寫者脱“所”字。

王景羲：“有所以取之”，“之”下，當依上句補“也”字。

⑦吴汝綸：“是故”下，當脱“爲”字。

張純一：辭，王本作詞。

⑧曹耀湘：“佹”原作“危”。

⑨譚戒甫：流而困，原作“流而離本”，今將離字移下，改本爲困。（譚校改“本”爲“困”，以“流而困”爲句。移“離”字於下，以“故離言”三字爲句。移“不可不審也”五字於“則不可徧觀也”句後。）

⑩王樹枏：下“故”字，涉上“故”字而衍。

【匯注】

[1]孫詒讓：不讀爲否。率、遂聲近義同。《廣雅·釋詁》云：“率，述也。”率、遂、述古並通用。《耕柱篇》云“古之善者不遂”，遂即述也。《明鬼下篇》“率徑”，《月令》作“徑術”，鄭注謂即《周禮·匠人》之“遂徑”，並其證也。（孫詒讓讀此句爲“夫物有以同而不，率遂同”。）

曹耀湘：“不率遂同”者，不能皆同也。“率”，大率也。

胡適：此十字當作一句讀。率，皆也。言物或有相似之點，而不必皆遂相同也。

此論觀察不精之謬。如牛有尾，馬亦有尾；舜重瞳，項羽亦重瞳；人能言，鸚鵡亦能言。然豈可遽謂牛與馬同，舜與項羽同，人與鸚鵡同耶？《經説上》曰：“有以同，類同也。”但可謂之偶有相類之點而已，其相類之點或多或少，或爲大同，或爲小同（惠施曰：“大同而與小同異。”）然不能遂以爲盡同也。例如云“日之狀如銅槃”，又“日之光如燭”，皆是。

胡國鈺：“夫物有以同，而不率遂同”一語，謂比喻之不可常用。如告子以爲“性猶杞柳”，而孟子乃推論戕賊之必須相同。告子以爲“性猶湍水也”，而孟子乃推論“東西”“上下”“在山”“過顙”等之必須相同，此則墨子所非者也。但告子以爲“性猶杞柳”，“性猶湍水”，并未舉其他理由，不過只以比喻爲推理之根據，故孟子得以非之也。

伍非百：此承上言“譬”“侔”“援”“推”四辭之誤因。“夫讀若“彼”物有以同，而不率遂同”，此言譬之誤因。夫譬者，以此物之同於他物，因而舉他物以明此物也。倘兩物爲真正之同，吾豈能謂其相異？無如此，世間諸物，殆難得一真正之同者，於是兩物之間，有同有異，其同之點可譬，其異之點則不可譬也，故曰：“夫物有以同不必遂同”。以不必遂同之他物，雖取而比同於此物，則歧誤橫生，笑話百出，有不可詰究者，如東坡“日喻”及“盲人捫象説”是已。

張純一：《詩·周頌·思文》篇：“帝命率由”《傳》：“率用也”。此言物有多分或少分相同，實不盡同，遂可以其爲同而用之。例如牛有尾，馬亦有尾，“有以同，類同也”，然牛尾非馬尾，牛尾馬尾實不盡同。又如狗與犬“二名一實，重同也”，然《爾雅·釋畜》云：“犬未成豪狗。”《説文·犬部》云："狗之有縣蹏者爲犬。"是狗與犬實不盡同。此當用以取譬時,宜精密審慎者也。蓋牛尾馬尾之類同,狗名犬名之重同,未必爲論敵所共許。辭不共許,而我以爲盡同,則自語與物自相,陷於相違之謬矣。

顧實:此承辟之一法而言也。舉他物以明之,而物不輕同也。《襄十年·穀梁傳》曰:"遂,直遂也。"是不率遂同者,猶言不輕率直遂而同也。

吳毓江:"率",皆也。"遂",盡也。"率"、"遂"聲義俱近,古人複語耳。言物偶有相類之點,而不盡同也,故取譬不可不慎。

譚戒甫:《上經》第八十六條云:"有以同,類同也。"率,即大率,皆也。如言凡二足而羽者爲禽,凡四足而毛者爲獸,類同故耳;實則禽之雀鳥,獸之牛馬,不皆遂同也。蓋有者不盡有也,論式設辟,不必求其全同,故云云爾。此如因明以瓶喻聲,寔大不同;然二者同爲"所作""無常"之一類,故得相喻。《墨辯》亦然,如前"使人視城得金",本與辭之所效所謂"信"者不皆遂同;然就"不以其言之當"及"言合於意"二語以觀,則當與"信"同類,乃得辟辭。

汪奠基:按本條所說"夫物"之"物",泛指推論的說辭對象而言。《經》八六條說:"有以同類同也。"凡是具類同的說辭,既有其普遍性的同類,亦有其特殊性的異屬。譬如同爲"高產作物",而有水產作物與非水產作物的"稻""麥"區別,故曰"不率遂同"(不必皆同)。反之,若以類同爲喻,則又不必不皆同。范縝《神滅論》說:"神之於形,猶利之於刃,未聞刃沒而利存,豈容形亡而神在?"這是指類有以同的譬喻。正是掌握了特殊與普遍的辯證同一的認識,同時也駁斥了形而上學地割裂神形利刃的物質統一存在的說法。當時如沈約之徒,由於不明白普遍性與特殊性爲類同的依賴關係,所以竟謬謂:"若謂此喻盡耶?則有所不盡。若謂此喻不盡耶?則未可以相喻也。"把盡不盡絕對化,主觀化,是不知其所取之同與所以取之不必同的"辭之侔也"的引喻意義。

李漁叔:謂某些事物雖有相同之處,然述說不完全相同。

姚振黎:物間有相同之點,而不盡同也,故取譬不可不慎,是《墨子》辯正名物,以同異爲其樞;《小取》既揭橥墨辯七法於前,又示吾人譬侔援推當審慎之處,以防詭謬;若謂七法以類爲基,不知類、不足爲墨辯類比推理,則不明同異,亦無法防止後四法之詭謬;正《荀子·正名篇》所云:"貴賤不明,同異不別。如是,則志必有不喻之患,而事必有困廢之禍。故知者爲之分別制名以指實!上以明貴賤,下以辨同異。"《墨子》辯同異與其論"類"同等詳密,《墨經上》既已立同異之理論,曰"同:重、體、合、類。異:二、不體、不合、不類。"《說》曰"同:二名一實,重同也。不外於兼,體同也。俱處於室,合同也。有以同,類同也。異:二必異,二也。不連屬,不體也。不同所,不合也。不有同,不類也。"此處則可見辟法實際運用時,尚須慎防觀察不精之謬誤。

姜寶昌:所謂類同,乃吾人對事物歸類時單就某一方面之性質而言者也。墨家謂,同類事物雖有其共相,然決非完全相同。故曰:"夫物有以同而不率遂同。"

陳高傭:這是譬辭應注意的問題。……說世界上的事物,有些看似相同,實則不是完全相同。所以"舉他物而以明之"的譬辭,不能使人對於所要認識的事物有完全正確的認識。

王維庭：此對用"侔"之不當而發，故下文承之云："辭之侔也，有所至而止"也。"比辭俱行"爲侔。取其物之同而比辭俱行，然同而有異；故用"侔"者不可不審，兩物齊同，乃可用侔也。

張榮明：此論"譬"的特性。"以"，根據。"有以同"，有作爲根據的相同之處。"率遂"，全都，全部。此句之意：事物之間存在着人們注意到的相同之處，但並非完全相同。

[2]曹耀湘：有所至而正者，如人行而至其地也。

尹桐陽："正"，定也。

胡適：此言兩辭相侔，其正也有一定之限度；過此限度則不得爲正矣。如范縝云："神之於形，猶利之於刀。未聞刀没而利存，豈容形亡而神在哉？"此亦侔也。然"神之於形"，與"利之於刀"，究竟可以相侔至如何限度？故沈約駁之曰："若謂此喻盡耶，則有所不盡；若謂此喻不盡耶，則未可以相喻也。"

張之鋭：比辭俱行之法，用之最易錯誤，故曰："辭之侔也，有所至而止"，謂有一定限度，不得逾越。蓋相侔之辭，必兩者原因結果相同，銖兩相稱，而後可比之以俱行。如孟子言："人無有不善，水無有不下。"反之而云："人無有不惡，水無有不下，"其辭亦何嘗不通？此侔辭之錯誤，即由兩者原因結果之不同。何則？人之善，性也；水之下，以氣壓之故，非水之性也。苟一旦去其氣壓，而水且上行矣。設易其辭曰："人無有不善，水無有不清，"則合論理矣。蓋水性本清，其濁者物質雜之也。（《吕氏春秋·孟春紀·本生篇》云："夫水之性清，土者抇之，故不得清。"）人性本善，其惡者，氣質雜之也。故比辭俱行之法，而不考其原因結果之相同不相同，示以所至之限度未有不錯誤者也。

胡國鈺："侔"，即前所謂比附性法也。"辭之侔也，有所至而正"一語，謂比附性法有當有不當。

伍非百：此言"侔"之誤因。止，限度也。《經》曰："止類以行之，説在同"，是其義。比辭俱行，宜有限度，不可溢濫，溢濫則生換位、換質種種過誤，如本篇後文所舉"或乃是而不然"諸例是也。

章士釗：辭有比而行者，亦有比而不行者，良未可一概而論，故其下曰："辭之侔也，有所至而止。"吾嘗考覽中外名墨之同異，此之辭侔，蓋包舉"換質""換位"諸律令而統言之。

張純一：凡舉是非類同相關之理，彼此互明，必有歸趣而止。例如《魯問篇》云："故所爲巧，利於人謂之巧；不利於人謂之拙"。又如《貴義篇》云："凡言凡動，合於三代聖王堯、舜、禹、湯、文、武者爲之。凡言凡動，合於三代暴王桀、紂、幽、厲者舍之。"皆是。設不審定巧拙善惡，因果全同，辭過冗繁，恐致駢枝，此用侔辭所宜注意也。

顧實：此承侔之一法而言也。恒言德侔天地，道貫百王，語有限止，不能濫侈，自當恰如其分，乃爲正也。故曰："有所至而正。"

吳毓江：言比辭俱行，其正堝有一定限度。

譚戒甫：侔辭之用，寔即歸納始基；推辭成立，全賴有此。然天下之事物無窮，侔之若多，不獨不盡，亦恐難以常徧，故侔辭須有所至。有所至者，謂宜止於適當之境而不率行牽涉也。正者亦謂所侔之辭，尤當前後一揆，不可彼此歧異。如前"火爍金，火多也；金靡炭，金多也。"若專云"火多"

186

"金多",將漫無所至之境,亦且陷於不正。故火金之前,須有"火爍金""金靡炭"二辟辭爲之基,俾有所至而正焉。

汪奠基:"辭之侔也,有所至而正",這是説邏輯上的侔辭引喻,對於推類有極大的幫助。但物類事變,往往及於無限,而侔以爲證的事例則不可以無盡。《經下》謂:"無説而懼,説在弗必。"《説》曰:"子在軍不必其死生。"這里侔辭所説的一句話,證明"無説而懼"爲無必要。就援辭來看,辭之然否,反映事物一定的因果關係。凡援例推比,當有其然與所以然的同或不必同之分。能把握其間一定的因果同然關係,則必易知爲什麼有由其然而不必同其所以然的道理。例如:"白馬多白,視馬不多視。"又如:"之馬之目眇,謂之馬眇。之馬之目大,而不謂之馬大;之牛之毛黃,謂之牛黃,之牛之毛衆,而不謂之牛衆。"又例如:水稻、水麥,每畝有因深耕密植而增産至千斤的,紅薯則更可至數千或萬斤的;那麼,一切農作物是否每畝皆可至千斤或萬斤,則有其然之同而亦不必盡同。但是深耕密植與增産的道理,則是可以援推的。

陳癸淼:辟、侔、援、推四種辯論之模式,皆是利用"同"以作推論;故作推論時,須適可而止,方能得其正。

姚振黎:印度因明論立宗於三支之首,其學重在成立顛撲不破之結論;西洋三段論立前提於首,以次推演,故長於離事言理,以窮繹命題之涵義;墨辯之論式較簡,雖間有歸納與演繹之質,然重在類推,近取諸身遠取諸物,若侔法即以個體爲起點,即事言理,唯辨事物同異之點,苟有不慎,則易陷於謬誤,故尋出事物本質之差異,精審其同異而以類別之,而非泛濫無所歸依,則齊等之辭義相較時,必止其所當止,始可謂正。《詩》《商頌·玄鳥》云:"邦畿千里,惟民所止。"《小雅·緜蠻》云:"緜蠻黃鳥,止於丘隅。"孔子曰:"於止,知其所止,可以人而不如鳥乎?"儒家教示吾人立德處世之"止",墨子並以辯辭亦當有所止、其正塙有一定限度,當慎防比辭俱行之謬説。

陳孟麟:"辭之侔也"泛指推論,不僅指"侔"式推論。

姜寶昌:"侔"式推理之"比辭俱行",不可漫無限止。因類比推理本身僅具有或然性,故賓辭(前提)爲真,主辭(結論)未必同真。如後文"獲,人也;愛獲,愛人也"。賓辭"獲,人也"爲真,主辭"愛獲,愛人也"同真。而"船,木也;入船,非入木也"。賓辭"船,木也"爲真,然主辭"入船,入木也"爲假,必於主辭之謂項前加"非"而否定之,即"入船,非入木也"方得爲真,因"木"在原辭與新辭中習慣意義有所不同也(原辭之"木",木材也;新辭之"木",棺木也)。墨家謂,例如"侔"式推理之"比辭俱行"必有所當,方可由前提之真推得結論之真。故曰:"辭之侔也,有所至而正。"

陳高傭:"辭之侔也,有所止而正",就是説形式變而意義不變的命題(侔辭)是有一定的限度和規則的。按照一定的規則,在一定的限度內,命題的變形是正確的,否則是謬誤的。所以人們運用侔辭是不能任意隨便的。

王維庭:"侔"有兩,一物不得言"侔"。兩物言侔,取其同,不取其異;有同有異,則不得言侔也。故侔之辭式,爲"比辭俱行",而侔之辭性,爲類比推理。辭式由辭性所決,故凡用侔,不能出其類也。"異類不比"(《經下》),即異類不得用侔也。白馬與驪馬同,獲與臧同類,故皆可用侔以推理,得出前判後判同一肯定辭之結論。盜與臧獲則不能用侔以推理,以盜與臧獲"有以同,而不率同也。""有以同",同爲人也。"不率同",臧獲皆爲人奴,而盜爲殺人行劫之罪犯也。故愛臧愛獲,皆愛人也;而愛盜非愛人也。"辭之侔也,有所至而止",止於其類。故不得以愛盜與愛臧愛獲相比也。

張榮明:此釋"辭之侔"的有限性。"辭之侔也",由一個舊命題演繹出一個並行的新命題。"有所至而止","辭之侔"有邊界,不可無限推。

[3]尹桐陽:"其所以然不必同",論理學所謂果同因異。

胡適:此在名學,謂之"果同因異"(Plurality of Causes)。如人之死,或由自縊,或由服毒,或由肺病,或由殺頭。又如熱度,或由擦摩,或由火燃,或由電力。此諸因雖或根本相同,而自其顯著者觀之,則皆爲果同而因異。至於社會之善惡,政治之良否,國家之存亡,其因尤繁複;而其顯著之結果則或呈相似之點。若必謂中國之革命同於墨西哥之革命,俄國之革命同於美國之獨立,則悖矣。以其然也同而其所以然則不必同也。

梁啓超:比辭須有個界限,不能越界而比,因爲雖同然的事物,其所以然或不同;不同就不能互比了。《經下篇》有一條消極的規定比辭公例如下:

《經》:異類不比,説在量。"《經説》:"異:水與夜孰長? 智與粟孰多? 爵、親、行、價,四者孰貴? 麋與虎孰高?"

如云:"此木甚長""此夜甚長",這兩個辭表面上完全相同,但不能説此木比此夜長若干;因其爲長雖同,其所以長不同。爵位可貴,父母可貴,品行可貴,高價之物亦可貴;但所以貴者不同,若説:"父母之貴值錢若干",這還成句話嗎? 所以異類的辭,就不能比以俱行。

胡國鈺:"援"之真者,必其所引論敵之言,意義須絕對相同而後可。使與原語之意,稍有出入,則不免於誤謬矣。若夷子引儒者之言,似謂"子然,我奚獨不可以然也"? 殊不知儒者之意,謂"赤子匍匐將入井,非赤子之罪也"。乃夷子信以"爲人之親其兄之子,爲若親其隣之赤子"也。夷子之意,既與儒者之意不同,故孟子得以非之。凡引書而失原書之意者,皆不免於此失。故曰:"其然也,有所以然也;其然也同,其所以然不必同。"

張純一:例如堯、舜、湯、武,皆聖王也,皆兼愛天下,有所以爲聖王者也。其爲聖王也同,而堯以諸侯廢其兄摯而立,舜以堯咨四岳禪讓而立,湯武均以兵力誅桀紂而自立,其所以得爲聖王者不必同。此援引時,最宜嚴密剖析,務盡去其差異之點,而惟取其完全相同之點。得衆共許,使論敵無閒可乘,斯不謬矣。

伍非百:此言"援"之誤因。援之法曰:"子然,我奚獨不可以然?"謂彼我之閒,兩然同也。然兩然之然可以同,而兩然之所以然,不必同。例如甲、乙、丙、丁四者,皆有子之一現象;今以甲有寅,乙有寅,丙有寅,因謂丁亦有寅,此不可必得之事也。蓋甲之有寅,有甲之他因在,乙之有寅,有乙之他因在,丙之有寅,有丙之他因在。其有寅之果雖同,而其所以有寅之因則不必同。今以丁之具有甲乙丙之子之一現象也,因而援論其亦有寅之一果,固未必可信。

顧實:此承援之一法而言也。其然者,其人之以爲然也。其所以然者,其人之所以爲然也。然與所以然不必同者,然乃以形式言,而所以然者則以性質言也。《經下》一〇章曰:"物之所以然,與所以知之,與所以使人知之不必同。"彼三所以者不得同,即其證也。《荀子榮辱》篇曰:"材性知能,君子小人一也。好榮惡辱、好利惡害,是君子小人之所同也。若其所以求之之道,則異矣。"故今論理學者亦謂"判斷之形式,可以整齊劃一,而在其心理上之活動,則千差萬別。"諒哉言乎!

吳毓江:言援例者不可不慎。《韓子・説林篇》曰:"田伯鼎好士而存其君,白公好士而亂荆,其好士則同,其所以爲則異。公孫支自刖而尊百里,豎刁自宮而諂桓公,其自刑則同,其所以自刑之爲則異。慧子曰:狂者東走,逐者亦東走,其東走則同,其所以東走之爲則異。"

譚戒甫:《經下》第九條云:"物之所以然,不必同。説在病。"又《説》云:"或傷之,然也。"此謂"所以然"爲成事之因,"然"爲成事之果。故《公孟篇》云:"人之所得於病者多方:有得之寒暑;有得之勞苦。"蓋如一人之病,其致傷之果同,而或由寒暑或由勞苦之因不必同,所謂"果同因異"是也。又如前"倍、拒、擎、射"四者,皆含"剃"義;剃者,邪易也即以"剃"爲因而致"不可正"之果。然則"倚"亦以"剃"爲因,何獨不可援例而得其"不可正"之果哉?故援辭之作,祇須知果同而因不必同之關係,便無辭過。

汪奠基:凡援例推比,當有其然與所以然的同或不必同之分。能把握其間一定之因果同然關係,則必易知何以有同其然而不必同其所以然之道理。例如白馬多白,視馬不多視。又如:之馬之目眇,謂之馬眇;之馬之目大,而不謂之馬大。之牛之毛黃,謂之牛黃;之牛之毛眾,而不謂之牛眾。則有其然之同而亦不必盡同也。

姚振黎:凡事物之然,必有其所以然;雖同是如此現象,而所以致此之因未必相同,亦即判斷之形式雖相同,而其內在之實質或互異。試觀《韓非子・説林上》:"田伯鼎好士而存其君,白公好士而亂荆,其好士則同,其所以爲則異。公孫友自刖而尊百里,豎刁自宮而諂桓公,其自刑則同,其所以自刑之爲則異。惠子曰:狂者東走,逐者亦東走,其東走則同,其所以東走之則異。"《荀子・榮辱篇》曰:"材性知能,君子小人一也,好榮惡辱、好利惡害,是君子小人之所同也。若其所以求之之道,則異矣。"蓋凡事物之然,必有造成其然之所以然在。物之然可以同,而其所以然則不必同。當慎防援法果同因異之謬誤。

姜寶昌:事物或現象之結果或可相同,而生成相同結果之原因或有不同。墨家謂,事物或現象如此,必有所以如此之緣故。諸事物或現象皆如此,固然相同,而其所以如此之緣故未必相同。

張榮明:此釋"援"的有限性。"然",存在狀態。"所以然",造成這一狀態的原因。狀況相同,但造成這一狀況的原因未必相同。

[4]胡適:有所選擇之謂取。取即今言舉例也。嘗見洪憲元年爲帝政事通告各地一文,中言共和之政僅可行諸小國寡民,而不適於地大物博之國,因歷舉瑞士、法蘭西及中美、南美諸小國爲

例,及至美國,則以"北美新邦獨爲例外"八個字輕輕放過。此正足爲此條之例。蓋吾人推論,往往易爲私意成見所蔽。以故,每見肯定之例,則喜而舉之;及見否定之例,則或陽爲不見,或指爲不關緊要之例外而忽之。故曰"其取之也同,其所以取之不必同"。

胡國鈺:凡"推"之真者,論敵所取與所不取,必絕對相同而後可。稍有出人,而誤謬生矣。譬前例,孟子舉"治天下不可耕且爲",以爲同於"百工之事不可耕且爲",陳相不諳論理學,遂一時屈服。茲演爲三段論法之式,當知其謬矣。

> 凡百工之事不可耕且爲。
> 治天下,百工之事也。
> ∴治天下不可耕且爲。

此陷於分析之誤謬。蓋"百工之事",在大前提爲集合名辭,舉其全體而言也;而在小前提,則視爲普通名辭矣。試再舉例以明之:

> 國會議員,爲各省代表所組織者。
> 某君,國會議員也。
> ∴某君爲各省代表所組織者。

觀此則知前例之謬矣。蓋陳相之意,以爲耕田固不能兼百工,而兼一工則爲可能之事,故自身捆屨織蓆以耕於南畝。治天下亦百工之一事也,安在其不能耕且爲乎?孟子此言,實不免於誤謬。故曰:"其取之也,有以取之,其取之也同,其所以取之不必同。"

此以上論"辟""侔""援""推"之不可常用。

伍非百:此言"推"之誤因。"取之",謂推類也。"所以取之",謂推類之方法也。《經》曰:"推類之難,説在之大小特盡"。推者,取大予大,取小予小,取特予特,取盡予盡,此正當之法也。但取予者稍一不慎,則往往大小易位,特盡易量,生出許多謬誤,如今歸納、演繹諸法所舉錯誤之例是也。例繁具舉以上論"辟""侔""援""推"四辭之誤因。

張純一:《韓子·顯學篇》曰:"孔墨之後,儒分爲八,墨離爲三,取舍相反不同,而皆自謂真孔墨。孔子墨子,俱道堯舜,而取舍不同,皆自謂真堯舜。"是堯舜有所以見取於孔墨者同,而孔墨之取於堯舜者雖同,其所以取之堯舜者,孔自孔,墨自墨,不必同。孔墨有所以見取於八儒三墨者同,八儒三墨之取於孔墨者非不同,其所以取之孔墨者,竟分爲八,離爲三,各不同。同者,其名也;不必同者,其實也。論者若但見其名同,未審其實不盡同,徑以名實盡同以應敵,則其辭非真能立,必爲敵所破,而自陷於謬誤矣。以上分釋譬侔援推四法易生謬誤之理由。

顧實:此承推之一法而言也,亦據其人之取之與其人之所以取之而論也。"取之"與"所以取之"不同者,亦主以形式及性質二者爲別也。有如賦詩斷章取義者,所取之詩句同,而其所以取之,則見仁見智,雖萬殊可也。

譚戒甫:前云:"推也者以'其所不取之'同於'其所取者'予之也。"此取字即承彼言。蓋如因明喻支"諸所作者皆是無常;譬如瓶等":乃以一支兼容喻體、喻依二事者,以喻體全由喻依推得耳。由是取瓶以喻聲,以"所作""無常"二義,皆爲瓶、聲所同具,故曰其取之也同。然其所以取之不必同者,特以瓶之"所作、無常性"爲人所易曉,而"聲常、非所作",獨爲聲顯、聲生論師所計,遮撥較難;故即具有形質之瓶以及世間甚多之物,概以"諸所作者皆是無常"該之,而後聲之"所作、無常性"亦必不能獨外矣。然則推辭之範圍極廣,衹論"其取之"之目的若何,初不計"其所以取之"之物之不相涉也。故曰其取之也同,其所以取之不必同。

吳毓江:《呂氏春秋・別類篇》:"相劍者曰:'白所以爲堅也,黃所以爲牣也,黃白雜則堅且牣,良劍也。'難者曰:'白所以爲不牣也,黃所以爲不堅也,黃白雜則不堅且不牣也。又柔則錈,堅則折,劍折且錈,焉得爲利劍?'"此可爲"其取之也同,其所以取之不必同"之例。用推法者,須審慎去取之。

吳則虞:採取論證,有所以採取論證之理由;採取之論證雖相同,但所以採取此論證之理由不必相同。

陳癸淼:譬、侔、援、推有一共同點,乃是取與我立論相類同之事理作推論,吾人所取之事理可以相同,而其所以"取之"之因則異。故曰:"其取之也,有所以取之,其取之也同,其所以取之不必同。"

姚振黎:墨辯類比推理,在於兩相異之事物,吾人已知其形式有若干相似之點,則可推未知其他性質是否相類似,正《經下》所云:"知其所不知,説在以名取。"是以古書之中,有同載此事,而其義則各異者;若著一書,所述之事,與他書同,使其義則全然無異,亦何貴有此書乎?故所取之同,尋繹其義,則可識所以取之異故也。

姜寶昌:墨家謂,吾人擇取或承認某一事由,必有其擇取或承認該事由之緣故。其所擇取或承認之事由或可相同,而其所以擇取或承認該事由之緣故未必相同。

陳高傭:人們能認識事物是有所以認識的方法。方法不是單純一樣的,而是隨主觀客觀的條件的不同有所差異的。所以人們對於同一事物的認識,儘管彼此所獲得的結論相同,而彼此所以獲得結論的方法不一定是相同。

張榮明:此釋"推"的有限性。老師對學生説:月亮猶如一個圓盤。他日,一生手持圓盤責師曰:依師所説,這就是月亮。這樣的事件推理就超越了邊界:其所同者,圓形也。超越了形狀這個邊界,則不可推理。

[5]俞樾:"危"讀爲"詭"。《漢書・天文志》:"司詭星出正西",《史記・天官書》:"詭"作"危",是"危""詭"古字通。"行而異,轉而詭",詭亦"異"也。

曹耀湘:佹,違戾也。

胡適:此所述四謬,第一條指辟,第二指侔,第三指援,第四指推。故綜合言之曰:"是故辟,侔,援，推之辭，行而異，轉而危，遠而失，流而離本，則不可不審也，不可常用也。”物有以同而不全同，故稍不審慎，則“行而異”矣。辭之侔也有一定限度，過此則“轉而危”矣。物有同果而異因者，若拘於其果之同而不察其因之異，則“遠而失”矣。凡舉例必根據於同一原理，若以私意成見爲去取，則“流而離本”矣，“本”謂根據之理由也。

邢子述：行而異者，猶曰前進之連環論式，與後退之連環論式，本同爲比辭而俱行者也。然而行之之法，則不同也。“轉而詭”者，猶曰援體即約結論式所稱之構成破壞實不相同也，即小前提與斷案，對於大前提，應取其項後承，有殊異也。今取之而轉至於詭，則謬誤矣。“流”者，《荀子·致仕篇》：“凡流言流説”，楊倞注：“流者，無根據之謂。”“遠而失，流而離本”者，一則論帶論體之譬喻法，因不能直接推斷，始用帶證以明這。然所帶證者，假使不能據以推知，則此帶證，成爲過錯矣。故曰：“遠而失”。一則論類推法之不根據相同之屬性，根據偶然類似之點者，則舂斷案，每致誤也。故曰：“流而離本。”吾人若詳審前論，則可以知其誤之所在。又云：此節考演繹法之謬誤。

尹桐陽：“行而異，不善用“辟”之謬。“轉而危”，不善用“侔”之謬。“遠而失”，不善用“援”之謬。“流而離本”，不善用“推”之謬。

張純一：俞説未析。《戰國策·西周策》“竊爲君危之”，注：“危，不安也”。則又甚於异。“轉”通“傳”。此總釋譬、侔、援、推易生謬誤之理由。以天下事理，異同不易剖析，而言辭涵義、理不一端。苟不精審，必致類行而義歧異。由是展轉傳述而愈譌，於理不安。愈遠愈喪其真，而過失叢生。至其末流，必且支離破碎而亡本。《荀子·非相》篇曰：“傳者久則論略，近則論詳，略則舉大，詳則舉小。愚者聞其略而不知其詳，聞其詳而不知其大也，是以文久而滅，節族久而絕。”義可互明。“常”，《國語·越語》：“無忘國常”注：“典法也。”言文辭久傳滋譌，常精審，不可以爲典要，貿然用之。

顧實：辟，同譬。危，讀爲詭。“異轉”指“辟”言，“危遠”指“侔”言，“失流”指“援”言，“離本”指“推”言。後世駢儷之辭行，而文章匿采，徒滋世亂，則辟侔之用，不可不審慎也。墨分爲三，儒分爲八，釋氏亦析十宗，其援引攝收愈衆，而其分裂亦愈甚，則援推之用，不可不審慎也。蓋異轉難執則遁，詭遠難知則詐，失流不續則絕，離本不明則蕩，是烏可常用哉？雖然辟侔援推四法不可常用，而或假效三其可常用乎？大抵或假效三法，已具今論理學之演繹推理，而辟侔援推四法，屬於問答法、修辭學、演說術，故不可常用乎？

吳毓江：危讀爲《淮南子·説林訓》“尺寸雖齊必有詭”之“詭”，注云：“詭，不同也。”不可常用，猶言不可濫用。

譚戒甫：《論語》云：“故君子名之必可言也，言之必可行也。”則不可行之言，必離義甚遠；而言與行之相異，從可知矣。例如前舉“倍、拒、擧、射”四者，以爲“侔”之辟詞，可謂常偏矣。然其中“倍”之一字，在此假用爲“背”，義固相通；而與《經上》第六十條“倍，爲二也”，函義各別。則“倍”兼具“背”與“爲二”二義，而“爲二”一義，在此必不可言，故曰離言；而亦必不可行，若欲行之，則與其所取者之意大異，故曰行而異。危，詭之省文。俞樾云：危，讀爲詭。上文“有所至而正”，與此“轉而詭”“多方”相對成文；蓋多方與有所至相反，詭亦與正相反也。侔辭之用，全在有所至而正；

若所轉各辭,詭變不一,則多方厖雜,塗徑莫明,將歸納之事廢,而欲求其所至之境難矣。

"援"與第一物之"辭"前後照應,如前例"倚者不可正",援云"倚焉則不正";不正與不可正,亦詞氣輕重之差耳。苟援物與第一辭物,立義甚遠,則必失之。蓋辟詞與辭之所效,宜爲一類,如"倍、拒、挈、射",必與"倚"義切近;若援物過遠,將見所引之類,立形矛盾,違言常徧哉?

《大取》謂"辭以故生","故"苟正確,辭即成立;由是而推其故於同類之物,亦無不成立矣。如前例"聲是無常,所作性故",則推辭當作"諸所作者皆是無常",方爲常徧。若推物流動不定,易以其他之異故,則辭必流放而困矣。

凡右"辟、侔、援、推"四物之辭,其不可常徧之弊,極關重要,偶一不慎,辭即不成,則辯將不當而無由勝矣,故曰不可不審也。

沈有鼎:"援"是說:"子然,我奚獨不可以然也?"但有時專就"然"看,這話好像很有理由,倘若進一步就"所以然"看,兩邊的區別就顯明出來,才知道援例并不能適用。因此,"援"有"遠而失"之弊。"推"是"以其所不取之同於其所取者予之"。但有時仔細考察了對方的所以取之之故,才知道兩句話之間的"同"只是表面的,不是本質的,因爲兩句話的所以取之之故是不同的。對方取這句話,有其所以取之之故。對方不取那句話,乃是因爲與那句話相應的所以取之之故并不成立。因此"推"這種論證方式有"流而離本"之弊。

杜國庠:所謂"不可常用",指的是不可機械地據爲典要。

從這節文章里,我們可以看出墨家是怎樣實事求是,處處注意於事物之"所以然",絲毫不肯爲表面的現象所迷亂。同時也絲毫不肯苟且含混;對於立論力戒"詭異流失",對於聽言,必求其慎審周詳。可見他們能夠有那樣高的成就,決不是偶然的。

李漁叔:轉而危,轉離本題而於理不安。遠而失,謂喪失其真,過失叢生。流而離本,謂支離破碎而忘失根本。"譬喻""齊辭""援引""推求"諸詞彙,因舉例稍不審即意思歧異。兩辭相較若超越界限,則轉離本題,於理不安。援引時不察原因,則過失叢生。推理時以私意成見,即喪失根本。此不可不知,亦不可常用。

陳癸淼:吾人推論,對"所以取之"之理須有所識別,其"所以取之"之理如確當,則推理亦必正確,否則如太濫必導致"行而異,轉而危,遠而失,流而離本"之病。蓋濫用與我立論類同之事理以作推論,則易使我之立論因而滑離原來之理論層面,以致離題,故"不可不審也,不可常用也。"

姚振黎:危同詭,詭異則必不安矣。若未能謹防辟、侔、援、推、易生謬誤之因,甚或根本未遵行四法則,則運用辟侔援推之論式進行推論所導至謬誤結果,依序分別"行而異,轉而危,遠而失,流而離本。"因譬比引喻之辭,易生歧義或牽强附會;援此推彼,亦易以偏概全,而成詭巧之論。如於論辯之際,更換概念,或轉移論點,即"行而異";比辭相較,未能適可而止,即可轉而爲詭辭辯論。如違反比類之法則,援木之長短比夜之長短,使異類相比,則將"遠而失"於其類。夫辭"以故生",說"以理長",推"以類行",失此原則,必然流爲離本之詭辯。故辟、侔、援、推爲《墨辯》重要方法,不可僅依形式而不審慎考查。

姜寶昌：在辯論過程中，運用"譬""侔""援""推"之辭時，或可出現以下種種弊端：行用時挾有私意而斷章取義，自會招致歧異；轉述中偷換概念或偷換論題，自會形成詭辯；推證過於支離或迂遠，自會產生疏失；論列限於枝節細目，自會脫離本源。於是，吾人必斟酌取予，審慎從事。有時而用之，雖亦可奏效，但絕對不可經常使用。

王維庭："行"即"比辭俱行"之行。兩物齊同，"比辭俱行"，則得同一之結論兩物有同有異，"比辭俱行"，則得相異之結論。故曰："行而異"也。異之甚，則變而反也。"轉"即變也。"危"讀"詭"，（用俞説"詭"即反也。（俞校"亦異"，非是。）《文選》班固《幽通賦》："變化故而相詭兮"，《注》："詭，反也。""行而異"與變而反，兩義相接。故曰："行而異，轉而危"也。愛獲愛臧是愛人，愛盜非愛人。盜與臧獲同而有異，故不可"比辭俱行"，比而行之，則得相異相反之結論也。或以"行而異"爲用"譬"之失，非是也。譚戒甫援《論語》"言必行"之義以解"行而異"，謂"離言（改原文以"離言"爲句）"必不可行"，故曰："行而異也"，其説正與作者之意反矣。後文廣舉"是而然""是而不然""不是而然"之例；又廣舉"一周而一不周""一是而一非"之例，可見辟、侔、援、推之辭不可亂用。用之不審不獨有"行而異、轉而危"之失誤；更有"遠而失、流而離本"之失誤。雖統舉辟、侔、援、推之辭，用之皆不可不審，然尤重在侔、援、推也。（"譬之範圍至廣，故用譬之失誤亦較少）推也。"遠而失、流而離本"，蓋指不善用"援""推"之失誤而言也。如孟子援許行之徒、"百工之事不可耕且爲"（要分工）之論據，以破許行"治天下獨可耕且爲"（并耕而治，不要分工）之謬論，是善於用"援"也。（見《孟子·勝文公上》）不善用"援"，可舉一最淺顯之例，假如援"居於國則爲有國"之詞例，引出"有一宅於國爲有國"之結論，則有"遠而失"之過矣。如墨子推出"義不殺少而殺衆"之結論，破公輸盤吾義不殺人"（《墨子·公輸盤》）之詭詞，是善於用"推"也。不善用"推"，亦可舉一最淺顯之例，假如從"問人之病爲問人"之詞例，推出"惡人之病爲惡人"之結論，則有"流而離本"之過矣。

張榮明：譬、侔爲推理之體，援、推爲推理之用，此混言之也。行、轉、遠、流，字異而義近，均指超出邊界的推類會導致謬誤。

[6]孫詒讓：《莊子·天下篇》："惠施多方"，《吕氏春秋·必己篇》高注云："方，術也。"偏與徧通，下同。

吳汝綸："故言多方"句，"殊類異故"句，異故猶異事也。

胡適："多方"謂其法不一貫，《經説上》所謂"巧轉"也；"殊類"謂辨同異不精，不能完全以"類"爲予取；"異故"謂所根據之理由不一致，所謂"離本"也。有此諸蔽，則其所立辭惝忽迷離不易指定，故云"不可徧觀也。"

尹桐陽：殊類異故。故，詁也。

張純一："方"，道也。《易·繫辭上傳》："方以類聚"虞注。又法也。《荀子·大略》："博學而無方"注。多方，謂理不一致。"類"有全分類、一分類、相似類、實不類之殊。"故"有詳略大小之不同，須明辨之。言義同名，蓋一名之蘊藏不一義，即一辭之綴合不一方。例如《荀子·正名篇》

194

所謂"名聞而實喻"。同一"實"字,《經上》云:"榮也"。《詩·載芟》"實函斯活。"箋:"種子也。"
《玉篇》云:"不空也"。《廣雅釋詁》云:"誠也"。餘不備舉。然則榮與種子不同故,不空與誠不同
類。設未明析其義,率爾引用,必不當。故必循名核實,甄別其類如何殊,故如何异不可僅觀其一
偏(此偏字不必通遍)也。此教人審用辟、侔、援、推之辭,免謬誤也。

伍非百:"言"猶辭也。"方""類""故",即《大取》之"理""類""故"三物也。"理"猶"方"也。
方、理、道三字互訓。《莊子·天下篇》"天下之治方術者多矣",下文"古之道術有在是者",道術與
方術互用,可見"方"即"道"也。《大取》"以理長",下文"今人非道無所行,雖有强股肱而不明於
道則必困",上作"理",下作"道",亦道與理互用,可見理即道也。方、理、道、三字互訓,古籍尚多,
不具引。"夫辭以故生、以理長、以類行者也"。然因有類之殊,故之異,方之多,立辭者,稍一不慎
則生"行而異、轉而危、遠而失、流而離本"之弊。故立辭者,不可不審。

何謂"多方"? 多方,謂歧理也。辯者非理無以長,但理解紛歧,言義旁出,離其本根,究其枝
葉,舍其正軌,趨其斜徑,則迷誤漫衍,必不能當,是謂"多方之誤"。

何謂"殊類"? 殊類,謂不同類也。類有大小、特盡種種不同。自此點視之則爲"類",自彼點
視之,則爲"不類",《經》曰:"推類之難,説在大小、特盡。……"例如牛馬與獸與物,獸對牛馬爲盡
爲大,對物爲小爲特。今若以獸有四足,推之牛馬亦有四足,可通。以牛馬之有四足,推之凡物皆
有四足,則不可通。以虎豹爲獸類而食人,謂兔鹿爲獸類亦將食人,則不可通。此類之殊也。又如
"白羽""白雪""白玉""白人",其白之一點爲同類,而雪、羽、人、玉則爲殊類。今若以白之一點相
同,而忘其爲羽、爲雪、爲玉、爲人各點之不同、而一概類之,則必生種種奇論,而謂白人可與白羽
飛,白玉可與白雪共化也。是謂"殊類之誤"。

何謂"異故"? 異故,謂故有大小之不同也。《經説》曰:"小故有之不必然,無之必不然。大故
有之必然"。倘只問其是否持之有故,而不問所持之故爲大爲小,則"必然""必不然""不必然"之
分,莫辯矣。是謂異故之誤。"多方""殊類""異故",爲生出過誤之三總因。凡用譬、侔、援、推之
辭者,不可不於此留意也。

顧實:"多方"者,猶言多方術也。《公孟篇》墨子曰:"人之所得於病者多方。"昭三十年《左氏
傳》曰:"多方以誤之",然非此多方之義也。惟《莊子·天下篇》曰:"惠施多方,其書五車",是其義
矣。孫詒讓云:"偏與徧通,下同。"然偏、徧以字形易混致訛而通用耳。

吳毓江:《大取篇》曰:"夫辭以故生,以理長,以類行者也。"此"言"猶彼"辭"。方猶道也,理
也。不可偏觀,謂不可觀其偏而遺其全。

譚戒甫:"常"(Permanence)就時間言;"遍"(Universality)就空間言。《墨辯》謂時間爲久,空
間爲宇。《上經》第三十九條云:"久,合古今旦莫。"又第四十條云:"宇,冡東西南北。"東西南北。"
蓋凡天下事物,合古今旦暮而不稍變者即常也;蒙東西南北而無或遺者即徧也。此"辟、侔、援、
推"四物,皆當具有物觀之常徧二性;庶幾對揚之時,縱識解紛歧,形式詭異,而其所持異實之名以
論一意,必不致亂:故曰"常用",曰"徧觀"。

沈有鼎:立言有不同的範疇(多方);有不同的特殊性或本質(殊類);有不同的條件或(隱含未説的)理由(異故),不能偏執其一以概其餘。

汪奠基:總之,辟、侔、援、推四種説辭,形式上有多方、殊類、異故的表述方式,所以在運用各種形式進行推論時,必須注意"行而異"、"轉而危"(同"詭")、"遠而失"以及"流而離本"的四種謬誤,因爲譬比引喻之辭,最易生歧義或牽強附會;而援此推彼,亦最易有以偏概全的弔詭之論。例如在進行辯論時,用偷換概念或偷換論題的方法轉移論點,就是"行而異"的表現;若利用自語相違,循環定義的方式,即可轉而爲詭辭辯論。如果違反比類的規則(異而不仳的規則),竟援木之長短比夜之長短,則又將"遠而失"於無類。夫辭"以故生",説"以理長",推"以類行",失此原則,必然流爲離本的詭辯。

李漁叔:是故説話之技巧雖多,但對不同種類之事物,或構成事物之因不同者,不可混同看待。

陳癸淼:蓋言語之道,事理、物實之同異,以及事物所以然之理(故)均極爲複雜,如不能作全面性之觀察與理解,而僅偏知其一,且以其"偏知"作爲推論之依據,則其言必有失矣。故曰:"故言多方,殊類異故,則不可偏觀也。"

姚振黎:"言"蓋承前文,而指辟侔援推之説辭也。"偏"含雙關二意——偏於一隅,未得全貌。又"偏與徧通",普徧認知,窺見全貌也。《大取篇》曰:"夫辭以故生,以理長,以類行。"説辭之繁衍滋長有三要素:依"理"而繁衍,並作種種"類"推,則"故"明矣。若不依此三者行之,"雖有强股肱,而不明於道,其困也,可立而待也。"多方、殊類、異故、即其困也。多方者,理法繁多而無端緒也;殊類者,未能作種種類推也;異故者,未能以説出故也。辟侔援推諸法須審慎用之,於故理類之同異,不可偏知其一而遺其全貌,否則必不能普徧認知而陷於謬誤矣。

姜寶昌:墨家謂,故立辭而欲得其真,非可率爾而就,以事物之道理或可多種多樣;就某一屬性而言爲同類之事物而就另一屬性而言或可成爲異類,形成某種現象或結果,或可源自不同條件或緣由,則吾人論析事理時,不可觀其偏而遺其全也。

陳高備:語言的表達是有多種方術的,繁雜的事實和不同的原故,是人們不能普遍看到的,所以對於四種辭的運用不能不審慎。

王維庭:此言立言之方式非一。指辟、侔、援、推之辭,辭式不同,故云:"多方"也。辭式之所以不同者,不決於其辭,決於其實也。實異,則辭必異,"以名舉實"也。立辭爲"説",所以説之根據不同,則説必異,"以説出故"也。由於實有異同,而判爲不同之辭性("辭類"即"辭性")與辭式。此"辟、侔、援、推"之辭所以"不可常用",必各因其實之異同而審用之也。不能以同爲異;以異爲同;以彼爲此;以一代萬。故曰:"不可偏觀也。"猶云:"不可一概而論"也。

張榮明:"言多方",言説形式多種多樣。"殊類異故",類別多樣,原因不同。"偏",讀爲"徧","遍"之異體。"不可徧觀",不勝枚舉。

【匯評】

吳毓江:以上第三節,論辟、侔、援、推諸法須審慎用之,否則陷於謬誤。

杜國庠：這段文字，很是精煉透辟。大旨指出事物現象有貌似而本質不同的。就是同，

也是"有以同"的"類同"，不會是"畢同畢異"。而言辭，也是"多方、殊類、異故"的，不能一概而論。"辟、侔、援、推之辭"，大抵以"類"爲基礎，故須慎審明類，劃清限度（所謂"有所至而止"），才不至陷於謬誤。聽言立辭，都應如此。所以，《墨經》鄭重指出"異類不比"和"通意後對。"

汪奠基：辟、侔、援、推，是墨辯邏輯的重要方法，但並不等於說只要能依靠這些形式就不用審慎考查。相反地，辟、侔、援、推的毛病多得很，必須要掌實實驗觀察，從多方、殊類、異故來進行辯證地分析，決不能以主觀偏見，代替"徧觀"的道理。

莫紹揆：一事物常常有表面現象與真正本質之分，如果不掌握其真正本質，僅僅根據表面現象而冒然使用辟、侔、援、推這四個是會發生錯誤的，使用時必須區別表面現象與真正本質。

夫物或乃是而然，或是而不然，或不是而然①，或一周而一不周②，或一是而一非也，不可常用也。故言多方，殊類異故，則不可偏觀也③。

【匯校】

①胡適：疑"或是而不然"下，本有"或不是而然"五字。

譚業謙：原文無脫誤，不可增補。

②王引之："或一害而一不害"，兩"害"字俱當作"周"，隸書"周"字與"害"相似，故誤爲"害"。下文"此一周而一不周者也"，與此相應，字正作"周"。

③王引之："或一是而一不是也"，此本作"或一是而一非也"，當以"非也"二字接"或一是而一"下。其"不可常用也"以下三句，則因上文而衍。"不是也"三字，又後人所增。蓋後人不知"不可常用"云云爲衍文之隔斷正文者；又不知"非也"二字本與"或一是而一"作一句，乃足以"不是也"三字耳。下文云："此乃一是而一非者也"，與此相應，當據以刪正。

張之銳："非也"二字乃"非色"之訛，并非衍文。《經說上》云："相從相去先知是可五也"五"也"字各本均訛作"五色"，可見"也""色"兩字形近，常互訛也。惟先言"非色"，故可繼言"白馬馬也，乘白馬乘馬也，驪馬馬也，乘驪馬乘馬也。""非色"上文"不可常用也，故言多方殊類异故則不可偏觀也"十九個字，乃重言以申明前文之意，亦不是衍文，中國文法如此比比者甚多，不可枚舉，王引之之說，不可盡從也。

張榮明："或一是而一不是也"，不改亦可，與之對應的一段，既有"不"，也有"非"，段末作"一是而一非"，"不是"與"非"同義。"不可常用也"以下三句，删去固無妨，保留亦可，茲不删。

【匯注】

尹桐陽：非也猶云非邪。

顧實：物亦事也，所謂"言有物"也。凡分四科，每科各以類聚，極似今科學分類之精神，多先之以一演繹推理 Deduction，再連類而及，所謂以類取予，而非殊類異故者，則更兼具類比推理 Analogy 矣。《大取》篇之四科，其一二與此同，然四科不全同者，彼重在齊，而此重在比也。在齊則曰遷曰強，在比則易以一周一不周，及一是一非矣。

譚戒甫：此章用"夫物"二字起，與前第三章同。物者事也，件也。《墨辯》論式有四物、六物之分；此非論式而亦稱物者，以中有侔辭故也。共分五事，以後依次詳論。

詹劍峰："是而然"，"是"即原辭是，"然"即比辭是之而亦然（對）也。"不是而然"，原辭以否定爲對，比辭以肯定爲對。"不是而然"，原辭以否定爲對，比辭以肯定爲對。"一是而一非"，是者原辭是，比辭亦是，非者原辭是，而比辭則非也。

李漁叔：事物有些爲"是"而對；有些爲"是"而不對；有些爲"不是"而對；有些爲一方面普遍、而另一方面卻不普遍；有些爲一方面是對、而另一方面卻不對。

姚振黎：若"夫物"之"物"，指大凡所有之事也，其義與上文"夫物有以同而不率遂同"之"物"異；彼乃專指辟法所用之說辭事物，此則將事分五大論式，每式各舉例以類言之，並評述其正確與不正確之實在原因。

譚業謙："是而然"，"然"，如此，指示代詞。"是而然"中"是"字與"然"字意義有區別。"是"指等同，"然"指如此説。

孫中原：是而然：前提肯定，結論也肯定。從其所舉例來看，其公式是：$A = B$ 並且 $CA = CB$。是而不然：前提肯定，而結論否定。從其所舉例來看，其公式是：$A = B$ 並且 $CA \neq CB$。不是而然：前提否定，而結論肯定。從其所舉例來看，其公式是：$A \neq B$ 並且 $CA = CB$。一周而一不周：一種説法周遍，而一種説法不周遍。從其所舉例來看，其公式是：AB 一語，A 有時遍及於 B 的所有分子，有時不遍及於 B 的所有分子。一是而一非：一種説法成立，而一種説法不成立。從其所舉例來看，其公式是：$F(A) = G(A)$ 並且 $F(B) \neq G(B)$，即一種語句結構，代入一種內容成立，代入另一種內容不成立。

姜寶昌："是而然"，指前提爲肯定命題結論亦爲肯定命題。"是而不然"，指前提爲肯定命題而結論爲否定命題。"不是而然"，指前提爲否定命題而結論爲肯定命題。"一周而一不周"，指一種陳述周徧而另一種陳述不周徧。"一是而一非"，指一種解説成立而另一種解説不成立。墨家謂，用"侔"式對事理加以推論，可能出現以下五種格式：其一，前提爲"肯定命題結論亦爲肯定命題；其二，前提爲肯定命題而結論爲否定命題；其三，前提爲否定命題而結論爲肯定命題；其四，此種陳述周徧而彼種陳述不周徧；其五，此種陳述正確而彼種陳述謬誤。

張榮明："物"，這裏指"辭之侔"與反映的實際情形。"辭之侔"的結構是：原命題—新命題。這裏分析了五種情形。茲須明瞭，這裏不是三段論推理，不存在前提與結論的關係。在《小取》中，"是"與"非（不是）"相當於現代邏輯的真與假，"然"與"不然"表示現實生活中的對與錯。"然"之本義爲用火烤肉。許慎《説文解字》卷十火部："然，燒也。從火，肰聲。"引申之表示外部存在狀態。《大取·語經》第 22 條："是之同，然之同；有非之異，有不然之異。"可證。是與然，二者有別，此甚重要，不明乎此則失其大端。是而然：邏輯上真，生活中對。是而不然：邏輯上真，生活中錯。不是而然：邏輯上假，但生活中對。周：全稱判斷。不周：特稱判斷。一周而一不周：原命題爲全稱判斷,新命題爲特稱判斷,二者錯位對應。一是而一不是:原命題爲"是",新命題爲"不是"。"辭之侔"不可常用。這是因爲,命題演繹與生活認知不完全一致,不可超越界限隨意演繹。在墨家辯學中,就大局而言,邏輯以現實生活爲指歸,這一點非常重要,乃墨家辯學與名家名學之根本分野。名家名學之所以"能勝人之口,不能服人之心"(《莊子‧天下》),乃在於"專決於名",使生活認知服從於邏輯推理,結果"失人情"(《史記‧太史公自序》)。

【匯評】

張純一:言立辯可大別爲五類,此總標題也。

吳毓江:以上第四節,言辭式殽雜,不可蔽於一曲,總起下文。

詹劍峰:侔有"是而然"者也,有"是而不然"者也,有"不是而然"者也,有"一是而一非"者也。

沈有鼎:物"是而然"可以使"侔"式的推論成爲正確的。但物"是而不然"、"不是而然"可以使"侔"式的推論成爲謬誤的。物"一周而一不周"、"一是而一非",又可以使"譬"、"援"、"推"三種推論成爲謬誤的。

陳癸淼:此節承上言辭侔援推之辭何以易"流而失本"而不可常用之故。蓋言語之道、事理、物實之同異,以及事所以然之理(故)均極爲複雜,如不能作全面性之觀察與理解,而僅偏知其一,且以其"偏知"作爲推論之依據,則其言必有所失矣。

　　白馬,馬也;乘白馬,乘馬也[1]。驪馬,馬也;乘驪馬,乘馬也[2]。獲,人也;愛獲,愛人也。臧,人也;愛臧,愛人也[3]。此乃是而然者也[4]。

【匯注】

[1]畢沅:張湛注《列子》云:"《白馬論》曰:馬者所以命形也,白者所以命色也,命色者,非命形也。"

胡國鈺:原命題之主辭及賓辭,各附一動辭,而按其意可列爲下式者,皆真。

　　凡白馬馬也。

　　彼所乘者白馬也

　　∴彼所乘者馬也。

餘例可照此式列之。

胡適:凡白馬,皆馬也。所乘,白馬也。故所乘,馬也。亞里士多德論演繹、以此爲"正格"。

張純一:當時有白馬非馬論。因馬以色命,既限於白,即非凡馬。故云:"白馬非馬"。

此則反其說以破之,謂馬色雖白,白不能離馬而自存,白不過徒有其名,假以名馬之實,其色爲白耳。試問乘白馬者,果乘白乎?抑乘馬乎?固乘馬也。故曰:"白馬,馬也。乘白馬,乘馬也。"

異白馬於馬者,別也。同白馬於馬者,兼也。此知《墨辯》重實用也。

　　顧實:馬者,共名也。白馬者,別名也。提出其共相而言之,則可曰:"白馬,馬也。"

　　若提出其別相而言之,則可曰:"白馬非馬也。"《經下》二七章曰:"牛馬之非牛,與可之同,説在兼。"故此兩可之説也,言各有當也,不得執公孫龍"白馬非馬"之説而遂以難此"白馬馬也",爲不當也。抑且"白馬馬也"、"白馬非馬也",尚不過直接推理 Immediate Reasoning 而已。此因白馬爲馬,而連及乘馬者,則已爲間接推理 Mediate Reasoning,而成立三支論式,如次:

白馬馬也	大前提
乘白馬	小前提
乘馬也	斷案

但古人行文,於命題 Proposition,往往省略句主 Subject,若爲補足之,則當如次:

白馬,馬也	大前提
(某)乘白馬	小前提
(故某)乘馬也	斷案

　　譚戒甫:按白馬非馬之説,惟公孫龍集其大成,持之甚固,當時殆莫不駭怪而非笑之;

　　其能據理力爭者,特戰國晚年擅長名辯之墨徒耳。然《經説》四篇,尚無此等駁議;《下經》第三條及第六十七略有其迹。《大取》篇始有之,而亦專辯"求馬",究未見有"非馬"之爭彼也。直至本節乃決然曰:"白馬,馬也。乘白馬,乘馬也。"蓋公孫龍輩爲形名家,以謂"物莫非指",指即物之品德,如言"白馬",特白色與馬形二者之表現而已,初非如世俗所謂有馬之實也。但名家不然,控名責實;白馬固有馬在,非實而何? 故徑曰:白馬,馬也。謂余不信,試乘白馬,豈非乘馬乎? 故又曰:乘白馬,乘馬也。斯誠所謂當前指認,言無遁辭矣。

　　馮友蘭:"白馬非馬"的"馬",是馬的共性,"白馬是馬"的馬,是馬的個性,即具體的馬,兩者都對。

　　姜寶昌:此爲由賓辭"是"(肯定命題)推得主辭然(肯定命題)之"侔"式推理例一。因"白馬"爲馬之白者,故賓辭"白馬,馬也"爲"是",即爲肯定命題。其主項爲"白馬",謂項爲"馬"。今於賓辭"白馬,馬也"之主項和謂項前分別加一行爲動詞"乘",則生成主辭"乘白馬,乘馬也",揣其意,然也,即亦爲肯定命題。顯見,賓辭中二詞項("白馬""馬")與主辭中二詞項("白馬""馬")分別屬於相同概念,且此二詞項在賓辭中所表事物之類屬關係[(種)"白馬"、(類)"馬"]與主辭中所表事物之類屬關係[(種)"白馬"、(類)"馬"]一致。又所加行爲動詞"乘"對於主辭之主項和謂項而言,亦保持其義(騎乘)不改。此爲正確"侔"式推理格式之例。墨家謂,既白馬爲馬,則乘白馬爲乘馬。

王維庭:論是非必"察名實之理",察名實之理,必"以名舉實",以名舉實,凡萬物之共性,無不存在於個性之中。共性與個性相對而名,相依而存。以共性與個性分離,以馬之色與馬之形分離,此公孫"白馬非馬"之説也。然天下未有無個性之馬,未有色與形分離之馬,此"白馬非馬"之説,違離馬之實也。與此相反,《經上》曰:"馬,類也。若實也者,必以是名也命之。"馬爲類名,白馬驪馬皆具有馬之實,以名舉實,故不能不名爲馬。此《墨經》以類命名之説,即《小取》"白馬,馬也。乘白馬,乘馬也"之説也。天下只有有色之馬,馬爲類名之由來,正由於統觀各種毛色不同之馬,得馬之共性,統而名之曰"馬",分而名之曰"白馬"、曰"驪馬"、曰某地之馬、曰某種之馬。是共性之概念(馬),皆得之於觀察個性與歸納個性之結果也。或謂馬之外延大於白馬之外延,謂"白馬非馬",合於形式邏輯,然未合於馬之實也。故處處運用形式邏輯推理,未能盡事物之理,即未能盡對立統一之理也。處處運用形式邏輯觀察語言,亦不能知約定俗成之漢語,本多包孕自發之辯證法也。

張榮明:此爲命題演繹類型之一,即"是而然",一可也。原命題"白馬,馬也",主項和謂項各加一個動詞"乘",推導出新命題"乘白馬,乘馬也"。這一推理在邏輯上"是",在社會生活中"然",故段末謂之"是而然"。

[2]孫詒讓:《説文·馬部》云:"驪,馬深黑色。"

張純一:意言白馬之外,無論爲驪馬、或黃白雜毛駓、蒼白雜毛騅(見《爾雅·釋畜》),均與白馬之爲馬同。乘彼馬者,非乘馬色,乘馬形也。

顧實:《經上》七八章曰:"馬,類也。"類者,族類也。白馬驪馬以同族之關係而牽連及之,其同具三支論式不異矣。

譚戒甫:公孫《通變論》曰:"兩明者昏不明,非正舉也。非正舉者,名實無當,驪色章焉。"《莊子·天下篇》末章所引龍説亦曰:"黃馬驪牛三。"蓋驪者兩色爭明,混雜昏亂,最爲形名家所不許;故驪非正舉,滅四爲三,徒以此故。但名家視馬爲實,色特其所屬者,與實無干,固無拘泥於白與驪也。故徑曰:"驪馬,馬也。乘驪馬,乘馬也。"似此皆二家對揚之辭,初非偶然虛設;但既不爲《墨辯》之論式,而亦不似邏輯之三段,若由比傅而暗合於推理,固其宜也。

詹劍峰:白馬既是馬,故乘白馬是乘馬。於此原辭(原判斷)之"主""謂"上各加一乘字而成新判斷,亦即由"白馬是馬"推至"乘白馬是乘馬"。因白馬爲馬之白者,故乘白馬即是乘馬。

汪奠基:由"白馬,馬也"之是,肯斷"乘白馬,乘馬也"之同然之是;駁斥公孫龍"白馬非馬"之説。同此;"驪馬,馬也""乘驪馬,乘馬也"之例證亦係批判《通變論》所謂"驪色章焉"之個體絕對獨立之説。

姚振黎:白馬非馬之説,唯公孫龍集其大成;《公孫龍子·白馬論》云:"馬者,所以命形也;白者,所以命色也。命色形,非命形也;故曰白馬非馬。"《小取篇》則以"白馬,馬也;乘白馬:乘馬也,驪馬,馬也;乘驪馬,乘馬也。"兩家論點之差異,實因分類概念各異,前者物莫非指,後者控名責實;所用邏輯之"外延"Extention or Denotation、"内包"Intention or Connotation 小大有別也。蓋每一概念均含外延、内包二義;外延即名詞所包含之範圍,内包即名詞之屬性,二者常呈相互現象;質言之,凡名詞之外延愈大者,其内包愈小;反之,如外延愈小,則内包愈大,其大小常成反比 The law of the variation of extention and intention,故"白馬"與"馬"二名詞、馬之外延遠較白馬爲大,因其包含白馬、驪馬及各色馬,其組成分子自較白馬多。然自其内包視之,則馬可謂"有鬣、善走之四足獸",而白馬之屬性,至少多一"白毛",故白馬之内包較馬多,欲辨別類名當知外延内包之大小。外延是就事物之範圍而言,内包是就事物之屬性而言。凡物外延愈小者,内包愈大;外延愈大者,内包愈小。若公孫龍之白馬非馬,乃將"白馬""非白馬"嚴分爲二不同之範圍,墨子則以白馬、驪馬同在馬之範圍以内,白馬驪馬之白驪、爲馬之屬性,故"乘白馬,乘馬也。""乘驪馬,乘馬也。"可推至普遍之實在性,而此普遍性正類比推理所不可或缺者。

王維庭:以"乘馬"之説折公孫,使公孫之説窮矣。既云:"白馬非馬",則乘白馬,非乘馬矣。爲之解者曰:"白馬非馬",謂非一般之馬也。乘白馬非乘馬,謂非乘一般之馬也。然天下只有形色相盈之馬,公孫安得形色相離之馬而乘之乎? 以名亂實,則公孫之説存,"以名舉實",則公孫之説窮矣。

[3]畢沅:《方言》云:"臧、獲,奴婢賤稱也。荆、淮、海、岱雜齊之間,罵奴曰臧,罵婢曰獲。齊之北鄙,燕之北郊,凡民男而壻婢謂之臧,女而婦奴謂之獲。亡奴謂之臧,亡婢謂之獲。"王逸注《楚辭》云:"臧,爲人所賤繫也。獲,爲人所係得也。或曰:"臧,守藏者也。獲,主禽者也。"

張純一:獲與臧既同是人,則愛獲愛臧,即是愛人。因其注意在獲與臧同爲人類故也。

顧實:《大取》篇曰:"愛獲之愛人",即愛獲者,愛其爲人也。是亦具三支論式,補列如次:

獲人也	大前提
(某)愛獲	小前提
(故某)愛人也	斷案

《大取》篇曰:"愛臧之愛人",即愛臧者,愛其爲人也。夫臧獲皆奴也,故連類而及之。然奴也,而墨氏並不視爲畜産,若今之惡俗罵人,況直認之曰人也,則一視同仁,何勞有放奴之事哉!

譚戒甫:按此愛獲愛臧,名有專屬,辭特淺易,初似無甚要義;然實察之,乃知不然。

嘗考《大取篇》云:"聖人之拊漬(撫育)也,仁而無利愛。利愛生於慮。愛獲之愛人也,生於慮獲之利,非慮臧之利也;而愛臧之愛人也,乃愛獲之愛人也。"考《經上》第四條:"慮,求也。"此言聖人撫育天下之人,祇見其仁,不見其利愛;實則非無利愛,以利愛須由慮求而生也。如愛臧、愛獲,同爲愛人,然利臧者未必利獲;故愛獲者當爲獲慮其利,非爲臧慮其利。聖人之仁正亦如是。故慮人之利雖異,而愛人之仁實同:故曰愛臧之愛人,乃愛獲之愛人。本節即證明此理,蓋仍墨家"兼愛無差等"之意。

姜寶昌:此爲由賓辭"是"推得主辭"然"之"侔"式推理例三。

王維庭:此節所論臧是人,獲是人;愛臧愛獲是愛人。非論"兼愛無差等"也。

〔4〕胡適:本文云:"白馬,馬也。乘白馬,乘馬也。"又云:"獲,人也。愛獲,愛人也。"以圖示之。(看第二圖)

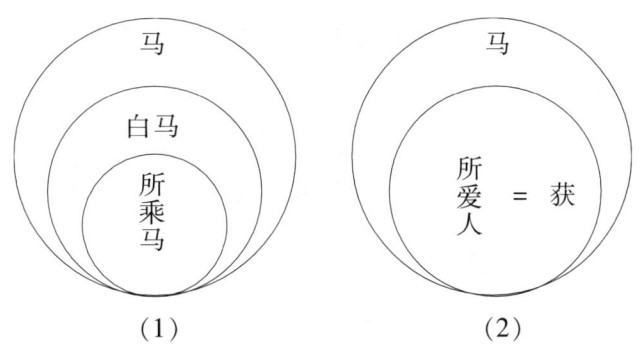

（1）　　　　　　　（2）

更以三段式寫之:

　　（1）凡白馬,皆馬也。

　　　　　所乘,白馬也。

　　　　　故所乘,馬也。

　　（2）獲,人也。

　　　　　所愛,獲也。

　　　　　故所愛,人也。

此爲三段法之"第一格",最易瞭解。亞裏士多德論演繹以此爲"正格"。謂之"是而然"者,前提與結語皆爲肯定辭也。

邢子述:按此種(指"白馬馬也"至"此乃是而然者也"一節文)句法,皆以二辭成一辯。且一辯之中,具有四名。雖不合於演繹法之律令,但可用此辯式,以證演繹法之是否也。其所謂四名者(一)馬,(二)白馬,(三)乘馬,(四)乘白馬也。今以此四名、代入算術中,以明墨子之文,式如左:

　　白馬═══馬

　　　　則

　　乘白馬═══乘馬

　　獲═══人

　　　　則

　　愛獲═══愛人

　　如右例觀之,可明"白馬,馬也;乘白馬,乘馬也"以及"獲,人也;愛獲,愛人"之意也。然其秘訣云何? 蓋在第一辭句,只要白馬能等於馬,獲能等於人,則於第二辭,惟按"等量加等量"而"等量必相等"之自理,則得斷案矣。譬如上例,惟以馬代白馬,以人代獲,而加等量這"乘"與"愛"於其間者是也。然若不遵其律令時,亦易致誤,茲舉比例論式之律令於左:

　　第二辭之主詞賓詞,不得與第一辭相倒顛。

　　如上例"獲,人也",此第一辭也。"愛獲人也",此第二辭也。若顛倒此第二辭,則曰"愛人,愛獲也",即不可也。蓋第一辭之賓詞,皆就一類物而言,而其主詞,迺就一部分而言。今若於第二辭,顛倒其主賓位,是以全般而誤同特殊也,如下例:

　　　　　獲＝＝＝人

　　　　　　　　∴

　　　　　愛獲＝＝＝愛人

　　　此是也;若反其主賓曰:

　　　　　愛人＝＝＝愛獲

　　　　　此則非也。

　　觀上謬誤之論斷,皆坐違反其限制故也。違反其限制之量,譬猶以專稱名詞作普通名詞之斷案也。是以《小取》篇又曰:"車,木也;乘車,非乘木也。盜人,人也;多盜,非多人也。"以及"有命,非命也;非執有命,非命也。"皆形式是而實不然也。噫! 即此一法,不善其用,動成誠言遁辭;若善其用,則算術之層層變化,雖爲態萬不同,要皆操此法以爲之也。

　　張純一:以上前提與斷案,不言非,皆肯定,故曰:"是而然"。

　　顧實:謂其理是,而世以爲然者也。是者出於人之明知也。參照《經上》六章然者出於人之意境也。參照《經上》二四章故道俗二者,有時一致,有時不一致也。更申論者,演繹法之間接推理,有大中小三名,Term 必以中名 Middle Term 爲媒介,而立大名 Major Term 之斷案。故爲媒介之中名,必與大名有密切之關係,而後斷案可以成立。以上四論式,馬人皆爲大名,而白馬驪馬皆與馬有從屬之關係,臧獲與人更有貼合之關係。故四論式皆成立肯定之斷案也。四論式之大前提,皆"爲之法"者也。而斷案即所謂"中效則是"也。至其各以類聚,則兼類比推理,而即所謂以類取予也。

　　章士釗:此以"乘""愛"爲分加之同一數,曰"是而然"。是者,原辭是,然者,加辭然,既是且然,即知方程之率無變。再析觀之,"白馬,馬也。"(A is B)猶言"白馬,白馬之馬也",或"白馬,馬之白者也。"(A = AB)依方程,主詞受何變動,謂詞相與受何變動,故曰:"乘白馬,乘馬也。"(AC = ABC)乘馬云者,猶言"乘白馬之馬"或"乘馬之白者也",他類推。

　　譚戒甫:此"是而然"者,起句承句同爲正辭,蓋即《大取》篇所謂"是之同,然之同"也。茲且立式示之於次:

$$
是之同\begin{cases} 白馬馬也\cdots\cdots\cdots\cdots\cdots乘白馬乘馬也\\ 驪馬馬也\cdots\cdots\cdots\cdots\cdots乘驪馬乘馬也\\ 獲人也\cdots\cdots\cdots\cdots\cdots愛獲愛人也\\ 臧人也\cdots\cdots\cdots\cdots\cdots愛臧愛人\end{cases}然之同
$$

詹劍峰:"是而然"者,何謂也?"是"即原辭是,"然"即比辭是之而亦然(對)也。

汪奠基:"是而然"之例證,簡單用附性法在原判斷之主賓詞上,加一相當之詞義,使原斷仍爲"是"而且"然"之同義。

陳癸淼:所謂"是而然"中之"是"字乃指一命題之值爲真;"是而然"中之"然"字是指在其值爲真之命題(即"是而然"之"是")中之主詞與謂詞上分別加一動詞(或形容詞),則所形成之新命題,其值亦真。

姚振黎:臧獲雖爲奴婢,然墨家兼愛,以奴婢爲人,亦當兼而愛之;因對獲與臧之愛,是對人之愛。質言之,愛奴婢之愛,其範圍與屬性與愛人無差異,既知"人"之大類當愛,奴婢屬於人之一體,亦當愛之。由"獲,人也。"推"愛獲,愛人也。"之論斷,其前提、結論皆爲真,由此亦可證墨家兼愛無差等。

莫紹揆:"是而然",可用下列公式代表:

$$A = B \qquad 同時又有 \qquad CA = CB$$

這是正常現象(人們期待出現的現象)。《小取篇》舉出下列的例子:

白馬 = 馬	同時又有	乘白馬 = 乘馬;
驪馬 = 馬	同時又有	乘驪馬 = 乘馬;
獲 = 人	同時又有	愛獲 = 愛人;
臧 = 人	同時又有	愛臧 = 愛人。

陳孟麟:這就是附性推理的通常形式。其結構是:

$$S 是 P,所以 CS 是 CP。$$

其中兩個附加詞 C 涵義一致,附加後,並不改變主謂之間的種屬關係,這樣,就可以由前提得出一個正確推斷。例如,白馬馬也,乘白馬乘馬也,附加詞"乘"先後涵義一致,附加後,乘白馬與乘馬仍然是種屬關係,所以可以由"白馬馬也"推出"乘白馬乘馬也"

"S 是 P,所以 CS 是 CP"可以名爲直言判斷主謂項的附性推論,這是《墨辯》附性推論的第一種形式。

譚業謙:"是",指四個例證中每例前一部分兩事物的等同。如:"白馬,馬也",即白馬與馬等同。"然",指每例後一部分命題的説法。如:"乘白馬,乘馬也",這一命題是白馬與馬等同才如此説。

姜寶昌:墨家謂,凡此皆由前提爲"是"推得結論爲"然"之正確"侔"式推理格式也。故曰:"此乃是而然者也。"

張榮明:是而然:命題演繹符合規則——"是",亦符合社會認知——"然"。

【匯評】

胡適:此節及下節所論諸謬誤皆由於"名之大小"辨之有未精耳。

吳毓江:以上第五節,舉例以明"物或是而然"。白馬與驪馬皆馬類之一體,故乘白馬、乘驪馬皆爲乘馬。臧與獲皆人類之一體,故愛臧愛獲皆爲愛人。

王讚源:當 A 和 B 兩個概念之間具有子類和類的關係時,行爲動詞對於 A 的作用就可以必然地傳遞到 B。既然白馬是馬,所以,騎白馬也就是騎馬;既然黑馬是馬,所以,騎黑馬也就是騎馬;因爲白馬和黑馬是同類,都是馬,所以都可以進行從肯定到肯定的推理。這裏,爲什麽因爲"白馬是馬",就可以推論説"騎白馬就是騎馬"呢?這涉及到"騎"這個概念的作用力問題。"騎"這個概念當對一個子類發生作用的時候,實際上也就意味著它必然會對這個子類所屬於的類概念發生作用。這是一個必然性的推理,而且也是形式的推理,因爲這裏所講的"馬"、"白馬"等並不是要説具體的馬和具體的白馬,而是一般的概念,也可以用"牛"和"黑牛"來代替,相當於邏輯形式中的變項"S"和"P"。如果用 S 表示"白馬",用 P 表示"馬",用 R 表示"騎",用 M 表示"人",表表示全稱量詞,∃表示存在量詞,→表示蘊涵,∧表示合取,則上述推理的形式可以用謂詞邏輯公式表示爲:表 x(Sx→Px)→→x((Mx→∃y(Sy∧Rxy))→(Mx→∃y(Py∧Rxy))。

獲之親①**,人也;獲事其親,非事人也**[1]**。其弟,美人也;愛弟,非愛美人**②**也**[2]**。車,木也;乘車,非乘木也**[3]**。船,木也;乘船,非乘木也**③[4]**。盜人,人也**④**;多盜,非多人也;無盜,非無人也。奚以明之**⑤**? 惡多盜,非惡多人也;欲無盜,非欲無人也。世相與共是**[5]**。若若是**⑥**,則雖盜人人也**④**,愛盜非愛人也,不愛盜非不愛人也,殺盜人非殺人也**④**。無難矣**⑦[6]**。此與彼同類。世有彼而不自非也,墨者有此而非之,無也故焉**⑧**,所謂内膠外閉與? 心毋空乎内,膠而不解也**⑨[7]**。此乃是而不然者也**⑩[8]**。**

【匯校】

①畢沅:"視",當爲"事"。

王引之:畢説非也。"視"乃"親"字之訛。"獲之親句,人也;獲事其親,非事人也"。兩"親"

字上下相應。猶下文云:其弟,美人也;愛弟,非愛美人也。兩"弟"字亦上下相應。

②王樹枏:二"美"字衍文。上文云:"獲之親原譌作"視"王氏已訂正,人也。獲事其親,非事人也。"此文云:"其弟,人也。愛弟,非愛人也。"與上正一律。

③畢沅:"人船",當爲"乘船"。

蘇時學:"人"當爲"人"之誤。

吳毓江:"船",吳鈔本、寶曆本作"舩"。

④孫詒讓:"則雖盜人人也",衍一"人"字。"殺盜人","盜"下"人"字衍。

劉師培:"盜人人也""人"字,當衍其一。

于省吾:孫説非是,上云"盜人人也",下云"殺盜人非殺人也",是"人"字不衍。

譚戒甫:兩愛盜字下,殺盜下,原皆衍一人字。

陳癸淼:按墨子書常有稱"盜"爲"盜人"者,故"人"字非衍。唯刪之,則句式整齊而無傷原意,故以去之爲愈。

⑤莫紹揆:既然《小取》明確地提出"是而不然"和"不是而然",那末

$$由 A = B \quad 既可有 \quad CA = CB \quad 也可有 CA \neq CB$$
$$由 A \neq B \quad 既可有 \quad CA = CB \quad 也可有 CA \neq CB.$$

因而由 $CA \neq CB$ 是不能推出"$A = B$"也不能推不出"$A \neq B$"的。但《小取》却説:"多盜非多人也,無盜非無人也,奚以明之,惡多盜,非惡多人也,欲無盜,非欲無人也……"這裏加入"奚以明之"一句,分明是想用"惡多盜非惡多人也"來證明"多盜非多人也",想用"欲無盜非欲無人也"來證明"無盜非無人也。"果真能夠證明嗎? 如能證明,則《小取》的"是而不然""不是而然"不是成了廢話了嗎? 因此,"奚以明之"一語是多餘的,是錯誤的,應給以刪除。我們認爲,這一句或者是後人(不懂得《小取》真精神的人)妄加的,也許是《小取》作者自己一時疏忽,沒有細加考慮隨便加上去的。無論如何,這句話加入後,反是錯誤的,刪去以後便沒有毛病的了。

⑥王樹枏:"世相與共是之若若是則雖盜人人也",此十五字,當爲衍文;或有他處錯簡。

王維庭:"若若是",疑原文本作"若是",衍一"若"字,茲以文義刪一"若"字,後文"若若是"同。

⑦孫詒讓:"無難盜無難矣",據下文,疑衍"盜無難"三字。

⑧王引之:"無故也焉",當作"無也故焉","也故"即"他故。"下文云:"此與彼同類,世有彼而不自非也,墨者有此而非之,無也故焉",文正與此同。今本"也故"二字倒轉,則義不可通。

張純一:"墨者有此而衆非之",衆字據下文"墨者有此而罪非之"孫校增。"它"舊作"也"。案《荀子》《修身》《高國》《王霸》《議兵》等篇,屢見"無它故焉"之文,義與此同,今據正。

王維庭:張純一、譚戒甫校"墨者有此而非之",據下文"墨者有此而罪非之"孫校,於"非"上增

"衆"字,非是。"墨者有此而非之",詞氣甚順。增一"衆"字,則明爲贅詞矣。下文"非"上"罪"字,畢、蘇、王諸家皆以爲衍文是,孫校非是也。

⑨曹耀湘:"窒",原訛作"空"。

張純一:"内膠外閉"下,舊衍"與心毋空乎内膠"七字,今删。下同。

于省吾:寶曆本"毋"作"母",猶存古字,金文凡"毋"字均作"母"。

顧實:毋字,翻綿本作"無"。

譚戒甫:"所謂内膠外閉與"句下之"心毋空乎内膠而不解也"十字,孫詒讓連上句讀"閉"字"乎"字句絶;曹耀湘讀"與"字句絶;胡適讀"與"字"内"字句絶。茲讀"與"字爲句;其下十字,單承"内膠"言,疑係後人案識語羼入正文者,於義無關,特括去之。

沈有鼎:"無"原作"毋",與"無"通。

陳高傭:"内膠而不解也"六字疑衍,或後人按識語。

⑩畢沅:"殺",據下當爲"然",一本作"然"。

【匯注】

[1]胡適:上節云:"獲,人也。愛獲,愛人也。"今云:"獲之親,人也。獲事其親,非事人也。"此兩例在形式上初無差别,然一爲"是而然"而一爲"是而不然"者,則以立辭時注意之點不同,故辭式同而意别也。前例所注意者在於獲之爲"人";後例所注意者不在獲之親之爲"人",而在其爲"獲之親"。以獲爲人而愛之,故愛獲可謂爲愛人,言愛人類之一體也。獲之事其親,非以其爲人類之一而事之,乃以其爲其親而事之耳,故不得謂爲"事人"也。

張純一:獲之親固是人,而獲之事親,則因其爲親而事之,非因其爲人而事之。故曰:"獲事其親,非事人也。"此因其注意在獲之事親。親,親於人,即不得不異親於人,立辭意指隨時轉變,須明辯也。

顧實:此具演繹推理之三支論式,而以"親"字爲其媒介之中名,與"人"字爲大名者,僅有浮泛之交涉,不發生切密之關係,故止得否定之斷案矣。

沈有鼎:事人是説作人家的奴僕。

姜寶昌:此爲由賓辭"是"不能推得主辭"然"之"侔"式推理例一。"親",指雙親。"獲之親",自屬一般意義之人,而加行爲動詞"事"(侍奉)後,"事親"與"事人"成爲相對之辭,"親"爲雙親,而"人"則非一般意義之人,變爲與雙親相對之人,即雙親以外之人。於是,"獲事其親,事人也"不能成立,必於"事人"前加否定詞"非",方可使主辭"獲事其親,非事人也"爲真。此則二詞項之一"人"於加行爲動詞"事"後所得主辭中之概念與賓辭相較有所變化,且"親"與"人"二事物之關係同時有所變化所致。此爲謬誤"侔"式推理格式之一之例。

王維庭:"事親"與"事人"不同。事親,有骨肉之愛而奉事之,如子女之奉事父母,謂"事親"也。事人,無骨肉之愛,受雇於人而奉事之,如奴僕之奉事主人,謂"事人"(俗語叫做"伺候人",叫奴婢是"伺候人的")。故謂"事親"爲"事人",則名與實離矣。

張榮明:此爲命題演繹類型之二,即"是而不然",一不可也。"親",本義指父母。"獲之親",

獲的父母。依照命題演繹規則,由"獲之'親','人'也",應該演繹出"獲'事親','事人'也"。但在社會生活中,"事親"表示侍奉自己的父母,"事人"表示爲別人做事,二者不同。父母不是泛泛的人,把父母當作泛泛的人違背社會倫理。此一演繹類型,邏輯上真,但生活中錯,因而不能成立。

[2]畢沅:言使其弟有美容,而愛弟者,非以容也。

梁啓超:弟爲美人之一部分,弟之外尚有美人,故謂愛弟即愛美人,爲不中效;反言之,若謂愛美人即愛弟,亦不中效。

胡國鈺:加動詞者,依前例所舉之式,無不爲真,如:獲之弟,美人也;獲所愛者,獲之弟也;所以獲所愛者,美人也。然若列爲下式則爲僞:凡獲之弟,爲獲所愛者;凡獲之弟,美人也;所以凡美人爲獲所愛者。此則以前提中不周延之名辭,而周延於斷案内,故陷於誤謬,而墨子以爲"愛其弟,非愛美人也。"其餘加動詞者,可照比例列之。

張純一:設其弟爲美人,而愛弟者,孝友本於天性,實因其爲弟而愛之,決非因其爲美人而愛之。

顧實:此亦由中名之"弟",與大名之"美人",非有深切之關係,故斷案不能有定矣。

詹劍峰:"其弟,美人也。"一判斷之主詞是弟;"愛弟,非愛美人也。"一判斷之主詞是"獲愛其弟",判斷之對象改變,如不問其故,據獲之弟是美人,比辭以行,則"愛其弟是愛美人"必謬矣。故比辭應出之以否定,"愛弟,非愛美人。"

汪奠基:若以弟是美人,遂謂愛其弟爲愛"美人",則將特殊屬性,錯誤概而推之爲普遍實在性。此區別極關緊要,必須嚴格划清。反之,必使個別與一般混淆。

姚振黎:《墨子》"是而然""是而不然"之例證,已運用係語增加附性法,使一判斷之兩端,酌量加辭;然用於是而然則得"真"之新命題,至"獲之親,人也。""其弟,美人也。"判斷爲"獲事其親,非事人也。""愛弟,非愛美人也。"則非,乃其内包之屬性,因判斷對已變,則附加係語與原主詞相衝突。是故包桑開 Bosanquet 云:"類推時,與其注意相似點之多寡,不如權衡其輕重之爲愈。""性質"即包氏所謂之輕重也。

孫中原:"愛美人",指愛美色(性愛)。

姜寶昌:此爲由賓辭"是"不能推得主辭"然"之"侔"式推理例二。獲之女弟,形象標緻可人,自可謂"其弟,美人也",而加感情動詞"愛"成"愛(其)弟"和"愛美人"後,"愛(其)弟"出自親情,而"愛美人"依慣常意義爲愛美色,如"愛江山亦愛美人"者然。於是,"愛(其)弟,愛美人也"不能成立,必於"愛美人"前加否定詞"非",方可使主辭"愛(其)弟,非愛美人也"爲真。此則二詞項之一"美人"於加感情動詞"愛"後所得主辭中之概念與賓辭相較有所變化所致。此亦爲謬誤"侔"式推理格式之一之例。

王維庭:"其弟",獲之女弟也。女弟爲美人,然"愛弟非愛美人"。愛美人,愛其色也,愛弟,則弟同胞手足之愛也。謂愛弟爲愛美人,則名與實離矣。

張榮明:先秦時代,男弟、女弟通稱"弟",女弟後作"娣",今謂"妹"。在這裏,"漂亮妹妹"與

“漂亮女人”不同,前者有倫理因素。

[3]張純一:車由木成,而木既成車,不復爲木。乘車者,以車能載運,非木比也。故乘車,非乘木也。

顧實:車雖木爲之,然車與木非有從屬深切之關係,故亦不得能肯定之斷案矣。

姜寶昌:此爲由賓辭“是”不能推得主辭“然”之“侔”式推理例三。“車,木也”,謂車由木材製成,“木”指木材、木料,而“乘木”之木,指樹、樹木。又“乘車”之“乘”指坐、駕,而“乘木”之“乘”指升、登。《釋名·釋姿容》:“乘,升也,登亦如之也。”《漢書·陳湯傳》:“夜過半,木城穿,中人却入土城,乘城呼。”顏師古注:“乘,登也。”即其證。是“乘木”謂登上樹木。顯見,“乘車,乘木也”不能成立。必於“乘木”前加否定詞“非”,方可使主辭“乘車,非乘木也”爲真。此則二詞項之一“木”於加行爲動詞“乘”後所得主辭中之概念與賓辭相較有所變化,且所加行爲動詞“乘”對於主辭之主項和謂項而言,其意義亦有所變化所致。此亦爲謬誤“侔”式推理格式之一之例。

張榮明:“車”是“木”質的,但“乘車”不等於“乘木”。此句基於生活,表述形式不嚴謹。

[4]梁啟超:車船之外尚有木;若謂乘車船即乘木,斷然不中效。

張純一:船固是木,而乘船者,以船能容物利涉,故乘船乃利船之用,非乘木也。蓋車之名,舉車載運行陸之實。船之名,舉船載運行水之實。非木之名,無有載運行陸行水之實者比也。

顧實:車船皆以木爲之,而均與木不發生從屬之關係也。

沈有鼎:中國語言中“事人”,是説作人家奴僕。“乘木”,是説乘一塊未鑿的木板。因此,“獲之親,人也;獲事其親,事人也”和“船,木也;乘船,乘木也”兩個“侔”式論證都不能成立。獲的妹妹雖是美人,獲愛妹妹乃是因爲她是自己的妹妹而愛她,不是因爲她是美人而愛她。因此,“其弟,美人也;愛弟,愛美人也”這一“侔”式論證不能成立。

詹劍峰:於原辭“車,木也”之主與謂上,各加一乘字,則比辭“乘車,乘木也。”義不可通,而必須出以否定:“乘車,非乘木也。”何以故?因白馬爲馬之白色者,白色之馬仍屬馬之範圍,故白馬是馬;據此以推,乘白馬仍是乘馬。但“車,木也”,乃指車是木做,木做之物甚夥,棹、椅、門、窗均可由木做。且木之範圍甚廣,山上樹木、砍下木材……均爲木。“車,木也”一判斷之謂詞數量不定,則比辭應出之以否定,“乘車,非乘木也。”

姚振黎:《小取》推論之例證,除以“類”爲準,且須考慮質量問題;若“白馬,馬也”“驪馬,馬也。”“獲,人也。”“臧,人也。”“車,木也。”“船,木也。”原均爲有所是與能是之同,其命題之值爲真,而車船之上加一“乘”字,則成“有不然之異”,此仍涉及車木、船木間之“質”“量”。車之質,即車之屬性,非木所能包;木之量,即木之範圍、數量較車廣。故類推時,須權衡辭之屬性與範圍,則“乘車,非乘木也。”“乘船,非乘木也。”

姜寶昌:此爲由賓辭“是”不能推得主辭“然”之“侔”式推理例四。“船,木也”,謂船由木材製成,“木”指木材、木料,而“入木”之木,指棺槨、棺木,如“行將入木”者然。於是,“入船,入木也”不能成立,必於“入木”前加否定詞“非”,方可使主辭“入船,非入木也”爲真。此則二詞項之一

"木"於加行動動詞"入"後所得主辭中之概念與賓辭相較有所變化所致。此亦爲謬誤"侔"式推理格式之一之例。

王讚源:進入船隻並不是進入棺材。

[5]畢沅:此所謂辯名實之理。

胡國鈺:凡如形容詞者皆真,惟有比較者則僞。如:"蟻動物也";"大蟻大動物也"。蓋大小乃比較字,故不可用;多少亦比較字也,亦不可用。故墨子曰:"盜,人也;多盜,非多人也。"凡變原名題之名辭,爲矛盾名辭者,除二名辭爲重同外,無不皆僞。如:"凡中國人,亞洲人也;凡非中國人,非亞洲人也。"顯知其誤。故凡"非""不""無""靡"等字,不可用於附性法。而墨子所舉之例,"無盜,非無人也",即此類也。

張純一:《説文・次部》:"次,欲也。欲皿爲盜。"是盜之名,舉人而劫奪貨財之實。顧盜雖是人,人不是盜,以人無盜之意也。故多盜,非多人。無盜,非無人。惡多盜者,惟惡多盜之害人,非惡多人。欲無盜者,特欲世人皆不爲盜,非欲無人。

顧實:累言曰"盜人",單言曰"盜",其義一也。或言盜人,或言盜,古人自有此錯落不齊之文法也。夫謂盜,原本是人者,人道主義也。然盜自暴棄於人類,而世人亦欲迫逐盜於人類之外,則中名爲媒介之盜,顯著與大名之人,不當再發生關係。宜只得否定之斷案矣。但此爲變形之論式,即以一大前提,而類聚疊積式 Sorites 之兩小前提兩斷案,及帶證式 Epicheirema 之兩小前提兩斷案,而歸納之,以合成一大前提也。

沈有鼎:無盜當然不是無人,判斷某地的盜是多是少與判斷某地的人是多是少所用尺度也是不相同的。因此,"盜,人也;多盜,多人也"和"盜,人也;無盜,無人也"兩個"侔"式推論,都是謬誤的。在《小取篇》中,"多盜非多人也"是這樣來證明的:倘若多盜是多人,那末惡多盜是惡多人("侔")。但惡多盜不是惡多人,所以多盜不是多人。《小取篇》證明"無盜非無人也",與此類似。

陳癸淼:"世相與共是之若",若,猶焉也,語末助詞。"世相與共是之焉"謂世人如以"上所言者"爲是。

姚振黎:《墨子》由愛獲、愛臧、愛人也之共相推至人類中"盜",因盜亦爲人,基於:若干小類隸屬一大類時,如僅就某一小類之特性而產生加詞,則於既有命題之主、謂詞上加一動詞或形容詞,此加字必不能通用其大類上。則自"盜,人也。"推"多盜,多人也。無盜,無人也。"必不中效。《墨子》由兼愛之共相,推至特殊之盜,繼由此共相推出較高級之共相——"惡多盜,非惡多人也;欲無盜,非欲無人也。"可歸納以證明共相(客觀實相)之事實,使"世相(共認現象)與共是之";由是可知,《小取篇》推論實包含演繹與歸納之邏輯體系也。

譚業謙:"共",總括副詞。既承認"盜人,人也",又承認"多盜非多人,無盜非無人"爲"共是之"。或者,既承認"親"等同"人"、"弟"等同"美人"、"車"等同"木"、"船"等同"木"、"盜"等同"人",又承認"親"不等同"人"、"弟"不等同"美人"、"車"不等同"木"、"船"不等同"木"、"盜"不等同"人"。對是、非兩類判斷都承認,亦爲"共是之"。"共"字不總括主語"世",已有"相與"一詞總括主語,"共"字不應與"相與"作用相重複。

　　姜寶昌:此爲由賓辭"是"不能推得主辭"然"之"侔"式推理例五、例六。"盜,人也;多盜,非多人也;無盜,非無人也",可視爲"盜,人也;多盜,非多人也"和"盜,人也;無盜,非無人也"迭合而省式。"盜,人也",謂人之爲盜賊者,"人",指一般意義之人,而"盜"指"人"中之一部分。"多",指增多、增加。《荀子·天論》:"因物而多之,孰與騁能而化之?"即其證。"多盜",指增加盜賊。"多人",指增加人。"多盜"與"多人"同出,則是相對言之也。既如此,"多盜"之"盜",指"盜賊",而"多人"之"人",則非指一般意義之"人",而指盜賊以外之人,即守法之人。於是,"多盜,多人也"不能成立,必於"多人"前加否定詞"非",方可使主辭"多盜,非多人也"爲真。此則二詞項之一"人"於加行爲動詞"多"後所得主辭中之概念與賓辭相較有所變化所致。同上理,"無盜,非無人也"亦如此。此亦爲謬誤"侔"式推理格式之一之二例。

　　張榮明:"盜人",強盜。"人",通常指不犯法的人。社會中没有強盜,不能説没有人;強盜多,不能説人多。強盜是人,這是生物性的判斷;強盜與守法的人不同,這是社會性的判斷。准此,有學者謂之偷换概念。其實,這是自然語言在形式邏輯中的困境。

　　[6]梁啓超:此一段是論名辭周遍 Distribute 的法則。上文説:或"一周而一不周",即是此意。

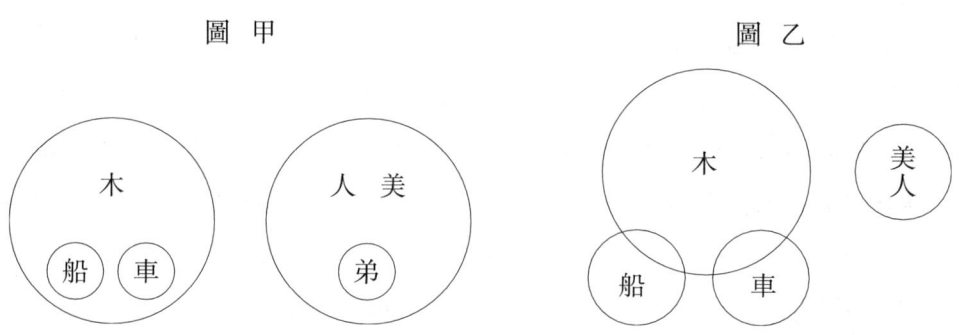

試觀甲圖:弟爲美人之一部分,車船爲木之一部分,但都是不周遍的;弟之外尚有美人,車船之外尚有木,所以説愛弟即愛美人,乘車船即乘木,斷然是不中效;反言之,若説愛美人即愛弟,乘木即乘車船,也是不中效。試觀乙圖:弟有時可以在美人範圍之外;車船之外,尚有別的木,木之外,亦尚有車船的原料,殺盜殺人之喻亦如此,人固不皆盜,盜亦不必皆人。

　　詹劍峰:《小取篇》所要推的是"殺盜非殺人"。"殺盜非殺人"這一判斷,二千年來大多數人都謂之爲詭辯,但這條道理是從"乘車,非乘木"比辭以推出來的。車是木之爲車者,盜是人之爲盜者,《小取篇》明明寫道"盜人,人也","殺盜人非殺人",則指"殺人之爲盜者非殺人也。"注家對於"盜人"二字不得解,遂謂盜人下之"人"字衍,實則大大不然,因墨者恐人誤會其意,特標出盜人二字,以指明人之爲盜者,故曰:"殺盜人,非殺人也",蓋謂殺盜不能直謂之爲殺人,而應謂之爲"殺人之爲盜者"。如果不嚴加分別,必至概念混淆,是非不分。例如:"殺人者死,殺敵人者乃殺人者;故殺敵人者應處死",這樣的推論顯然是錯誤的,因兩殺人者的字面雖同,而其意義則大不相同故。墨者嚴分"殺盜人"與"殺人"之分,其避免概念混淆歟? 墨者何以要這樣分清"殺盜人"與"殺人"呢? 墨者主張兼愛,但不反對殺盜,蓋墨子以興利除害爲務;因盜害人,故主殺盜以除其害。墨子心目中之盜,乃指"不與其勞獲其實"之慣竊積盜,甚至侵略人國的王公大人亦慣竊積之類也,所以墨子"非攻"。

別的學派反對墨子,指出他既主張兼愛人,而又贊同殺盜:夫盜、人也,贊同殺盜,就是贊同殺人,既贊同殺人,則何曾兼愛? 故墨子不得不立"殺盜人"與"殺人"之分,使是非分明。

馮友蘭:"愛盜非愛人也"這個命題中的"人"是泛指,可能就是指人類。"殺盜非殺人也"這個命題中的"人"就是指被殺的這個人。兩個命題中的"人"所指不同,也就是說,其意義不同。這兩個命題是不能相提并論的。荀況把"殺盜非殺人"列爲詭辯的第一種,認爲是"惑於用名亂名",就是說,這個辯論犯了偷換概念的錯誤。"侔"式的推論……是"比辭而俱行","俱行"有一定的限度;過了限度就成爲錯誤。"殺盜非殺人"之所以成爲詭辯,就是因爲"俱行"過了一定的限度。

沈有鼎:墨家把"殺人"解爲"犯殺人罪",而儒家則把"殺人"解爲"把人殺"。(《孟子·公孫丑下》:"今有殺人者。或問曰:'人可殺與?'則將應之曰:'可。'彼如曰:'孰可以殺之?'則將應之曰:'爲士師,則可以殺之。'"因此儒家可以說"殺盜,殺人也",墨家必須說"殺盜非殺人也"。這在表面上純是文字的爭執,仔細研究起來是有階級背景的。我們說過,墨者團體中有許多手工業者。手工業者對於自己的財產非常愛惜,因爲是千辛萬苦用勞動換來的。他們重視私有財產,這是十分可以理解的事情。他們要求保護自己的財產,怕被盜賊搶去、偷去,這也是理直氣壯的要求。但在戰國那樣一個亂世,要求政府來保護"賤人"的財產無異與虎謀皮,因爲當時的政府正是頭號的盜賊。於是手工業者只能采取自衛的政策,自己動手把盜賊打死。難道爲了自衛把盜賊打死,也是犯了殺人的罪麼? 可見墨家"殺盜非殺人也"的主張,有深刻的意義。雖然《小取篇》不能給以充分的合邏輯的辯護,但我們不能因此把墨家這種主張的意義一筆抹殺。至於"愛盜非愛人也,不愛盜非不愛人也"是很顯明的道理。愛盜正是不愛人,不愛盜正是爲了愛人。(代表農民利益專門反抗剝削統治者的運動和組織如後來的梁山泊,當然與這裡所說的一般的"盜"根本不同。)《小取篇》雖然把這兩句話與"殺盜非殺人也"并列,恐怕這兩句話未必有人反對,只是與"愛人待周愛人而後爲愛人"的道理從形式邏輯看不免難於調和罷了。

汪奠基:墨者劃分之聖人、盜人、獲、臧,皆非人之普遍意義;墨辯學者遂指認"世相與共是"之邏輯論題:"愛盜非愛人"、"殺盜非殺人"爲是而不然之例證。

陳癸淼:盜,本不可愛,然盜跖之徒偏愛盜。盜跖愛盜之愛,就其性質上言,必不同於愛人之愛,亦即對"盜"與"人"之愛,在性質上有差別性。就其對象言,其愛亦僅止於盜,而不通"盜"外之人。換言之,愛盜之愛與愛人之愛有差異性,故曰:"愛盜非愛人也"。

姜寶昌:既"盜"與人相對而言,則從常理言之,"不愛"者、"殺"者僅限於"盜"(盜賊),而"愛"者僅限於"人"(守法之人)。於是,雖盜爲人之爲盜賊者,然關愛、不關愛或殺死盜賊,並非關愛、不關愛或殺害守法之人。墨家謂,設若如此,則雖盜賊爲人,然關愛盜賊並非關愛守法之人;不關愛盜賊，並非不關愛守法之人；殺死盜賊，並非殺死守法之人。此理之顯而易見者也。

張榮明："世相與共是之"，社會上的人們彼此都承認。"若若是"，猶"若是"，古今異用，或口語痕跡。若是，假如是這樣，即假如"'□盜'"非'□人'的命題形式（盜≠人）成立。這是由前述演繹抽象出來的句子形式，並依此演繹出後面的新命題。此三個新命題，乃墨者根據前面所謂眾所認可的命題形式演繹而來。無難矣：這樣的演繹並不難。

[7]王闓運："爲"，讀"謂"；"與"字斷句，"空"，孔也。

吳汝綸："心毋空乎內"，謂無竅也。

孫詒讓：《爾雅·釋詁》云："膠，固也。"謂內膠固而外閉塞。空讀爲孔。《列子·仲尼篇》"文摯謂龍叔曰：子心六孔流通，一孔不達"，張注云："舊說聖人心有七孔也。"

曹耀湘："與"與"歟"同。

張純一：此理淺而易知，故世皆以爲然。

顧實："此"者，指"殺盜非殺人也"。"彼"者，指"盜人，人也"，乃至"世相與共是之"諸語也。"此與彼同類"者，以類取予，所以爲嚴正之論式也。世人溺於耳目，習焉不察，則相與共是之。獨至墨家言"殺盜非殺人"，則相與駭然訾之爲非，豈知其本爲一類之談哉？然則戰國多盜，墨家以除暴安良爲急務，而世儒非之，徒養癰耳。此亦可見儒墨優劣之一斑矣。"無也故"，此因世人不知以類取予，而窮究其故也。此言世人有故，坐在膠固而不明也。"內膠外閉心毋空"，當係一成語，"與""而"一聲之轉，與即而也。說詳王引之《經傳釋詞》。孫詒讓曰："空讀爲孔，《列子·仲尼篇》張注云：聖人心有七孔"，是也。內膠而不解者，極言世儒之不知用心也。

吳毓江：《爾雅·釋詁》："膠，固也。"謂內固執而外閉拒。空，虛也。

譚戒甫：本節文極明暢犀利，真可使人不敢置喙；蓋利用論式侔辭以爲推斷，其壁壘甚堅故也。蓋自"獲之親"至"入船非入木也"各辭，皆爲下文"盜人也"各辭作勢。中間"奚以明之"四字，忽用反詰，隨作答語，愈見盜與人之不可混爲一談。由是便曰："世相與共是之"，以明諸說爲人所公認；如是，則"愛盜非愛人、殺盜非殺人"等說，不難成立矣。此"愛盜非愛人殺盜非殺人"等說，與彼"多盜非多人、惡多盜非惡多人"等說同類。今世人有彼說而不自非，墨者有此說而衆非之，殆內膠固而外閉塞者；不然，何若是之背也！

陳癸淼："空"，竅也。"心毋空"，猶言心竅不通也。

譚業謙："此"，指"雖盜人人也，愛盜非愛人也，不愛盜非不愛人也，殺盜非殺人也"。"彼"，指"盜人人也；多盜非多人也"。"此"與"彼"都是既承認肯定判斷，又承認否定判斷，故曰"同類"。"彼"，指"世相與共是之"之"之"。不以"共是之"爲非，故曰"不自非"。"墨者有此"的"此"，指"雖盜人人也，愛盜非愛人也，不愛盜非不愛人也，殺盜非殺人也"。"衆非之"，衆以墨者爲非。"衆"與"世"有別，"衆"非舉世之人。

姜寶昌："彼"，指"世相與共是之"之論，即"獲之親，人也；獲事其親，非事人也。其弟，美人也；愛弟，非愛美人也。車，木也；乘車，非乘木也。船，木也；入船，非入木也。盜，人也；多盜，非多人也;無盜,非無人也。……惡多盜,非惡多人也;欲無盜,非欲無人也"。"此",指墨者之論,即"盜,人也;愛盜,非愛人也;不愛盜,非不愛人也;殺盜,非殺人也"。"非",爲人所非難也。《荀子・正名》:"……'殺盜,非殺人也',此惑於用名以亂名者也。"即其一例。"也",讀爲他。"膠",指固結、膠結。《爾雅・釋詁》:"膠,固也。"《詩・小雅・隰桑》:"既見君子,德音孔膠。"毛傳:"膠,固也。"是其證。"毋",猶"無",與"有"相對。《非命上》:"言而毋儀,譬猶運鈞之上而立朝夕者也。"是其證。"空",猶"孔"。《說文》:"空,竅也。"段玉裁注:"今俗語所謂孔也。"是其證。"乎",猶於。墨家謂,此論與世人相互認同之論實屬同類,世人承認彼論而不自以爲非,而我墨者主張此論輒非議之,原無其他緣故可言,唯可謂内思固結且外情局閉,與心中竟無纖微孔竅,徒呈膠結之狀而不圖疏解耳。

孫中原:"内膠外閉",内心膠結,對外封閉。"心無空乎内",心裏邊沒有留下一點空地方,不能接受外來的意見。"膠而不解",内心膠結而解不開。

王讚源:"無也故焉",沒有別的緣故。也,通"他"。故,原因、緣故。"内膠外閉",内心固執,對外封閉。"心毋空乎",心裏邊沒有留下一點空地方,不能接受外來的意見。"内膠而不解",内心頑固而不去理解。

陳高傭:"毋空"的毋同無,空即謙虛的意思。

王維庭:此節論證"殺盜非殺人",舉四例以作判"獲之親,人也。獲事其親,非事人也。"其例一。"其弟,美人也。愛弟,非愛美人也。"其例二。"車,木也。乘車,非乘木也。"其例三。"船,木也。入船,非入木也。其例四。舉此四例以證"盜,人也。殺盜,非殺人也。"以其本有共同之點,可以互明。"此與彼同類",即包彼四例也。彼四例,皆爲世人所共喻也。"多盜非多人,無盜非無人,惡多盜非惡多人,欲無盜非欲無人",更爲世人所共喻而無以爲非者。然僅舉此四端,以爲"此與彼同類"之論證,猶未盡作者之旨也。内膠固,則不能破偏見;外閉塞,則不能察事實。執偏見,違背實,故聞墨者"殺盜非殺人"之說而大非之。此即反譏荀子"惑於用名以亂名"之非難,爲違離事實,不善推理,不察名實之偏見也。

張榮明:"此",墨者演繹出的新命題,如"愛盜,非愛人也;不愛盜,非不愛人也;殺盜人,非殺人也"。"彼",指"世相與共是之"的命題,如"惡多盜,非惡多人也;欲無盜,非欲無人也"。"此與彼同類",墨家的命題演繹與世人的命題演繹形式相同。世有彼而不自非也,"墨者有此而非之",世人演繹出的那些命題不被否定,而墨者演繹出的這些命題却被否定。"也",讀爲"他"。"無他故焉",沒有別的緣故。"心無孔",謂心不開竅。"内膠外閉""心毋孔",蓋當時習語。"内"指内心,"外"指感官,"膠"指凝固,"閉"指閉塞,綜謂愚昧無知。

[8]胡適:墨者初以肯定的統舉辭爲前提,而所得結語乃爲否定的,故曰"是而不然"也。

章士釗:此以"乘""入""多""無"爲分,加之同一數,與曩無異顧一則"是而然",一則"是而不然",形同而情乃相貿如此,究爲何故?澄心思之,有以知曩者之然,因善用方程之理而然,非徒然也。今用此理無爽,乘馬乘車,實同一範,斷無一然一不然之差,蓋車,木也,猶言車、木之爲車者也。則乘車乘木之爲車者也無難。盜,人也,猶言盜、盜人也。盜人二字適合(Ay),則殺盜、殺盜人也、無難。餘倣此,然則何是而不然之有乎? 易式以明之,車盜原辭爲(X＝XY)各以乘殺字入之,則爲(3X＝3XY)辭理焉悖,以知墨家此節之所謂不然,純以謂數不定辭涉惝恍之故,馬不定,比辭可行,木不定,比辭不可行,詞性乃爾,難於概論。以定數劑之,則諸辭一切齊同矣。

胡國鈺:此節有加動詞者,有加形容詞者。有變原名詞爲矛盾名辭者。《墨子》此段所舉之例。原命題爲真。而附性之名題爲僞。故曰:"此乃是而不然者也。"

譚戒甫:此所謂"是而不然"者,起句皆爲正辭,承句皆用"非"字爲負辭。

沈有鼎:"此與彼同類",這個説法鄰比於詭辯,實際上此與彼并非同類。

詹劍峰:"或是而不然"原辭——"是"。比辭——"不然"。……上述"白馬,馬也";"乘白馬,乘馬也。"在原辭主與謂各加一乘字,比辭講得通。而在這里"車木也";"乘車,乘木也",在原辭主與謂各加一乘字,比辭竟講不通,而必須出之以否定,"乘車,非乘木也",這是什麽道理? 因爲白馬,即馬之白色者,白色之馬還是馬的一部分,也就是仍在馬的範圍内,所以白馬是馬,據此以推乘白馬仍然是乘馬。但"車,木也",乃指車是木做的,木做的東西很多,棹子、椅子、水桶、門窗等等。而且木的範圍很廣,長在山上的樹是木,砍下而成材的也是木。所以"車,木也"這判斷的謂詞數量不定,所以比辭應出之以否定,"乘車,非乘木也"。"是"即原辭是;"不然"即比辭是之而不然(不對),而必出之以否定。

莫紹揆:所謂"是而不然"可用下列公式代表:

$$A = B \quad 但 \quad CA \neq CB.$$

《小取》舉出下列的例子:

獲之親＝人,　　　但　　　事獲之親≠事人;

其弟＝美人,　　　但　　　愛其弟≠愛美人;

車＝木,　　　　　但　　　乘車≠乘木;

船＝木,　　　　　但　　　入船≠入木;

盜＝人,　　　　　但　　　多盜≠多人;

惡多盜≠惡多人("惡"指"厭惡");

無盜≠無人;

欲無盜≠欲無人;

愛盜≠愛人;

不愛盜≠不愛人;

殺盜≠殺人。

陳孟麟:由"獲之親人也"(S 是 P),不能作附性推論:獲事其親事人也(CS 是 CP)。原因在於,附性後,附性詞與賓詞所形成的新概念,在習慣上已有固定涵義,這種涵義,或者使附性詞前後意義改變了,或者使附加後的賓詞與原判斷涵義相比改變了,這樣,主賓詞之間的種屬關係附加後就被取消,因而附性詞肯定前提的主詞就不能同時肯定其賓詞,這謂之"是而不然"。

在習慣語言裏,"事人"是指做人奴僕,供人役使(附性詞"事"前後涵義不同);"愛美人"是指異姓愛慕而不是兄弟姐妹的友愛(附性詞"愛"字前後涵義不同);"乘木"是指原始時代所乘的那種鑿空了的木頭(附加後賓詞"木"與原判斷"木"含義不同);"入木"指死人進棺材(附加後賓詞"木"與原判斷"木"含義不同),這些,附性詞肯定前提的主詞,都不能同時肯定其賓詞。

譚業謙:"此乃是而不然者也",爲總結解釋之語。"此",指"愛盜非愛人也,不愛盜非不愛人也,殺盜非殺人也"及"獲事其親,非事人也"等語。這一類否定判斷與上"是而然"之例不同,故曰"此乃是而不然者也"。這一類否定判斷如以兩事物的等同爲依據,即不能成立。

張榮明:"是而不然",邏輯形式真,生活實踐中錯。

【匯評】

譚戒甫:《莊子·天運篇》云:"禹之治天下,使民心變。人有心而兵有順。""而",讀爲"如"。按《說文》:"兵,械也。刀,兵也。"此謂人心多變,祇可順而治之,猶刀兵鋒利,逆之則必傷。'殺盜非殺人':自爲種而天下耳(伻)。是以天下大駭,儒墨皆起。"按據此說,知"殺盜非殺人"一語,實禹教也。墨家法夏,儒家法周,故此語遂爲儒墨爭點。他姑勿論,如《論語·爲政篇》載孔子曰:"道之以政,齊之以刑,民免而無恥。道之以德,齊之以禮,有恥且格。"又《顏淵篇》:"季康子患盜,問於孔子。孔子對曰:'苟子之不欲,雖賞之不竊。'"又"季康子問政於孔子曰:'如殺無道以就有道何如?'孔子對曰:'子爲政,焉用殺? 子欲善而民善矣。'"又《荀子·正論篇》引孔子曰:"天下有道,盜其先變乎!"又《孔叢子》多輯錄雜說,亦有足以證成其義者。如《刑論篇》載孔子曰。"民之所以生者衣食也。上不教民,民匱其生;飢寒切於身而不爲非者寡矣。故古之於盜,惡之而不殺也。"由此以觀,孔子於盜不殺;在乎教民資生而有恥,自能向善。然其於禹教一言,固未有明詰之辭也。直至荀子,乃始屬聲以駁之曰:"殺盜非殺人也,此惑於用名以亂名者也。"見《正名篇》意謂盜爲人中之別名,則殺盜應即爲殺人;乃既云殺盜,又謂不殺人,斯即用非殺人之名以亂殺盜之名矣。先是荀子論"所爲有名"曰:"知者爲之分別,制名以指實,上以明貴賤,下以辨同異;如是,則志無不喻之患,事無因廢之禍。"蓋前引荀子駁言,正掊擊禹墨之教;故又繼之曰:"驗之'所爲有名'而觀其孰行,則能禁之矣。"但墨家不然。墨子固尚兼愛者也,以謂"盜愛其室,不愛異室,故竊異室以利其室,皆起'不相愛'";《兼愛上篇》故惡盜獨甚,而以"非人"差等之。逮至墨徒,其立論殆尤有進者,如《大取篇》云:"知是世之有盜也,盡愛是世。知是室之有盜也,不盡愛是室也。知其一人之盜也,不盡惡是二人。雖其一人之盜,苟不知其所在,盡惡有溺也。"蓋世盜有限,世人無窮,不得因少盜而廢至多之愛。然室人有限,並盜而亦愛之,不可也。設二人中有一人爲盜,必惡其一而愛其一。但就中雖祇一人爲盜,苟不知其所在,則凡藏匿盜者而亦盡惡之。其惡盜之甚,愛人之周,一至如此! 本節謂愛盜非愛人,不愛盜非不愛人,乃至殺盜非殺人,皆即證明此理。荀子謂此語惑於用名以亂名,若在墨徒視之,正坐内膠外閉之病。

王讚源:墨家在上一段和這一段中關於推理問題所作的思考將對現代人工智能學科的研究具有重要啟迪作用。人工智慧研究中遇到的量化推理和關係推理以及附性推理等問題,基本上和墨家所遇到的問題類似。例如:

(1)螞縱是動物,所以,小螞蟻是小動物,

(2)螞蟻是動物,所以,大螞蟻是大動物,

(3)像是動物,所以,小像是小動物。

從純邏輯來分析,(2)和(3)的前提真而結論假,肯定都是錯的。(1)的前提真且結論也真,但推理並不一定是對的,因爲真的結論不一定能夠從真的前提推出來。但從直觀和常識來看,(1)應該是對的,(2)和(3)則是錯的。因爲(2)中的"大"和(3)中的"小",在含義上發生了變化。墨家認爲,(1)屬於"是而然"的問題,(2)和(3)則屬於"是而不然"的問題,進行這樣的推理需要考慮語言的特殊性。

李賢中:墨家在尋找"侔"的推論模式,基本上也是以類同性爲主,也就是對於許多相類似的表達語句,基於它們的相似性將它們歸爲一類,如:"是而然"此一類型。但是在古漢語的名詞多義性及脈絡意義的變化下,許多例外就逐一出現,如:"白馬,馬也"和"車,木也"在表達形式上都是:"A,B也",但前者爲白馬屬於馬類,而後者却指車的材料爲木頭。當古人用"A,B也"來表達一種認知的結果時,只顯示A與B是有關係的兩個概念,但究竟是甚麼關係,却沒有用其他的文字呈現出來。因此,只是從表達形式的類同性來建立推論規則,勢必會碰到許多例外的情況,而墨家在遇到這種狀況時,採取的策略就是重新就例外的情況建立起新的規則,於是"是而不然"的模式就出現了。

陳高傭:墨家所斥爲"内膠外閉與心毋空"的世人,即當時反對"殺盜非殺人"説法的一些人,其中主要的就是儒家。儒家的政治思想是主張以德化人而不主張以刑罰制裁人。

王維庭:"殺盜非殺人"之説,諸家多以爲詭辯,以過信《荀子》"惑於用名以亂名"之譏評,而未察其爲儒墨相非之偏見也。更由於比附形式邏輯以爲解,而不知《經》與《二取》本多包孕辯證邏輯,處處以形式邏輯爲解,則愈引而愈遠也。

(作者簡介:張宜斌,武漢大學文學博士,南昌大學副教授。)

書林清話

《明末清初詩經學研究》序

楊晉龍

　　筆者自 1990 年 7 月 2 日進入臺北南港中研院中國文哲研究所，直到 2020 年 6 月 30 日退休，總共在中國文哲研究所任職 30 年。在這個世代的學習與研究的生涯中，筆者接觸到的來自世界各地不同國籍、不同地區的學者與學員，没有上千也有幾百，然而這些爲數甚多的學者與學員，在訪問期滿離開文哲所之後，主動繼續保持純粹學術聯繫者，實屬鳳毛麟角。于浩就是屬於這類在没有利益交換前提下，依然樂意保持純粹學術聯繫的鳳麟學員。

　　于浩爲南昌大學中文系本科生，2006 年在文師華教授指導下，以《蘇軾〈東坡易傳〉研究》一文取得文學學士學位，隨即進入宜春文化局任職，一年後轉而從事記者行業，由於發現自己對學術研究的喜愛，於是在 2010 年考入武漢大學文學院古籍整理研究所"中國古典文獻學"專業，回歸學術研究之路。2012 年在該校專研《詩經》的李會玲教授指導下，以《先秦兩漢引詩與釋詩考》取得碩士學位；接著在 2013 年考入專研佛典音義之學、精於數位人文研究方法的于亭教授門下，繼續攻讀博士學位，並自 2013 年起參與《古音匯纂》的編輯工作，獨力完成 190 餘萬字的書稿。2015 年 9 月 1 日在于亭教授推薦下，以"明末清初詩經學研究"的研究計劃，通過中研院的學術審查而到文哲所進行學術訪問，直到同年 12 月 31 日結束訪學。由於筆者的學術專業主要係以"詩經學"研究爲重心，因此承擔了學術交流等方面的接待工作。在這短短的四個月時間，因爲筆者與于浩的研究室相鄰，學術關注的議題相同且重疊，更因兩人都是屬於"研究室宅男"和"夜貓族"的作息時間，是以經常有機會與于浩進行實質的學術交流，對于浩的學術研究内容與研究態度，確有較他人更深程度的了解。于浩結束訪學後，繼續"明末清初詩經學"的研究，最終在 2016 年 6 月以《明末清初詩經學研究》的論文，通過學術考驗而取得武漢大學文學博士學位，旋即受聘到南昌大學國學研究院任教。于浩在生活與工作穩定之後，並没有絲毫鬆懈，不僅完成了國家社科基金青年項目"明末清初《詩經》注本與學術史研究"，以及主持江西省漢代文化研究項目"海昏侯墓出土竹書與漢代經學研究"之外，同時還改寫博士論文準備出版。于浩此種不惰不懈的學習認真精神，著實是令人讚賞。

　　筆者在 2000 年探討近代以來 50 年左右中國臺灣學者的詩經學研究表現時，曾經花費時間閱讀了臺灣地區出版的詩經學專著 175 部、博士論文 17 篇、碩士論文 99 篇、學士論文 11 篇及單篇論文近 2500 篇等的内容或摘要，意外發現這些研究成果中，固然有許多值得注意的創新見解，但却也發現其中有不少研究成果無論在議題選擇、研究思考或研究方法上,幾乎都只固守在前賢提供的固定或標準的答案與範圍之內,尤其是對文學價值的肯定與對以《毛詩序》爲代表的傳統"詩教"功能的批評,更是顯得太過情緒化,因而就有了以下筆者的反思、建議與研究上的私見。筆者以爲《詩經》的研究,至少可以分爲"詩經學"研究與《詩經》學"研究兩大類。"《詩經》學"研究係以《詩經》專著內容爲對象的研究。"詩經學"研究則先以《詩經》專著爲研究內容的"《詩經》學"爲基礎,進而擴充到所有涉及《詩經》內容的文獻,可粗略概括爲《詩經》文本的研究,以及應用《詩經》的研究兩項,是以此種"詩經學研究"實際上就是結合《詩經》專著和涉及《詩經》內容的整體性的研究。筆者還認爲真正的"經學"研究,應該也要有類似前述"詩經學研究"內涵的基本認識,亦即必須是經學專著和涉及經學內容等整體文獻結合下的研究,方是比較完滿的"經學研究"。當然,無論是僅以《詩經》專著爲研究範圍的範圍狹隘《詩經》學"研究,還是以包括《詩經》專著及所有涉及《詩經》的文本爲研究及文獻對象的範圍較爲廣闊的"詩經學"研究,都是隸屬於經學研究的分支。若就詩經學研究的範圍進行思考,必須了解的基本問題,至少包括:詩經學的本質、詩經學的終極關懷、詩經學研究的範圍、詩經學與儒學的關係、現代詩經學研究的背景、現代詩經學發展上的優勢與阻礙、詩經學與現代學科的關係、現代詩經學研究的方向等等,對這些基本問題的不同認知,自然會間接或直接影響到研究時的思考與內容。

　　就經學整體範圍的基本認知而論,大致可以粗略地將經學研究的內容區分爲"實踐性"與"學科式"兩大類,更可以依照研究的內容更加細緻地分類,可以分爲:學術面、政治面、通俗面、實踐面四個不同研究層面的區分:(一)學術面的研究:指的是現代西洋學術分科意義下的經學研究,這是純粹從知識求真層面進行的探討。例如一般文獻學或歷史學等相關議題的研究,這是屬於"學科式"經學研究的範圍。(二)政治面的研究:主要在討論經學爲何與政治發生關係,以及經學與政治之間相互爲用的關係。例如有關儒家在傳統政治中的地位與作用的研究、針對某位經學家的政治立場與政治主張等相關議題的研究,都是隸屬於"實踐性"經學研究的範圍。(三)通俗面的研究:重點在探討經學如何傳播、滲透而落實到整個中國社會之中,以及擴散到其他周邊國家與地區,如韓國、日本、越南、琉球(琉球與日本在歷史上有別)等地區的情況。例如探討經學對一般民眾是否具有實際影響力,如有影響力則是通過何種方式而產生作用,這些就都是屬於"學科式"經學研究的範圍。(四)實踐面的研究:深入探討經學內容與實踐之間的關係,以及實踐功夫內涵的相關議題,包括個人的品德修養與群體倫理持守之類的內容,這是基於求善層面的研究。這個層面的研究主要是思考經學文本與實際行爲之間的關係如何? 傳統經學家何以能夠毫無懷疑地確立經學文本與實際行爲之間的必然關係? 亦即傳統經學家根據何種預想而認定經學文本必然會實質影響到讀者的思想與行爲? 現代人又如何確定經學文本與傳統文化之間的關係? 傳統文化表現的內容都可以歸入受到經學文本的影響嗎? 或是那些傳統的思想內涵或行爲表現纔是受到經學文本影響的結果? 經學文本中有哪些是中國文化獨有而哪些是多數人類社會共同表現的思想與行爲? 亦即傳統中國人有哪些思想與行爲確實是受到經學文本影響纔出現? 經學文本的此種影響是通過何種方式而達成？達成影響需要有哪些相互配合的必要條件？涉及這些方面的議題，當然都是屬於“實踐性”經學研究的範圍。

若以前述思考爲前提，將其落實到詩經學實質研究的情況中而論，就可以根據“一般性經典”和“神聖性經典”的不同地位，以及不同詮釋家派在不同時代的傳播與地位的實際表現，將周代到當代的詩經學研究發展，區分爲幾個不同的研究階段：（一）周秦到漢武帝（西元前156—87，公元前141—87在位）之前《詩經》爲“一般性經典”的階段；（二）漢武帝之後到鄭玄（127—200）之前，《詩經》成爲儒家專屬經典，儒家後學積極推崇並聖化孔子和經書，然後再經由緯書的神話性建構解讀，於是《詩經》乃成爲具有“聖性”與“神性”雙重本質的“神聖性”經典階段。（三）鄭玄以後到初唐時代，鄭玄以古文詩派爲主並結合今文詩派，將兩家《詩經》文本與解説融爲一家之説，《毛詩故訓傳》和鄭玄《毛詩箋》成爲最重要的解讀主流，然後貞觀十六年（642）孔穎達（574—648）等奉召在此基礎上再融合不同學者的詮釋而成《毛詩正義》的階段；（四）初唐以後到北宋之前，以《毛詩正義》爲詮解唯一主流的階段；（五）北宋以後到朱熹（1130—1200），《毛詩正義》逐漸被質疑修正，最後朱熹綜合對《毛詩正義》的質疑而成爲《詩集傳》的階段；（六）朱熹以後到元仁宗（1285—1320，1311—1320在位）時期，朱熹《詩集傳》由南方逐漸向北方傳播，最終被全中國接受。這是朱熹的詩經學從一家之學，成爲學派之學，再成爲與《毛詩正義》共同分享官學的發展、擴散階段；（七）元仁宗以後到明太祖（1328—1398，1368—1398在位）洪武十七年（1384），《詩集傳》逐漸超越《毛詩正義》而成爲獨占《詩經》詮解地位的階段；（八）明太祖洪武十七年以後到萬曆（1573—1620）年間，朱熹《詩集傳》完全取代《毛詩正義》，成爲獨占《詩經》詮解的唯一主流；（九）萬曆以後到清代結束（1911），《毛詩正義》再度受到重視，成爲輔助《詩集傳》解釋的官學，兩家解説的“市占率”逐漸趨於平衡的階段；（十）1912年至今，以西洋學術概念重新解讀《詩經》，百家雜説並起的階段。如果略去周秦與現當代，就可以根據解讀《詩經》主流立場的不同，粗略地區分成“《詩經》漢學”與“《詩經》宋學”兩大流派，觀察兩派相互消長的狀況，略去少數特殊人物，《詩經》詮解者大約從北宋開始就逐漸出現一個與全然接受或有限度接受毛鄭《詩》者針鋒相對，強烈質疑《毛詩序》是否爲聖人之言，並根據學者個人理解，重新詮釋《詩經》的傾向，朱熹《詩集傳》即是稟承此強烈質疑觀點而集其大成的《詩經》詮解本。不過在朱熹生存的時代，《詩集傳》被接受的程度，實際上遠遠不如認同《毛詩》的呂祖謙（1137—1181）的《呂氏家塾讀詩記》，《詩集傳》大致是在朱熹過世之後，經由其弟子門生等後學及愛好者的宣揚傳播，然後在南宋滅亡之際的歷史偶然因素下，使本來主要流傳於長江以南的朱熹之學，有機會渡江而逐漸成爲流行於全中國的學術門派，最後更因爲元朝官員與皇帝的支持而成爲學術主流，《詩集傳》就是在朱熹之學成爲主流學術的歷史情境下，逐漸進入官學系統而成爲獲取利禄的科舉考試的重要工具。就詩經學的發展歷程而言，《詩集傳》首先在元代漸漸與《毛詩正義》分庭抗禮，到明成祖（1360—1424，1402—1424在位）永樂十三年（1415）官方編纂《詩傳大全》頒發全國後，《詩集傳》的詮釋就完全取代《毛詩正義》的地位，成爲官方考試或平常引用唯一的解説標準本。雖然從成化末年的15世紀開始，丘濬（1421—

1495)、黄瑜(1426—1497)、王鏊(1450—1524)、祝允明(1461—1527)、許誥(1471—1534)、桂萼(1478—1531)、吕柟(1479—1542)、袁仁(1479—1546)、何景明(1483—1521)、楊慎(1488—1559)、黄佐(1490—1566)、唐順之(1507—1560)、顧天竣(1562—?)⋯⋯等人,接二連三地在其文章及朋友通信之間,不斷地稱美《毛詩正義》的價值,因而導致與楊慎關係密切的陳鳳梧(1475—1541)、李元陽(1497—1580)和江以達(1502—1550)等人,兩度校刊《十三經注疏》,最後更影響到萬曆帝(1573—1620,1572—1620在位),他命國子監重修《十三經注疏》並頒發各地學宫,間接承認《毛詩正義》解説的地位,於是《毛詩正義》又重新進入官學教育的系統内。但即便如此,《詩集傳》的解讀依然是官方學術最終的判準,即使到清代雍正五年(1727)頒布《詩經傳説彙纂》之時,雖已對《詩集傳》部分内容提出質疑,並附録不同解讀的内容供讀者參考,但官方考試的要求,依然以朱熹的解説爲主流,必須等到乾隆二十年(1755)完成的《詩義折中》,纔没有再出現特别推崇《詩集傳》解説之處。但是清代官方一直没有脱離朱熹解説爲主的宗旨,光緒十五年(1889)在王懿榮(1845—1900)推薦陳奐(1786—1863)《毛詩傳疏》之際,朝廷似乎有轉向支持《毛詩》的傾向,但最後還是不了了之。因此就清代而言,《毛詩正義》在官方的地位與功能,大致也只是做爲補充或糾正《詩集傳》不足或疏漏而存在,不過在許多學習研究《詩經》者的眼中,《毛詩正義》大致已經可以與《詩集傳》分庭抗禮了,乾隆朝以後民間部分學派甚至反過來以《毛詩正義》爲主,進而批判《詩集傳》的不足與疏漏。但這也只是在形式上看起來好像《毛詩正義》的地位與官學的《詩集傳》幾乎相近而已,實際上清代官方從來都没有放棄對以《詩集傳》解説爲標準答案的堅持,雖然民間愛好《毛詩》者越來越多,但官方却從來没有真正放棄過《詩集傳》,同時那類愛好《毛詩正義》的學者,最初接受的《詩經》詮釋,必然都是科舉考試必考的《詩集傳》,因此清代不可能存在不閲讀或不受《詩集傳》影響的詩經學者,清代此種官方《詩集傳》和民間《毛傳》共存共榮的實況,大約從乾隆朝就已經開始,直到清代滅亡。近代以來,由於蔡元培(1868—1940)當教育總長時,下令在正式教育體制内,高中以下的課程設計中,取消所有與傳統經學相關的課程,《詩經》因此也就没有官定解説的問題,詩經學界因而形成百家争鳴的狀況,不過最普遍的參考閲讀書目,依然還是非《毛詩正義》與《詩集傳》莫屬。但近代的《詩經》研究者,在研究認知與意圖上與傳統學者已經大大不同,如果根據研究者的終極關懷加以區分,就可以依據民國以來詩經學研究者的表現分成以恢復傳統經學義理實踐爲追求目標的"實踐性詩經學"和以現代西洋學術分科爲前提、追求文本學科知識内容與歷史事實真相的學術價值爲目標的"學科式詩經學"兩種研究類型。提倡或認同"白話文學至上"等一類"學科式詩經學"的研究者,由於朱熹的質疑與自主的解説精神,較合乎於受到講求理性與尊重個人價值的啓蒙主義影響的現代學術獨立與尊重個性自由的觀點,《詩集傳》的内容又有部分符合現代西方學術分科意義下"文學性"的内容,因此《詩集傳》成爲民國以來"學科式詩經學"研究者、從事研究或解讀《詩經》時的重要傳統資源。《毛詩正義》在清代雖然並没有取代《詩集傳》的官學地位,但學術地位的逐漸提升則非常明顯,民國以後更因《詩序》傳達的義理内涵比較符合認同傳統經學具有經世致用功能研究者的需要,因此也成爲許多"實踐性詩經學"

研究者研究之際的重要資源。

就詩經學發展的整體角度而論,漢武帝以後"三家詩"最受推崇,大約東漢末期,《毛詩》逐漸受到全面性的接受,唐代達到巔峰而成就爲集其大成的《毛詩正義》。北宋後《毛詩正義》的典範地位開始受到質疑,質疑的成果匯聚爲朱熹的《詩集傳》。元代以後,《詩集傳》逐漸被接受,進入明代達到巔峰而有《詩傳大全》的出現。從此以後,《毛詩正義》地位逐漸低落,甚至成爲無人閱讀的"廢書",直到明末纔又"死灰復燃",但也只是成爲《詩集傳》的旁襯而已,最終還是無法擺脫與《詩集傳》平分詮釋的地位。從這些事實來看,可知宋代以後詩經學的發展,固然與前期的詩經學脫離不了關係,但這時詩經學的研究重心,已從獨重《毛詩正義》的態勢,轉移到逐漸崇重《詩集傳》,最終導致《詩集傳》地位超越《毛詩正義》的結果。《毛詩正義》固然在明代萬曆以後又逐漸注意而受到重視,到清代乾隆朝以後,地位似乎又可以和《詩集傳》比肩,因爲有不少乾嘉時期的學者大力的提倡傳播,《毛詩正義》似乎又再度成爲詩經學的主流,但實際上《詩集傳》依然還是清朝的官學,《毛詩正義》雖然受到比明代和清初時期較高的重視,但在傳統學術必須與政治相依存的狀況下,並非官學崇重的《毛詩正義》,僅能成爲補苴《詩集傳》不完美的旁襯,最多也只能與《詩集傳》平分秋色,再也無法像宋朝以前那樣獨占《詩經》詮解的典範地位了。從一般歷史線性意義下詩經學發展上的常識性觀點來看:宋代以後的《詩經》詮釋與漢唐以前的詮釋,雖然在經世致用的終極關懷上有共通之處,但在方法、重點及本質的認知等詮解的方向上,確實已有所不同。《詩集傳》出現以後的詩經學發展,就是在有別於《毛詩》詮釋典範的前提下,經由不斷的擴散傳播而逐漸將《詩集傳》形塑成另一個詮釋典範的過程。在《詩集傳》這個經由反抗而終於反對,最後獨立並取代原有典範的過程中,當然有許多需要釐清或值得研究探討的問題,這些問題也的確引發不少現代學者研究的興趣,因而出現不少具有創見的研究成果。不過觀察前賢這類研究的實際表現,可以發現多數學者採取的研究方式,不是某本專書的研究,就是某位學者的專門研究,較少有結合或針對學術群體、相關學者或關係論著等整體環境而進行比較大範圍的研究者,至於較長時期的一朝或一代及跨朝代的歷史研究,更屬少數中的少數。至於研究的對象,多數研究者只挑選某位、某本或某幾位,早已被學界公認較有學術成就或價值的學者或書籍,從事孤立的分析論述,很少見到融合相關影響學術的條件,諸如政治、經濟、教育、制度等等背景因素,進行必要的連結性分析探討,多數研究所得成果,因此僅能是單一的"點"的說明,僅能表現某一孤立的學術狀態,既然同一時間內不同空間"面"的照顧都很缺乏,則"史"的發展意義下的"線性"聯繫,自然也就更無法進行有效的連結,至於綜合"點""面"與"線"等成"體"的詩經學研究,那就更不用說了。

就詩經學研究的進行而論,前賢在"點"方面的研究貢獻,其實正是從事"面"的研究,以及進而連結成"線"成"體"的研究之重要基礎。基於前述的認知,筆者因而以爲應該可以在前賢建立的既有良好基礎上,更進一步地進行"面"的整體性研究。如以宋代以後詩經學的研究爲例,在以"面"的整體研究爲前提的思考下,研究之際可以注意到的問題,大致可以包括:《詩集傳》如何傳播、如何取代《毛詩正義》而流行、流行的層面與區域如何、形成此一結果的原因何在等等的問題。

此外,還可以針對那類被現代學者選爲某個時段典範代表的研究對象,進行實際影響狀況的確認觀察,辨明其在現代詩經學界認定的地位是"歷史表現"事實的陳述還是"後世追認"的虛假建構結果,重新釐清這些現代學者重視強調的詩經學研究對象,在學術創見上是否具有特殊貢獻?在其出現時代是否具有影響力,在詩經學發展上影響的實際狀況如何,需要有前述針對現代詩經學研究學者重視的對象,重新觀察探討在其生存的當代是否被接受、被接受的程度如何、在當代是否真的具有代表性、會不會是現代研究者"以後律前"的誤解等等追問的理由,只要是探討任何學術發展的研究,都是屬於"史"的強調的研究,因此必然都要重視可以有效證明連續性的證據。前述追問的目的,就在於可以提供較爲有效的論證,用以證明詩經學前後之間確實存在有"傳承"或"影響"的關係,因此研究之際,除需要注意時間系列的先後、思想義理內涵的相似性外,同時還必須要能夠舉出足以說服讀者的證據,就是要求這些證據必須在"實證"層面及"數量"上,具有足夠的證據說服力。這也就是在前賢研究基礎上,可以再進一步研究的內容及方法。

　　以前述的研究方式觀察宋代以後詩經學相關議題的研究,可以發現多數的研究缺乏整體"面"的照顧,導致無法形成"史"的整體內涵,之所以出現此種缺漏,應該是受到研究態度和研究方法過分單一化的影響,因而缺乏多元觀點與視角之故。爲了排除這類"有'面'無'史'"的缺陷,進而更全面性地深入研究,以便獲得更確實、更可信的研究結果,筆者嘗試以德國"完形心理學"(Gestalt Psychology)的"整體"概念及英國宗教學家希克(John Hick, 1922—2012)的"多元觀"爲旨,並立基在"學術公平主義"和"學術互動互惠"的立場,從"整體情境"的了解與"傳播接受"的角度,建構了一套探討學術傳播流傳擴散實情的研究方法,筆者將之稱爲"整體情境傳播研究法"的研究方式。這個研究方法的背後根據的乃是從"符號學"(Semitoics)的角度,吸收轉化"語庫"(language)、"互文關係"(intertextuality)與"結構主義"(structuralism)等整體概念,依據"部件""系統"和"關係"等系統性互動,然後透過引錄形式的統計、比較、分析,藉以論證學術發展變化的研究方法,由於此法研究的重心在傳播擴散,主要是透過外部可驗證的數據論證分析,雖也重視"質"的內涵,但整體上還是比較傾向"量"的分析,故而也稱之爲"經學外部研究"的方法。"整體情境傳播研究法"主要的思考內容有三:(一)重視"點"的擴大影響、"線"的連續發展、"面"的一體貫通;(二)結合"菁英文獻學研究方式"(學術創新的研究)與"普通傳播學研究方式"(流行影響的研究),即既重視菁英學者創新的研究成果,更不忽視一般群眾共識的陳腔濫調,以及擴散融入非經學著作的情形;(三)注意結合政治、教育、心理、社會、家族、出版以及個人背景、時間先後、區域文化、經濟差別等相關因素互相影響的研究法。在研究內容上考慮的有三個主要層次:一是就產生影作者而言的"傳播影響研究"層次;二是就當代或後代接受者而言的"選擇接受研究"層次;三是就學術長期功能而言的"歷史效應研究"層次。在實際操作上掌握的基本原則有二:(一)必須要能了解學者個人的學術淵源、生活經歷、社會觀感、政治評量等內部思考的因素;(二)更要考察當時的學術風氣、社會狀況、地域差別等外部環境的因素。必須要強調"內部思考"與"外部環境"的理由,就在於無論就傳統學術"致用"的實踐性本質要求而言,或者就現代知識性學科的學術研究要求而言,學術的實踐與學科研究的有效性與價值性,必須要能落實到學習、研究者生存的實際時空中,纔能產生實質的意義,這也是歷史研究必須考慮的"回到歷史現場"的研究基本要求。無論生存在任何時代的學術研究者,都絕不可能在完全脫離當時現存世界的狀況下進行"真空式"的研究,即使僅從學科式追求知識的角度思考,研究者的詮解分析,也必然會帶有研究者自覺或不自覺的文化與環境的效應作用在內,何況是必須確實落實在日常生活中的實踐性的傳統學術,其與生存環境的密切關係就更不用質疑了。因而對研究者對自身及背景相關環境的理解,自然成爲研究者從事研究之際,必要的認知過程。在研究態度上則要求:在研究議題與研究成果的評價上,儘量擺脫"成見""私見"與"舊説"的束縛,秉持一種"既不相干"但"相互尊重"的客觀立場,根據實際可信的證據發言,不將"可能性"絕對化地變爲"必然性",下判斷之際盡可能自我反省,檢查是否受到不自覺存在的"前解釋"的影響或干擾,此應該是所有學術研究者從事學術研究時應當遵循的基本原則。研究者若能秉持前述的研究態度與方法,應該比較有可能站在前賢既有的貢獻上,更進一步地糾正與彌補前賢的不足之處。

　　就近代以來的學術環境而論,不可否認的是二十世紀初,如胡適(1891—1962)、魯迅(1881—1936)等認同歐美與日本現代化的學者,從經學妨礙中國"現代化"的負面批判以來,經學幾乎已成爲邊緣學術的歷史事實。不過歷經百年批判的激情之後,似乎也應該進行必要的反省,例如學者們認定的妨礙現代化的經學因素,是否確實是妨礙中國現代化的因素? 如果真的如此則這些因素是否已完全消除? 若無法消除則原因何在? 除此之外,當然還可以用比較客觀公正的態度重新面對經學,思考經學對現代社會或學術是否還具有正面的價值,例如:經學在過去學術表現的意義與價值如何? 促成經學學術發展的條件與因素是什麼? 經學過去的表現是否可能具有現代的意義與價值? 比較有效地執行經學義理內涵的實踐方法等等,這當然是比較從實踐性經學層面進行的思考。臺灣地區的經學研究,雖沒有直接受到"新文化運動"以來,類似弗洛伊德(Sigmund Freud,1856—1939)精神分析意義下"弒父情結"即那種"反傳統"而有的"反經情結"的嚴重影響,但經學在日本統治時代不同的教育制度與社會集體學術意識之下,早就經過類似"新文化運動"般"去傳統化"的實際過程了,不同的是臺灣地區並沒有民國初年大陸地區強烈"反傳統""反經學"的激情,只有"棄傳統""棄經學"的漸進過程。但無論是"反"或"棄",基本上都是與傳統宣告決裂的表現,結果就是明確地結束經學"理所當然"具有實踐價值,以及學習經學即是爲了實踐等的基本原則。以"新文化運動"帶動的"反傳統"及其引發的"疑古"等思潮爲例,造成的後果,不僅是在知識上改造傳統學術的認知與研究方式,更重要的是改變傳統經學知識和實踐之間的必然性關係,在經學知識與經世致用之間畫一道既深且寬的鴻溝。原因就在於整體社會對知識共同認知而產生的環境氣氛,必然影響到個人面對經學文本傳達的規範性義理內容時,自然興起的認同或排拒、接受或唾棄等的心理反應。理由是影響實踐知識意願最基本的因素,主要在讀者對該知識實踐可能性的認定,影響實踐可能性認定強弱最重要的因素,必然是認同而非質疑,認同纔有可能接受,接受纔有實踐的可能。接觸之後的選擇、認同、接受、實踐等在社會群體間普遍性認知的深淺,必然和整體社會存在的共同氣氛關係密切,當整個社會都同意某種知識具備實踐價值,甚至必須確實的實踐時,生活在此社會中的群眾,大致也都會努力想辦法執行。經學義理在傳統中國社會,當然是社會共同認定可能且值得實踐的規範性知識,生存在此種社會境況下的中國人,不僅對經學義理的認同度高,實踐的意願也同樣高昂,經學在傳統中國社會確實是隸屬大眾化的實踐性學問。新文化運動學者群引入了歐美二元對立及樂觀社會達爾文主義的概念,抱持著德國人尼采(Friedrich Wilhelm Nietzsche,1844—1900)那種一切價值重新估量的前提,首先拒絕承認傳統既存的價值,甚至將傳統社會污名化爲"黑暗"的世界,不僅將傳統知識貶抑爲阻礙進步的絆腳石,甚至將經學內涵罪惡化爲"吃人"的知識。再經由蔡元培當教育總長時,下令全國中小學停止經學相關課程的教授,於是經學從獨占學術尊位的學問,變成無法統整爲學科的零碎知識,學界甚至還有許多人到今天都還不承認經學具備獨立學科的地位。整個中國社會在知識上逐漸對經學疏離陌生,對經學的認同度逐漸降低甚至厭惡,實踐經學的意願當然也就不復存在,於是經學從原來隸屬於大眾實踐性、規範性的學問,變成爲特殊群體小眾化、保守性的學問。在傳統中國社會境況下,經學在讀者心理上的認知狀態是:主動接受、認同依賴且不反對實踐的對象;進入現代社會後讀者的心理認知狀況是:被動強迫、排拒唾棄且令人厭惡的對象。既然在心理上無法接受,就不可能產生認同,沒有認同也就沒有選擇、實踐的可能性,這就是傳統經學和現代經學在內涵上的變化與差別。

　　1945年以後,相對於當時的中國大陸地區,臺灣地區確實是比較積極地推廣經學研究,但由於臺灣學術研究的自由度甚高,經學當然無法再像傳統中國那樣依靠政治保護而獨尊,因此必須面對其他學科的競爭。可知無論是從經學自身學術發展的角度論,或是從與其他學科競爭的方向論,經學的地位與研究的企圖,自然再也無法像過往一樣,僅僅堅守在自我建構的自我感覺良好的堡壘中即可存活。比較可喜的是,中國大陸學界大概從二十世紀八〇年代開始,就有意識地進行學術轉型,故而無論基於學術的統合競爭,還是拓展不同學科的對話,現代經學研究者,都必須考慮到經學現代意義與價值的發揚,並尋求與其他學科進行有效對話的可能。因爲現代經學的研究者,不可避免地需要實際面對不同學科的挑戰,更需要與相同研究領域、却擁有不同世界觀、價值觀的研究者,以及那類或者深入、或者奇特,甚至荒謬等等的研究成果,進行必要的交流或學術爭辯,必須如此纔有機會學習到溝通或學術爭辯的能力,纔能夠較爲有效地吸收融入競爭對象在研究的方法與知識表現上的優點,以及改善自己研究過程中的闕漏,並能夠了解自己爭辯、溝通、競爭等對象在研究上出現的問題,因而協助增強自己在研究上的能力。這些爭辯與溝通、競爭等等的對象,除中國本土相關的研究者、接受外國不同研究方法與意識形態訓練的留學外國的學者外,當然也包括那些留在外國學術界的華裔學者,以及那些不同文化背景的外國漢學研究者。因而了解國內外不同學科的相關研究狀況,舉凡研究成果、研究方法、研究議題、意識形態、研究發明、研究貢獻等等實際的表現,都是現代經學研究者,必須具備的知己知彼的基本功夫。

　　現代經學研究爲了符合現代學術行政科層管理的需要,當然無法脫離也沒有必要脫離西方學術分科的規制,但也不能完全忽視傳統經學本質性的實踐要求,因此以下即在西方學科分類的意義下,加入"實踐性經學研究"的内涵,於是可以有下述幾種不同的研究方向或範圍:(一)儒學意義下的經學研究:從後代的綜合角度來看,大體上儒學的官學化就是經學,在這個最基本、最簡略的意義下,"儒學"的範圍大於"經學",因此經學家必然是儒學家,但儒學家則不必然是經學家,儒學家固然擁有各自的經學思想,但如果没有經學典籍方面的著作,即不能歸入經學家,例如某些宋明理學家,可以是儒學家,同時也有自己的經學思想,但因爲没有經學典籍方面的專門著作,所以不能歸入經學家。這個視野下的研究内容,大致上就是一般有關經學本身的問題,包括個别學者的經學研究表現,以及群體或整體的經學形成、傳播、發展與表現等等的研究,大致都在此一範圍内運作。(二)中國學術意義下的經學研究:主要探討經學與其他學術之間的渗透、互動影響等的關係的問題,如經學與文學的互動關係、經學與宗教的互動關係等等,例如:經學與小説、戲曲,或經學與佛教、伊斯蘭教、基督教之間渗透互動關係研究等等,大致均屬此一範圍内的研究。(三)中國漢文化意義下的經學研究:主要探討經學在社會生活中産生的影響作用,在此一視野意義之下則所有儒學家的經學思想,以及其經學思想與行爲的關係,如人際、倫理、政治、道德、修養、思想、教育等等涉及實踐應用的表現,均可以納入研究的範圍之内。這是一種以"中國文化爲中心"的研究視野,當然還可以進一步"以中國人爲中心"的視野進行研究,探討中國人的行爲表現與經學之間的關係,用以了解中國人的行爲與思考中,有哪部分是受到經學影響而特别不同於其他文化的思想行爲表現。(四)東亞、東南亞文化圈意義下的經學研究:主要討論韓國、越南、日本、琉球等受到中國儒家思想影響的周邊地區,涉及經學研究的狀況,包括:傳入接受的問題、發展傳播的問題、詮解内容的問題、詮解特色的問題、出版閱讀的問題等等,這是一種抱持"以東亞立場爲中心"視野的研究方式。(五)世界學術文化意義下的經學:探討世界各國經學研究的狀況,這當然涉及傳播、翻譯、詮解等等的問題,必然也涉及影響的問題。在這個研究類型中,傳播和影響是既相互關聯却又有互相區别的兩個相關的領域,"傳播"的重點在探討西洋學者對中國文化典籍的翻譯、介紹和研究,就必須先通過這些學者的認知、翻譯、介紹與研究,纔有可能出現所謂的"漢學";"影響"的前提是"接受","接受"的前提是"選擇","選擇"的前提是"接觸","接觸"的前提是"傳播",没有"傳播"也就不可能有"影響"了。在"影響"的前提下,還可更進一步地探討"漢學"如何突破或可以突破學術邊緣的非學術主流地位,因而進入該國主流學術的論述中,亦即探討"漢學"在"漢學"學術圈外的作用,這可以包括諸如"漢學"在該國的思想家和藝術家之間産生的作用等等。(六)全球化意義下的經學研究:就是居於一種"全球化視野"下的研究考慮,將經學放在整個世界人類的歷史文化脈絡中,以了解説明其價值與意義,大致接近所謂"全球倫理"研究的方式。研究背景的基本設想,就是"以全球爲中心"的"整體性的視野"與"立基於公平性"的研究考慮,在此一意義下的研究,重點不在追究研究對象如何表現隨順中國經典本有意義的解讀,反而是將重點放在其表現不同於中國文化母體的"異義"上,亦即將重點放在探討透過不同文化素養與環境之下跨文化間"誤讀"的表現上,中國傳統經典到底還有哪些未曾被開發出來的意義與價值,此種研究視野纔是研究異文化交流的正常表現。此種重視"相異點"的強調,除了可以借用"他者"的眼光來"閲看"自己的理由之外,同時也涉及一個文化交流的複雜過程,任何文化接受外來文化之際,必然是一個按照自己需要與理解選擇的過程,不可能接受自己完全不理解與不需要的東西,有時候甚至還會按照自己的需要而主動"改造"異文化,透過此種"文化過濾"的結果,就形成"歧義在同一層面共存"的現象,可知中國經典進入他國文化語境後,出現諸如所謂"誤解""歪曲""改造""變形"等等"相異"的詮解,不僅是正常的反應,同時也正是該國"漢學"特色的表現,這種異國特色正可以用來與自己和本土的研究進行對照,透過這些第三者眼光的比較檢討,對經學研究者的思想開闊與議題的開發,必然具有正面的反省促進作用。這些不同範圍與視野的研究,雖有其内在的相關性,但也都具有獨立存在的研究意義與價值,故而並没有先後次序或上下高低層次的差别。這是從學科分立的角度建構的不同經學研究範圍與視野的狀況。

　　最後就研究文獻採用的範圍而論,"詩經學"研究使用的文獻與前賢多數研究者的情況相當不同。觀察以往經學研究者重視使用的文獻,多數重視的乃是經書文本及其詮釋性專著的"經學文獻資料",對於經學專著之外的"非經學文獻資料"在經學研究上的功用與價值,並没有受到經學研究者的重視,最多也僅是當作可有可無的輔助資料而已。所謂"非經學文獻資料"指的是在經學詮釋時引入以協助詮釋經學文本内容的不同文本,包括史部、子部和集部等非經學的論著,以及《十三經》之外的經部典籍,例如:《説文解字》《埤雅》《史記》《漢書》《後漢書》《老子》《莊子》《易林》、道教論著、佛教經論、《山堂考索》《本草注》《楚辭》、唐詩等等,這類"非經學文獻資料"除可以依據其引述的經書文本,探討各經書的擴散及其功能,並用來探討各經書傳播擴散的實際表現之外,同時還可以用來探究到底何人何時引入的經學專著中? 選擇引入的理由何在? 引入的内容有哪些? 引入的目的何在? 引入後產生了何種作用? 引入後的發展與影響如何? 這種引録方式與引入的資料在經學研究上的意義與地位又如何? 這些問題其實與經學詮釋内涵的整體發展關係密切。總的來説,就是透過這些引録的資料内容、學派認同、增删變化等實際的探討分析,當有助於對經學研究者在詮釋方式、詮釋内涵等選擇接受實況的更深層的了解。

　　統合前述諸觀點,"詩經學"研究,除探討《詩經》專著整體表現的内容、思想,以及内容的來源、著作的成就、影響、價值等《詩經》學的普遍性問題外,同時還從具體落實"整體情境傳播研究法"的角度,從整體與發展的角度,思考在詩經學研究範圍内,種種可能與確實可行的研究議題,然後將時間限定在宋代以後的《詩經》相關研究,思考觀察的結果大致可以獲得下述幾大類的研究:(一)《詩集傳》傳播擴散的研究:探討有關《詩集傳》如何傳播。如何被接受。如何成爲官學、成爲官學後的利弊得失、發展變化如何、影響如何、學者的評價如何。(二)《毛詩正義》價值重現的研究:探討有關《毛詩正義》何以再受重視、何時何地開始再受重視、何人或何群體重新提倡、新提倡後影響如何、如何傳播、受到那些人或學派的青睞、此一重視的詩經學研究的意義何在。(三)《詩經》漢宋詮解系統比較研究:若將《詩經》詮解大略區分爲以《詩集傳》爲代表的"《詩經》宋學"一系和以《毛詩正義》爲代表的"《詩經》漢學"一系,則可以探討漢宋詩經學兩派不同解説内容價值高下的狀況如何、其中何人或何書的成就較高、何人或何書對後代影響較大、漢宋詩經學的發展是否有空間上的差別或特色。(四)經學反向回饋的研究:探討何書或何人的意見或解説被經學詮釋者引入其注解中、經由何人何時引入、引入後的使用狀況如何、在經學研究上的意義與影響如何。(五)經學與宗教關係的研究:探討經學詮解者引述宗教論著(佛教、道教、基督教、伊斯蘭教等)文本或思想觀點的理由、經學詮解者引述宗教論著與觀點造成何種影響、宗教論著引用經學文本或解説的狀況如何、宗教論著出現引述經學文本或解説行爲的理由與意義何在、宗教論著引述經學文本是否有"誤解""歪曲""改造""變形"等改寫的表現、宗教性解説的引述改寫是否反過來作用於經學的詮解、宗教論著引述經學文本與解説的内容與行爲是否具有經學發展的意義、經學詮解與宗教論著雙方面的引述是平等尊重的互惠關係、還是上下階級的控制關係。(六)經學與文學關係的研究:就一般性的了解,中國傳統的經、史、子、集四部的分類,乃是具有價值與地位高下的差序分類,就是以經部爲首,而其他三部爲輔,亦即第一級爲經部、第二級爲史部、第三級爲子部、最下級爲集部的一種學術分類。在經部中又以《五經》本身爲首,以詮釋《五經》的經學專著爲輔,首與輔相加後乃形成所謂《十三經》。由於經部學術地位崇高,在傳統中國學術中其他三部難免受到影響,這應該是個一般性的共識,史部與子部和經學的關係,比較受到注意,至於集部和經學的關係,除詩作與《詩經》風雅詩教的關係等,比較傾向於思想部分的研究受到注意,至於經部與集部在引述關係上的實質狀況如何,亦即經部與集部在"互文"關係上的表現如何,似乎並没有受到學者的認真關注,但經部與集部這兩種不同部類的著作,除具備抽象思想的關係外,更具有文本引述的關係,這個研究設想就是立足在傳統任何學術均無法脱離經學籠罩,以及"互文"角度的前提下,探索諸如:詩、文、賦、詞、曲、小説、戲曲等等文學創作與經學文本間的"互文"關係。在"經學與文學關係"的前提下,這類的研究至少可以有兩類功能:一是"文學文本應用經學文本狀況的了解"。這項功能探討的目的:首先是了解作者使用經學文本的狀況,有助於探索作者的學術立場;其次是分析文學文本運用經學文本的實際表現,有助於了解文學文本寫作的技巧;其三則歸納文學文本表現的經學詮釋家派,可作爲經學發展研究的實證性有效資料。二是"經學詮釋專書運用文學文本實情的了解"。這類探索的目的,除了更有效證實傳統中國經、史、子、集四部,在關係上乃是不可分開的系統性結構外,另外還附帶有幾項功能:一是有助於了解經學詮釋者的文學認同;二是有助於了解哪些文學作品被認定具有經學層次的意義;三是有助於了解哪些作家的作品最受經學家的注意。根據這些信息,進而可以有助於對文學作家創作内容的精神、學術定位及傳播狀況更深入的了解。

　　于浩的學術研究主要偏重在經學史、古典學術史等方向,本書探討的重心即屬《詩經》學史研究的範圍,自然也是屬於一般經學史的研究範圍。考察本書全文約計四十萬字,以探討跨越明清二朝《詩經》學演變爲重心的博士論文《明末清初詩經學研究》爲底稿,經過五年(2017—2021)的修改和補充而成書。全書透過90餘部《詩經》學專著,以及28部相關著作的了解與分析,對明代萬曆中期至清代雍正時期一百二十餘年間的《詩經》研究,進行了較爲全面性的梳理和總結。就本書的研究表現而論：首先，本書借助學術史的研究方法，透過對馮復京《六家詩名物疏》、郝敬《詩經原解》、何楷《詩經世本古義》、鄒忠胤《詩傳闡》、朱鶴齡《詩經通義》、錢澄之《田間詩學》、陳啟源《毛詩稽古編》、毛奇齡《續詩傳鳥名卷》《詩傳詩説駁義》、王夫之《詩廣傳》《詩經稗疏》、顧炎武《詩本音》、姚際恒《詩經通義》、康熙官修《詩經傳説彙纂》等著作的深入討論，勾勒各學者的學術背景、總結各家《詩》學觀念，並分析個別學者的學術淵源與交遊及其著作的成就、得失、方法、觀點及對後世之影響，最終衡定各學者在學術史上的地位，因而可讓讀者對這些重要學者有較爲明晰的認識。其次，本書不僅關注學術發展過程中的“主流”，更注意揭示並研究了那類遠離學術主流却有其學術價值或能夠體現一時學術風氣的學者及其著作的“潛流”。例如馮復京《六家詩名物疏》對考證興趣興起的影響、鄒忠胤《詩傳闡》在辨僞上的貢獻，以及明末大量出現的《詩經》名物注本、科舉注本等等，大大有助於對當代學術取向及學風轉向的確實認知。其三，本書相當細膩地勾勒出明末清初《詩經》學發展的演進過程。一是分析尊序風氣的興起及其原因，認爲一方面是因科舉弊端等原因帶來對朱子學的不滿和質疑，另一方面是明末宗經崇古風氣的影響。二是尊崇經典、古注，使得更多的《詩經》學遺產回歸學術視野。且尊序是爲了更好地尊經，並非完全尊信，故明末清初“尊序”的著作，並不一定反對朱子。其中陳啟源不僅跳脱出簡單的“尊序”或“尊朱”的視域，同時還直接從《毛傳》入手，注重用訓詁、聲音之法總結古注的義例與法則，分析詞義，考辨名物制度，校勘經典文字，此種研究表現對清代漢學產生了深遠影響。其四，本書將學術研究放在當時社會文化背景下加以考察，同時對當時具有代表性的學術現象進行了較爲全面性的討論。不僅對當時諸多學術現象產生和消歇的原因、特點、影響等進行細密的分析説明，同時對當時僞書的流行與影響、名物之作的盛行、科舉文化影響下《詩經》注本的刊行與流布、清代官方《詩》學的編纂與傳播等等諸多學術議題，均進行了必要的研究和討論，揭示了前人未發現的學術轉變的重要信息。總之，本書乃是立基在對重要代表性著作的深入研究和討論的基礎上，針對此時期學術發展的脈絡，尊序尊朱之爭、尚博徵實之學的興起、《詩經》考證的演進、義理興趣的衰微、科舉注本的廣泛流行、商業文化與學術的互動、官方《詩經》注本的傳播等等諸多學術表現與現象，進行了細緻的梳理，詳細分析了這些現象背後的原因及其對學術發展的影響。本書固然對某些《詩》家的討論不夠充分，還遺漏某些重要著作，如朱朝瑛《讀詩略記》、張怡《白雲説詩》等的討論，但通觀所得的研究成果，確實對明清經學史、學術史，尤其爲《詩經》學的研究者，提供了許多前人未曾關注或探討不足的有效答案，且在研究方法上也具有示範的作用，筆者故而以爲本書乃是相當值得相關學科研究者參考的學術佳作。

　　觀察于浩此書的寫作表現和筆者前述經學上的認知與反省，可以發現，筆者和于浩就學術的範圍而言，大致可以有以下幾項的共通點：一則兩人學術研究的專業領域相同；再則兩人學術關心的研究範圍相似；三則兩人研究思考的理路相通。除此之外，筆者還認爲于浩此書的研究議題具有學術價值；研究成果對相關學術大有貢獻。故而當于浩詢問是否可以爲此書寫序時，筆者毫不猶豫地答應，主要的理由除了前述的原因之外，更在於肯定于浩在學習與學術上的優良態度與表現,是以樂於承擔寫序之重任也。

2022 年 12 月 18 日序于思玫秀影齋

（作者簡介：楊晉龍,中研院中國文哲研究所兼任研究員,臺北大學、東吳大學、成功大學兼任教授。）